BLUEHAVEN
OLD
OVE
Windy Hall
Fuller House
se
HIGH STREET
BATTLE AVENUE
LA TOUR STREET
TARRATINE STREET
Police
Department
PLEASANT STREET
Marine
Academy
uehaven
Inn
MAIN STREET
Captain's
House
PERKINS STREET
REET
GREEN STREET
Farmers
& Sons
WATER STREET
HARBOR
New
Spoon

Oetinger

KRYSTYNA KUHN

MONDAY CLUB

Das erste Opfer

Verlag Friedrich Oetinger
Hamburg

Ich bin keine Geschichtenerzählerin.
Und doch ist dies meine Geschichte.
Ich kann beweisen, dass sie wahr ist.
Du glaubst mir nicht? Dann lies dieses
Buch. Am Ende findest du den Beweis.

Faye Mason

MIX
Papier aus verantwortungsvollen Quellen
FSC® C014496
FSC
www.fsc.org

Einbandgestaltung von Carolin Liepins
unter Verwendung eines Motivs von shutterstock
Satz: Dörlemann Satz GmbH, Lemförde
Druck und Bindung: GGP Media GmbH, Pößneck
Printed 2015
ISBN 978-3-7891-4061-7

www.oetinger.de
www.monday-club.de

Alles, was der Mensch denkt, existiert.

Roger Sheramy

PROLOG

Die Lichter im Versammlungsraum blendeten ihre Augen, während draußen vor den hohen Fenstern völlige Dunkelheit herrschte. Die Luft hier drinnen war unerträglich. Noch immer lag die brütende Hitze des Sommers über der Küste von Maine. Seit Tagen zogen nachts Gewitter über den Ort, doch am Tag verzogen sich die Wolken.

Die letzten schönen Tage, dachte sie.

Es herrschte atemlose Stille, und alle starrten sie abwartend an.

Sie holte tief Luft. Wie gerne würde sie die Zeit zurückdrehen und noch einmal von vorne beginnen. Ohne die Fehler der Vergangenheit.

Wenigstens ein paar Wochen oder Monate.

»Vielleicht ist es noch zu früh«, sagte sie.

»Was würde das ändern?« Die Stimme war erschreckend kalt.

»Jeder Tag kann eine Veränderung, eine andere Lösung bringen«, entgegnete sie bestimmter, als sie sich fühlte.

Sie sah sich im Kreis um. Es gab schon lange kein Richtig und kein Falsch mehr.
Nur ein Paar grüner Augen signalisierte Verständnis. Die anderen hatten sich bereits entschieden. Doch schließlich nickte auch er. Ihr letzter Verbündeter.
Sie gab nicht auf. »Ist es wirklich der einzige Weg?«
»Es wird sich lohnen«, erwiderte er, und seine Worte klangen wohlüberlegt. »Da bin ich sicher. Es ist kein weiterer Versuch notwendig. Endlich zahlen sich die Anstrengungen der letzten Jahre aus. Wir haben das Ziel, auf das wir so lange hingearbeitet haben, direkt vor Augen.«
Die anderen quittierten diesen Satz mit einem zufriedenen Lächeln.
»Und es gibt kein Risiko. Dafür wirst schließlich du sorgen, oder?«
Sie zuckte zusammen. Wer von ihnen hatte das gesagt?
»Genug geredet. Der Sommer ist vorbei. Lasst uns eine Entscheidung treffen.«
Es war keine Frage mehr, ob sie es tun würden.
Sie versuchte sich mit dem Gedanken zu beruhigen, dass es eine Auszeichnung bedeutete. Wissen und Erkenntnis – wie viele Generationen würden ihnen dafür danken? Und machte es sie nicht auch stolz, wie weit sie gekommen waren?
Sie nickte.
Ein Aufatmen ging durch den Raum. Sie erhob sich, ging zum Fenster und öffnete es. Die schwüle, warme Luft brachte keine Erleichterung.
»Dann kommen wir zum nächsten Punkt«, klang es vom Tisch zu ihr herüber. »Das neue Mitglied.«

Sie kehrte zu ihrem Platz zurück und hatte wieder das Gefühl, widersprechen zu müssen. »Es wird nicht funktionieren.«
Der Zeigefinger mit dem Siegelring richtete sich auf sie. »Ich kenne ihn besser als du.«
»Wann«, fragte sie nur, nachdem alle anderen wieder schweigend genickt hatten.
»Je früher, desto besser.«
Sie schloss die Augen. Durch ihren Kopf fegte ein Hurrikan aus Angst und Reue. Bitterkeit und … Hoffnung.
»Und wenn sie es herausfindet? Oder er die Sache verrät?«
Ein trockenes, heiseres Lachen kam vom oberen Ende des Tisches. »Das wird er nicht tun«, sagte sie schlicht. »Niemand verrät den Monday Club.«

1. KAPITEL

Etwas hatte mich geweckt. Eine Zeit lang bewegte ich mich nicht, sondern lauschte angestrengt, ob die seltsame Melodie nicht lediglich meiner Einbildung entsprang. Aber auch Oz reagierte. Mein schwarzer Kater riss den Kopf nach oben und fixierte mich. Sein hoch aufgerichteter Schwanz vibrierte aufgeregt, während die Töne abebbten und dann wieder deutlicher wurden.

Verwirrt schob ich Oz von meinen Füßen. Er sprang laut fauchend aus dem Bett und flüchtete erst auf den Schreibtisch, dann auf das Bücherregal. Ich richtete mich auf, streckte mich über das Bett hinüber zum Fenster und zog das Rollo hoch.

Der Mond leuchtete seltsam diese Nacht. Ein weißer Fleck, der hinter einer durchsichtigen Wolke verschwamm und im Rhythmus der Akkorde hin- und herzuschaukeln schien. Es roch nach den roten Rosen, die Dad unterhalb von meinem Fenster gepflanzt hatte. Als Mom noch lebte, hatte er die Sorte *Summer Song* für sie zum Geburtstag direkt aus England kommen lassen.

Kein Blatt rührte sich an der hochgewachsenen Ulme, deren Zweige bis unter den Giebel meines Zimmers reichten und mein Fenster streiften. Ich konnte also das leise Rauschen in meinen Ohren nicht mit dem Wind verwechselt haben, der in Bluehaven fast zu jeder Jahreszeit über das Meer trieb.
Nein, jemand musste diese immer wiederkehrenden Klänge auf einem Instrument spielen.
Ich zog meine Laufklamotten aus dem Wandschrank, streifte eine Hose und das Shirt mit dem Wappen der Weston High über. Vorsichtig tastete ich mich durch den dunklen Flur, um Dad nicht zu wecken.
Die Holzdielen unter meinen nackten Füßen waren eiskalt, und ich war so darauf konzentriert, mich lautlos zu bewegen, dass ich die offen stehende Badezimmertür übersah und im Dunkeln mit der rechten Schulter dagegenstieß.
Ich hielt kurz inne, doch kein Laut drang aus dem Schlafzimmer, in dem Dad allein in dem großen Doppelbett schlief, das er und Mom lange vor meiner Geburt in einem Antikladen in Salem entdeckt hatten.
Während ich die Treppe hinunterhuschte, achtete ich darauf, nicht zu fest auf die uralten Holzstufen zu treten, die laut knackten, sobald ich sie mit den Füßen berührte. Nach und nach ebbte die Musik ab – das heißt, sie wurde leiser. Als die letzte Stufe hinter mir lag, wurde sie von einem anderen Geräusch verschluckt. Erleichtert begann ich zu kichern.
Das laute Schnarchen kam aus dem Wohnzimmer und klang wirklich lebensbedrohlich. Immer wieder setzte Dads Atem aus, und das röchelnde Geräusch wurde von Sirenen aus dem Fernseher unterbrochen.

Ich warf einen Blick durch die Glasscheiben der breiten Flügeltür. Dad war wieder einmal vor dem Fernseher eingenickt und schlief mit weit geöffnetem Mund. Sämtliche Kissen waren zu Boden gerutscht, und Chipsreste bedeckten den massiven Eichentisch. Zudem verriet das leere Glas, dass er sich nach Feierabend im New Spoon, wo er nie Alkohol trank, noch einen Rotwein gegönnt hatte. Seine Lieblingsserie lief, in der ein Inspector Barnaby neunzig Minuten benötigte, um einen Fall zu lösen, den Detective John Luther sofort zu den Akten gelegt hätte.

Ich hatte den Arm schon ausgestreckt, um an dem abgewetzten Messingknauf zu drehen, die Tür zu öffnen und Dad zu wecken, als ich es mir anders überlegte.

Kannst du nicht schlafen?, wäre seine erste Frage. *Was ist los? Angst vor dem ersten Schultag, Faye? Oder Jungsprobleme? Wenn ja, dann schick Josh vorbei, damit ich ihn mir vorknöpfen kann.*

So versuchte Dad immer wieder, mein Schlafproblem zu verharmlosen, dabei wusste er genau: Auf die Frage, warum ich nicht schlief, gab es keine Antwort.

Ich griff nach meinen Schuhen, nahm vorsichtig die Taschenlampe aus der Kommode, öffnete die Haustür und zog sie behutsam hinter mir zu. Die grünen Laufschuhe streifte ich erst über, als ich den Kiesweg hinter mir gelassen hatte.

Stille empfing mich, und jetzt erst kam mir in den Sinn, dass die Klänge vielleicht von dem laufenden Fernseher hergerührt haben könnten und nicht Bruchstücke des vergange-

nen Albtraums gewesen waren, an dessen Inhalt ich mich bis auf das Gefühl von Schwere nicht mehr erinnerte.
Ich fröstelte leicht und zog den Reißverschluss bis hoch unter das Kinn. Ende August fiel die Temperatur in wolkenlosen Nächten bereits unter zehn Grad. Ich überlegte kurz, wohin ich mich wenden sollte. Bis zum Strand würde ich etwa fünfzehn Minuten brauchen. Ich entschied mich für die entgegengesetzte Richtung. Die Sohlen meiner Schuhe quietschten und erinnerten mich an das Geräusch der Bremsen von Dads altem Ford. Bereits nach wenigen Schritten verfiel ich im düsteren Licht der Straßenlampen in den gewohnten gleichmäßigen Laufschritt, als würde ich auf dem Sportplatz der Schule die täglichen fünftausend Meter absolvieren. Auf diese Weise hatte ich im letzten Jahr die Schulmeisterschaften im County gewonnen.
Nicht schlafen zu können gehörte, seit ich auf der Welt war, zu meinem Leben wie das unaufhörliche Rauschen der Wellen im Hafen und der Geruch nach Salz in der frischen Luft. Andere litten unter Heuschnupfen, Bluthochdruck oder Diabetes. Mich quälte ein Phänomen, für das man den komplizierten Namen *Idiopathische Insomnie* erfunden hatte, dessen Ursachen aber bis heute noch nicht erforscht waren. Es handelte sich um eine sehr seltene Störung, hatte meine Tante Liz mir erklärt, als ob mich das trösten könnte.
Abgesehen von der Schlaflosigkeit war ich ein glücklicher Mensch. Ich hatte Dad und Liz, die mich abgöttisch liebten, Josh, meine Freunde, und gab es einen besseren Ort als Bluehaven? Nein. Hier brauchte man keine Angst zu haben, nachts allein durch die Straßen zu laufen. Warum auch? Nie-

mand in der kleinen Stadt schloss nachts die Haustür ab. Ich hätte jetzt einfach das Bluehaven Inn betreten, es mir im Foyer des Hotels gemütlich machen und eine DVD einlegen können. Keiner hätte es bemerkt, und wenn doch, hätte Stephen, der Besitzer, mir vermutlich in T-Shirt und Boxershorts eine Cola gebracht, bevor er wieder ins Bett gegangen wäre.

Ich überlegte kurz, bei Amy vorbeizugehen. Wir hatten uns acht Wochen nicht gesehen – eine gefühlte Ewigkeit. Ich hatte bereits Entzugserscheinungen, so sehr vermisste ich sie. In ihrer Nachricht gestern hatte sie geschrieben, sie wäre zu erschöpft, um sich noch am Abend mit mir zu treffen.

Das hatte mich völlig aus dem Konzept gebracht. Seit wann war sie zu erschöpft, um mich zu treffen? Und warum hatte sie nur eine kurze Botschaft geschrieben, anstatt mich anzurufen?

Andererseits, wenn sie wirklich so müde war, wie sie schrieb, dann sollte ich jetzt keine Steinchen gegen ihr Fenster werfen und sie aus dem Schlaf reißen. Menschen sollten überhaupt nie geweckt werden, niemand wusste das besser als ich.

Ganz in Gedanken, wollte ich gerade die High Street überqueren, als mich etwas am Arm streifte und ich mit dem Kopf einem tief herabschwingenden Ast ausweichen musste. Er ragte weit auf die Straße hinaus und gehörte zu einem Rhododendronbusch, dessen Zweige fast vollständig einen Zeitungskasten überwucherten, aus dem Reklamezettel und Zeitungspapier quollen.

Abrupt blieb ich stehen und versuchte vergeblich, einen

Blick auf das Haus hinter den Büschen zu erhaschen. Das Grundstück war der Stadtverwaltung seit Langem ein Dorn im Auge, aber mich zogen das verlassene Haus und der verwahrloste Garten seit jeher unwiderstehlich an.
Natürlich wohnten keine Geister in der verwinkelten Villa. Oder besser: nicht mehr. Das war anders gewesen, als Amy und ich noch jünger gewesen waren. Damals hatten die Fuller-Geister, wie wir sie nannten, uns endlosen Stoff für unsere nächtlichen Geschichten geliefert.
Irgendwann, nachdem ein Hurrikan zahlreiche Bäume gefällt und etliche Dächer abgedeckt hatte, hatten wir in dem der Straße abgewandten Teil des Hauses das zerbrochene Fenster entdeckt. Von da an waren wir regelmäßig in das Haus eingestiegen und hatten es für einige Monate zu unserem Geheimplatz erklärt.
Plötzlich war der Geruch wieder da. Der modrige Gestank, der in den Räumen hing und sich in den Wänden festgesetzt hatte. Die weißen Leinenlaken, die über den Möbeln lagen, waren so staubig, dass Fliegen darin hängen blieben, und so brüchig, als hielten nur noch die Spinnweben den Stoff zusammen. Stundenlang lag ich auf den staubigen Holzdielen, aus deren Ritzen Käfer krochen, und lauschte Amys Geschichten über das Haus. Dieses Durcheinander aus Gerüchten, Klatsch und dem, was wir aus Liz herauslocken konnten, schmückte Amy mit ihrer Vorstellungskraft so lebendig aus, dass wir Wahrheit und Phantasie kaum noch unterscheiden konnten.
Wir fragten Gott und die Welt Löcher in den Bauch. William Fuller, der letzte Besitzer des Hauses, war offenbar lange vor

unserer Geburt spurlos verschwunden, und niemand wusste, wohin. Sein Schicksal war für Amy untrennbar verbunden mit dem unheimlichen Zimmer unter dem Dach, in dem eindeutig ein Mädchen oder eine Frau gewohnt haben musste, denn es war ausgestattet mit weißen Möbeln, auf die jemand ein Rosenmuster gemalt hatte.

Amy, zu deren Lieblingsbüchern damals *Jane Eyre* gehörte, war sicher: William Fuller hatte die Unbekannte in dem Dachzimmer gefangen gehalten.

Darauf hatten nicht nur die tiefen Kratzspuren auf dem weißen Kopfteil des Bettes hingewiesen, sondern, wie ich mich plötzlich wieder schaudernd erinnerte, auch die muffige alte Steppdecke. Staubwolken waren aufgestiegen, als wir uns einmal auf der Flucht vor der verrückten Missy Austen, die damals öfter im Fuller House herumgegeistert war, auf das Bett geworfen hatten.

Ich ... nein, Amy ... hatte ihre Haarspange verloren. Als wir sicher waren, dass Missy gegangen war, schüttelten wir bei unserer Suche die Steppdecke aus, und da entdeckte ich es. Es war reiner Zufall. Ich strich über die aus bunten Stoffresten zusammengesetzte Decke und fühlte an einer Stelle nicht den weichen Vlies, sondern etwas Flaches, das leise knisterte.

Ich zeigte es Amy. Sie musterte das rote Quadrat, in das ein Mond eingenäht war, und deutete auf die Naht: »Siehst du das?«

Im ersten Moment wusste ich nicht, worauf Amy hinauswollte, bis ich es begriff. Während die anderen Stoffverzierungen mit gleichmäßigen Maschinenstichen auf die Decke genäht waren, hatte jemand den Mond nur grob von Hand an der Decke befestigt.

Innerhalb von Sekunden hatte Amy die Naht gelöst. Ihre Hand fuhr zwischen die beiden Stoffbahnen und zog ein Stück Papier hervor.

Ich wusste noch, dass ich mich gefühlt hatte, als hätten wir einen wertvollen Schatz entdeckt.

»Eine Botschaft«, hatte Amy ehrfürchtig geflüstert und das Papier in den Händen gedreht. Es war die Rückseite einer Tapete, auf die jemand lediglich einen einzigen Satz gekritzelt hatte. Bis wir diesen Zettel entdeckt hatten, war unser verbotenes Eindringen ins Fuller House lediglich ein aufregendes Abenteuer gewesen. Danach war ich nie wieder das Gefühl losgeworden, dass sich in dem Haus tatsächlich etwas Schauriges ereignet hatte.

Das Licht der Straßenlaterne schien plötzlich zu zittern, als ich mir den Satz wieder ins Gedächtnis rief:

Hilfe, man hält mich gefangen!

2. KAPITEL

Ein Geräusch riss mich aus dieser Erinnerung. Ich zuckte zusammen und sah zum Haus hinüber. Ein klagender Laut aus dem Garten wehte durch das Gebüsch zu mir auf die Straße. Ich wusste nicht, was ich davon halten sollte, denn in besonders schlimmen Phasen meiner Schlaflosigkeit hatte ich immer wieder mit ihren Auswirkungen zu kämpfen. Manchmal brachte ich Träume und Realität durcheinander oder hörte Geräusche, Stimmen, die nicht existierten. Oder vor meinen Augen flimmerte es.
Brennnesseln streiften meine Hände, und Dornen zerkratzten meine Arme, als ich mich durch das Tor zwängte, um dem Geräusch nachzugehen. Der Laut verwandelte sich in ein Jammern, das mir eiskalte Schauer über den Rücken jagte.
Es gab keinen sichereren Ort als Bluehaven, und was diesen Brief in der Decke betraf, so hatte ich irgendwann entschieden, dass Amy ihn geschrieben und versteckt hatte, um mich von ihrer *Jane Eyre*-Theorie zu überzeugen, dass eine Frau im Fuller House gefangen gehalten worden war. Dennoch – das Geräusch hatte etwas Gespenstisches an sich.

Ein schmaler Weg, nicht mehr als ein dünner Faden, wand sich vor mir durch das Gras. Der ehemalige Kiesbelag war verschwunden, unter Gras und Moos erstickt, und die nach allen Seiten ausufernden Büsche versperrten mir die Sicht auf die Fenster im unteren Stockwerk vom Fuller House.

»Ist da jemand?«, rief ich laut und zwängte mich durch das Gebüsch, in dem die Feuchtigkeit der Nacht hing.

Doch je weiter ich in das Dickicht vordrang, desto leiser wurde das Jammern, bis es von einem anderen Geräusch abgelöst wurde.

Wii-ii-ii.

War es ein Tier?

Wii-ii-ii.

Nein, denn nun hörte ich wieder jemanden vor sich hin murmeln.

Das Gras, das mir bis zu den Oberschenkeln reichte, war niedergetrampelt, und eine klar sichtbare Spur führte mich direkt an die Hauswand links von der Veranda. Offenbar war ich laut genug, denn das gleichförmige Gemurmel brach plötzlich ab.

Ich blieb stehen, denn es kam mir vor, als starrten mich zwei Augen durch das Gebüsch an. Das Rauschen der Ahornbäume wurde zum Rascheln von Füßen im Gras. Sie entfernten sich hastig. Gänsehaut lief mir über die Arme, und mein Herz schlug so laut, dass es das Rascheln der Blätter übertönte.

Ich zwängte mich an den wild wuchernden Hortensiensträuchern vorbei und erkannte schließlich einen Schatten, der sich an die einst weiße Hauswand presste.

Die Arme um einen dürren Körper geschlungen, bemühte sich die Gestalt in der Dunkelheit, unsichtbar zu bleiben.
Ich zog die Taschenlampe aus der Jackentasche und knipste sie an.
Zwei Arme legten sich schützend über die Augen. »Nein, nein, nein …«
»Missy?«
Langsam nahm die Frau hinter dem Busch die dürren Arme herunter und blinzelte verwirrt in das Licht der Taschenlampe.
Ich atmete erleichtert auf. »Was machst du hier mitten in der Nacht, Missy?«
Missy sah noch verwahrloster aus als sonst. Die Haare hingen ihr wirr ins Gesicht, und der knallrote Lippenstift, den sie nicht gerade perfekt aufgetragen hatte, stach aus dem totenblassen Gesicht heraus. »Ich habe nichts getan.«
Ich kniete mich vor sie, darauf bedacht, Abstand zu halten, um sie nicht noch mehr zu erschrecken. »Ganz ruhig. Ich tue dir nichts.«
»Ich warte nur.« Sie starrte zu Boden. Ihre Stimme war hoch und dünn, sie klang wie ein kleines Kind.
»Ich bin Faye. Keine Angst. Ich bin die Tochter von Roy, Roy Mason. Ihm gehört der New Spoon. Du kennst ihn.«
Es dauerte einige Sekunden, bis mich ein kurzer Seitenblick traf. »Roy? Roy Mason?«
Ich vermutete, dass sie den Namen nur stumpf wiederholte, denn in Bluehaven redete man davon, dass sie das Gedächtnis verloren hatte. Doch offensichtlich hatte sie einen ihrer seltenen lichten Momente. Ein schräges Lächeln of-

fenbarte mir den zahnlosen Unterkiefer. »Ein guter Mensch. Ein Freund.«

Ich richtete mich auf, schob mich ein Stück näher, und Missy fiel nach hinten. Es dauerte einige Sekunden, bis ich es geschafft hatte, sie wieder auf die Beine zu bringen. Durchdringender Geruch nach Parfüm stieg mir in die Nase, aber auf seltsame Weise schien er zu dem geblümten Stoff ihres Kleides zu passen, das ich Vintage nennen würde, hätte Ginger es getragen.

»Geht es dir gut? Brauchst du Hilfe? Soll ich meine Tante anrufen? Dr. St. Clair?«

»Nein, nein, ich sage nichts.« Sie richtete sich auf und schien noch verwirrter, noch panischer als zuvor. Zudem hielt sie die rechte Hand hinter dem Rücken und kniff die Augen zusammen.

»Wolltest du ins Haus, Missy?«

Sie nickte. »Weil sie wiederkommt.«

»Wer?«

Ihre Augen waren mit einem flehenden Ausdruck auf mich gerichtet, und sie presste den rechten Zeigefinger gegen ihre Lippen. »Pssst. Das ist das Geheimnis.«

Obwohl sie wieder in diesem kindlichen Ton sprach, fühlte ich, wie dieses eine Wort in meinem Innern widerhallte und in der Dunkelheit des Gartens größer und schwerer wurde.

Geheimnis.

»Sie beobachten mich.« Missy blickte sich um, und fast schien es, als könnte sie wie ein Chamäleon beide Augen unabhängig voneinander bewegen.

»Wer sollte so etwas tun?«

Ihre Stimme wurde lauter. »Haben sie dich geschickt? Sollst du auf mich aufpassen?«
Ihr Gesicht, zuvor noch unsicher, mitleiderregend, wurde plötzlich finster. Sie packte meinen Arm. Ihre Bewegungen waren nun flink, und sie lachte kurz, auf eine kindliche, wahnsinnige Art.
Möglichst ruhig sagte ich: »Es ist mitten in der Nacht, Missy. Du solltest nach Hause gehen.«
Sie verfiel erneut in das unverständliche Gemurmel und Jammern, das mich hierhergelockt hatte. »Wii-ii-ii. Wie schwer es ist. Und es prickelt. Wie Sekt, heißt es …« Sie lachte spöttisch, dann ging ein Ruck durch ihren Körper, der gleich darauf wie von Stromstößen erschüttert wurde. »Als würden alle Knochen brechen.«
Jetzt wusste ich auch, was mich an ihrer Stimme irritierte. Sie hatte nicht nur etwas Kindliches, sondern auch etwas Mechanisches an sich. Und sie sprach so schnell, dass ich ihr kaum folgen konnte.
»Es knistert wie Feuer, aber am Ende bleibt keine Asche übrig«, sagte sie noch, und dann, von einer Sekunde zur anderen, schwieg sie und starrte in die Dunkelheit.
Das Meer rauschte von ferne, und eine Windböe strich über das Gras, als ob eine Hand darüberglitt, um das Zittern zu beruhigen.
Es war eine seltsame Nacht. Die Begegnung mit Missy besaß die Macht von Halloween. Ihre Gestalt warf einen geduckten Schatten an die Hauswand. Mir lief ein Schauder über den Rücken.
»Wir müssen schweigen«, sagte Missy plötzlich mit verän-

derter Stimme, als hätte sie gerade ihren Verstand wiedergefunden. »Es ist besser so.«

Ich stieß die Luft aus, die ich angehalten hatte, und ein hysterisches Lachen stieg in mir hoch, das ich gerne mit Amy geteilt hätte. Das alles war total verrückt. Missy war verrückt. Man musste sie schließlich nur ansehen. Immerhin war sie zahnlos, barfuß und geschminkt wie Lady Gaga.

Abrupt setzte sie sich in Bewegung und stolperte an mir vorbei. Dabei klammerte sie sich an den wild wuchernden Efeu, der sich um die Holzpfosten der Veranda schlang. Sie wäre gefallen, hätte ich sie nicht festgehalten.

»Soll ich dich nach Hause begleiten?«

»Nach Hause?«, wiederholte sie verwirrt.

»Komm, Missy!« Auf der Straße angelangt, schlug ich den Weg in Richtung Friedhof ein. Immer wieder drehte ich mich um, da ich nicht sicher war, ob sie mir wirklich folgte. Am Ende der Straße deutete ich nach links. »Du musst nur geradeaus gehen, zum Friedhof abbiegen, und nach hundert Metern bist du zu Hause.«

»Aber ich muss das alles hier in Ordnung bringen.«

»Morgen ist auch noch ein Tag, Missy«, beruhigte ich sie.

»Die Tage sind lang«, murmelte sie, und das klang eher nach einer Erkenntnis als nach Angst.

»Die Nächte auch«, gab ich zurück.

Es war das ausführlichste Gespräch, das ich je mit Missy geführt hatte. Die arme, verrückte Missy, die klaute wie eine Elster und zu Bluehaven gehörte wie der Himmel, das Meer, die gepflasterten Seitenwege, die großzügigen, gepflegten Rasenflächen und die Straßenlaternen mit ihren Rundbögen.

Die Glocke schlug. Es war ein Uhr. Ich erinnerte mich daran, warum ich aufgewacht war.
»Hast du diese Musik auch gehört, Missy?«
Sie wich so abrupt zur Seite, dass sie fast die Böschung hinabgerutscht wäre. Es war ein Fehler gewesen, die Musik zu erwähnen. Sie war verwirrt genug.
»Du wirst mich nicht verraten, oder?«
Mir hat noch nie geschadet, was ich nicht gesagt habe. Dad sagte das immer. »Nein, keine Sorge, ich verrate dich bestimmt nicht.«
Missy lebte in einer anderen Welt als wir anderen. Einer Welt, aus der sie vermutlich nie wieder zurückkehren würde.
Manchen verlässt das Leben.
Auch das sagte Dad.

3. KAPITEL

Es gab außer mir nicht viele Schüler, die mit dem Fahrrad zur Schule fuhren. Die meisten wurden mit Bussen aus den umliegenden Ortschaften nach Bluehaven transportiert. Überbesorgte Eltern brachten ihre Kinder mit dem Wagen und ließen sie direkt an der Schule heraus. Viele aus meinem Abschlussjahrgang besaßen ihre eigenen Autos, wie Caleb und mein Freund Josh. Zu Joshs Zwillingsschwester Ginger allerdings hatten seine Eltern weniger Vertrauen. Denn Ginger brach ständig alle Regeln. Sie bediente sich im Fuhrpark der Lancasters, wie sie wollte. Sie kletterte nachts aus dem Fenster und war auf allen Partys in der Umgebung zu finden. Kurzum, sie geriet von einer Schwierigkeit in die andere. Aber wir anderen deckten sie, wo wir konnten. Denn das war eine Grundregel unseres Bundes, den wir als Kinder geschlossen hatten. *Einer für alle, alle für einen.*

Ungeduldig sah ich mich nach Amy um. Doch ihr Fahrrad war noch nirgends zu sehen.

Von unserer Clique waren nur Josh und ich den Sommer über in Bluehaven geblieben. Caleb war mit seinen Eltern wie immer nach Europa gereist, Ginger hatte eine Cousine in New York besucht. Und Amy – sie hatte sich ganz kurzfristig für ein Lerncamp entschieden.

Ich hatte anfangs nicht akzeptieren wollen, dass sie mich zum ersten Mal für einen ganzen Sommer allein ließ, aber Dad meinte, ich wäre egoistisch. Schließlich wäre ich der eigentliche Grund für Amys Entscheidung. Er hatte recht. Amy wünschte sich nichts sehnlicher, als mit mir nach Harvard zu gehen – und um ein Stipendium zu erhalten, brauchte sie ein exzellentes Abschlusszeugnis.

»Nicht jeder«, hatte Dad gesagt, »hat eine Tante, die die Studiengebühren bezahlen kann.«

Amy und ich hatten während des Sommers immer wieder telefoniert – aber das war nicht dasselbe, wie im Jachthafen auf dem Steg zu sitzen und uns unsere Erlebnisse zu erzählen. Außerdem hatte Amy unsere Telefonate immer kurz gehalten, wegen des Unterrichts, der Hausaufgaben oder weil sie einfach nur *völlig erledigt* gewesen war.

Ich hatte das verstehen können, sie aber auch entsetzlich vermisst. So schön der Sommer mit Josh gewesen war, ich brauchte Amy live und in Farbe, um mich als ganzer Mensch zu fühlen.

Wieder hielt ich im Gewimmel der Schüler nach Amy Ausschau. Ich war extra früh losgefahren, weil sie diesen Tick hatte, eine der Ersten in der Schule zu sein. Aber ich konnte ihr pinkfarbenes Fahrrad nirgends entdecken.

Langsam schob ich mein Rad zum überdachten Fahrradständer im Vorhof der Schule. Wie jedes Jahr am ersten Schultag summte das Gelände wie ein Bienenstock. Einige

Schüler des Jahrgangs unter uns waren dabei, über dem Eingangsportal ein riesiges Transparent anzubringen, auf dem in leuchtend roten Lettern stand: *Viel Glück, Jahrgang 2016!*

Andere schleppten Blumen in die Aula, wo Mrs Hazel Irving, die Direktorin, uns mit einer ihrer endlos langen Reden willkommen heißen würde. Einige Unterstufenschüler, die in der Nähe des großen Eingangsportals standen, warfen mir einen Blick zu, in dem ich so etwas wie Bewunderung las. Vor wenigen Jahren hatten Amy und ich selbst dort gestanden und den neuen Seniors mit genau der gleichen Mischung aus Neid und Respekt entgegengeblickt, und wir hatten es nicht abwarten können, die Ältesten zu sein.

Es war ein neues, überraschendes Gefühl, auf einmal so wichtig genommen zu werden.

Noch hörte ich die Wellen in der Bucht gegen die Felsen schlagen. Ich spürte das Salz auf der nassen Haut. Hörte das Gekreische der Möwen über unserem Lachen. Fühlte die Wärme der Steine, auf denen wir träge lagen, das Gesicht der Sonne zugewandt. Joshs Körper dicht an meinem und den Schauer, der durch meinen Körper lief, wenn er mich berührte.

Doch mit jedem Schritt über das Gelände wurde das Gefühl der Beklommenheit in mir stärker. Der Sommer war vorbei, und jetzt begann, laut Liz, einer der bedeutsamsten Abschnitte in meinem Leben.

Ich griff nach meinem Fahrrad, hob es in den Ständer und bückte mich, um das Schloss zu befestigen. Als die beiden Enden mit einem Klicken einrasteten, bemerkte ich die schwarzen Sprenkel auf meinem weißen Rock. Eine Weile stand ich einfach nur da und starrte an mir hinunter. Ich hatte keinen blassen Schimmer, wie ich die Ölflecken wieder loswerden sollte. Vielleicht hatte Amy eine Idee, wie ich dieses Problem lösen könnte.

Ich betrat den gepflasterten Weg, der sich an den verblühten Rhododendronsträuchern entlangzog, und bahnte mir einen Weg durch eine Gruppe von braun gebrannten jüngeren Mädchen, die stehen blieben, um sich auf ihren Smartphones Urlaubsvideos vorzuspielen. Sie waren in der siebten oder achten Klasse. Eine von ihnen war die Tochter von Alison. Ihr gehörte der Supermarkt gleich am Hafen, wo es die besten Gurkensandwiches in ganz Maine gab. Hope, die jüngste Tochter von Reverend Brody, kannte ich von den Sonntagsgottesdiensten. Ich winkte ihnen zu, als sie mir bereitwillig Platz machten, und kaum war ich einige Schritte entfernt, musste ich grinsen, weil sie verschwörerisch miteinander zu flüstern begannen.

»Habt ihr gesehen, Faye hat mich gegrüßt!«

»Nicht nur dich, mich auch!«, zischte es sofort zurück.

»Mein Dad war neulich in Manor House eingeladen«, hörte ich Hope angeben. »Ihre Tante, Liz St. Clair, und sie waren auch da. Lauren erzählt, dass Josh Lancaster und Faye schon verlobt sind.«

Ich musste lachen, als ich mir vorstellte, Josh wäre vor mir auf die Knie gegangen und hätte mir einen Antrag gemacht.

Hope kicherte, sagte noch etwas, aber ich konnte nichts mehr verstehen, denn neben mir quoll eine Gruppe von Schülern aus dem Bus und erfüllte den Parkplatz mit lautem Geschrei.

Ich betrat den Innenhof der Weston High, wo der kühle, tiefe Schatten der alten Eichen eine Wohltat war. Ich ging auf das Becken zu, aus dessen Steinboden unentwegt klares, kühles Wasser plätscherte.

Während ich meine Hände in das Wasser tauchte und vergeblich versuchte, den widerspenstigen Ölfleck aus dem Rocksaum zu entfernen, fiel mein Blick auf die Statue von Edward Weston.

Er war nicht nur der Stiftungspräsident unserer Highschool gewesen, sondern vielleicht die wichtigste Persönlichkeit Bluehavens in den letzten hundert Jahren. Er hatte einige Bücher über den Ort geschrieben und das Museum gegründet.

Das Denkmal war mit einer grün schimmernden Algenschicht überzogen, was ihm den Hauch einer längst vergangenen Zeit verlieh, dabei konnte ich mich noch an seine Beerdigung erinnern. Und nein, ich irrte mich nicht, auch wenn das alle als Unsinn bezeichneten, weil ich zu diesem Zeitpunkt noch nicht mal drei Jahre alt gewesen war.

Im Alter von acht Jahren hatte Liz mich zu Dr. Myers, Psychiaterin in Portland, geschickt. Sie hatte versucht, mir einzureden, ich würde die Beerdigung mit der meines Großvaters Jahre später verwechseln. Aufgrund meiner Krankheit – so hatte sie meine Schlafstörungen beharrlich genannt – wäre ich hypersensibel. Eine Vielzahl von Reizen und Bildern würde mein Gehirn geradezu überschwemmen. Es wäre normal, wenn ich das alles nicht mehr filtern und sortieren könnte.

Schon damals hatte ich mich heftig gegen diese Erklärungen

gewehrt, nicht nur, weil ich Erica Myers nicht gemocht hatte. Ich war einfach sicher, dass meine Erinnerungen mich nicht trogen, denn zwei Details der Beerdigung hatten sich tief in mein Gedächtnis gegraben: die unendlich lange Kolonne von schwarz glänzenden Limousinen, die sich im Schritttempo über die schneebedeckten Straßen Richtung Friedhof bewegt hatten. Und Westons Witwe Diana, so winzig und zerbrechlich in ihrem schwarzen Pelzmantel und dem Hut, dessen Schleier ihr bis über die Schultern gereicht hatte.
Mein Großvater aber war im Hochsommer gestorben. Ich hatte mich in dem schwarzen Kleid zu Tode geschwitzt, und Liz hatte geweint.
Nein, ich hatte das nicht verwechselt, Dr. Myers!
Ich gab den Versuch endgültig auf, den Fleck auf meinem Rock zu bearbeiten, und beobachtete eine Spinne, die sich rasch von Westons breitkrempigem Hut abseilte, bis sie plötzlich jeglichen Halt verlor und ins Wasser stürzte.
Pech!
Eine leichte Windböe fuhr durch die Blätter. Ich schaute mich nervös um. Immer noch keine Spur von Amy. Ich überprüfte mein Handy – keine Nachricht. Seltsam. Es waren nur noch zehn Minuten bis Schulbeginn. Ich überlegte kurz und machte mich dann auf die Suche nach Josh. Wenn alles so war, wie es immer gewesen war – und warum sollte sich an der Weston High je etwas ändern –, würde ich ihn auf dem Basketballfeld finden, wo er sich morgens vor Unterrichtsbeginn die Zeit vertrieb.
Als ich mich dem Sportgelände näherte, konnte ich tatsächlich Gelächter hören.

Jump, jump, shake your body!
Jump, jump, shake your body!
Ich folgte dem Schlachtruf der Cheerleader und dem vertrauten, regelmäßigen *Plopp!* des Balles, wenn er auf den Boden traf.
Rasch öffnete ich das Gittertor zur Zuschauertribüne und schlüpfte hinein.
Drei Mädchen standen am Spielfeldrand und schwangen im Rhythmus ihrer Rufe die Beine in die Luft. Amy war bis zum letzten Jahr Teil der Gruppe gewesen – bis die Schule und ihre Noten wichtiger geworden waren.
Ich entdeckte Josh sofort. Er dribbelte gerade um einen Gegner herum, jede Bewegung rasch und kraftvoll. Ich wollte seinen Namen rufen, doch irgendetwas hielt mich davon ab. Vielleicht, weil er mir plötzlich fremd vorkam, wie er konzentriert in leicht gebückter Haltung dastand, die Beine etwas gespreizt, die Augen auf den roten Ball gerichtet, der auf ihn zusprang. Im nächsten Moment bekam er ihn zu fassen, er drehte sich blitzschnell um, sprintete auf den Korb zu und sprang in die Höhe. Ich konnte den Ball sehen, wie er durch die Luft wirbelte, und zuckte unwillkürlich zusammen in der Erwartung, dass er weiter in den Himmel steigen und nie wieder den Weg zurückfinden würde. Meine Hände fuhren in die Höhe, als wollten sie den Ball fangen, da schlug er schon gegen den Metallring und rutschte lautlos durchs Netz.
Die anderen Spieler umringten Josh, um ihm auf die Schulter zu klopfen. Ich ging langsam die Stufen hinunter und setzte mich neben Caleb, der in einem zerfledderten Comic las und Erdnussbuttercracker in sich hineinschob.

»Da bist du ja«, sagte er und musterte mich scheinbar gleichgültig. »Was ist mit deinem Rock passiert? Und ja, ich will alle schmutzigen Details hören.«

»Er verträgt sich nicht mit dem Fahrrad. Das ist alles.«

Er schüttelte sich bei der Vorstellung, die halbe Meile bis zur Schule mit dem Rad zurückzulegen. »Du solltest dir ein Auto schenken lassen, so wie ich.« Caleb klappte das Heft zu, eine Ausgabe von Neil Gaimans *The Sandman*. »Hast du etwas von deinem zweiten Ich gehört? Ich war mir sicher, du und Amy, ihr würdet heute Morgen Hand in Hand hier auftauchen, nachdem ihr euch so lange nicht gesehen habt.«

»Ich habe vor der Schule auf sie gewartet. Aber ich habe weder sie noch ihr Fahrrad entdeckt.«

»Wirklich ungewöhnlich. Vielleicht kannst du herausfinden, was los ist. Ihre Mom hat mich ...«, fuhr er ironisch fort, »... mich, der ihre Tochter verehrt und liebt, gestern Abend einfach abgewimmelt. Mit der Begründung, unsere liebe gemeinsame Freundin würde bereits schlafen.«

Caleb hatte Amy also auch noch nicht gesehen? »Ja, sie ist offensichtlich total fertig vom Sommercamp«, erwiderte ich etwas irritiert.

»Selbst schuld, kann ich da nur sagen. Und wenn ich so darüber nachdenke, bin ich sicher, sie hatte einen scheußlichen Sommer. Lerncamp, mein Gott ...« Er rollte die Augen. »Na ja, am besten, ich gehe sie suchen.«

»Nicht jeder ist so genial wie du und bekommt sofort einen Studienplatz, weil sein Vater am – wie heißt das noch mal – Institute of Foundational Questions in Physics gelehrt hat und noch dazu über das nötige Kleingeld verfügt.«

Caleb steckte den Comic in die hintere Hosentasche, erhob sich, und bevor er die Tribüne verließ, sagte er in dieser halb ironischen, halb arroganten Art, die typisch für ihn war: »Es gibt keine bessere Garantie zu scheitern, als überzeugt zu sein, dass ein Erfolg unmöglich ist, und es deshalb nie zu versuchen.«

»Wow« war alles, was mir dazu einfiel.

Zwei Möwen segelten am Himmel, und ihr Gekreische unterstrich das schrille Läuten der Schulglocke.

Das Spiel war beendet, und die jüngeren Spieler scharten sich um Josh, der sie alle überragte. Sie hofften offensichtlich auf ein paar Sekunden seiner Aufmerksamkeit, einen Tipp, einen anerkennenden Blick. Doch er hatte mich auf den Stufen entdeckt und verabschiedete sich, indem er jeden mit der Hand abklatschte. Strahlend kam er auf mich zu, und mein Herz pochte vor Aufregung. Er war von dem langen Sommer am Strand von Silver Sands braun gebrannt, und seine Haare, die sich leicht lockten, waren so ausgebleicht, dass sie fast schon blond zu nennen waren. Seine Züge waren absolut ebenmäßig, er hatte sowohl die Schönheit seiner Mutter als auch die markanten Gesichtszüge seines Vaters geerbt. Manchmal konnte ich gar nicht begreifen, dass dieser Junge, für den ganz Bluehaven schwärmte, ausgerechnet mich ausgewählt hatte.

»He, willst du das wirklich?«, murmelte er, als ich die Arme um ihn schlang und ihn küsste. »Ich bin total verschwitzt.«

»Genau das mag ich. Männerschweiß.«

Er lachte und küsste mich erneut. Dann warf er sich den Rucksack über die Schulter. »Und – bist du aufgeregt? Schließlich ist das heute der erste Tag unseres letzten Schuljahres. Wir sind auf der Zielgeraden.«

Ich stöhnte laut auf. Zielgerade? Es fühlte sich vielmehr wie der Anfang eines Marathons an. Das kommende Jahr würde ausgefüllt sein mit Bergen von Hausaufgaben, Prüfungen, Collegebewerbungen und meiner Arbeit für das Jahrbuch.

Hand in Hand schlenderten wir den Weg entlang, der zwischen den Backsteinhäusern zum Hauptgebäude führte. Über siebzig Jahre alt, die rote Fassade durchbrochen von schmalen, zugigen Fenstern, stand die Weston High wie ein Klotz inmitten der weichen grünen Rasenflächen. Die Grüppchen von Schülern, die eben noch die Wege entlanggeschlendert waren oder ihre Köpfe zusammengesteckt hatten, lösten sich auf, strömten auf das Gebäude zu und drängten sich durch den Eingang.

Wir kamen an der Aula vorbei. Durch die offenen Fenster hörte ich Stühlerücken, lebhafte Stimmen und lautes Lachen. Die Schulband war dabei, ihre Instrumente zu stimmen.

»Was ist mit heute Abend?«, hörte ich Josh in diesem Moment. »Fahren wir zur Bucht, solange das Wetter hält?«

Die Bucht war unser Lieblingsplatz. Sie gehörte zu dem riesigen Grundbesitz von Joshs Grandma Karen und war nur über eine schmale Schotterpiste durch den Wald erreichbar.

Ich sah nach oben und wünschte mir das intensivste Blau des Jahrhunderts. »Ich kann leider nicht. Aiden, Mandys Sohn, ist am Strand in eine Glasscherbe getreten.« Mandy war Dads Kellnerin im New Spoon. »Liz musste ihn mit sechs Stichen nähen. Dad hat Mandy heute Abend freigegeben, und ich habe ihm angeboten, zu helfen.«

Josh stoppte, hob die Hand und strich mit dem Zeigefinger eine Haarsträhne aus meinem Gesicht. Diese Geste war sanft, und es schien, als verbreitete sich die Berührung über meinen ganzen Körper. »Roy lässt dich bestimmt früher weg …«, murmelte er.

»Dad hat sicher nichts dagegen, nur …«

»Was?«

»Eigentlich wollte ich Amy treffen. Ich habe sie so lange nicht gesehen.«

»Verstehe«, seufzte Josh scheinbar deprimiert. »Erst Amy, dann ich …«

»Ja, daran musst du dich wieder gewöhnen«, erwiderte ich übermütig. »Männer kommen und gehen, beste Freundinnen bleiben.«

Kaum hatte ich es gesagt, löste er seine Hand aus meiner. Ich dachte schon, er wäre gekränkt, doch er winkte lediglich Caleb zu, der sich dem Eingang der Aula näherte. Neben ihm lief Ginger. Dass Josh und Ginger Zwillinge waren, fiel vielleicht nicht auf den ersten Blick auf, aber wenn man sie besser kannte, war die Ähnlichkeit nicht zu übersehen. Beide waren hochgewachsen, und ihre markanten, ausdrucksvollen Gesichter zogen jeden in den Bann. Wobei Gingers Schönheit etwas Kantiges besaß und durch ihre Haare, die zu Dreadlocks verfilzt waren, und ihre eigenwillige Kleidung nicht richtig zur Geltung kam.

Sie und Caleb bemerkten uns nicht, vielmehr schienen sie

heftig miteinander zu streiten. »Gibst du jetzt etwa mir die Schuld?« Gingers laute, rauchige Stimme übertönte das Geschrei der jüngeren Schüler, die durch den Eingang stürmten. Ihre rotblonden, zusammengedrehten Locken flogen durch die Luft, und ihr Profil mit der etwas zu großen Nase wirkte scharf geschnitten. Sie gestikulierte mit ihren langen, schmalen Händen, und als Caleb etwas antwortete, begann sie, nervös an ihren Fingernägeln herumzukauen.

»Was ist denn mit den beiden los?«, murmelte Josh.

»Keine Ahnung.«

Das Stimmengewirr aus der Aula schwoll an und ebbte wieder ab. Dann erklang Musik. Das Orchester stimmte die Schulhymne an.

»He, ihr beiden. Worauf wartet ihr?«, rief Ginger uns zu und verschwand mit Caleb durch die Tür.

»Was ist?«, fragte Josh.

»Amy ist noch nicht da. Ich warte lieber auf sie.«

»Okay. Ich halte euch Plätze frei.« Er löste die Hand aus meiner, gab mir einen raschen Kuss, rannte die Treppe hoch und folgte seiner Schwester und Caleb.

Ratlos sah ich mich um. Der Campus lag verlassen vor mir. Die Bäume raschelten im Wind, und vereinzelt lösten sich Blätter. Ich blickte auf mein Handy, aber es gab immer noch keine neue Nachricht. Vielleicht war Amy schon im Gebäude? Nervös trat ich von einem Fuß auf den anderen und wollte gerade aufgeben, als sich Donnas weißer Toyota näherte und Amy ausstieg.

Ich musste dreimal laut ihren Namen rufen, bevor sie sich zu mir umdrehte.

Ich erkannte das Mädchen, das mir entgegenkam, kaum wieder.

War das wirklich Amy?

Waren ihre Augen nicht größer als früher? Ihre Haut nicht auffallend bleich und durchscheinend? Und ihre unendlich langen Beine, um die ich sie immer beneidet hatte, waren so dünn geworden, dass ich mich fragte, wie sie darauf gehen konnte, ohne dass sie einknickten.

Wir umarmten uns wie immer, und doch war es anders. Amy schenkte mir lediglich ein flüchtiges Lächeln. Und ihr Blick – er traf mich im Innersten. Er besaß denselben verzweifelten und panischen Ausdruck wie damals, als ihr Dad drei Jahre nach seinem Verschwinden wieder in Bluehaven aufgetaucht war, um Donna zu überreden, zu ihm nach Boston zu ziehen. Zum Glück hatte Liz Donna dann doch noch überzeugen können, ihr Leben hier nicht aufzugeben für jemanden, der sie doch nur wieder betrügen und ihr Konto leer räumen würde.

Was auch immer passiert war – Amy war offenbar nicht bereit, darüber zu sprechen.

Möglichst unbeschwert fragte ich: »Wo hast du denn gesteckt? Caleb wollte schon eine Suchexpedition losschicken.«

»Ja?« Ihre Stimme, sonst ruhig und warm, klang heiser, und ich konnte sehen, wie sich auf den schmal gewordenen Wangen rote Flecken bildeten. Sie bückte sich, um die Riemchen der roten Sandaletten festzuziehen.

Vor mir stand Amy. Meine Amy. Meine Amy war der pünktlichste Mensch, den ich kannte. Meine Amy lachte, küsste mich zur Begrüßung und stellte mir tausend Fragen, selbst wenn wir uns erst wenige Minuten zuvor getrennt hatten. Jetzt hatten wir uns acht lange Wochen nicht gesehen – und sie tat nichts davon. Ich konnte es nicht verstehen. Meine Amy würde mich nie so ansehen.

Es entstand ein langes Schweigen.

Wenn sie mich nur nicht so anstarren, sondern diese unnatürliche Stille brechen würde.

»Komm, wir müssen rein«, sagte ich schließlich, als hätte ich nicht bemerkt, dass etwas zwischen uns getreten war.

Schweigend gingen wir nebeneinanderher, und Seite an Seite stiegen wir die Treppe nach oben. An der Tür zögerte sie, und ich erschrak, als sie mich plötzlich fest am Arm packte.

»Du würdest mir doch glauben, Faye, oder?«, flüsterte sie. »Egal was?«

»Natürlich würde ich das«, erwiderte ich atemlos. »Immer.«

So abrupt, wie sie mich gepackt hatte, ließ sie mich wieder los. »Dann heute Abend um acht am Steg«, sagte sie. »Wir müssen reden.« Anschließend ging sie einfach weiter, als wäre nichts geschehen.

Mir wurde ganz kalt, und ich hatte plötzlich einen seltsamen Geruch in der Nase. Er ähnelte dem rußigen Gestank von verbranntem Gummi.

4. KAPITEL

Die Sonne stand tief über dem Hafen, doch die Hitze hatte kaum abgenommen. Nur ab und zu bewegte eine leichte Brise den Plastikvorhang, der das Restaurant von der Terrasse trennte, und ein kühler Lufthauch drang ins Innere.

Ich wischte mir den Schweiß von der Stirn. Jedes Mal, wenn ich die Küche verließ, folgte mir der Geruch von auf dem Grill brutzelnden Steaks und von Zwiebelringen, die in heißem Öl vor sich hin schmorten. Das leere Tablett in der Hand, steuerte ich auf den letzten Tisch am Ende des Raums zu, an dem eine Touristengruppe aus Wisconsin ein Chaos aus fettigen Servietten, klebrigen Tellern und halb gefüllten Gläsern zurückgelassen hatte sowie ein sparsames Trinkgeld von nicht mal zehn Dollar.

Ich stapelte vorsichtig das Geschirr auf das Tablett und bemühte mich dabei, nichts umzustoßen. Den ganzen Tag fühlte ich mich schon benommen und zittrig, wie so oft, wenn ich zu wenig geschlafen hatte. Ich wischte den Tisch sauber und wandte mich nach rechts, um den langen Tresen entlang zu-

rück zur Küche zu gehen. Automatisch ging mein Blick zum Spiegel über dem Regal mit den Spirituosen.
Für einen Moment kam mir das Mädchen im Spiegel seltsam fremd vor, so als würde ich mein eigenes Spiegelbild nicht erkennen. Dabei sah ich wie immer aus. Meine dunklen Augen blickten ein bisschen zu ernst. Einige Strähnen meiner dicken schwarzen Haare hatten sich aus dem Pferdeschwanz gelöst. Meine Haut war glatt und – wie Dad es nannte – milchweiß, selbst nach dem langen Sommer. Ich konnte machen, was ich wollte, ich bekam höchstens ein paar Sommersprossen.
»Wie Schneewittchen«, hatte Amy einmal gesagt, und ich hatte entgegnet, dass ich nicht unbedingt scheintot in einem Glassarg liegen wollte, zumindest nicht, wenn kein Prinz in der Nähe war.
Während ich jetzt an diese längst zurückliegende Unterhaltung dachte, konnte ich nicht nur Amys Glücksstimme hören, sondern geradezu sehen, wie sie unbewusst Tanzschritte machte. Dagegen saß die Begegnung von heute Morgen wie ein Stachel in meinem Kopf. Die Verwirrung hatte mich den ganzen Tag über nicht losgelassen, und je näher der Abend kam, desto aufgeregter wurde ich.
Nach der Ansprache in der Aula heute Vormittag war ich Amy zu unseren Schließfächern gefolgt, die seit dem ersten Tag der Highschool nebeneinanderlagen. Noch immer schockiert von ihrem Aussehen, wollte ich unbedingt herausfinden, worüber sie mit mir reden musste. Ich versuchte es mit allen Mitteln, aber Amy wich mir immer wieder aus … mit einem beharrlichen Kopfschütteln und dem starrsinnigen Hinweis, ich würde es heute Abend erfahren.

Schließlich gab ich es auf und verfolgte ungeduldig, wie sie sorgfältig erst ihren Stundenplan, dann die Bücherliste und schließlich die Tabelle mit den Kursräumen an die Spindtür klebte. Am Ende zog sie noch vier Notizbücher aus dem Rucksack und verstaute sie im obersten Fach. Amy schleppte immer mindestens zwei von diesen Heften mit sich herum, die sie mit einem breiten grünen Gummiband zusammenhielt. In den Notizbüchern notierte sie einfach alles: Beobachtungen, kleine Skizzen, Bruchstücke von Unterhaltungen, Lieblingswörter, Listen, Gedichte, kleine Geschichten. Amy schrieb wirklich gut, und wir lasen uns oft gegenseitig daraus vor.

Vorsichtig erkundigte ich mich nach dem Camp und war erleichtert, als sie erst zögernd, dann aber zunehmend lebhafter von drei Mädchen – May, Laura und Emily – erzählte, die sie im Sommer kennengelernt hatte.

»May wollte unbedingt Schriftstellerin werden«, sagte sie. »Eine zweite Virginia Woolf, verstehst du, genauso traurig und genial.« Sie warf ihre Spindtür zu und sah mich an. »Und Laura ... sie hatte echt Heimweh. Ständig hat sie davon erzählt, wie sehr sie sich nach ihren Freunden sehnt. Die hat nur geheult.« Amy schenkte mir das erste zaghafte Lächeln dieses Vormittags. Es erfüllte mich mit Erleichterung.

»Und dann gab es noch Emily«, sagte Amy schließlich. »Was für eine krasse Streberin!« Die Art, wie sie die Nase rümpfte, war nun endgültig wieder die alte Amy. »Sie hat Tag und Nacht gelernt, obwohl sie irgendetwas mit dem Herzen hatte, eine Myo... Wie heißt das noch mal? Du bist doch diejenige, die Medizin studieren will.«

»Myokarditis?«
»Genau. Sie ist manchmal blau geworden und einfach umgekippt. Ich musste wirklich höllisch auf sie aufpassen.«
Glücklich hörte ich ihr zu. Das war die Amy, die ich kannte und liebte. Ja, sie war dünner geworden, fast schon durchscheinend, aber kein Wunder – das Lerncamp war offensichtlich so etwas wie ein Straflager gewesen. Unterricht von acht bis siebzehn Uhr. Nachtruhe ab neun und tagsüber striktes Handyverbot.
Ich hatte ihr so viel zu erzählen, aber … würde ich dazu am Abend Gelegenheit haben?
Wir müssen reden, hatte Amy gesagt, und es hatte beunruhigend geklungen. Ich hatte ein gutes Gespür dafür, wenn Unheil in der Luft lag.
Eine Gruppe von Hafenarbeitern, die angespannt das Footballspiel auf dem Flachbildschirm verfolgte, fing laut an zu pfeifen. Automatisch sah ich noch einmal in den Spiegel, und da bemerkte ich, wie jemand mich anstarrte. Ich wandte mich um und entdeckte hinter der Theke einen Jungen in einem hellen Hemd, den ich noch nie gesehen hatte. Sein Blick war ruhig und unverwandt auf mich gerichtet, und ich sah, dass er irritierend blaue Augen hatte. Dasselbe tiefe Blau wie das Meer, von dem ich mich unwiderstehlich angezogen fühlte.
Touristengruppen in Bluehaven gab es wie Sand am Meer, aber selten verirrte sich ein einzelner Fremder in den New Spoon.
Ich trat einen Schritt zurück, als wollte ich diesem eindringlichen Blick entgehen, und wäre um Haaresbreite fast mit Dad zusammengestoßen, der mir durch die Schwingtür ent-

gegenkam und dem es zum Glück rechtzeitig gelang, sein volles Tablett zu retten.

»Achtung, Faye, die Teller sind verdammt heiß!«

»Sorry.«

Sein Blick lag prüfend auf mir. »Alles klar?«

Ich nickte. »Ja, natürlich«, sagte ich, obwohl ich eigentlich das Gegenteil empfand.

»Wenn du willst, kannst du jetzt schon gehen«, sagte Dad. »Die Touristen sind abgefertigt, und in der Küche ist nicht mehr viel zu tun. Amy wartet sicher schon sehnsüchtig auf dich, um dir alles über die Jungs aus dem Lerncamp zu erzählen. Ich befürchte das Schlimmste für Caleb.«

Ach, Dad, wenn es nur so wäre, dachte ich und gab ihm einen Kuss auf die Wange. »Danke, du bist einfach der beste, wundervollste, coolste Dad der Welt.«

Er lächelte mit dem für ihn typischen Pokerface – die Stirn hochgezogen, die Augen halb geschlossen, und sein rechter Mundwinkel zuckte verlegen. Ich verdächtigte ihn, dieses Grinsen in seiner Jugend vor dem Spiegel geübt zu haben. Denn auch wenn Dad es nicht wahrhaben wollte, war er ziemlich attraktiv, und es war kein Wunder, wenn die Garde der ledigen, geschiedenen, alleinerziehenden, verwitweten und auch verheirateten Frauen in Bluehaven sich auf ihn stürzten und nicht davor zurückschreckte, mich nach ihm auszufragen.

Dad war der Überzeugung, das läge nur an seinen Kochkünsten.

Erleichtert, endlich aus der stickigen Kneipe zu kommen, stieß ich mit dem Fuß die Tür zur Küche auf. Dort hatte ich meine Tasche neben dem Fenster für die Essensausgabe deponiert. Ich zog den Reißverschluss auf und nahm mein Handy aus dem Seitenfach.

Josh hatte angeboten, mich zum Steg im Jachthafen rauszufahren und wieder abzuholen. »Dann kannst du mir hinterher berichten, was Amy dir unbedingt erzählen musste«, hatte er gemeint. Als ob ich ihm je unsere Geheimnisse verraten hätte.

Er hätte auch Amy abgeholt, aber sie hatte es abgelehnt. »Ich muss vorher noch etwas erledigen«, hatte sie gesagt. »Also, wie verabredet, um acht am Steg.«

Meine Anspannung wurde immer größer. Ungeduldig tippte ich die Nachricht an Josh in mein Handy:

Bin schon fertig. Warte auf dich am Parkplatz.

Ich starrte einige Sekunden auf das Display, doch als keine Nachricht kam, schob ich das Handy in die Hosentasche.

Der weit ins Meer ragende Bootssteg in der Bucht von Cold Cove war Amys und mein Lieblingsort. Eigentlich handelte es sich um den Bootsanleger eines kleinen Privathafens, in dem die Jachten der Lancasters und der Sheramys lagen. Da er nur über einen schmalen Privatweg zu erreichen war, bot er einen idealen Rückzugsort.

Nur manchmal trafen wir dort auf Virginia Donnelly, wenn sie mit ihrem Boot, der *Escape*, hinaus aufs offene Meer fuhr. Virginia war Liz' rechte Hand im Westmill Medical Center, und das Segeln war neben der Arbeit im Westmill ihre zweite Leidenschaft. Sie lebte so zurückgezogen, dass wir nicht befürchten mussten, sie würde uns ansprechen.

Wie viele Nachmittage und Abende hatten Amy und ich dort

schon verbracht, die nackten Beine im Wasser baumelnd, zwischen uns Papiertüten mit leckeren Gurkensandwiches und Oreo-Keksen, die wir beide abgöttisch liebten. Wir hatten über Gott und die Welt geredet, Amy hatte mir vorgelesen, wir hatten gelacht oder schweigend auf das Meer hinausgestarrt.

Nach Amys seltsamem Verhalten in der Schule fragte ich mich zunehmend nervös, ob wir an diesem Abend wieder zu der vertrauten Unbeschwertheit zurückfinden würden.

Aus dem Schankraum draußen tönte das laute Grölen der Hafenarbeiter. Das Spiel schien, zumindest für die Fans hier, gut zu laufen, denn jemand rief: »Ja, renn um dein Leben, Junge!«

Als der Jubel verebbte, es für einen kurzen Moment still wurde, hörte ich jemanden sagen: »Der Besitzer? Das ist der Typ in dem karierten Hemd, der gerade rausgeht. Roy Mason. Warum fragst du?«

Die Antwort konnte ich nicht verstehen, denn sie wurde von tosendem Beifall verschluckt. Touchdown für die Boston Patriots.

Ich griff gerade nach meiner Jacke, als draußen plötzlich Joshs und dann mein Name fiel. Die Stimme des Fragenden kannte ich nicht, wohl aber die, die jetzt antwortete. Sie gehörte zu Tyler Coleman, Deputy am County Police Department, geboren in Bluehaven, Abschluss 2013 an der Weston High.

Natürlich war es normal, dass Menschen über Menschen sprachen. Ich tat schließlich dasselbe jeden Tag mit Amy, und es gab vermutlich niemanden in ganz Bluehaven, den wir dabei vergaßen. Aber was hatte Tyler über Josh und mich zu sagen? Ich fühlte ein merkwürdiges Kribbeln, als würde mein Nervensystem *SOS* signalisieren. Ich schwankte zwischen dem Bedürfnis, dem Gespräch zu lauschen, und dem Wunsch, Tyler mit meinem Anblick zu konfrontieren.

Dann fiel der Name meiner Tante.

»Liz St. Clair?«, fragte Tyler. »Ja, sie leitet das Westmill Medical Center.«

Damit war es entschieden. Entschlossen drückte ich die Schwingtür auf, und nur eine Sekunde später schob ich mich demonstrativ hinter den Tresen und fand mich direkt Tyler gegenüber.

Die Mütze seiner Uniform in der linken Hand, lehnte Tyler am Tresen. Seit der Highschool hatte er die Frisur nicht verändert, wenn man überhaupt von einer Frisur sprechen konnte. Amy meinte, er würde täglich gleich nach dem Muskeltraining und dem Zähneputzen mit dem Rasierapparat darübergehen.

Direkt neben ihm saß der Fremde mit den meerblauen Augen, aus denen er mich gerade ungeniert musterte.

»Oh, hi, Faye!« An Tylers Reaktion konnte ich erkennen, wie unbehaglich er sich fühlte. »Ich wusste ja gar nicht, dass du heute hier bist. Hilfst du deinem Dad?« Ohne meine Antwort abzuwarten, wandte er sich an seinen Nachbarn: »Das ist Faye, von der ich dir erzählt habe, du weißt schon, die Tochter des Besitzers und die Nichte von Dr. St. Clair. Und, Faye, das ist Luke. Er ist neu in Bluehaven.«

Der Unbekannte streckte mir die Hand über den Tresen entgegen. Als ich sie ergriff, hielt er sie den Bruchteil einer Sekunde länger fest, als normal war. Es fühlte sich vertraut an, obwohl ich mir sicher war, dass ich ihn hier noch nie gesehen hatte.

»Luke Salerno.«

Luke. Salerno.

Auch den Namen hatte ich noch nie gehört.

»Die Kneipe gehört also deinem Dad«, schrie er gegen das wieder anschwellende Stimmengewirr der Football-Zuschauer an, die sich gerade über ein Foul am Quarterback ereiferten.

»Das Wort *Kneipe* hört er nicht gern«, brüllte ich zurück.

»Danke für den Tipp.«

Ich nickte und fühlte, wie ich unter seinem langen Blick verlegen wurde. »Was machst du hier in Bluehaven?«

»Ich sehe mich ein bisschen um.«

Niemand sah sich in Bluehaven einfach so um. Entweder man kam als Tourist her oder als Hafenarbeiter. »Und wie lange willst du bleiben?«

Er hob die Hände: »Mal sehen, was das Schicksal so vorhat.«

Mein Handy vibrierte. Ich zog es aus der Hosentasche und las die kurze Nachricht.

Bin in fünf Minuten da. Love. Josh.

Als ich wieder aufsah, hatte der Fremde den Tresen verlassen und bewegte sich Richtung Tür.

Er sah gut aus, aber nur halb so gut wie Josh. Dennoch gehörte er zu dieser Art von lässigen Typen mit dunklem Dreitagebart, von denen Ginger geradezu besessen schien. Sie würde Luke als »Leckerbissen« bezeichnen und sich genüsslich die Lippen lecken.

»Glaubst du, es geht ihr gut?«, riss Tyler mich aus den Gedanken.
»Was hast du gesagt?«
»Geht es Amy gut?« Sein Blick hing an meinem Mund, seine Nervosität war greifbar.
»Warum fragst du?«, erkundigte ich mich.
»Normalerweise seid ihr unzertrennlich.«
»Spionierst du ihr etwa nach? Notierst du dir, wo sie war? Wo sie sich aufhält? Hör auf, Amy zu stalken!«
Tyler war seit Langem in Amy verliebt. Das war kein Geheimnis in Bluehaven. Die letzten beiden Jahre hatte er unzählige Male vergeblich versucht, sie zu einem Date zu bewegen. Immer wieder fuhr er wie zufällig an ihrem Haus in der Perkins Street vorbei, er half Donna, wo er nur konnte, kurz: Er suchte jede Gelegenheit, Amy zu sehen. Eine Zeit lang hatten wir ihn nur den »Stalker« genannt. Und es hörte auch nicht auf, als Amy ihm nach dem Schulball im Mai erzählt hatte, dass sie mit Caleb zusammengekommen war.
Ich ging um den Tresen herum, um nicht länger schreien zu müssen. »Gib es endlich auf, ihr nachzulaufen. Sie und Caleb sind ein Paar, und das wird sich so schnell nicht ändern.«
»Ach ja? Da bin ich mir nicht so sicher«, murmelte er spöttisch, ja, fast schon boshaft, was nicht gerade typisch für Tyler war. Er war eher der stille, nachgiebige Typ, auch wenn man das bei seinen breiten Schultern, den Muskelpaketen an den Armen und diesem Army-Haarschnitt nicht vermutet hätte.
»Was willst du damit sagen?«
Er nahm einen langen Schluck von der Cola, wischte sich an-

schließend mit der Hand über den Mund, und da war wieder dieser ironische Ausdruck in seinem Gesicht. »Sagen wir es mal so: Noch ein Jahr, und dann seid ihr hier weg, oder? College und so weiter. Vieles ändert sich. Ihr werdet Bluehaven vergessen, neue Leute kennenlernen.«

Die Tatsache, dass Tyler mir offensichtlich nicht in die Augen sehen konnte, sondern die ganze Zeit hoch zum Fernseher starrte, machte mich unruhig.

»Die Dinge ändern sich oft schneller, als man denkt. Highschool-Freundschaften halten nicht ewig. Oder glaubst du, Josh und du, ihr werdet ewig zusammenbleiben?«

»Ja, das glaube ich.«

»Träum weiter.«

»Tyler, was soll das? Willst du mir irgendetwas sagen? Dann raus damit.«

»Nein.« Seine Augenbrauen zuckten nervös. »Hör einfach nicht auf mich.«

Aber irgendetwas war an seinem Verhalten, das mich misstrauisch machte. »Was hast du eigentlich dem Typen gerade erzählt? Über mich und Josh? Und was macht der überhaupt hier?«

»Er hat hier Familie«, erwiderte Tyler, setzte das Glas an die Lippen und trank es in einem Zug leer.

»Salerno? Den Namen gibt es nicht in Bluehaven.« Ich griff nach meiner Tasche. »Du solltest den Leuten nicht so schnell vertrauen. Und lass Amy in Ruhe.«

»Vielleicht braucht sie mich ja noch.«

Das Lachen, mit dem er das sagte, berührte mich unangenehm. Es lag keine Verlegenheit darin oder auch nur die ge-

ringste Spur von Schuldbewusstsein. Im Gegenteil. Es schien eher so, als ob Tyler mir mit diesem letzten Satz sagen wollte: Ich weiß etwas, was du nicht weißt.
Der Gedanke machte mich nervös, und meine Unruhe wurde immer größer. Was war im Sommercamp passiert? Was hatte Amy so verändert? Was beunruhigte sie?
»Lass Amy einfach in Ruhe«, wiederholte ich. Ohne mich zu verabschieden, ging ich zur Tür und stieß sie mit der rechten Hand auf. Draußen auf der Holzbrücke, über die man das auf Stelzen über dem Meer errichtete Restaurant erreichte, wehte mir ein frischer Wind ins Gesicht. Ich atmete tief durch und fühlte mich, als würde ich aus dem Wasser auftauchen und endlich wieder frische Luft in meine Lungen bekommen.
Möwen schwebten tief über dem dunklen Wasser. Ich hörte, wie die Wellen gegen die Mole stürzten und über die Felsen schwappten. Ich roch den modrigen Tang, der sich an die Holzpfosten unter mir klammerte.
Die Sonne war dabei, unterzugehen, und ihre letzten Strahlen zeichneten breite, dunkle Streifen auf die Holzplanken, die vor meinen Augen flimmerten. Die aus dem Wasser ragenden Felsrücken warfen lange Schatten, und für einen kurzen Moment konnten sie in meiner Phantasie alles sein. Einsame Inseln, auf die noch keiner je einen Fuß gesetzt hatte. Wale, verzweifelt, orientierungslos, die vom offenen Meer Richtung Küste trieben. Der Kiel eines Fischerboots, kurz davor, auf den Grund des Atlantischen Ozeans zu sinken.
Mein Blick flog über den dunklen Parkplatz, der sich zwischen dem New Spoon und den Hallen des Fischmarktes am

Hafen erstreckte. Ich konnte Joshs Wagen nicht entdecken, doch ich wusste, er würde kommen. Josh kam immer. Er war der zuverlässigste Mensch, den ich kannte.

Und dann entdeckte ich den fremden Jungen, wie er am unteren Ende der Holzbrücke am Geländer lehnte. Er schnippte den Rest einer Zigarette nach unten und starrte aufs Wasser. Als er meine Schritte auf den Holzplanken hörte, richtete er sich auf und kam mir entgegen. Seine zu große Jeans, die nackten Füße in den Turnschuhen, die Schachtel Zigaretten in der Brusttasche seines Hemdes – Luke Salerno schien zu den Menschen zu gehören, denen das Leben keine Angst machte.

Mein Herz klopfte plötzlich so heftig, dass ich meinen Puls bis in die Fingerspitzen spürte. Nervös schob ich die Haarsträhne, die sich aus dem Pferdeschwanz gelöst hatte, hinter das Ohr.

Er zögerte kurz, als wir in der Mitte der Brücke aufeinandertrafen, doch dann ging er einfach an mir vorbei. Und plötzlich war ich mir sicher. Luke Salerno war nicht zufällig hier. Er war nach Bluehaven gekommen, um eine Mission zu erfüllen. Er war gekommen, um zu bleiben.

5. KAPITEL

Das schmale Wolkenband, hinter dem die Sonne abzutauchen begann, schien aus dem Nichts gekommen zu sein. Zumindest hatte ich es bisher nicht bemerkt. An der Kaimauer rieben sich Steine aneinander, was sich anhörte wie ein leises Grollen, das aus dem Innern des Meeres hochstieg.

Der Parkplatz war leer bis auf die wenigen Autos, die schon zuvor da gewesen waren. Einige Bojen hüpften auf und ab, und die Boote im Hafen schwankten im stärker werdenden Wind.

Hinter mir hörte ich das Schimpfen von Möwen, die sich auf den Müllcontainer einige Meter links von mir stürzten, und für einen Moment war ich in Versuchung, in ihr Gemecker einzustimmen.

Denn ich saß seit zwanzig Minuten auf der Bank am Kai und versuchte bereits zum dritten Mal, Josh zu erreichen. Als die Mailbox erneut ansprang, stieß ich einen ungeduldigen Seufzer aus. Es sah Josh überhaupt nicht ähnlich, sich zu verspäten.

Ich überlegte, ob Amy bereits am Steg war, und wählte ihre Nummer, aber auch hier antwortete mir nur die Mailbox.
Ich steckte das Handy ein und sah mich ungeduldig um. Nervös trat ich von einem Fuß auf den anderen. Übertrug sich meine Nervosität auf die Umgebung, oder war es umgekehrt? Jedenfalls lag eine seltsame Spannung in der Luft, selbst die Möwen verhielten sich merkwürdig.
Irritiert starrte ich auf das Schauspiel, das sich über der Mülltonne abspielte, wo die Möwen sich um die Reste eines Superburgers stritten.
Und dann sah ich, wie sich eine Gestalt mit schlurfendem Gang näherte.
Missy.
Sie trug einen langen schwarzen Rock, eine gelb-blau gestreifte Bluse und schleppte zwei Plastiktüten mit sich herum. Schon von Weitem konnte ich erkennen, dass sie mit sich selbst sprach. Vermutlich erzählte sie sich Geschichten, die sie sich in ihrem wirren Gehirn zurechtgesponnen hatte.
Sie steuerte geradewegs auf den Mülleimer zu. Mich ignorierte sie. Vermutlich hatte sie unser Zusammentreffen von gestern Abend genauso vergessen wie meinen Namen.
Mit heftigen Handbewegungen und einem zischenden *»Husch, husch, weg da, das gehört mir!«* verscheuchte sie die Möwen.
Dann bückte sie sich und fing an, im Abfall herumzukramen.
Missy war ihr richtiger Name, und für viele hier klang er verdächtig nach Messie. Sie war bekannt für ihre Streifzüge entlang der sogenannten »Messie-Route«, womit die Abfall-

eimer von Bluehaven gemeint waren. In ihrem kleinen Cottage nahe dem Friedhof verstaute Missy ihre Schätze in Kisten und Müllsäcken und vergaß sie dann. Dad brachte ihr oft übrig gebliebene Lebensmittel aus dem New Spoon vorbei. Manchmal begleitete ich ihn. Die Kartons und Plastiksäcke türmten sich schon vor ihrem Haus, und einmal hatte dazwischen ein Waschbär gesessen.

Einige Minuten später richtete Missy sich wieder auf, wandte sich um und kam schlurfend mit einer Zeitung auf mich zu. Als sie vor mir stand, streckte sie mir die mit Ketchup verschmierte Ausgabe des *Bluehaven Patriot* entgegen.

»Hier steht alles«, sagte sie wieder in diesem naiven Tonfall, bei dem, wie schon letzte Nacht, Gänsehaut meine Arme überzog. »Aber nicht, wann sie kommt. Doch ich bin gut im Verstecken.« Mit krächzender Stimme verfiel sie in einen kindlichen Abzählreim: *»One, two, three, four, five, six, seven, all good children go to heaven.«*

Sie brach ab, trat dicht an mich heran und legte ihre Hand mit einer plötzlichen sanften Schüchternheit auf meinen Arm. Eine magere Hand, eine kalte Hand.

Ihr Grinsen ließ mich zusammenfahren. Ein Ausdruck in ihrem Gesicht, mit dem sie ebenso verwirrt wie unschuldig aussah. Es war, als ob ihre Verrücktheit mir persönlich ins Gesicht starrte.

»Versprichst du mir etwas? Versprichst du es?«

»Ja«, stammelte ich.

»Du musst dich fürchten«, erklärte sie erst leise und dann lauter, geradezu zornig. »Aber in mein Versteck kommst du nicht!«

Zum Glück hörte ich jetzt hinter mir das Geräusch eines Wagens, der auf den Parkplatz bog. Ein Hupen ertönte, und als ich mich umdrehte, sah ich den weißen Hummer von Joshs Mom auf mich zufahren. Ich konnte durch die Windschutzscheibe erkennen, wie Josh entschuldigend die Arme hob und den Kopf schüttelte.

»Steig nicht ein«, murmelte Missy. »Das bringt Unglück.«

Welches Unglück?, wollte ich fragen, doch sie schlurfte schon weiter auf den New Spoon zu und hob eine Coladose vom Boden auf.

Josh beugte sich zur Beifahrertür und öffnete sie. Schnell schlüpfte ich auf den Sitz.

»Warum hast du Claires Wagen? Ist dein Alfa Romeo nicht in Ordnung?«

Er rollte mit den Augen. »Der schon. Aber Ginger nicht.«

Oh. Ich konnte mir denken, was passiert war.

»Sie hat deinen heiligen Alfa gestohlen?« Ich lachte. »Woher hatte sie deine Schlüssel?«

»Sie schreckt wirklich vor nichts zurück. Sie muss sie aus meinem Rucksack genommen haben. Keine Ahnung, wo sie hin ist.«

Ginger war wirklich schrecklich. Wie hatte sie über sich selbst gesagt, als sie mit den Dreadlocks und schrillen Klamotten aus New York zurückgekommen war? *Ich befinde mich gerade in einer experimentellen Phase.*

Manchmal verlor Ginger jedes Gefühl für Grenzen. Und manchmal beneidete ich sie fast um die Fähigkeit, alles leichtzunehmen.

Ich betätigte den Fensterheber und ließ die Scheibe zur

Hälfte herunter, um frische Luft in meine Lungen zu lassen.
»He, alles okay?« Josh legte seine Hand auf mein Knie.
Ich hielt seinen Blick fest, entspannte mich und schaute einen Moment länger in seine Augen. »Ja. Ich bin nur froh, dass du endlich da bist.«
Ich erwiderte seinen Kuss und spürte seinen Atem, warm und vertraut. Seine Lippen schmeckten salzig wie das Meer, als meine Zunge darüberstrich, und seine Haare rochen frisch und kühl wie die Luft, die zum Fenster hereinströmte.
»Ich habe dich vermisst«, murmelte er.
»Warum hast du dich dann verspätet?«
»Grandma. Sie kam gerade, als ich losfahren wollte. Sie wollte etwas mit mir besprechen.«
Ich griff nach dem Sicherheitsgurt. »Verstehe.«
Natürlich verstand ich. Joshs Großmutter war Karen Lancaster. Sie leitete das Familienunternehmen der Lancasters, ein Imperium aus Tankstellen entlang der Küste, besaß zahlreiche Immobilien im ganzen County und – laut Dad – ein Gesamtvermögen, das einer halben Kleinstadt das Überleben hätte sichern können.
Das tat es in gewisser Weise auch. Karen Lancaster war sehr großzügig, unterstützte nicht nur unsere Schule, das Westmill Medical Center und das Gemeindehaus, sondern auch die Sportteams, und ohne sie wäre Reverend Brody vermutlich nicht in der Lage gewesen, die neue Orgel für seine Kirche anzuschaffen. Doch Tatsache war: Niemand würde Grandma Lancaster widersprechen. Wenn sie rief, dann konnte man sich nicht einfach damit herausreden, dass man

seine Freundin abholen musste, auch wenn man ihr Lieblingsenkel war.
»Und? Worum ging es?«
»Um nächsten Montagabend.« Josh zögerte kurz. »Ich wurde zum Treffen des Monday Club eingeladen. Am Labor Day. Sie haben offenbar beschlossen, mich jetzt schon als Mitglied aufzunehmen.« Er nahm die Hände vom Steuer.
Mir war immer klar gewesen, dass Josh, Caleb, Ginger und ich eine Einladung erhalten würden, aber erst, wenn wir unseren Highschool-Abschluss in der Tasche hätten.
»Und was ist mit uns?«, fragte ich verblüfft.
Josh hob die Schultern. »Darüber hat Grandma nichts gesagt.«
Der Monday Club existierte seit der Gründung von Bluehaven. Hier engagierten sich die ältesten und wohlhabendsten Familien der Stadt. Wie der Club entstanden war und was die Mitglieder verband, das wusste ich nicht im Detail, obwohl meine Tante Liz Montag für Montag an den Sitzungen teilnahm. Amy hatte immer wieder versucht, mich über den Monday Club auszufragen. Aber ich wusste nicht mehr als jeder andere in Bluehaven. Wenn ich Liz danach fragte, lachte sie und scherzte, die Zusammenkünfte wären so spannend wie ein Bibelabend von Reverend Brody.
Offiziell war nur bekannt, dass der Monday Club sich für verschiedene wohltätige Zwecke engagierte. Josh vermutete, dass auch wirtschaftliche Interessen eine Rolle spielten. Schließlich gehörten unsere Familien zu den reichsten an der Küste von Maine.
Ich warf einen Blick nach rechts, wo ein Stück rote Plastik-

plane vom Wind über die Terrasse des New Spoon gezerrt wurde, sich aufblähte und über das Geländer hinaus aufs Meer flog.
»Du wirst sicher auch bald gefragt«, sagte Josh in einem Tonfall, als ob er mich trösten wollte. Den Gedanken daran, dass ich irgendwann an den Sitzungen teilnehmen würde, hatte ich bisher verdrängt. Die Zukunft – all das, was auf uns zukam, was von uns erwartet wurde – machte mir furchtbare Angst. Wie Missy mir Angst machte und Amys Ankündigung, sie müsste unbedingt mit mir sprechen.
Aber wenn Josh jetzt schon seine Einladung zu den Treffen erhalten hatte und ich nicht, dann musste das einen Grund haben. Hieß das im Gegenzug, dass ich noch nicht so weit war? Dass man mir nicht vertraute?
»Was ist mit Caleb?«
Josh schüttelte den Kopf. »Nur ich.«
Der Gedanke störte mich. Wenn er als Einziger von uns aufgenommen wurde, konnte ich Josh nicht einmal fragen, worüber sie gesprochen hatten. Er würde es mir nicht sagen dürfen. Wir hatten schon als Kinder gewusst, dass man bei der Aufnahme in den Club schwören musste, absolutes Stillschweigen über die Treffen zu bewahren – das Gelöbnis kannten wir alle seit Jahren auswendig: *Wehe dem, der mich versucht, diesen Schwur zu brechen, und wehe mir, sollte ich solcher Versuchung nachgeben.*
Plötzlich hatte ich das dringende Bedürfnis, die Zeit anzuhalten, genau in diesem Moment. Nichts sollte sich verändern; für immer wollte ich den Augenblick einfangen wie eine Fliege in einem Glas, um ihn zu bewahren.

»Faye, alles in Ordnung?«, fragte Josh sanft.

Ich wollte gerade den Kopf schütteln, da sah ich Tyler aus dem Restaurant stürmen. Das Smartphone ans Ohr gedrückt, jagte er den Parkplatz entlang, bis er schließlich an seinem Auto stoppte und aufgeregt in das Telefon sprach. Gleich darauf riss er die Wagentür auf, sprang hinein, und sofort heulte der Motor auf.

Plötzlich hatte ich einen widerlichen Geschmack im Mund und musste husten, um ihn loszuwerden. Die Augen geschlossen, lehnte ich mich zurück und atmete tief durch. Mit zitternder Hand öffnete ich die Tasche, zog einen Streifen Kaugummi heraus und begann langsam zu kauen. Pfefferminze.

Der üble, fremde Geschmack verschwand, und ich entspannte mich schon wieder, als Tylers Streifenwagen sich näherte. Knapp vor uns vollführte er eine scharfe Wendung, und dann schoss der Wagen auf die Ausfahrt zu, wo er mit quietschenden Reifen und eingeschalteter Sirene, ohne anzuhalten, nach links in die Water Street einbog. Offenbar hatte er einen Einsatz.

»Fahr bitte los«, sagte ich und schloss die Augen, um alles andere auszublenden.

Nichts war jetzt wichtig außer Amy. Alles andere spielte keine Rolle. An unserem vertrauten Platz würde sie mir sagen, was sie bedrückte, und – alles wäre wie früher.

Josh rollte langsam auf die Ausfahrt zu und blieb an der Kreuzung stehen, während Tyler über die rote Ampel raste, um dann nach rechts abzubiegen.

»Hast du vorhin Missy gesehen?«, fragte ich Josh.

Er schüttelte den Kopf. Der Blinker machte leise Geräusche, als wir dem Streifenwagen folgten, den wir aber schnell aus dem Blick verloren.
Ich überlegte, ob ich ihm von letzter Nacht erzählen sollte. Stattdessen sagte ich: »Sie hat vor irgendetwas schreckliche Angst.«
»Wahrscheinlich vor sich selbst«, erwiderte Josh.
Ich sah durch die Scheibe und stellte fest, dass das schmale Wolkenband sich zu einem hohen Wolkenberg aufgetürmt hatte. Vielleicht wurde das Wetter doch zu schlecht für unser Treffen am Steg?
Wir nahmen die schmale Straße am Friedhof vorbei durch den Wald. Sie gehörte zum Besitz von Joshs Grandma und war der einzige Zugang zum Strand von Silver Sands. Um zum Steg im Jachthafen zu gelangen, war sie ein Umweg, aber der unwegsame Schleichweg hatte den Vorteil, dass wir ungestört waren und nicht ganz Bluehaven mitbekam, wohin wir fuhren.
Wir passierten den Friedhof und tauchten in den Wald ein. Die im Wind wankenden Bäume neigten ihre Köpfe und schienen mich durch die Windschutzscheibe anzustarren. Fast als wollten sie mich warnen. Am liebsten wäre ich umgekehrt. Aber Dad sagte immer: *Hat man einmal einen Weg eingeschlagen, dann gibt es kein Zurück mehr.* Und in solchen Dingen behielt er meistens recht.

6. KAPITEL

Auf der schmalen Straße, die sich endlos vor uns zu erstrecken schien, drängten sich zu beiden Seiten die Bäume aneinander. Ihre dichten Kronen lösten sich in der Dunkelheit auf, sodass nur die hoch aufragenden Stämme zu erkennen waren, die sich wie die Schiffsmasten eines alten Schoners aneinanderreihten.

Immer wieder beugte ich mich nach vorne und starrte durch die Windschutzscheibe nach oben, in der Hoffnung, hinter den Wolken schon einen blassen Abdruck der Sichel entdecken zu können, denn irgendwann hatte ich den Mond zu meinem Talisman erklärt. Er war mein Silberstreif in den vielen Nächten, in denen ich nicht schlafen konnte.

Woher meine Nervosität kam, wusste ich nicht. Doch Josh schien sie zu spüren. »Der Sommer ist endgültig vorbei, oder?«

Ich seufzte. »Und er war wie immer zu kurz.«

Der Wagen kam zum Stehen. Josh beugte sich zu mir und nahm mein Gesicht in seine Hände. »Aber ich werde ihn nie vergessen.«

»Ich auch nicht«, flüsterte ich und erwiderte seinen Kuss. »Aber jetzt wartet Amy auf mich.«

»Und das bedeutet, ich muss dich wieder mit ihr teilen.«

Prüfend sah ich ihn von der Seite an und war erleichtert, als ich ihn lächeln sah.

Josh fuhr wieder los. Der Wagen holperte über mehrere Schlaglöcher auf dem Waldweg, und ich wurde im Sitz herumgeschüttelt wie eine Puppe. Josh lachte, und ich wollte schon einstimmen, aber im nächsten Moment wurden wir beide still, denn als wir die Abzweigung zur Cold Cove erreichten, steuerten wir auf ein Karussell von blau-roten Lichtkreisen zu.

»Was ist denn hier los?«, murmelte Josh und bremste abrupt.

Vor meinen Augen tanzten Lichtpunkte, und etwa fünfzig Meter von uns entfernt schien es von Menschen und Fahrzeugen zu wimmeln. Wie in Zeitlupe passierten wir einen beleuchteten Abschleppwagen mit der Aufschrift *BUTCHER*. Die Tür stand weit offen, doch ich konnte niemanden im Führerhaus erkennen. Weiter vorne sah ich einen Rettungswagen und zwei Einsatzfahrzeuge der Polizei.

Eingetaucht in einen grellen Lichtkegel, stand Frank Turner mitten auf dem Weg und stoppte unseren Wagen mit hektischen Armbewegungen. Frank war der verantwortliche Chief des Police Departments, und ich kannte ihn so gut, dass ich ihn seit meiner Kindheit beim Vornamen nannte.

Josh ließ das Fenster hinunter und beugte sich hinaus. »Was ist passiert, Frank?«

Die Art, wie der Chief mit der Antwort zögerte, den breitkrempigen Hut abnahm und sich nervös über die Glatze strich, ließ meinen Magen flattern.

»Besser, ihr steigt aus«, murmelte Frank und vermied es, Josh oder mich anzusehen.

Josh fuhr zur Seite und parkte direkt hinter dem roten Sportwagen, den Virginia, Liz' Kollegin, fuhr.

Da war es wieder, das Gefühl, als steuerte ich auf etwas zu, was außerhalb meiner Kontrolle lag.

Ich rührte mich nicht, sondern sah Josh nach, wie er im Licht der Scheinwerfer auf Frank zuging, mit ihm sprach und plötzlich losrannte.

Der Wald lichtete sich an dieser Stelle bereits, das Meer war ganz nah. Die Laubbäume, von denen bereits einige ihre Blätter verloren, standen hier in großen Abständen inmitten eines weichen Betts aus Moos und Gräsern. Ein Märchenwald, durch den sich aber, das sah ich erst jetzt, eine hässliche Schneise zog. Aufgewühlte Reifenspuren durchpflügten den Boden.

Mich fröstelte, meine Knie waren weich, als ich den ersten Fuß auf die Straße setzte. Ein Geruch nach Auspuffqualm und etwas Verbranntem lag in der Luft, der mich vage an etwas erinnerte.

Der Wagen hing mit dem linken Reifen, von dem nur noch Fetzen übrig waren, an einem Baum, und ich erkannte ihn sofort. Es war Joshs Alfa Romeo.

Ein leichter Windstoß erhob sich. Ein Blatt segelte durch die Luft und fiel mir auf die Hand. Ich setzte mich langsam in Bewegung, als würde ich schweben, wobei mich das knarrende Geräusch, das meine Schuhe auf der Schotterstraße erzeugten, irritierte. Es schien mir einfach zu laut in dieser Stille, die keine war, denn sie wurde überlagert von lauten Rufen, den strengen Anweisungen von Frank und dem schrillen Klang einer zu fröhlichen Handymelodie.

Der Alfa war eindeutig vom Weg abgekommen und gut fünf, sechs Meter in den Wald geraten, bevor ihn ein Baum abgebremst hatte. Aber, und das beruhigte mich ein wenig, er schien auf den ersten Blick keinen großen Schaden genommen zu haben.

Ein Unfall, der kaum Spuren am Auto hinterließ, war kein richtiger Unfall, sondern lediglich ein Blechschaden, oder? Und die Polizei, der Rettungswagen, die Feuerwehr – alles nur reine Vorsichtsmaßnahmen.

Josh war nicht zu seinem Auto gerannt, sondern zu Franks schwarzem Jeep, der hinter dem Rettungswagen parkte. Wie in Zeitlupe erreichte ich ihn, und als Erstes fiel mein Blick auf die bunten Clips in Gingers Haaren. Im nächsten Moment dachte ich, ihr Mund wäre blutverschmiert, bis ich begriff, dass es nur ihr Lippenstift war. Im fahlen Licht sah sie aus wie ein Vamp, und offenbar hatte sie genau das gewollt, denn sie trug ein schmales Lederband mit Silberbeschlägen um den Hals und eine schwarze Wickeljacke über einem weinroten Kleid, dessen tiefen Ausschnitt Claire sicher nicht gutgeheißen hätte.

Ich atmete tief durch. Sie war in Ordnung. Sie war okay. »Ginger, geht es dir gut?«, fragte ich.

Sie saß in eine Decke gehüllt, und während sie in alter Gewohnheit mit ihren spitzen weißen Zähnen unablässig wie ein Nagetier an den Fingernägeln ihrer linken Hand kaute,

zitterte der Styroporbecher in ihrer rechten. Ich nahm ihn ihr ab, als der Kaffee auf ihre Knie tropfte.
»Mir ist nichts passiert«, murmelte sie. »Mir ist nichts passiert. Aber du darfst es Mom nicht erzählen, okay? Du darfst kein Wort sagen. Dad wird mich umbringen.«
In ihren Haaren hing Staub, sie war totenblass, und an der Stirn klaffte ein Riss, den jemand provisorisch behandelt hatte. Blut war ihr in die Haare gesickert.
»Das muss genäht werden, Ginger«, sagte ich automatisch. »Hat Virginia sich das angesehen? Wo ist sie eigentlich?«
Hilfe suchend sah ich mich nach Virginia um. Doch ich konnte ihre hohe, sportliche Gestalt nirgends entdecken.
Niemand, der mich ansah. Die Zeit, die flackerte. Die Geräusche hatten eine gespenstische Leichtigkeit und gaben mir das Gefühl, alles wie durch eine Glaswand wahrzunehmen.
Ein rhythmisches Piepen von irgendwoher und eine entfernte Stimme, die brüllte: »Jetzt reiß dich endlich zusammen, Tyler, und verschwinde hier.«
Ich hörte nicht, was Josh oder Ginger sagten – ihre Stimmen verwehten, denn als ich mich aufrichtete, fiel mein Blick auf den Rettungswagen vor uns und die Regenfäden, die in den Lichtkreisen durcheinandergewirbelt wurden. Wann hatte es angefangen zu regnen?
Die Seitentür des Rettungswagens war geöffnet, doch Frank Turner und Tyler, den ich jetzt erst bemerkte, versperrten mir die Sicht. Hin- und hergerissen zwischen dem Gefühl, dass ich wissen musste, was dort vor sich ging, und dem Drang, einfach wegzulaufen, näherte ich mich den beiden.

Als ich nur noch etwa fünf Schritte entfernt war, löste sich Tyler von Franks Seite und stolperte über den schlammigen Boden in Richtung von Joshs Alfa.

Und dann sah ich Virginia im Inneren des Rettungswagens stehen. Sie trug dunkelblaue Jeans und eine weiße Wickelbluse, die die Bräune in ihrem Gesicht hervorhob. Obwohl sie schon seit fünf oder sechs Jahren im Westmill arbeitete, war Virginia mir immer fremd geblieben. Jemand, der nicht nach Bluehaven gehörte. Sie hatte keine Kinder, war nicht verheiratet, und ihr einziges Hobby war ihr Segelboot.

Jetzt beugte sie sich über die Liege im Rettungswagen und versperrte mir die Sicht.

»Wir verlieren sie, Andy.« Ihre Stimme war knapp, konzentriert und beherrscht, aber das, was sie sagte, hämmerte in meinen Ohren. »Ein Milligramm Epinephrin.«

Andy Gove, der Rettungssanitäter, zog eilig eine Spritze auf, und als Virginia danach griff, gab ihr Körper den Blick auf eine rote Sandalette frei, die nur noch mit dem Riemen an einem linken Fuß hing. Der zweite Schuh war verschwunden, und die nackten Zehen waren blau vor Kälte.

Dieselben Schuhe hatte Amy heute Morgen getragen.

Amy?

Ich war taub und blind vor Panik, aber ich blieb nicht stehen, sondern setzte einen Schritt vor den anderen, lief weiter wie auf Autopilot, und meine Gedanken kreiselten durcheinander.

»Wieder reanimieren.«

»Amy?« Ein Laut, der gar nicht nach mir klang. Vielleicht nach einem Tier.

Virginia drehte sich erschrocken um. Die dunkelbraunen Haare klebten ihr am Kopf, und die Starre in ihrem Gesicht traf mich wie ein Schlag.

Sie gab Frank ein Zeichen und beugte sich im selben Moment wieder nach unten, doch ich konnte nicht erkennen, was genau sie tat.

Franks Arm lag schwer auf meiner Schulter, und sein Griff schmerzte, als er mich zurückzog. »Faye, komm hier weg. Bitte.«

Ich brachte kein Wort über die Lippen, doch ich konnte meine Zähne hören, die aufeinanderschlugen.

»Sie tun alles, was sie können«, sagte Frank.

Ich war oft genug im Westmill Medical Center gewesen, und Liz hatte mir immer alles genau erklärt, denn irgendwann, so der Plan, würde ich dort ihre Nachfolge antreten. Ich konnte ein Elektrokardiogramm entziffern, wusste, was ein Defibrillator war, und mir war sofort klar, dass die automatische Herzdruckmaschine versuchte, Amys Herz wieder zum Schlagen zu bringen.

»Noch einmal ein Milligramm Epinephrin.«

Ich hörte die Stimmen – weit weg –, sie vermischten sich mit den Geräuschen der Geräte. Dazu die schnellen Bewegungen von Virginia, ruhig und vollkommen beherrscht, aber gleichzeitig in höchster Eile.

Ich wand und wehrte mich heftig, als mich kräftige Arme abermals packten und vom Rettungswagen wegzogen. Doch diesmal war es nicht Frank, der mich nach hinten zerrte, sondern Josh. Er schlang seine Arme fest um mich, und alles in mir drängte danach, mein Gesicht in seiner Schulter

zu vergraben und einfach alles auszublenden. Gleichzeitig wusste ich, ich durfte Amy nicht allein lassen.
Mit aller Kraft riss ich mich los. Der Blick in den Rettungswagen war frei.
Der Wind hatte sich zu einer wilden Böe gesteigert, traf das Tuch, mit dem Amy abgedeckt war, schlug es zur Seite, und es schien, als ob ihre Brust sich hob und senkte, als würde sie noch atmen. *Ja,* dachte ich verzweifelt und gleichzeitig hoffnungsvoll. *Sie schaffen es.*
Amy, Amy – ich versuchte, ihr eine Art telepathische Nachricht zu schicken. Wenn sie meine lautlosen Rufe hörte, würde sie zurückkommen.
Momente, Augenblicke – die Zeit war verloren. Ich konnte nur an Amy denken. Erst als ein lang anhaltender Piepton in meinen Ohren schrillte, kam ich wieder zu mir.
»Asystolie«, hörte ich Virginia.
Hinter mir rief Josh etwas, aber ich wischte seine Rufe ebenso entschieden weg wie die dicken Regentropfen in meinem Gesicht.
Tyler stand plötzlich neben mir. Ich spürte sein Zittern, als wäre es mein eigenes.
Der Piepton schrillte immer noch durch den Abend. Virginia richtete sich auf und schüttelte langsam den Kopf.
»Tu etwas!«, schrie ich. »Virginia. Hilf ihr!«
Stattdessen blickte sie auf die Uhr und sagte: »Zeitpunkt des Todes: 19:59 Uhr.«
Alles, was ich denken konnte, war: *Eine Minute noch. In einer Minute hätten wir uns treffen wollen.*
Immer noch regnete es, und es sah aus, als würden die Re-

gentropfen vom gespenstischen Licht der Scheinwerfer angezogen wie Insekten. Die Umgebung, die Leute, die gedämpften Stimmen … Sie ließen alles zu einem düsteren Filmclip werden, in dem jede Handlung, jeder Dialog wie einstudiert wirkte.

»Virginia hat alles versucht, Faye«, hörte ich Josh sagen.

Ich nickte, aber in mir sah es anders aus. Alles in mir sträubte sich gegen den Gedanken, dass der Kampf um Amys Leben aussichtslos gewesen war. Es gab immer einen Weg, immer eine Rettung. Man musste dem Leben vertrauen können und durfte nie aufgeben. Mit solchen Sätzen war ich aufgewachsen, sie hatten mir Sicherheit gegeben, und nun hatte ich das Gefühl, belogen worden zu sein.

An nichts zu denken war für mich bis zu dieser Minute unvorstellbar gewesen. Man konnte nicht *nichts* denken. Zumindest, was mich betraf. Meine Gedanken schliefen nie. Aber nun war mein Kopf leer, für einige Sekunden fühlte ich mich leicht und fragte mich ernsthaft, ob im Weltraum auch Ängste schwerelos wurden.

Das Wort *Kühlpads* drang zu mir durch. Virginia verlangte danach, und Andy versorgte Amy jetzt mit etwas ganz Alltäglichem: Eisbeuteln aus Plastik. Amy wurde darin eingepackt, als handelte es sich bei ihrem Körper um Fleisch, das gekühlt werden musste. Mir wurde übel.

Amy und ich.

Wie wir mit unseren Picknickkörben auf den Fahrrädern zum Jachthafen fuhren, den langen Steg bis ans Ende gingen und uns auf der rot-weiß gepunkteten Decke ausstreckten, das Gesicht in die Sonne hielten und sie anschließend lachte, weil meine Haut immer noch milchweiß war. Das Salz auf unserer Haut, der Wind, der unsere Haare trocknete. Die leuchtend gelben Segel von Virginias *Escape*, die sich irgendwo weit draußen vor dem blauen Himmel abhoben. Hungrig stürzten wir uns nach dem Schwimmen auf den Picknickkorb, schlangen unzählige Gurkensandwiches hinunter und freuten uns über die mit Eispads gekühlten Smoothies, die Donna für uns gemacht hatte.

Eine Minute. Es wäre nur noch eine Minute bis acht Uhr gewesen.

»Kühlpads? Was wollen sie jetzt mit Kühlpads?«

Ich war mir nicht bewusst, dass ich die Frage laut gestellt hatte, aber offensichtlich hatte ich das, denn Frank Turner gab mir eine logische Antwort. »Sie müssen ihren Körper kühlen. Vielleicht kommt sie für eine Organspende infrage.«

»Ja, natürlich«, murmelte ich, und mir kam das kleine rote Herz in den Sinn, das in meinem Führerschein eingetragen war.

Als der Motor des Rettungswagens laut aufheulte und die Räder sich in das nasse Erdreich gruben, zerbrach ich in Joshs Armen. Sie waren nicht stark genug, mich zu halten. Meine Beine rutschten auf dem nassen Untergrund weg. Ich stieß Josh zur Seite, als er mich aufrichten wollte, und starrte dem Wagen nach, dessen orangefarbene Rücklichter sich langsam entfernten. Ich konnte Amy doch nicht einfach so gehen, sie im Stich lassen! Ich sollte jetzt neben ihr sitzen und ihre Hand halten.

Acht Uhr war für immer vorbei.

Auf dem Feldweg hatten sich tiefe Pfützen gebildet, Wasser

tropfte von den Bäumen auf das Autodach, und ich konnte sehen, wie die massige Gestalt von Frank Turner im Scheinwerferlicht auf und ab ging, eingehüllt in ein Regencape, das sich im Wind zu einem großen schwarzen Luftballon aufblähte. Er sprach ungehalten auf Tyler ein, der, völlig außer sich, nur widerwillig Franks Anweisungen zu folgen schien. Zusammen bedeckten sie die Reifenspuren mit schwarzer Folie und sperrten den Unfallort mit einem gelben, flatternden Plastikband ab. Immer wieder duckten sie sich darunter hin und her, als wäre es gar nicht vorhanden.
Das Geräusch, ein metallisches Rattern und dumpfes Klappern, das zu mir vordrang, gehörte zu Mr Butchers Abschleppwagen. Er bewegte sich rückwärts auf den Alfa Romeo zu, doch plötzlich und unerwartet stellte Tyler sich ihm in den Weg. Er fuchtelte mit einer Stablampe aufgeregt herum, stieg in den Unfallwagen und kroch über die Sitze. Dieselben Sitze, auf denen ich Josh geküsst hatte. Auf ihnen sitzend, war seine Hand unter mein Top gehuscht, hatte sich langsam einen Weg zu meinem BH gesucht, und wie hatten wir gelacht, als er vergeblich versucht hatte, ihn zu öffnen.
Gedanken, kurze Clips, die nur den Bruchteil einer Sekunde dauerten, jagten durch meinen Kopf.
»Was ist mit Donna?«, fragte ich. »Wer wird es ihr sagen?«
»Ich fahre jetzt zu ihr«, sagte Frank, der wieder zu uns getreten war. Ich holte tief Luft. Für einen Moment hatte ich mir tatsächlich eingebildet, es wäre meine Aufgabe, Donna die schreckliche Nachricht zu überbringen, weil ich so etwas wie ihre zweite Tochter war und sie … neben Liz und meiner mir fremden Mom … meine dritte Mutter. Ich war immer so

glücklich gewesen, wenn sie das sagte, aber jetzt fühlte ich mich einfach nur erleichtert, dass jemand anders diese Aufgabe übernahm.

»Wir sind hier fertig«, rief Frank Turner in Tylers Richtung. »Der Wagen kann abgeschleppt werden.«

Aber Tyler ignorierte den Chief, bis dieser ihn schließlich gewaltsam aus dem Auto zog und ihn mit sich riss. »Was ist los mit Ihnen, Mann? Lassen Sie Butcher seine Arbeit machen.«

Tyler trat in eine Pfütze, als er auf uns zustolperte. Im orangefarbenen Flackerlicht des Abschleppwagens schien eine Ewigkeit zu vergehen, während er auf dem Boden herumkroch, um nach der Taschenlampe zu suchen, die ihm aus den Händen gefallen war.

»Warum hast du sie aus dem Wagen geholt?«, schrie er in Richtung von Franks Jeep, und erst jetzt erinnerte ich mich wieder an Ginger, die dort saß, den Kopf zwischen den Knien, und wie ein verletztes Tier wimmerte. Schwarze Make-up-Schlieren verschmierten ihr kalkweißes Gesicht.

Ich verstand kaum ihre Worte, so leise waren sie. »Ich wollte ihr nur helfen.«

»Du hättest warten müssen, bis der Rettungswagen da ist«, brüllte Tyler.

Er schien vor Wut zu kochen, als er nun auf den Wagen zuwankte. Frank Turner versuchte vergeblich, ihn festzuhalten. »Sind Sie betrunken, Mann?«

Nein, er war nicht betrunken, denn ich erinnerte mich, wie er im New Spoon gesessen und die Cola in einem Zug hinuntergestürzt hatte. Aber nun torkelte er auf Ginger zu, stand dicht vor ihr, und sein breiter, behaarter Zeigefinger tippte auf ihre Stirn. »Du hättest sie nicht bewegen dürfen, kapierst du das mit deinem Luxus-Spatzenhirn?«

Der Regen rann ihm über das Gesicht, er weinte, und sein wütendes Gebrüll ging in ein Gurgeln über.

»Hören Sie auf, Tyler. Sie sind im Dienst, also beherrschen Sie sich, zum Teufel noch mal, oder ich sorge dafür, dass Sie suspendiert werden«, sagte Frank.

Endlich kam Tyler zur Besinnung. Er murmelte noch etwas vor sich hin und stapfte schließlich zu seinem Wagen, der als letzter in der Reihe der Einsatzfahrzeuge parkte.

Ich krallte meine Finger in Joshs Handgelenk. Tyler hatte Amy ebenso geliebt wie ich. Es tat mir unendlich leid, dass Amy und ich uns über ihn lustig gemacht hatten. Das war nicht fair gewesen. Man konnte sich nicht aussuchen, wen man liebte.

Der Motor des Abschleppwagens heulte laut auf, als die Reifen sich dumpf gegen den nassen Untergrund auflehnten, sich schließlich lösten und der Wagen sich, Joshs Alfa Romeo im Schlepptau, langsam mit blinkenden Rücklichtern entfernte. Morgen würde nur noch die Absperrung an den Unfall erinnern.

Der Regen wehte mir in die Augen und tropfte mir von der Stirn, und wie benommen ließ ich mich in den Hummer setzen. Ich bemerkte kaum, wie Josh den Gurt über meinen Körper zog. Erst als ich das leise Klicken hörte, mit dem der Gurt einrastete, erwachte ich aus meiner Erstarrung.

Ich trug keine Schuld an Amys Tod und war doch auf eine irrationale Weise davon überzeugt, dass dem so war.

7. KAPITEL

Durchnässt und fröstelnd standen wir in der riesigen Eingangshalle von Windy Hall, dem Haus, in dem Joshs Familie wohnte. Meine Erschöpfung und die Kopfschmerzen ließen die Gegenstände verschwommen aussehen. Die Möbel schienen keinen festen Platz in der riesigen Eingangshalle zu haben, während das schmale Streifenmuster der Tapete mich plötzlich an Gitterstäbe erinnerte.
Claire erwartete uns bereits. Sie stand am Fuß der breiten Treppe, die sich wie schwerelos nach oben schwang, und ich hörte kaum, was sie sagte. Ihr sandfarbener Hosenanzug wies keine einzige Knitterfalte auf, ihr Make-up wirkte, als hätte sie es soeben erst für uns aufgetragen, aber ihre Augenlider flatterten, und ihre Stimme zitterte, als sie uns begrüßte. Es fiel ihr offensichtlich schwer, uns ihre Betroffenheit nicht spüren zu lassen. Als sie mich in die Arme schloss, betäubte mich der schwere Duft ihres Parfüms, und mein Kopf drehte sich endgültig wie ein Kreisel, der langsam und taumelnd versuchte, zur Ruhe zu kommen.
»Am besten, ihr wärmt euch erst einmal auf«, sagte Claire und ging voraus ins Wohnzimmer.

Obwohl der Tag sommerlich warm gewesen war, brannte in dem riesigen Kamin ein Feuer.
Ich war schon unzählige Male hier gewesen, und doch fühlte ich mich immer steif und unbehaglich. Ein Zimmer, in dem man besser nichts anfasste. Die Lampen mit seidenen Schirmen, gedämpft leuchtend, die großen Gemälde mit Meereslandschaften, die schweren hellen Vorhänge, die geschlossen waren, und Rosita, die philippinische Hausangestellte, die uns mit ihrem tröstenden mütterlichen Lächeln Tee eingoss. Doch jetzt, nach der langen Zeit draußen im Regen und im Wald, war der Raum ein sicherer Hafen.
Und Claire – sie stammte aus einer der ältesten Familiendynastien an der Ostküste, und ich hatte noch nie erlebt, wie sie die Fassung verlor. In der Vergangenheit war mir ihre reservierte Art manchmal auf die Nerven gegangen, aber an diesem Abend war ich wirklich dankbar für ihre Kontrolliertheit und Gelassenheit. Sie war damit das exakte Gegenteil von meinem Dad, und genau aus diesem Grund war ich nicht zu ihm nach Hause gefahren. Ich hatte kurz mit ihm telefoniert, und als ich seine Stimme hörte, kummervoll und traurig, spürte ich sofort diesen bitteren Geschmack in der Kehle, wie immer, wenn ich kurz davor war zu weinen. Aber ich schluckte die Tränen hinunter, denn hatte ich erst einmal damit angefangen, würde ich nicht mehr aufhören können.
»Jetzt duscht ihr erst einmal und zieht euch warme und bequeme Sachen an«, sagte Claire bestimmt. »Rosita hat euch etwas zu essen gemacht. Es ist wichtig, dass ihr was im Magen habt.«

»Wo ist Dad?«, fragte Ginger, und wenn sie vor wenigen Minuten noch verängstigt und schwach gewesen war, schien sie jetzt eher ungeduldig und gereizt.
Claire erhob sich und setzte sich neben sie. Auch wenn Ginger das nicht wahrhaben wollte: Sie waren sich fast schon unheimlich ähnlich, wenn man von der Kleidung absah. Mutter und Tochter besaßen die gleiche Angewohnheit, die Finger zu kneten, wenn sie angespannt waren. »Er ist noch geschäftlich unterwegs, aber er kommt so schnell wie möglich. Die Anwälte sind auch schon informiert.«
Ginger fuhr hoch. »Anwälte? Es war nicht meine Schuld, Mom.«
»Natürlich war es nicht deine Schuld, Liebling. So etwas darfst du gar nicht denken.«
Meine Kopfschmerzen waren plötzlich größer als alles andere im Raum.
»Lässt du uns alleine, bitte?« Josh warf seiner Mutter einen langen Blick zu, als wollte er ihr zu verstehen geben, wie sinnlos jetzt jede Diskussion mit Ginger sein würde.
»Seid ihr sicher, dass ich nichts mehr für euch tun kann?«, fragte Claire.
»Kannst du Caleb anrufen? Bitte«, flüsterte Ginger. »Kannst du es ihm sagen?«
Caleb. Natürlich. Wie hatte ich ihn vergessen können. Er und Amy. Amy und er. Der Gedanke tauchte auf wie aus dem Nichts … Tyler würde recht behalten. Was hatte er noch im New Spoon gesagt? *Die Dinge ändern sich oft schneller, als man denkt.*
Da hatte etwas in Tylers Worten gelegen, das ich nicht be-

griff. Der Gedanke wehte davon und war verschwunden, ehe ich ihn fassen konnte.
»Ich gehe duschen«, sagte Ginger, wischte sich mit dem Ärmel über die Augen und sah mich flehend an. »Kommst du mit nach oben, Faye?«
Ich nickte, und plötzlich standen wir alle verlegen im Raum, fast als hätten wir uns gerade erst kennengelernt.

Später saß ich, die Beine ausgestreckt, Dutzende Kissen im Rücken, auf Joshs Bett, und meine Gedanken fuhren Achterbahn. Mir ging es nicht besser, nachdem wir geduscht hatten, aber ich hatte es auch nicht erwartet. Erwachsene dachten immer, Rituale wie essen, trinken, duschen, Zähne putzen besäßen die magische Kraft, Dinge wieder ins Gleichgewicht zu bringen, doch das Gegenteil war der Fall.
Plötzlich hatte ich Angst, Amy hätte gar nicht gespürt, dass sie sterben würde.
Aber war das nicht gut?
War es nicht das, was jeder sich wünschte? Nicht zu wissen, wann der Zeitpunkt war, an dem man diese Welt verlassen musste?
Doch für mich fühlte es sich anders an. Es schien mir unbegreiflich, dass Amy von einer Minute zur anderen einfach aus dem Leben gerissen worden war. Amy konnte doch nicht plötzlich tot sein? Wenn ich versuchte, es mir vorzustellen, sah ich immer nur eine durchsichtige davonschwebende Hülle ihres Körpers, der in den Himmel stieg und mich alleine in dieser Welt zurückließ.
»Wie ist es eigentlich passiert?«, fragte ich, ein Glas Wasser

in der Hand, von dem ich noch keinen einzigen Schluck getrunken hatte.

Amy hatte sich mit mir treffen wollen. Allerdings hatte sie sich vorher um etwas kümmern müssen, hatte sie gesagt. Was hatte sie damit gemeint? Und was hatte das mit Joshs Schwester zu tun? Warum waren die beiden zusammen am Strand gewesen?

Ginger lief rastlos auf und ab, zog ein Päckchen Tabak aus der schlabberigen Sweatshirthose, und ihre Finger zitterten, als sie versuchte, sich eine Zigarette zu drehen. Tabakreste fielen zu Boden.

»Warum hat sie sich mit dir getroffen, Ginger?«, fragte ich.

Ginger wich meinem Blick aus. »Keine Ahnung, das ist alles so ... verschwommen. In dem einen Moment fahren wir noch den Waldweg entlang ... reden ... und dann plötzlich ist da ein Knall, der Wagen bricht weg, und der Baum ... und ich ...«

Gänsehaut überzog meinen ganzen Körper – eine unheimliche Kälte, die unter der Haut weiterwuchs und bis in mein Inneres drang. Ich klammerte mich an Gingers letzte Bemerkung.

»Und du ...?«

»Ich kann mich an nichts mehr erinnern«, murmelte Ginger. Sie zerknäulte die misslungene Zigarette und warf sie in den Papierkorb. Unruhig ging sie im Zimmer auf und ab. »Ich glaube, ich war bewusstlos.«

»Aber was war mit Amy?«

»Als ich wieder zu mir kam ...« Ginger sprach hastig, unterbrochen von leisem Stöhnen. »Sie lag ... über dem Steuer, hat sich nicht mehr bewegt. Ich habe ihren Namen gerufen, aber sie hat sich einfach nicht gerührt, und ich dachte nur, ich muss ihr helfen, ich muss ihr helfen.« Sie blieb abrupt stehen, schloss die Augen und schüttelte den Kopf, als fiele es ihr schwer, sich zu erinnern. »Ich habe sie aus dem Wagen gezogen. Habe versucht, einen Herzschlag zu spüren. Wisst ihr eigentlich, wie seltsam es ist, wenn man das Ohr auf den Brustkorb eines anderen legt und nichts, rein gar nichts, hört?«

»Was hast du gesagt?«, fragte ich nach einem Augenblick der Verwirrung. »Sie hing über dem Steuer?«

Ginger senkte den Kopf. Die Haare hingen ihr ins Gesicht. »Ich bin schuld«, flüsterte sie, und ihr Zeigefinger fuhr über das Pflaster an ihrer Stirn, das Andy ihr schließlich auf den Riss geklebt hatte. »Ich hätte sie nicht fahren lassen dürfen.«

In meinem Kopf summte es. Ich starrte Ginger entsetzt an. Wir vier, Caleb, Josh, Ginger und ich, hatten den Führerschein, Amy noch nicht. Sie war die Jüngste von uns und hatte gerade die ersten Fahrstunden bei Tyler genommen, weil Donna zu nervös gewesen war, um ihrer Tochter das Fahren beizubringen.

»Warum bist du nicht gefahren?«

Schweigen breitete sich aus. Ginger kroch aufs Fensterbrett, schlang die Arme um ihre Knie und starrte, uns den Rücken zugewandt, durch die Scheibe in die Dunkelheit.

»Du hattest getrunken«, stellte Josh fest, und zum ersten Mal im Leben bemerkte ich, dass er wirklich wütend auf seine Zwillingsschwester war.

»Eine Dose Bier oder zwei, mehr nicht«, rief Ginger fast schon wütend. »Und, verdammt, es war doch nur der Weg durch den Wald. Kein Verkehr, keine anderen Autos. Und alles wäre gut gegangen, wäre nicht der verfluchte Reifen geplatzt. Damit konnte niemand rechnen.«
Gingers Tonfall erinnerte mich an zahllose Diskussionen, in denen sie nur damit beschäftigt war, sich zu verteidigen. Warum ihre Noten so mies waren? Weil die Lehrer alle Idioten waren. Und warum sie ihre Eltern hasste? Weil sie so verdammt spießig waren. Und ich hörte sie, wie sie mit uns gestritten hatte: »He, lasst uns einfach Spaß haben. Oder seid ihr schon tot?«
Mein Herz klopfte so wild, dass ich nicht atmen konnte und die nächsten Worte kaum hervorbrachte. »Nur weil du getrunken hast, musste sie sterben.«
Ginger sprang von der Fensterbank: »Warum lebe ich noch und sie nicht? Oh mein Gott, ich muss hier raus. Ich halt das einfach nicht aus.« Sie schlug ihre Hände, zu Fäusten geballt, gegen den Kopf.
»Hör auf!«, rief Josh. »Oder ich rufe Dad an.«
»Na klar, mach es einfach, großer Bruder.« Josh war acht Minuten älter als sie. »Er wird mich sowieso in dieses bescheuerte Internat stecken, von dem er andauernd redet.«
Schwankend taumelte sie zur Tür und verschwand aus dem Zimmer.
Ginger hatte etwas an sich, das sie irgendwann zerstören würde.
Ich fühlte genau diese Verzweiflung mit aller Macht auf mich zurollen, sprang auf, riss die Tür auf und trat hinaus auf den

Balkon, der sich vor Joshs Zimmer erstreckte und den Blick auf die Küste freigab. Das Meer brandete mit voller Wucht ans Ufer, und es schien, als ob die Wolken den Himmel aufwühlten wie die Wellen das Wasser, und kein Stern dahinter stand mehr am selben Platz wie zuvor. Wenn selbst der Himmel verrücktspielte, weil er keinen Rat wusste, dann würde auch mein Herz nie einen Takt finden, der mir die Welt so zeigte, wie Dad sie mir versprochen hatte: als einen grandiosen Einfall, als Bühne für die Einzigartigkeit jedes Menschen, als Kosmos unendlich vieler Möglichkeiten – und ich musste nur wählen.

Oh, Dad, wie konntest du mir etwas versprechen, was das Universum nie einlösen würde?

Der Arm, der sich in der feuchten Dunkelheit um meine Schultern legte, gehörte Josh. Ich lehnte mich an ihn und wollte einfach nur so stehen bleiben. Die ganze Nacht. Ich müsste nicht schlafen, nicht träumen, nicht aufwachen. Ich könnte mich auflösen und ein Stück mit Amy gehen, wohin immer sie wollte, ich wäre bei ihr.

»Dein Dad«, flüsterte Josh irgendwann. »Er ist hier.«

Das einzig Helle in der Dunkelheit war der volle Mond, der hinter den rasenden Wolken zum Vorschein kam. Er ließ die Schaumkronen der Gischt hell aufschimmern, die die Felsen unter sich begrub und sich auflöste, sobald die Wellen ihre Kraft verloren.

Als ich zurück ins Zimmer kam, stand Dad in der Tür neben Caleb, der sofort auf mich zustürzte und in meinen Armen anfing zu weinen.

»Sie ist weg. Einfach weg. Ich konnte nicht mehr mit ihr re-

den, ihr nicht sagen, dass sie das Wichtigste in meinem Leben ist.«
»Caleb, sie hat gewusst, was sie dir bedeutet hat.« Es klang wie eine Plattitüde, und so schien auch Caleb es zu empfinden, denn er schüttelte unwillig den Kopf. »Du verstehst das nicht«, sagte er verzweifelt und löste sich von mir.
Aber ich verstand doch. Ich wusste, welche Bedeutung Amy für Caleb hatte, seit dem Tag im Frühjahr, als er mir den Comic gezeigt hatte, den er gezeichnet hatte. Da waren er und Amy noch gar nicht zusammen gewesen. Das Mädchen, das *Wer bist du?* fragte, hatte genau wie Amy ausgesehen, und die Antwort seines Helden hatte mir Tränen in die Augen getrieben: *Was immer du willst.*
Mein Dad trat vor und nahm mich fest in die Arme. »Ich wollte sehen, wie es dir geht«, sagte er und klang hilflos. »Aber wenn du hierbleiben willst, habe ich nichts dagegen.«
Ich löste mich aus seiner Umarmung. Ich konnte ihn jetzt nicht ansehen, nicht mit ihm reden, sonst würde ich zusammenbrechen.
»Ja, ich möchte erst mal hierbleiben, Dad«, brachte ich erstickt heraus. »Und es geht mir gut. Du musst dir keine Sorgen machen.«
Natürlich machte er sich Sorgen, große sogar, ich sah es an seinem grauen Gesicht, aber er drang nicht in mich, wie Liz das manchmal tat. Dad ließ mich so lange in Ruhe, bis ich von selbst kam und ihm alles erzählte, was mir auf dem Herzen lag.
»Weiß Liz es schon?«, fragte ich.
»Sie ist unterwegs, ich habe sie noch nicht erreicht. Ich bin

sicher, sobald sie ihre Mailbox abhört, wird sie ins Westmill fahren. Zu Amy.«

Wie geht es ihr?, wollte ich schon fragen, da begriff ich wieder, was passiert war, und schüttelte einfach nur den Kopf und konnte nicht mehr damit aufhören, bis Ginger ins Zimmer zurückkam. »Lassen Sie sie hier, Mr Mason. Sie ist doch jetzt die einzige Freundin, die ich noch habe.«

Wir verloren die Zeit aus den Augen. Ginger schwankte zwischen unnatürlicher Gefasstheit und abrupten Zusammenbrüchen, bei denen sie auf der Matratze liegend in ihr Kissen heulte. Manchmal keuchte sie so laut, dass Josh immer wieder beruhigend auf sie einreden musste, damit sie wieder Luft bekam.

Währenddessen saß Caleb einfach nur still da, die Kopfhörer auf den Ohren, und hörte Musik. Die Tränen, die immer wieder über sein Gesicht liefen, wischte er nicht einmal weg.

Ich lag Arm in Arm mit Josh in seinem schmalen Bett unter der warmen Bettdecke, umrahmt von Kissen, als würden wir Schutz in einer Höhle oder einer Burg suchen.

Ich fühlte keine Tränen, nur ab und zu jammerte ich leise, presste die Hand auf meinen Mund, um das Wimmern zu unterdrücken, und dann flüsterte Josh mir ins Ohr: »Sie hat dich geliebt, Faye. Sie hat dich wirklich geliebt. Du musst dich nicht daran gewöhnen, dass sie tot ist. Du musst es nicht akzeptieren. Du kannst schreien, wenn du willst.«

Zwischendurch verfielen wir immer wieder in einen kurzen Schlaf, selbst ich, es war eine Art Dämmerzustand, aus dem ich schnell wieder aufschreckte, überzeugt, Amys Anwesenheit zu spüren, ihre Stimme zu hören, und jedes Mal wurde ich erst ruhiger, wenn Joshs Hand über meinen Rücken strich.

Die Gespräche, Sätze, Worte schienen sich zu wiederholen. Wieder und wieder fragte ich Ginger, worüber die beiden in der Bucht gesprochen hatten, was Amy zuletzt gesagt hatte, aber Ginger schüttelte nur wild den Kopf. Die Hände auf die Ohren gepresst, schrie sie: »Hör auf! Hör auf zu fragen! Ich kann mich nicht erinnern, versteht du das nicht?«

»Sie hat einen Schock«, flüsterte Josh. »Lass sie in Ruhe.«

Irgendwann wurde es still im Zimmer. Ich lauschte Joshs gleichmäßigen Atemzügen, versuchte, Gingers ununterbrochenes unverständliches Murmeln zu entschlüsseln und wurde nervös, weil Caleb sich von einer Seite zur anderen drehte.

Ruhelos wie er wälzte ich mich gequält von Schlaflosigkeit und verrückten Gedanken hin und her.

Unfälle passieren nicht einfach so, dachte ich verzweifelt, *sie sind immer das Ende einer langen, verworrenen Kette von Begebenheiten, die außer Kontrolle geraten sind.* Wo lag der Anfang? Ich spulte die Zeit rückwärts, und alles nahm einen anderen Verlauf. In meiner Phantasie war Amy nie in dieses Sommercamp gefahren, wir hatten die Ferien zusammen in Bluehaven verbracht, und dieser Unfall war nie passiert.

Plötzlich war Amy bei mir, sie war durch einen geheimen Zugang meines Bewusstseins geschlüpft. Ich hörte plötzlich ihre vertraute melodische Stimme, mit der sie mir aus ihren Notizbüchern vorlas.

Du läufst durch die Straßen, du fragst:
Bist du das – Leben?
Nur Zeit, die vergeht …
Dieser Tag, diese Nacht.
Als wäre ein einziges Wort
genug, zu beschreiben,
was in deiner Seele lebt.

Ihr Gesicht schwebte vor mir, lächelnd und dennoch seltsam entfernt, wie in einem ihrer Videoblogs auf YouTube. *Hallo, ihr Lieben dort draußen, willkommen in Amys Welt der Bücher. Heute geht es um eine total verrückte Geschichte. Stellt euch vor, ihr wacht eines Morgens auf, und ihr seid in ein ungeheures Ungeziefer verwandelt …*
Und dann ihr rätselhaftes Lächeln, mit dem sie einen dazu brachte, die Geschichte auf jeden Fall lesen zu wollen.
Früher, wenn ich den ganzen Tag mit Amy verbracht hatte und traurig war, weil wir uns trennen mussten, hatte Dad gesagt: »Egal, wo du bist, der Mond bleibt immer da. Und genauso ist es mit Amy. Schlaf tief und fest, dann ist es ganz schnell Morgen. Die Sonne wird aufgehen, ihr werdet zusammen zur Schule gehen, und du wirst vergessen haben, dass ihr euch heute trennen musstet.«
So viele Nächte hatte ich *nicht* geschlafen, doch Amy war jeden Morgen da gewesen. Bis heute. Und weil das so war, würde vielleicht auch der Mond eines Tages nicht mehr aufgehen.
Oder die Sonne.
Wie spät mochte es sein? Die Dunkelheit der Nacht schien

kein Ende zu haben, doch in Wirklichkeit waren wohl erst wenige Stunden seit dem Unfall vergangen. Eine Tür klappte irgendwo in dem riesigen Haus zu, ich konnte hören, wie rasche Schritte den Flur durchquerten. Meine Nerven – rote dünne Fäden, die sich durch meinen Körper zogen – waren inzwischen so gespannt, dass sie jeden Moment reißen konnten.

Die Erkenntnis kam fast unmittelbar – ich fühlte sie so körperlich, als wenn mir jemand die Kehle zudrückte. Wenn ich länger hier liegen blieb, würde ich ersticken.

Keiner von den anderen, selbst Josh nicht, bemerkte, wie ich die Decke zurückschlug, meine Tasche und meine Jacke packte und aus dem Zimmer schlich, während ich versuchte, meinen Atem zu beruhigen. Ich floh regelrecht nach draußen, über die Treppe nach unten und durch die riesige, stille Eingangshalle.

Während die doppelflügelige Tür hinter mir zufiel, stiegen wieder die Klänge in mir hoch, und die vertraute Melodie wiederholte sich, erst ganz leise, dann immer deutlicher, als würde sie vom Pfeifen des Windes, flüsternden Blättern, dem Geräusch des Meeres erzeugt.

Ich erschrak nicht mehr. Die Klänge schienen einfach zu mir zu gehören wie zu Missy die Angst.

Dennoch, tief in mir drin dachte ich: *So sieht er also aus, der Wahnsinn.*

8. KAPITEL

Ich rannte. Ich rannte so schnell wie noch nie. Ich nahm den Weg die Küste entlang. Meine Füße rutschten über den steinigen Untergrund, ich stolperte über den Müll, den die stürmische Brandung in der Nacht herangeschwemmt hatte und der im Licht des Mondes gespenstisch schimmerte – Holzreste, Plastikflaschen, Gitterstäbe von Hummerfallen –, aber ich wurde nicht langsamer. In meinem Kopf dröhnte die Melodie, meine Gedanken pendelten vor und zurück, und so schnell ich auch war, ich konnte ihnen nicht entkommen.

Was wäre, wenn.

Was wäre, wenn nicht.

Unfall. Es war ein Unfall gewesen. Das Wort war tückisch, als hätte Amy einfach Pech gehabt, als wäre sie *unglücklicherweise* nur zur falschen Zeit am falschen Ort gewesen. Als hätte eine Änderung im Ablauf der Ereignisse ihren Tod verhindern können.

Wäre Aiden, Mandys Sohn, nicht mit dem Babysitter zum Strand gegangen, wäre er nicht in die Glasscherbe getreten,

hätte ich nicht Dad im Restaurant helfen müssen, und Amy und ich hätten uns früher treffen können.
Hätte Ginger nichts getrunken, wäre Amy nicht gefahren.
Und überhaupt: Wäre Amy nicht in dieses blöde Lerncamp gefahren, wäre der ganze Sommer anders verlaufen. Ich hätte nicht dieses unerträgliche Gefühl, dass irgendetwas zwischen uns getreten war, das ich nicht einordnen konnte.
Das Schicksal hing nur an einem dünnen seidenen Faden. Ein winziger Zufall, irgendeine Kleinigkeit konnte alles ändern.
Schneller, noch schneller. Der Regen hatte aufgehört, stattdessen wehte ein seltsamer Wind, der in dieser Nacht, die aus der Zeit gefallen schien, warm, geradezu schwül vom Meer her wehte und sich in den Felsen verfing. Gewitterwolken trieben Richtung Küste, und dahinter schimmerten unnatürlich gelbe Flecken auf der violett verfärbten Himmelslandschaft, die weit draußen über dem Meer von hellen, gezackten Linien durchbrochen wurde. Kein Laut war zu hören außer meinem eigenen Keuchen. Irgendwo hinter dem Wald, der sich zwischen der Küste und Bluehaven erstreckte, hörte ich ein einsames Auto, es klang fern und unbedeutend wie ein Geräusch von einem anderen Planeten.
Die Faye, die am Morgen zuvor mit dem Fahrrad zur Schule gefahren war und deren größtes Problem ein Ölfleck auf ihrem weißen Rock gewesen zu sein schien, hatte ich endgültig hinter mir gelassen.
Vom Laufen über die Steine wurden meine Beine immer schwerer, ich hatte Seitenstechen, aber die Melodie in mei-

nem Kopf hörte nicht auf. Sosehr ich vorhin das Gefühl gehabt hatte, ich würde vor Dad zusammenbrechen, so sehr sehnte ich mich jetzt nach ihm. Wenn mich jemand verstehen würde, dann er.

Dad sprach nicht oft über Mom, aber wenn, dann redete er in einem lockeren, unbeschwerten Ton, als wäre sie nur für einige Zeit weggegangen. Nur manchmal schlich sich ein unglücklicher Ausdruck in sein Gesicht, wenn er beschrieb, wie jung, kämpferisch und liebevoll sie gewesen war und wie strahlend vor Glück, als sie ihm von der Schwangerschaft erzählt hatte.

In den Jahren, als ich zu Dr. Myers gegangen war, hatte ich oft von Mom geträumt. Die Geschichten ähnelten sich immer wieder, aber mir war damals schon klar gewesen, dass sich mein Unterbewusstsein das alles ausgedacht haben musste. Denn wie sollte ich mich an immer dieselben Details erinnern, wenn Mom bei meiner Geburt gestorben war?

Besonders ein Bild hatte sich mir fest eingeprägt. Ich sah Mom und mich am Strand, wie wir Hand in Hand ins Meer liefen, und dazu erklang die Melodie, die ich immer in meinem Kopf hörte. Als hätte jemand auf *Repeat* gedrückt. Und nie, nicht ein einziges Mal, bekam ich diesen großen roten Ball zu fassen, der über die Wellen hüpfte. Immer wenn ich glaubte, ihn zu berühren, löste er sich in Luft auf.

Ich hatte die felsige Bucht von Cold Cove inzwischen verlassen, war dem Weg gefolgt, der an der Weston High vorbei auf die Route 166 führte, die einzige Verbindung zum Highway nach Portland. Dort rauschte tagsüber der Verkehr, niemand ging diese Strecke freiwillig zu Fuß. Aber es war der kürzeste

Weg nach Hause, und in der Nacht fuhren hier nur wenige Autos.
Ein leises Grollen rollte heran, und der gelbliche Schimmer am Nachthimmel wurde intensiver. Die Luft war wie elektrisiert, die tief hängenden Stromleitungen über meinem Kopf schwankten, und für einen Moment sah ich imaginäre Funken am dunklen Himmel sprühen.
Ein einzelner blauer Truck mit erdverkrusteten Rädern rollte von Ferne heran, holperte über die Schlaglöcher und wirbelte den Dreck auf, den der Regen am Abend zuvor auf die Straße gespült hatte. Ich blieb stehen, hielt mir die Ohren zu und wandte mich ab, um mein Gesicht zu schützen. Und als er vorbei war, dauerte es ein paar Atemzüge, bis sich der graubraune Staubwirbel gelegt hatte.
Etwa zweihundert Meter von mir entfernt, neben der Einmündung zur High Street, befand sich eine Bushaltestelle, die jetzt verlassen dalag, nur vom Licht einer einzelnen Laterne beleuchtet. Daneben kam eine breite Plakatwand zum Vorschein. Das riesige Poster, das für das Katy-Perry-Konzert in Portland warb, hatte sich an zwei Ecken gelöst und flatterte im Wind. Amy und ich hatten die Karten zu jeweils achtundsiebzig Dollar von Dad und Donna für unsere hervorragenden Zeugnisse am Schuljahresende geschenkt bekommen. Mir fiel ein, dass das Konzert in zehn Tagen stattfinden würde. Donna hatte uns begleiten wollen.
Ich blinzelte die Tränen weg, die in mir hochstiegen. Der dunkle Himmel schien von oben auf mich zu fallen, ich wagte kaum zu atmen, als sich alles vor mir zu drehen begann. Hinter der Bushaltestelle tauchte ein weißer Fleck auf. Das Mäd-

chen, das mir entgegenkam, tänzelte gedankenverloren über den schmutzigen Grasstreifen am Straßenrand und bewegte sich dabei mit einer Leichtigkeit, als ob sie schwebte, ja, als wären die Arme, die neben ihrem Körper auf und ab schwangen, Flügel. Es war nicht das Einzige, was an einen Engel erinnerte. Auch das weiße, flatternde Hemd, das ihr bis zu den Knien reichte, wirkte irreal, als nun der Wind durch den Stoff hindurchfuhr.

Ich schloss die Augen. Öffnete sie wieder. Verzweifelt fixierte ich jedes Detail: die zerbeulte Bierdose; die zerfetzte Einkaufstüte von Alison's Supermarkt; eine dreckige blaue Socke.

Erica Myers hatte mir beigebracht, wenn Bilder in mir hochstiegen, einfach irgendetwas zu berühren, um so zu unterscheiden, was real war und was nicht. Also streckte ich den Fuß aus und kickte die Bierdose in weitem Bogen auf die Straße, wo sie laut klappernd bis zum Mittelstreifen rollte und liegen blieb.

Es war real.

Das Mädchen war immer noch da, und je näher sie kam, desto mehr glich sie Amy.

Meiner Amy.

Der Amy, mit der ich schon hundert Mal auf dem Weg zum Steg hier vorbeigeradelt war.

Der Amy, die sich einfach mit Calebs Messer die Jeans abgeschnitten hatte, um auf der Suche nach geschliffenen Glasstücken durch die Flut zu waten.

Der Amy, die so dünn geworden war, dass ich sehen konnte, wie sich die Rippen unter ihrem Hemd abzeichneten und wie sie auf den dürr gewordenen Beinen schwankte.

Ich musste verrückt sein.
Ich war verrückt.
Ich hielt an.
Der Wind pfiff, und die Stimme, die meinen Namen rief, wurde weggeweht.
Zwei Nächte. Ich hatte zwei Nächte nicht geschlafen.
Amy, meine beste Freundin, meine Seelenverwandte, war gestorben. Es war kein Wunder, dass ich mir einbildete, Amys Geist zu begegnen.
»Faye!«
Nein, das war nicht real, auch wenn sich meine Fingernägel in die Handballen gruben und ich den Schmerz spürte.
Erica Myers … ich klammerte mich panisch an ihr Bild. Wie sie in dem hellen Stressless-Sessel saß und mit einem silbernen Waterman-Füller jedes Detail meiner Träume notierte, als wäre ich Reverend Brody, der das Wort Gottes verkündete. Und ich konnte den, wie mir schien, stechenden Blick, mit dem sie mich verabschiedete, nicht vergessen, wenn sie sagte: *Du bist nicht verrückt.*
Wirklich nicht? »Faye!«
Amy kam immer näher. Sie rief meinen Namen. Sie war tot.
»Faye, komm zu mir! Ich muss mit dir reden. Bitte, komm her, ich …«
Ein weißer Pick-up, der mit Holz beladen war, das gegen die Ladefläche polterte, rauschte vorüber. Der Donner, der nun vom Meer jenseits der Küstenstraße heranrollte, dröhnte in meinen Ohren. Wieder presste ich für einen Moment die Augen zu.

Meine Hoffnung, die Gestalt wäre verschwunden, erfüllte sich nicht. Dort lief Amy, nicht mehr weit entfernt. Nur wenige Augenblicke, und sie würde vor mir stehen, ich könnte sie berühren wie eine Pflanze, deren Blätter verrieten, ob sie wirklich echt war.

»Faye!«, rief sie.

Meine Gedanken wirbelten durcheinander wie die vertrockneten Blätter am Straßenrand, die im kräftiger werdenden Wind tanzten. Ein gewaltiger Blitz, gleißend hell, spaltete den Himmel und verzweigte sich wie ein Riss, der durch eine Glasscheibe lief. Amy blieb stehen und schlang die Arme um sich.

Ich hatte noch niemanden erlebt, der sich so vor einem Gewitter fürchtete wie Amy. Vor drei Monaten hatten wir am Brunnen im Innenhof der Schule gesessen, als sie gesagt hatte: »Vom Blitz getroffen zu werden muss ein schrecklicher Tod sein. Ich habe gelesen, man verbrennt innerlich.«

»Nur elektrische Entladungen. Nichts, was man nicht mit einer Laserkanone stoppen könnte«, hatte Caleb erwidert.

»Ich habe Angst«, hörte ich Amy jetzt rufen. »Du musst die Wahrheit erfahren.«

Ich presste die Hände auf meine Ohren, flüsterte: *»Nein, nein, nein, ich will das nicht hören«*, und dann summte ich zu meinem Entsetzen die Melodie vor mich hin.

Ein schwarzer BMW näherte sich von vorn, das gleiche Modell, wie es Nelson, Joshs Vater, fuhr. Suchte er mich? Aber niemand durfte mich so sehen. Nicht in diesem Zustand. Während die ersten schweren Tropfen fielen, rannte ich los, an Amy vorbei, und bog in die High Street ein, in der Hoffnung,

er hätte mich nicht entdeckt. Auch wenn Amy für ihn sowieso unsichtbar wäre.
Ich wähnte mich schon in Sicherheit, als ich noch einmal kurz zurücksah. Amys weiße Gestalt war mir gefolgt. Der Wind bauschte das weiße Gewand, sodass ihre Beine in der Dunkelheit hervorstachen.
»Faye«, rief sie. »Du musst mir glauben. Sie werden nicht aufgeben!«
Die Wucht des nächsten Donnerschlags vibrierte tief in meinen Knochen.
Meine Lungen brannten, ich keuchte laut und weinte.
Ich war verrückt, krank vor Trauer und Schlaflosigkeit. Wellen der Übelkeit liefen durch meinen Körper. Schweißausbrüche wechselten sich ab mit Kälteschauern. Vielleicht hatte ich Fieber, und die Halluzinationen waren eine Folge davon.
Ich rannte wie in Trance. Ich wollte nur noch Amys Schatten loswerden.
Sie sollte verschwinden, sich in Luft auflösen.
Ich wünschte, sie wäre tot.

9. KAPITEL

Dad war noch wach. Er stand bereits in der Tür, noch bevor ich die Schwelle erreicht hatte, zog mich in die Arme, hielt mich lange fest, und seine Umarmung schien mir der sicherste Ort auf der ganzen Welt.

Der sicherste und der stillste.

Der einzige Laut kam von Oz, der leise murrend damit beschäftigt war, sich von einer Zecke im Nacken zu befreien.

Ich heftete meinen Blick auf jeden einzelnen Gegenstand, jedes Möbelstück, jedes Bild. Das Geweih mit den gedrechselten Hörnern, den Korb Brennholz, die hohen schwarzen Gummistiefel.

Nur so hinderte ich meine Gedanken daran, einfach wegzufliegen, zur offenen Haustür hinaus, durch die Nacht, über den Rasen zu Amy, deren Phantom immer noch die Straße entlangschwebte.

Tränen liefen einfach so meine Wangen hinunter, und ich gab seinem beruhigenden Tonfall nach. »Weine ruhig. Weine, solange du kannst. Ich habe sie auch geliebt. Aber ich verspreche dir, wir stehen das zusammen durch. Wir alle.«

Oz schlich geduckt und aufgeschreckt durch den Flur und

strich um den leeren Napf. Dann kam er zu mir, und ich hob ihn hoch und drückte den warmen Körper fest an mich. Wider Erwarten sträubte er sich nicht, sondern schmiegte sich an mich. Ich küsste ihn, streichelte ihn, und er leckte meinen Arm mit seiner kleinen rauen Zunge.
Langsam beruhigte ich mich, und als die Tränen irgendwann aufhörten und Dad mich losließ, fühlte ich nur noch maßlose Erschöpfung.
»Komm in die Küche, ich mach dir eine heiße Milch, damit dir warm wird.« Dads Stimme klang heiser, als hätte er sich die ganze Nacht im brechend vollen Restaurant nur laut schreiend unterhalten können.
Ich folgte ihm. Normalerweise war Dad der totale Kontrollfreak, wenn es um sein Heiligtum, die Küche, ging. Aber in dieser Nacht herrschte hier das totale Chaos. Mehrere Töpfe standen auf dem Herd, eine Zwiebel lag teilweise geschnitten auf einem Brett, und der Boden war mit Tomatensoße verschmiert. Als hätte Dad angefangen zu kochen, aber sofort wieder aufgegeben, weil er zu aufgewühlt war, um sich zu konzentrieren.
Ich schob mich auf den Hocker, während Dad Milch aufsetzte, Honig hinzugab, das Getränk in eine Tasse füllte und mir reichte. Stumm schluckte ich die warme Milch, streichelte Oz, der auf dem Küchentresen saß, in normalen Zeiten ein für ihn streng verbotener Ort. Aber diese Zeit war nicht normal.
Das Weinen hatte mir für einen kurzen Moment Erleichterung verschafft, aber jetzt wusste ich einfach nicht, was ich denken, was ich fühlen sollte.

Amy war so real gewesen, dort an der Bushaltestelle. Bilder zogen blitzartig durch meine verwirrten Gedanken. Bilder von gestern, von eben, von früher wechselten sich ab, überlagerten einander.
Amy, wie sie barfuß über den Seitenstreifen tänzelte. Der rote Schuh an ihrem nackten Fuß im Rettungswagen.
Amy, die sich vor Blitz und Donner fürchtete. Virginia, die sie um eine Minute vor acht für tot erklärte.
Amy, die sich unbedingt mit mir treffen wollte. Ihr Geist, der mir diesen seltsamen Satz, fast wie eine Warnung, hinterherrief.
Faye, die brave Tochter mit der Durchschnittsnote von 1,2 im letzten Zeugnis. Faye, dieses seltsame Mädchen, das Geister und Tote zu sehen glaubte.
Der Gedanke, ich könnte alles Dad erzählen, löste sich in Luft auf. Er hatte mir den Rücken zugewandt und machte sich an der Spüle zu schaffen.
»Was geschieht jetzt mit Amy?«, fragte ich. »Bringen sie sie weg?« Ich musste an die Organspende denken.
»Ich weiß es nicht«, murmelte er. »Und du solltest dir im Moment keine Gedanken darüber machen. Ich weiß nur eines: Du musst schlafen.«
Ja, schlafen, mich einfach wegbeamen.
»Soll ich dir deine Tabletten holen?«
Wie oft hatte ich diesen Satz in der Vergangenheit schon gehört. Und jedes Mal schwankte ich zwischen Angst und Erleichterung, zwischen Widerwillen und der Gewissheit, dass ein Mensch ohne Schlaf einfach verrückt werden musste. Und genau das passierte mit mir. Schließlich hatte ich vor

weniger als einer Stunde die tote Amy gesund und munter die State Street entlanggehen sehen.

»Ja, bitte, Dad, gibst du sie mir?«

Dad nickte.

Die Schlaftabletten, die Liz mir verschrieb, waren extrem stark. Sie löschten mein Bewusstsein einfach aus und katapultierten mich geradezu in den Schlaf. Es war, als stürzte ich in ein tiefes, dunkles Loch, und oft konnte ich morgens kaum aufwachen. Aber jetzt wollte ich ja auch nicht aufwachen.

Für lange Zeit.

Dad öffnete eine der oberen Schranktüren, griff nach dem Metallkoffer mit den Medikamenten und wühlte lange darin herum, bis er endlich gefunden hatte, wonach er suchte.

Plötzlich sah er erschöpft und traurig aus. Und alt. »Komm, wir gehen nach oben, du musst endlich schlafen.«

Ein unerträglicher Schmerz brandete über mich hinweg, der mir den Atem verschlug. Ich schaffte es kaum, Dad die Treppe nach oben ins Badezimmer zu folgen.

Benommen, reflexhaft zog ich meine Sachen aus, während Dad all das machte, was er früher, als ich noch klein gewesen war, getan hatte. Er prüfte mit der Hand die richtige Temperatur des Wassers und brachte mir zwei meiner Lieblingshandtücher aus dem Schrank.

Ich spürte kaum das Wasser, das aus der Dusche auf mich niederprasselte, und stand einfach an die Wand gelehnt da, um nicht einzuknicken, bis ich irgendwann das Wasser abdrehte und, in ein Handtuch gehüllt, reglos auf dem Hocker sitzen blieb.

»Soll ich dich wie früher ins Bett tragen?«, fragte Dad und versuchte zu lächeln. »Dir im Bett noch etwas vorlesen? *Der Zauberer von Oz*. Das war immer deine Lieblingsgeschichte.«
Ein kurzes, verrücktes Lachen stieg in mir hoch und hing im Raum. Erschrocken legte ich die Hand auf den Mund.
»Das ist okay«, sagte Dad. »Manchmal liegen Lachen und Weinen dicht beieinander. Weißt du, damals, als ich aus New York kam und Liz mir gesagt hat, dass deine Mom bei deiner Geburt gestorben ist, dachte ich, ich würde nie wieder lachen können. Und fünf Minuten später hat Liz dich mir in den Arm gelegt. Rate mal, wie du ausgesehen hast.«
Mit Tränen vor Müdigkeit, Erschöpfung und Angst schüttelte ich den Kopf.
»Wie ein Erdmännchen – der helle Flaum auf deinem Kopf, diese riesigen Augen und die abstehenden Ohren. Du hast mich angesehen, ganz erstaunt, und dann hast du einfach gegähnt bei meinem Anblick. Ich war offenbar schon damals derselbe Langweiler wie heute. Und da konnte ich nicht anders: Ich musste lachen. Ja, ich habe gelacht, obwohl deine Mutter tot im Nebenzimmer lag, weil Liz sie nicht wegbringen wollte, bevor ich sie noch einmal gesehen hatte.«
Er seufzte und wischte sich verstohlen über die Augen, während er einen Streifen Zahnpasta auf meine elektrische Zahnbürste tat. »Weißt du, Faye, wenn es um Gefühle geht, dann gibt es kein Richtig oder Falsch.«
Nur zehn Minuten später schlüpfte ich unter die frisch bezogene Bettdecke.
»Liz – ist sie …?« Ich brachte die Frage nicht zu Ende.
»Sie hat eben angerufen. Mittlerweile ist sie in der Klinik.

Sie hat erst vom Unfall erfahren, als sie gerade aus Boston losgefahren ist.«
Dad reichte mir die Tabletten mit einem Glas Wasser. Sie hinterließen einen bitteren Geschmack auf meiner Zunge.
»Ich kann dir nicht versprechen, dass die Welt morgen anders sein wird, Faye. Was passiert ist, ist passiert, aber vielleicht, wenn du morgen aufwachst, siehst du sie mit anderen Augen.«
»Werde ich nicht«, murmelte ich.

Ich schlief, und wenn ich mich hin und her warf oder laut schrie, wurde ich immer wieder von Dad aus dem Schlaf gerissen, der mich in den Arm nahm und versuchte, mich zu beruhigen. Irgendwann kam auch Liz, die mir eine weitere Tablette gab. Die sollte verhindern, dass meine Panik sich verstärkte, beschwichtigte mich meine Tante, weil ich mich weigerte, die Tablette hinunterzuschlucken.
Ich vertraute ihr, auch wenn die Pillen mich daran hinderten, richtig wach zu werden. Ich brachte alles durcheinander. Tag und Nacht. Realität und Traum. Und immer und überall suchte ich nach Amy.
Ich verfolgte sie durch die Flure der Schule. Im Supermarkt entdeckte ich sie hinter jedem Regal. Mein Handy piepste und zeigte ihren Namen an. Ich wartete im Dunkeln auf sie an der Bushaltestelle, bis Myers auftauchte und geradezu höhnisch sagte: *Sie kommt nicht*. Der Bus raste an mir vorbei, und ich erkannte Amys Gesicht hinter den schmutzigen Scheiben. Einmal erblickte ich mich in einem Spiegel, und Amys Gesicht tauchte hinter mir auf. Ich sah sie auf

der anderen Seite der Rolltreppe von Macy's nach oben fahren und kämpfte gegen die Stufen an, die mich nach unten trugen.

In meinen Träumen war Amy immer und überall.

Irgendwann zwischendrin wankte ich im Halbschlaf ins Bad, ich hatte zum Klo gemusst, aber dann saß ich einfach nur auf dem Toilettendeckel, bis Liz kam. Dann wieder brachte mich Dad zurück in mein Zimmer, nachdem er mich am Computer entdeckt hatte, wo ich mich in Facebook eingeloggt und Amy eine verzweifelte Nachricht geschickt hatte, sie sollte mich befreien.

Immer wieder ließ mich dieselbe Panik keuchend und nass geschwitzt aus dem Schlaf hochschrecken. In diesen Momenten war ich für den Bruchteil einer Sekunde bei klarem Verstand und wusste wieder genau, was passiert war. Das Schlimmste war nicht, sie dauernd zu suchen, sondern aufzuwachen und mich zu erinnern, dass sie tot war.

Doch irgendwann schaffte ich es, aus einem dieser Träume an die Oberfläche zu steigen.

Ich sah mich um und versuchte, mich zu orientieren. Die Medikamente hatten mich aus dem Gleichgewicht gebracht, und ich hatte das Gefühl für Zeit verloren. Ich wusste nicht einmal mehr, ob es Tag oder Nacht war.

Doch allmählich lösten sich einzelne Gegenstände und die vertrauten Möbel aus dem Nebel. An der Wand über meinem Schreibtisch hing ein Foto von Amy, das Donna aufgenommen hatte, als sie uns in das riesige Antiquariat nach Bucksport mitgenommen hatte.

Es war ein so scharfer Abzug, dass die Einzelheiten mit geradezu schmerzhafter Deutlichkeit zu erkennen waren. Die beiden Grübchen in Amys Wangen, der leichte Stoff ihres Rocks, die Narbe über ihrem linken Auge, die sie sich beim Skateboardfahren die Main Street hinunter zugezogen hatte. Sie saß in einem verwirrenden Durcheinander von Büchern in einem roten Plüschsessel und las in einem Buch, an dessen Titel ich mich plötzlich wieder erinnerte. *Die einzige Wahrheit.*

War ich wieder eingeschlafen? Direkt neben mir summte ein Handy, dann hörte ich ein Rascheln. Jemand schlich auf Zehenspitzen durch mein Zimmer und hinaus auf den Flur. Die Tür wurde leise geschlossen. Noch benommen von den Medikamenten, hatte ich Schwierigkeiten, jedes Wort zu verstehen.

»Ja, natürlich, das verstehe ich ...«, hörte ich Liz sagen. »Aber du musst dir keine Sorgen machen ...« Einige Sekunden herrschte Stille. »Ich tue alles, was in meiner Macht steht, aber sie braucht Zeit, das heißt, wir müssen warten ...« Sie flüsterte jetzt nur noch.

Worüber redeten die beiden? Am Anfang war ich sicher gewesen, es ginge um mich, aber wen meinte Liz mit diesem *wir*?

Jeder Gedanke strengte mich unglaublich an.

Ich sah zum Fenster hinüber. Die ganze Zeit über, während ich zwischen Wachen und Träumen hin- und hergependelt war, war die Sonne auf- und wieder untergangen, hatten sich Nacht und Tag abgewechselt. Nun drang das letzte Licht des Tages durch die Jalousien. Jemand hatte das Fenster einen Spalt nach oben geschoben, und frische Luft drang ins Zim-

mer. Ein kühler Wind, der nach Regen roch, bauschte den hellen Leinenvorhang auf.
Mit der frischen Luft fühlte ich, wie ich wacher und klarer im Kopf wurde.
Auf dem alten Sessel lag aufgeschlagen, mit den Seiten nach unten, ein medizinisches Handbuch, und einer von Liz' dünnen Seidenschals hing über der Lehne. Sie besaß sie in fast allen Farben und Mustern, dieser war von einem hellen Blau.
Mein Fuß stieß gegen Oz, der mit einem lauten Schrei aufsprang. Auch er hatte über mich gewacht, wie Dad und Liz über mich gewacht hatten. War Josh ebenfalls hier gewesen? Ich konnte mich ganz schwach an seinen Geruch erinnern und daran, wie er meine Hand gehalten hatte. Aber vielleicht war auch das … nur ein Traum gewesen, wenn auch ein schöner.
Auf dem alten Nähtischchen, das ich zusammen mit Dad restauriert hatte, stand ein Tablett mit Orangensaft, Obst, Sandwiches und einer Auswahl von Muffins. Und die Kapitänsglocke, mit der ich jederzeit Dad oder Liz herbeiklingeln konnte. Ich streckte gerade die Hand nach einem Schokomuffin aus, als sich die Tür leise öffnete. Über Liz' Gesicht ging ein erleichterter Ausdruck, als sie den Kuchen in meiner Hand sah.
Meine Tante, die Anfang vierzig war, sah um Jahre gealtert aus. Sie trug ihre Haare seit einiger Zeit sehr kurz geschnitten, es stand ihr, aber der Schnitt verbarg nichts.
Die feinen Fältchen um den schön geschwungenen Mund und die Nase hatten sich verstärkt. Unter ihren Augen lagen

dunkle Schatten, obwohl sie wie immer ihr Make-up sehr sorgfältig aufgetragen hatte.

»Du bist wach? Kann ich reinkommen?« Noch bevor sie sich zu mir setzte, atmete ich den vertrauten Geruch von Maiglöckchen und Iris. Chanel N° 5. Er überdeckte für den Bruchteil einer Sekunde den Schokogeschmack des Kuchens. »Wie geht es dir?«

»Besser«, sagte ich. Und aus einem Impuls heraus: »Du musst mich nicht mehr betäuben.«

»Keine Ängste? Keine Panikattacken? Keine Übelkeit, Atemnot?«

Ich schüttelte den Kopf. »Nur schrecklichen Durst.«

Liz griff nach dem Krug, goss mir ein Glas Saft ein und reichte es mir. Während ich es in einem Zug leer trank und dann gleich noch eines, ließ sie mich nicht aus den Augen, als könnte sie in mich hineinsehen.

Ich stellte das Glas ab, wischte mir über den Mund und zog die Bettdecke bis ans Kinn.

»Wie lange habe ich geschlafen?«

»Drei Tage.«

»Drei Tage? Ich habe drei Tage geschlafen?«

Liz beugte sich zu mir und legte sanft die Hand auf meine Schulter. »Du hast einen schweren Schock erlitten, Faye. Für jemanden, der so hochsensibel und feinfühlig ist wie du, kann das extreme Folgen haben. Dein Verstand kommt nicht klar mit dem, was passiert ist. Die Seele ist in einem ›Fieberzustand‹ von Angst, Depression und Zweifel und so mit sich selbst beschäftigt, dass sie keine Kraft mehr für die Bewältigung des Alltags hat. Du brauchst Zeit, um das Ganze zu verarbeiten.« Sie machte eine kurze Pause. »Und es wäre gut, wenn du mit mir darüber reden würdest. Darüber. Und über Amy.«

Mit jedem Wort war ihre Stimme zittriger geworden, als spräche sie nicht nur mit mir, sondern auch zu sich selbst.

»Ich kann nicht«, flüsterte ich.

»Wenn ich weiß, was in dir vorgeht, kann ich dir besser helfen.«

Sie seufzte, und ich konnte Tränen in ihren Augen schimmern sehen. »Okay, vielleicht reden wir später. Ich gehe jetzt hinunter zu deinem Dad und sage ihm, dass du aufgewacht bist. Hast du Hunger? Irgendeinen besonderen Wunsch?«

Ich schüttelte den Kopf.

An der Tür wandte sie sich noch einmal um und sagte: »Ich kann dir helfen, Faye. Vertrau mir, ja?«

Das klang so einfach. Aber mir schien, als hätte ich die Kontrolle über mein Leben und jedes Vertrauen in die Welt verloren.

10. KAPITEL

Ich hielt es im Bett nicht mehr aus. Je länger ich dalag, desto mehr schien es, als hätte der lange, künstlich hervorgerufene Schlaf meine Sinne geradezu unerträglich geschärft. Jedes Geräusch ließ meinen Körper zittern. Der Hund, der irgendwo draußen auf der Straße kläffte; das ewige Geschrei der Möwen; das Klappern von Geschirr aus der Küche.

Mit einem Mal war ich hellwach. Ich zwang mich, noch einen Muffin zu essen, dann schlüpfte ich in eine Jeans und eine dicke Kapuzenjacke, bevor ich leise die Tür öffnete. Oz schlich vorbei, und einen Moment später polterte er vor mir die Treppe hinab, als rollte ein dicker Kürbis die Stufen hinunter. Unten hörte ich Stimmen. Ich blieb auf halber Treppe stehen. Obwohl mein Verstand fast unwirklich klar war, hatte ich das Gefühl, meine Beine hätten die Konsistenz von Marshmallows.

»Faye, Schatz, bist du das?«, hörte ich meinen Dad von irgendwo her fragen.

Ich antwortete nicht, irgendwie hatte ich das Gefühl, meine

Zunge wäre noch zu schwer, um mir zu gehorchen. »Sie muss essen«, fuhr er fort, jetzt offenbar an Liz gewandt. »Ich koche ihre Lieblingsspaghetti für sie.«

Die Glasscheiben in der Wohnzimmertür klirrten, als sie sich öffnete, und nun erklang Liz' Stimme im Flur.

»Nein, es war nur die Katze«, hörte ich sie sagen. »Oben ist alles still. Sie wird wohl wieder eingeschlafen sein.« Es raschelte. »Es ist ein gutes Zeichen, dass sie von sich aus aufgewacht ist, aber wir müssen ihr Zeit geben. Lass uns nachher noch einmal nach ihr schauen.«

Ich konnte Liz' Schatten sehen, der die Haustür öffnete, um Oz hinauszulassen, der unentschlossen wieder die Treppe hochrannte und, bei mir angekommen, um meine Beine strich.

»Der Kater spürt, dass etwas nicht in Ordnung ist«, erklang Liz' angespannte Stimme.

Eine Pause trat ein. Das leise Rotieren der Spülmaschine, das Knistern im Lampenschirm, wo eine Fliege in der Hitze der Halogenlampe verglühte, und wieder gedämpfte Stimmen aus dem Wohnzimmer. Erneut schlich ich auf Zehenspitzen ein paar Stufen nach unten, gerade noch rechtzeitig, um Liz' nächste Worte mitzubekommen.

»Wir müssen entscheiden, Roy, was nach der Beerdigung geschehen soll. Wie wir Faye helfen können.«

Mein rechter Fuß trat ins Leere, und fast wäre ich gefallen.

Die Beerdigung.

Wie hatte ich das vergessen können? Ich spürte, wie sich alles in mir zusammenzog. Solange Amy nicht begraben war, konnte ich mir einreden, die Ereignisse der letzten Tage wären nicht real, ich müsste mich dem, was sie bedeuten mochten, nicht stellen. Jetzt legte sich die Angst wie eine Hülle um mich, die mir die Luft zum Atmen nahm.

»Du kennst meine Meinung dazu«, sagte mein Dad, als hätten er und Liz schon mehrmals darüber gesprochen. »Sie sollte das selbst entscheiden. Hauptsache, sie zieht sich nicht völlig zurück. Ich glaube, die Schule würde ihr guttun.«

»Amy war mehr als nur ihre beste Freundin.« Liz' Stimme klang bestimmt. »Ich mache mir Sorgen, ob sie das überhaupt irgendwann verkraften wird.«

Dad und Liz waren nicht immer ein Herz und eine Seele. Was mich betraf, waren sie manchmal sogar wie Hund und Katze.

Nach meiner Geburt und Moms Tod hatte Liz Dad angeboten, zu ihr ins Haupthaus von Elmwood zu ziehen. Es wäre schließlich viel größer und bequemer als unser altes Haus, das zu nahe an der Straße lag. Elmwood war bereits seit über zweihundert Jahren im Besitz der St. Clairs. Der Name kam von den Ulmen, die irgendein Vorfahre auf dem Anwesen gepflanzt hatte.

Dad hatte sich geweigert, Liz' Angebot anzunehmen, und ich war froh darüber. Unser Haus war uralt, aber es passte zu uns. Hier hatten die allerersten St. Clairs gewohnt, als sie Ende des 18. Jahrhunderts nach Bluehaven gekommen waren. Ich liebte es, auch wenn es klein, düster und unbequem sein mochte mit seinen niedrigen Decken, den knarzenden Holzdielen und mit den alten Möbeln, die Dad auf Trödelmärkten und in Antikläden gekauft und die er selbst restauriert hatte.

Grandpa hatte es meinen Eltern zur Hochzeit geschenkt. Hier hatte Dad mit Mom bis zu meiner Geburt gewohnt. Hier hatten sie sich geliebt.

»Faye ist so sensibel«, hörte ich erneut Liz. »Ich fürchte, sie wird in nächster Zeit nicht ohne die Medikamente schlafen können, und mit ihnen …«

Ein langes Schweigen folgte.

»Und sie muss wieder in psychologische Behandlung. Ich habe deshalb gestern mit Erica telefoniert«, fuhr Liz fort. »Sie wäre bereit, nach Bluehaven zu kommen.«

Ich hielt inne.

Nein, nicht Erica Myers.

»Ich weiß nicht, ob das eine gute Idee ist.«

»Warum?«

»Warum?« Die Stimme meines Vaters klang ungläubig. »Das fragst du noch? Erinnerst du dich nicht mehr, wie durcheinander Faye war, als sie damals nach diesen letzten Therapiesitzungen nach Hause kam? Sie hat tagelang kaum gesprochen und sich geweigert, jemals wieder dorthin zu gehen.«

»Das passiert oft im Verlauf einer Therapie. Ich bin mir sicher, es war nicht Ericas Fehler.«

Ich ließ mich auf die Treppe sinken. Plötzlich fühlten sich meine Augenlider, vielleicht als Nachwirkung der Tabletten, schwer an wie Blei, fast so, als würden sie aneinanderkleben. Ein Schmerz kroch die Schläfen hoch, breitete sich aus, bis ich das Gefühl hatte, tausend Nadeln würden sich durch meine Kopfhaut bohren.

Faye, es gibt nichts, wovor du dich fürchten musst, flüsterte eine Stimme, nein, Myers' Stimme, in meinem Kopf, *du bist nicht verrückt.*

Warum war mir plötzlich übel vor Angst?

Ich wollte nicht mehr hören, wie Liz und mein Vater über mich sprachen. Langsam zog ich mich am Geländer hoch und klammerte mich weiter daran, während ich mich die restlichen Stufen nach unten in den Flur kämpfte. Der Weg zur Haustür war mir versperrt, ich hätte an der offenen Wohnzimmertür vorbeigemusst. Möglichst leise öffnete ich die Tür, die zu Dads Büro führte.

Gerade als ich auf der gegenüberliegenden Seite das Fenster öffnen wollte, hörte ich ein Summen in meinem Rücken. Unwillkürlich drehte ich mich um und sah mein Handy auf Dads Schreibtisch aufleuchten. Vermutlich hatte er es in meiner Hose gefunden. Ich warf einen Blick auf die Nummer und steckte es schnell ein. Es war Ginger gewesen.

Vorsichtig kletterte ich durchs Fenster nach draußen. Die kalte Abendluft hüllte mich ein, betäubte den Schmerz in meinem Kopf, als ich losrannte.

Wolkenfetzen zogen an einem Mond vorbei, der blass und durchsichtig war, als wäre er weit entfernt, aus einer fremden Galaxie. Plötzlich war die Angst verschwunden, doch vielleicht lief ich auch einfach nur vor ihr weg.

Ich kam an der ehemaligen Maine Marine Academy vorbei. Das mächtige Gebäude stand seit einem Jahr leer. Das einzige Zeichen von Leben war die amerikanische Flagge, die über dem verlassenen Campus wehte. Zwei Jungs aus der Unterstufe, die Josh manchmal trainierte, übten auf dem Sportgelände mit einem Basketball ihre Wurftechnik. Jedes

Mal, wenn der Ball auf dem Boden aufschlug, hämmerten neue Gedanken hinter meiner Stirn.
Ich zog das Handy aus der Tasche. Ginger hatte wieder und wieder versucht, mich zu erreichen. Aber was war mit Josh? Warum meldete er sich nicht? Gingen er, Caleb und Ginger wieder zur Schule? Die Vorstellung ängstigte mich, dass alle wieder in ihren gewohnten Alltag zurückgefunden haben könnten, während ich in der Welt meiner Träume überall nur Amy begegnet war.
Meine Füße fanden den Weg jetzt von alleine, und plötzlich war mir klar, wohin ich ging. Ich wurde noch schneller und verfiel in meinen vertrauten Rhythmus, bis ich mir einbildete, ich befände mich auf der Laufbahn des Stadions und Mr Webber, der Leichtathletiktrainer der Schule, würde mich mit seiner tiefen Stimme anfeuern.
Als ich an dem vertrauten Haus in der Perkins Street stoppte, spürte ich, wie mein Atem rasselte. Mein Körper rebellierte gegen die Anstrengung, und weil meine Beine zitterten, musste ich mich an der Straßenlaterne festhalten.
Alles war ganz still hier draußen wie auch im Innern des Hauses, an dem das Schild mit der Aufschrift *Captain Joseph Perkins* neben dem Eingang daran erinnerte, dass hier früher eine der berühmtesten Persönlichkeiten Bluehavens gewohnt hatte. In Bluehaven nannte man es nur Captain's House.
Donna musste zu Hause sein, denn unter den geschlossenen Fensterläden quoll gedämpftes Licht nach draußen. In diesem Haus hatte ich gefühlt die Hälfte meines Lebens verbracht. Es war mir immer wie ein sicheres, behagliches Refugium erschienen. Aber nun war alles anders als sonst.

Ich hatte einen komischen Geschmack im Mund und konnte mich nicht mehr erinnern, wann ich zum letzten Mal die Zähne geputzt hatte.
Ich zog an der Messingglocke, deren Klänge sich an keine Regeln hielten. Donna hatte sie einmal durch eine der modernen elektrischen Klingeln ersetzen wollen, aber Amy hatte sich geweigert.
Stille antwortete mir. Ich hörte nur den schnellen Puls meines eigenen Herzens, bis das Licht in der Diele anging, ein schwaches, schleppendes Geräusch zu hören war und schließlich Donna auftauchte. Selbst im dumpfen Licht der Flurlampe konnte ich erkennen, wie blass sie war. Die rotblonden Haare zeigten zum ersten Mal graue Strähnen. So etwas gab es. Manche Leute wurden über Nacht buchstäblich grau.
Aber ihr Lächeln hatte sich nicht verändert. Sie nahm mich in die Arme, und zum ersten Mal, seit ich wieder wach war, empfand ich so etwas wie Trost.
»Faye, du bist ja völlig außer Atem.«
»Ich weiß, ich hätte schon früher kommen müssen, aber …«
Donna schüttelte den Kopf: »Nein, nein, das ist in Ordnung. Ich habe jeden Tag mit Liz telefoniert und gehört, wie es dir geht. Fühlst du dich besser?«
Ich nickte und trat in den schmalen Flur. Eine Woge des Schwindels überkam mich, als ich das Wohnzimmer betrat und die Vertrautheit des Raums sich mit einer seltsamen Leere mischte. Dort auf dem Sessel lag noch die zerfledderte, handsignierte Autobiografie von Mark Twain, die Liz Amy geschenkt hatte.

Amy war überall im Raum, und dann doch wieder nicht. Da war das Glas mit den bunten Scherben, die sie wie ein Hamster am Strand gesammelt hatte. Zwei Kinderbilder an der Wand, die noch aus der ersten Klasse stammten. Das Foto der Ballettaufführung in der Schule, als sie die Rolle der Cinderella getanzt hatte. Im Haar trug sie ein Diadem, über dessen Kitschfaktor sie gestöhnt hatte, obwohl sie es geliebt hatte, wie ich wusste. Das bunte Patchworkkissen auf dem Sofa, mit dem sie die Augen verdeckt hatte, wenn ein Film mit viel Blut und Toten sie erschreckt und ich sie »Miss Weichei« genannt hatte. Ich wusste, es würde auch jetzt noch nach ihr riechen, wenn ich es nehmen und ans Gesicht drücken würde.

Ich wünschte, ich hätte eine dieser Comic-Geheimwaffen, die Caleb sich ausdachte, um die Erinnerungen abzuwehren, die wie Wellen über mir zusammenschlugen.

»Setz dich doch, Faye«, drang endlich wieder Donnas weiche Stimme zu mir durch. Im Gegensatz zu Liz, Claire und allen anderen Frauen, die ich kannte, bewegte sich Donna mit der Natürlichkeit ihrer ganzen Person. Sie besaß die Ausstrahlung einer Cate Blanchett, egal ob sie ausgeleierte Jogginghosen trug wie jetzt oder eines ihrer selbst geschneiderten Vintage-Kleider. Wo immer sie war, zog sie die Blicke auf sich und ging ahnungslos dahin, ohne zu merken, wie ihr ganzes Wesen die Menschen anzog.

Ich nahm auf dem bunten, durchgesessenen Sofa Platz.

»Möchtest du etwas trinken? Ein Wasser, Cola? Ich habe auch selbst gemachte Limonade. Jeden Tag klingeln Dutzende von Menschen und bringen mir Essen vorbei. Blaubeerkuchen,

Blaubeermuffins, Cupcakes mit Blaubeeren. Ausgerechnet Blaubeeren ...« Sie wischte sich eine Träne aus dem Auge, die nicht von dem Lachen rührte, das sie ausstieß.

Natürlich wusste ich, worauf sie anspielte. »Ja, Amy hat Blaubeeren gehasst«, flüsterte ich. »Sie meinte, sie machen schwarze Zähne.«

»Den größten Teil hat Tyler zu Missy gebracht, damit sie sich nicht immer aus den Mülltonnen ernährt. Er kümmert sich rührend um mich ... wie auch Liz und die Lancasters. Sie haben sogar angeboten, die ...«, sie schluckte, »die Trauerfeier bei Karen zu veranstalten.«

Wovon man nicht sprechen kann, darüber muss man schweigen, sagte Dad immer, und so betrachtet schien das Schweigen, das nun eintrat, grenzenlos, geradezu ewig, als hätten wir bereits alles gesagt.

Der Gedanke machte mir eine Heidenangst, gerade auch weil Amy mir oft genug ihre Theorie unterbreitet hatte, dass das, was man nicht sagte oder wenigstens aufschrieb, eigentlich nicht existierte. Ich sah sie vor mir, wie sie auf dem Bett in ihrem Zimmer saß, nur wenige Schritte von diesem Sofa entfernt, und ihr Füller über die Seiten eines ihrer unzähligen Notizbücher glitt.

»Ich vermisse sie so sehr«, murmelte ich.

Donna setzte sich neben mich und schlang ihren Arm um meine Schultern. »Ich auch. Ständig denke ich, sie kommt gleich nach Hause. Ich höre ihre Schritte, ihre Stimme, wie sie nach mir ruft. Morgens decke ich den Tisch für sie, und abends höre ich Musik aus ihrem Zimmer. Dann stehe ich auf, und erst wenn schon meine Hand auf der Türklinke liegt, fällt mir auf, dass sie nicht mehr da ist.« Sie machte eine kurze Pause. »Manchmal ertappe ich mich sogar dabei, wie ich mit ihr spreche.«

»Ich weiß, was du meinst«, sagte ich und hörte selbst die Erleichterung in meiner Stimme.

War das, was Donna sagte, nicht der unwiderrufliche Beweis, dass es ihr ähnlich ergangen war wie mir? Ich hatte Amy nicht wirklich an der Bushaltestelle gesehen, auch wenn sich alles so schrecklich real angefühlt hatte.

»Warum ist sie gefahren? Warum hat sie mich nicht angerufen? Ich hätte sie doch am Strand abholen können, sie und Ginger. Was haben sie eigentlich dort gemacht? Mir hat sie erzählt, sie würde sich mit dir treffen.«

Es gab mir einen Stich, den ich körperlich fühlte. Ja, sie hatte sich mit mir treffen wollen, dringend sogar. Aber es war nicht mehr dazu gekommen.

Der Blick von Amys Mom ruhte auf mir, und ich wich ihm aus. Warum fühlte ich mich schuldig?

»Das … stimmt, aber erst später. Ich musste Dad vorher noch im Restaurant helfen …«

Doch Donna hörte schon nicht mehr zu, sondern brach in leises Schluchzen aus, und nun konnte auch ich meine Tränen nicht mehr zurückhalten. Wie lange wir weinend dasaßen? Ziemlich lange. So lange, bis wir keine Tränen mehr hatten.

Ich hörte den dröhnenden Bass einer Stereoanlage, der erst lauter, dann wieder leiser wurde, als ein Auto unten die Straße entlangfuhr, und fast wären mir Donnas nächste Worte entgangen: »Es war nicht der Unfall«, sagte sie. »Das Auto hat den Baum nur leicht gestreift. Sie hat sich nicht verletzt. Weder innerlich noch äußerlich. Es war ihr Herz, das versagt hat.«

Im ersten Moment fragte ich mich, ob ich es richtig verstanden hatte, doch ihr ernster Gesichtsausdruck verriet, dass ich mich nicht verhört hatte.

»Ihr Herz?«

»Sie war nicht im Sommercamp.« Und dann: »Sie haben es dir noch nicht gesagt, oder?«

In meinem Kopf war plötzlich eine große Leere.

»Was haben sie mir nicht gesagt?«

»Amy war den Sommer über in einer Rehabilitationsklinik. In der Nähe von Boston.«

Die Bilder an den Wänden vibrierten, das Muster des Parkettbodens verschob sich zu durcheinandergeratenen Linien, und die Laternen auf der Straße wurden dunkel. Alles, was Donna nun sagte, war nicht mehr als ein Schatten in meinem Bewusstsein. Eine Geschichte, die von jemand anderem handelte.

Ich stellte keine Fragen, und ich musste es auch nicht. Donna konnte sie in meinen Augen lesen.

»Ein paar Wochen vor den Ferien, vielleicht erinnerst du dich … Amy war immer müde und hatte Probleme mit dem Atmen. Dr. Donnelly hat sie gründlich untersucht und eine Herzschwäche, eine Myokarditis, diagnostiziert. Weißt du noch, im Winter, nachdem sie sich diesen heftigen Grippevirus zugezogen hatte und so schnell wie möglich wieder in die Schule wollte?«

Natürlich wusste ich das. Ich hatte schließlich neben ihr gesessen, musste mir anhören, wie sie sich die Seele aus dem Leib gehustet und über ständige Müdigkeit geklagt hatte. Aber was hatte das alles mit dem Unfall zu tun? Ich konnte den Zusammenhang einfach nicht herstellen, ich verstand nicht, was Donna mir zu sagen versuchte.

»Sie hatte doch nie Probleme mit dem Herzen, oder?«

»Nein, sie war früher kerngesund. Aber Dr. Donnelly hat es mir ausführlich erklärt. In seltenen Fällen kann man sich infolge einer verschleppten Grippe eine Herzmuskelentzündung zuziehen, und manchmal ergibt sich daraus eine chronische Herzschwäche. Ich hatte keine Ahnung, dass es so etwas gibt.« Sie machte eine Pause, um Kraft zu schöpfen. »Dr. Donnelly hat uns dringend zu einer Rehabilitationsklinik geraten, aber Amy wollte das Schuljahr erst zu Ende bringen, du kennst sie ja. Mein Gott ...« Donna schüttelte verzweifelt den Kopf. »Sie wünschte sich dieses Stipendium so sehr. Sie fürchtete, du könntest ohne sie nach Harvard gehen und ihr müsstet euch trennen.«

Ich wischte mir mit der Hand über das Gesicht und dachte plötzlich, dass ich nicht mehr weiter zuhören wollte. Das alles erschien mir unerträglich. Es wäre besser gewesen, ich wäre gar nicht hergekommen.

»Ihr habt es alle gewusst, und keiner hat es mir erzählt? Wusste Caleb es auch?«

Donnas Stimme war fest und bestimmt, als sie antwortete: »Nein. Niemand von euch hat es gewusst. Nur Dr. Donnelly, Liz und ich ... Eigentlich hatte Amy es dir erzählen wollen, aber Liz hat sie dann überzeugt, dass es dich zu sehr belasten würde. Dir ging es so gut das letzte halbe Jahr. Deine

Schlaflosigkeit und die nächtlichen Spaziergänge hatten aufgehört, du warst stabil wie nie zuvor. Amy wollte nichts riskieren. Faye, das musst du mir glauben. Sie wollte dich nur schützen.«

Ich war nicht krank, sondern allenfalls reif für die Klapse, ein Freak, ein Psycho. Das war nichts im Vergleich zu einer Herzkrankheit. Ich musste nicht, ich wollte nicht beschützt werden. Nie. Oder doch? Hatte ich es mir zu leicht gemacht? Ja, vielleicht hatte ich mich manchmal in die starken Arme von Dad, Liz oder Josh fallen lassen – aber Amy? Wir waren auf einem Level gewesen: *Mein Problem ist auch deines.* Zumindest hatte ich mir das eingebildet, und nun stellte sich das Gegenteil heraus.

»Es wäre mir lieber, sie hätte es mir gesagt«, brach es aus mir heraus. »Nun kann sie mich nie mehr beschützen und ich sie auch nicht.«

»Manchmal ist es schwer, das Richtige zu tun«, sagte Donna in einem Tonfall, in dem Unsicherheit mitschwang und noch etwas, das ich nicht fassen konnte. Sie hob den Kopf. »Ich muss dich etwas fragen, Faye. Und ich möchte, dass du ehrlich bist. Ist irgendetwas zwischen euch vorgefallen? Etwas, das Amy verletzt oder beunruhigt haben könnte?«

Ich hielt den Atem an. Selbst wenn ich etwas gewusst hätte, ich hätte es vermutlich niemandem gesagt. Das hatte mit dem Gesetz des Schweigens zu tun, wie Caleb es nannte. Man erzählte den Erwachsenen erst etwas, wenn die Geschichte glaubhaft war oder … hieb- und stichfest, wie Amy es genannt hatte.

Gesetz des Schweigens?

Worüber sollte ich schweigen, wenn ich keine Ahnung hatte, was mit Amy los gewesen war?

Wir müssen reden.

Hatte Amy mir am Abend ihres Todes von ihrer Herzkrankheit erzählen wollen und davon, wo sie wirklich den Sommer verbracht hatte? Andererseits war auch Donna ihr seltsames Verhalten aufgefallen. Etwas hatte Amy gequält. Vielleicht noch etwas anderes. Etwas, vor dem sie mich hatte warnen wollen?

Du musst mir glauben. Sie werden nicht aufgeben, hatte sie mir nachgerufen.

Aber nein, das war nicht die Wirklichkeit gewesen! Wie lange würde ich noch brauchen, bis ich das endlich begriff?

»Warum sollte etwas vorgefallen sein?«, fragte ich, um Zeit zu gewinnen.

Donna verknotete die Hände in ihrem Schoß und sah mir direkt in die Augen. »Ich habe sie besucht, während sie in der Klinik war. Es ging ihr nicht gut, das nicht, aber sie war doch wie immer. Dünner, erschöpft, aber meine Amy. Selbst als ich sie vom Bus abgeholt habe. Aber dann, noch am selben Abend, war sie plötzlich völlig verändert. Sie schien außer sich. Als ich versuchte, Fragen zu stellen, hat sie sich total verschlossen.«

»Vielleicht hatte sie Angst wegen dieser ... Sache mit ihrem Herzen.«

»Nein«, widersprach Donna. »Amy ist ... war eine Kämpferin. Wenn sie ein Ziel hatte, dann verfolgte sie es beharrlich. An diesem Tag hatte sie nachmittags einen Termin bei Dr. Donnelly, die sich die Unterlagen aus der Klinik angesehen und

Amy untersucht hat. Sie hat bestätigt, was auch die Leute in der Klinik gesagt hatten: Die Werte hatten sich verbessert. Also muss es etwas anderes gewesen sein. Etwas, das sie seelisch belastet hat. Und du hast wirklich keine Ahnung?«

Ich schüttelte den Kopf. Meine Gedanken flogen. Ich hatte mir Amys Veränderung also nicht eingebildet – die Art, wie sie mich am ersten Schultag angesehen hatte, verstört, ja geradezu aufgewühlt, hatte einen Grund gehabt. Nur welchen?

»Ich bin sicher, alles war in Ordnung mit ihr. Sie hätte es mir sonst erzählt«, log ich erneut.

Genauso, wie sie mir von ihrer Krankheit erzählt hatte?

Donna umarmte mich erleichtert: »Ja, du hast recht, das hätte sie. Ich habe Gespenster gesehen.« Als sie mich endlich losließ, stand ich auf. »Ich muss jetzt gehen.«

Donna sah auf die Uhr. »Oh, entschuldige. Roy und Liz werden sich Sorgen machen. Sie wissen doch, dass du bei mir bist, oder?«

Und wieder log ich: »Ja, klar.«

»Soll ich dich nach Hause bringen?«

»Nein, ich muss über alles nachdenken, und das kann ich am besten, wenn ich laufe.«

Ich ging hinaus in den Flur, nahm meine Jacke und stand schon in der Tür, als Donna sagte: »Ich habe noch eine Bitte, Faye. Wegen der Trauerfeier morgen.«

Morgen schon. Damit hatte ich nicht gerechnet.

»Kann ich dir bei irgendetwas helfen?«

»Nein, aber … ich hätte gerne, dass du etwas über Amy sagst. Nur ein paar Worte.«

Die Trauerfeier – ich versuchte mir vorzustellen, wie ich dort neben Amys Sarg stand und eine Rede hielt. War ich dazu in der Lage?

»Wirst du das für mich tun?«, hörte ich Donna erneut fragen.

»Ja, natürlich. Das werde ich.«

»Danke«, flüsterte Donna und gab mir einen Kuss auf beide Wangen. »Ich wusste, du lässt mich nicht im Stich, so wenig, wie du Amy je im Stich gelassen hast.«

Ich nickte, obwohl ich mir nicht mehr sicher war, was Amy betraf.

11. KAPITEL

In den drei Tagen, die ich geschlafen hatte, war der Herbst gekommen. Der Himmel war aufgewühlt von Wolken und Nebelschwaden, und ich war noch immer wie betäubt von Donnas Worten. Das, was sie mir eröffnet hatte, quälte mich schrecklich. Verstört ging ich durch die Straßen, ohne über ein Ziel nachzudenken. Erst als ich aus der schmalen, dunklen Marine Avenue bog und Penrose House, das hell erleuchtete Anwesen der Sheramys, rechts vor mir lag, war mir klar, dass ich in wenigen Schritten zu Hause sein würde. Aber allein in meinem Zimmer – das würde ich nicht aushalten. Und noch schlimmer war die Vorstellung, Dads und Liz' besorgten Blicken, ihren Fragen ausgesetzt zu sein.

Ich schickte Dad eine Nachricht.

Mach dir keine Sorgen. Ich musste an die frische Luft. Aber versprochen, wenn ich zurück bin, esse ich zwei Teller Spaghetti.

Ich kehrte um.

Buchen neigten ihre grauweißen Stämme gegeneinander,

über mir schlossen sich die Baumkronen und bildeten eine Art Gewölbe über meinem Kopf. Mit jedem Schritt raschelte das Laub unter meinen Füßen. Tausend Mal war ich diesen Weg gegangen, und die einzigen Veränderungen, die ich je wahrgenommen hatte, unterlagen der Natur und dem Wechsel der Jahreszeiten. Doch nun, wo ich Bluehaven – die Häuser, die Bäume, die Menschen – plötzlich mit anderen Augen sah, bekamen sogar die vertrautesten Anblicke etwas Gespenstisches.

Amy hatte unter einer Herzschwäche gelitten. Ich war praktisch in einem Arzthaushalt aufgewachsen und wusste, was eine Myokarditis war: eine Herzmuskelentzündung, hervorgerufen durch eine Virusinfektion. Sie hatte sich mir nicht anvertraut. Die ganze Zeit über hatte ich geglaubt, wir wären Seelenverwandte, und nun wurde mir erschreckend klar: Der einzige Seelenverwandte, den man hatte, war man selbst. Plötzlich war der Schock darüber größer als der Schmerz der Trauer. Ich wusste einfach nicht, was ich davon halten sollte. Zudem quälte ich mich mit dem Gedanken, dass ich irgendetwas Achtloses gesagt oder getan haben könnte, womit ich Amy verletzt hatte.

Mir kam unser letztes Zusammentreffen am ersten Schultag in den Sinn. Amy hatte die rot-weißen Notizbücher in den Schrank geschlossen und … nun erkannte ich den Zusammenhang zu den drei Mädchen, mit denen sie sich angeblich im Sommercamp, in dem sie nie gewesen war, angefreundet hatte. Eine hatte von einem Leben als Schriftstellerin geträumt – wie Amy. Eine Zweite hatte ihre Freunde schmerzlich vermisst. Und die Dritte, Emily – seltsam, an diesen Namen konnte ich mich erinnern –, litt unter einer Krankheit ... Myokarditis. Jetzt war mir klar: Amy hatte nur so getan, als könnte sie das Wort nicht aussprechen. Und diese Mädchen existierten nicht. Amy hatte nur von sich gesprochen.

Hier auf der breiten Battle Avenue schlugen mir die Windböen kräftiger entgegen. Mir war eisig kalt, auch weil nichts mehr war wie zuvor.

Mein Handy summte. Es war nicht Dad, wie ich erwartet hatte, sondern Liz. Ich drückte den Anruf einfach weg. Ich konnte jetzt nicht mit ihr reden. Ihre Fürsorge und Liebe schnürten mir einfach die Luft ab.

Irgendwo vor mir wurde ein Motor gestartet, dann leuchteten in der Höhe vom Fuller House Scheinwerfer auf. Ich blieb stehen. Der Wagen kam näher, wurde langsamer, und ich war sicher, er würde bremsen, aber im nächsten Moment trat der Fahrer aufs Gas. Die Luft vibrierte, die Straße bebte, Laub wirbelte durch die Luft, und ein Schwarm von Blättern segelte die Straße hinunter. Als die Scheinwerfer an mir vorüberglitten, konnte ich spüren, wie jemand mich durch die getönten Scheiben anstarrte. Für den Bruchteil einer Sekunde schwebte der Rest einer Liedzeile vorüber ... *vast and unknowable universe ...*

Der Wagen stoppte, und ich trat einige Schritte zurück, wo ein Gebüsch und der Schatten der Bäume mich vor den Blicken verbargen.

In der nachfolgenden Stille konnte ich meinen keuchenden Atem hören. Er war das lauteste Geräusch auf der Straße.

Ich rannte weiter. Jetzt begriff ich, wem der Pick-up gehörte.

Tyler Coleman.

Und Tyler war vom Fuller-Grundstück losgefahren – nur dass ich dieses plötzlich kaum noch wiedererkannte.
Das vor wenigen Tagen noch hemmungslos nach allen Seiten wuchernde Dickicht war gerodet, der Rasen gemäht, der Efeu, dessen Ranken im Laufe der Zeit den Garten fast komplett in Besitz genommen hatten, verschwunden. Zum ersten Mal seit Jahren konnte ich das Haus von der Straße aus erkennen. Und obwohl es noch ganz genau dasselbe war wie zuvor, sah ich es nun in anderem Licht. Ich hätte schwören können, das Haus wäre nicht bloß eine leere, dem Verfall preisgegebene Hülle, sondern ihm wohnte plötzlich eine Seele inne. Eine Seele, die sich in dem roten Schein eines fast unwirklich flackernden Kaminfeuers zeigte, den unruhigen Klängen einer Gitarre, den geisterhaften Bewegungen der Vorhänge, die sich leise im Nachtwind bauschten.
Dann wieder drängten sich neue Gedanken in mein Bewusstsein. Eigentlich waren es eher Bilder … ich sah plötzlich ganz deutlich Missy vor mir, wie sie zwischen den Zimmern hin und her schlurfte. Wie sie nuschelnd mit sich selbst sprach und die konfusen Selbstgespräche, die sie im Dickicht des Gartens begonnen hatte, nun im Innern vom Fuller House fortsetzte. Ich stellte mir vor, wie ihre blassen, knochigen Finger Schränke, Schubladen, Regale durchwühlten; wie sie alles, was ihr als wertvolle Beute erschien, einpackte und nach Hause schleppte.
Die Verrückte von Bluehaven.
Verrückt, so wie ich?
Was also, wenn ich mir die Gitarre nur einbildete, die Vor-

hänge überhaupt nicht existierten und in dem alten Kamin lediglich kalte Asche lag?
Zwei Gründe bewogen mich zum zweiten Mal innerhalb weniger Tage, das Fuller-Grundstück zu betreten. Die Sorge, Missy könnte das Haus tatsächlich abbrennen. Und die Angst, ich hätte schon längst denselben Pfad der Verwirrtheit eingeschlagen wie sie, ich würde also langsam, aber sicher verrückt werden.
Ich folgte dem Licht des Kaminfeuers und der lauter werdenden Gitarre und stoppte, als ich das Quietschen eines Stuhls hörte. Dann lief jemand über die Holzbohlen der Veranda.
»Ist da jemand?«, hörte ich eine kräftige Stimme. »Missy, bist du das?«
Die ersten Tropfen fielen, doch ich rührte mich nicht. Auch nicht, als der Regen stärker wurde.
Zitternd vor Kälte und Aufregung spähte ich zwischen den Bäumen hindurch. Die Äste, seit Jahren unbeschnitten, waren verschlungen, als würden sie einander umarmen. Ich konnte nur wenig erkennen, doch mit jedem Zweig, der raschelte, wurde mein Puls schneller. Dann beugte sich ein Schatten über das weiße Geländer, und mein Herz schlug im Takt der Schritte, die jetzt die Holzstufen hinunterkamen.
Wer nicht an Geister glaubt, muss erst einmal beweisen, dass sie nicht existieren.
Wer hatte das gesagt? Amy?
Ihr Bild in dem weißen Hemd erschien wieder vor meinem inneren Auge, wie sie mich … so schien es mir in diesem Moment … auf der State Street bei der Bushaltestelle verfolgt hatte.

Wenn ich nicht verrückt war, so war ich doch wenigstens verwirrt, und eine Erinnerung machte mir Angst, die wieder mit dem Namen meiner ehemaligen Therapeutin Erica Myers verbunden war. *Siehst du manchmal Menschen, die nicht existieren?*

Nein, ich sehe sie nicht, hatte ich geantwortet. *Aber ich weiß, dass sie da sind. Manchmal sitzen sie im Wandschrank, manchmal liegen sie unter dem Bett, und ich höre sie atmen.* Da war ich acht oder neun Jahre alt gewesen. Es war Caleb gewesen, der mich später beruhigt hatte. Jeder hätte in diesem Alter gedacht, es hätte Monster in seinem Zimmer gegeben.

Nun, in diesem Garten gab es keine Monster, stattdessen tauchte jetzt ein Mann auf, der eine Jacke über den Kopf hielt, um sich vor dem Regen zu schützen.

»Faye? Faye Mason?« Das war kein Mann. Verblüfft erkannte ich den Jungen, der an dem Abend von Amys Unfall mit Tyler im New Spoon gesprochen hatte.

Luke Salerno.

Aus irgendeinem Grund erinnerte ich mich sofort wieder an seinen Namen.

Außerdem – dieses Gesicht vergaß man nicht so schnell. Jedenfalls hatten sich seine Augen in mein Gedächtnis gebrannt. Und auch wenn sie jetzt im Halbdunkel eher schwarz als meerblau wirkten, hatten sie nichts von ihrer Lebendigkeit eingebüßt.

»Was machst du hier?«, fragte ich.

»In die Sterne sehen.«

Unwillkürlich schaute ich nach oben, wo der Regen immer neue Wolkentürme schuf.

»Welche Sterne?«
»Ich weiß, sie sind da. Das genügt mir ... Und was machst du hier draußen?«
»Ich kann nicht schlafen.« Eine bessere Antwort fiel mir nicht ein.
»Und ich will nicht schlafen. Schon mal auf die Idee gekommen, dass es bei dir genauso sein könnte?«
Nein, war ich nicht. Der Gedanke rief ein Gefühl der Verunsicherung in mir hervor. Wie anders es sich anhörte: *Ich kann nicht schlafen* ... oder: *Ich will nicht schlafen.* Warum hatte ich diese Erklärung noch nie in Betracht gezogen?
»Lass uns auf die Veranda gehen, hier ist es mir zu feucht.«
Er wandte sich um und lief zum Haus zurück. Ich folgte ihm nicht nur, weil ich bereits durchnässt war, sondern auch weil die Neugierde mich vorantrieb.
Als ich unter dem Vordach stand, hob er eine Bierdose in die Luft. »Auch einen Schluck?«
»Ich trinke keinen Alkohol.«
»Obwohl dein Vater eine Kneipe ... nein, entschuldige, ein Restaurant hat?«
Wie bei unserer ersten Begegnung empfand ich eine seltsame Vertrautheit. Vielleicht, weil ich mich einsam fühlte und jemanden zum Reden brauchte, der mit der ganzen Sache nichts zu tun hatte?
Ich stieg die Treppe hoch und blieb auf dem obersten Absatz stehen. »Meine Tante ist Ärztin. Sie hat mir schon früh erklärt, was Alkohol und Zigaretten für den Körper bedeuten.«
Ich klang selbst in meinen eigenen Ohren zu vernünftig, ja

geradezu spießig, aber Luke verschwand wortlos im Haus, und als er zurückkam, reichte er mir eine Wolldecke und eine dampfende Tasse Tee. Bevor ich mich bedanken konnte, verschwand er wieder, und diesmal brachte er mir ein Handtuch mit der Aufschrift *New England Revolution*. Ich war irritiert, bis mir einfiel, dass die Fußballmannschaft in Boston so hieß. Luke Salerno kam also aus Boston?

Luke deutete mit der Hand auf einen alten Schaukelstuhl, der auf der Veranda stand und dessen Flechtwerk so zerfetzt war, dass ich fürchtete, eine ganze Rattenplage könnte sich die letzten Jahre davon ernährt haben. Ich ließ mich in den Stuhl fallen und rieb mit dem Handtuch meine Haare trocken.

»Ich habe eine Mutter, die selbst raucht, obwohl sie Krankenschwester ist. Das einzige Risiko, über das sie mich schonungslos aufgeklärt hat, ist diese mysteriöse Sache mit den … Bienen.«

Er saß mir schräg gegenüber und hatte den Kopf dem Garten zugewandt, doch ich konnte das Grinsen in seinem Gesicht sehen. Er machte sich über mich lustig. Dabei strich er sich die dunkle Haarsträhne aus der Stirn, und mir wurde irgendwie leichter ums Herz.

»Ich hatte keine Ahnung, dass das Haus vermietet wird«, sagte ich.

»Wird es ja auch nicht.«

»Du hast es gekauft?«

Luke sah nicht so aus, als ob er sich das leisten könnte. Soviel ich in der Dunkelheit erkannte, trug er eine helle, ziemlich abgewetzte Jeans, und unter dem blauen, langärmeligen

Shirt blitzte ein weißes Unterhemd vor. Er war sich offenbar bewusst, wie er diese Augen zur Geltung bringen konnte. Zudem betonte das Shirt seinen sportlichen Oberkörper. Zwar besaß er nicht die breiten Schultern von Josh, auch nicht dessen kräftige, muskulöse Hände, aber seine lockere Haltung, die Leichtigkeit seiner Bewegungen erinnerten an den durchtrainierten Körper eines Leichtathleten. Was ich anziehend fand, wie ich merkte.

»Nein, das Haus gehörte meinem Vater«, sagte er jetzt.

Es dauerte eine Weile, bis ich reagierte. »Deinem Vater?«

»Ja, William Fuller.«

Die Glut der Zigarette schwirrte durch die Dunkelheit davon wie ein Schwarm Glühwürmchen. Ich lehnte mich in dem Stuhl zurück, der im Rhythmus des Blues knarzend hin- und herschwang.

»William Fuller ist dein Vater?«

»War. Er ist gestorben. Schon vor Jahren. Ich habe ihn nicht gekannt.«

»Gestorben«, wiederholte ich erneut seine Worte. »In Bluehaven heißt es, Mr Fuller sei plötzlich verschwunden, und deshalb würde das Haus leer stehen.«

Luke zerdrückte den Rest der Zigarette in einer Blechdose, die auf der Verandabrüstung stand, stellte sein Bier daneben und ließ sich in den zweiten Sessel fallen.

Das Geräusch ließ mich zusammenschrecken. Ich erkannte das weiße Flechtwerk des Sessels sofort wieder. Amy hatte einmal in ihm gesessen, im Zimmer unter den Giebeln, wo wir die Nachricht in der bunten, staubigen Steppdecke entdeckt hatten.

Hilfe, man hält mich gefangen!

Wieder fröstelte es mich, und ich empfand ein unbehagliches Gefühl, wie in der Nähe einer Gefahr.

Einen Moment lang herrschte Schweigen. Der Schaukelstuhl kam zur Ruhe, und ich setzte ihn erneut in Bewegung.

»Und was erzählt man sich noch in Bluehaven?«, fragte Luke.

»Nichts.«

Wieder war sein Blick intensiv, aber er war mir nicht unangenehm. Es schien eher, als könnte er mich tatsächlich sehen, mein eigentliches Ich entlarven. Vielleicht spürte er, dass diese Fassade aus Gefasstheit und Gleichmut künstlich war, hervorgerufen durch Medikamente, die noch immer in meinem Kreislauf waren.

»Ich habe meinen Vater nicht gekannt«, wiederholte er noch einmal. »Ich wusste nicht einmal etwas über dieses Haus. Bis vor drei Monaten. Kurz nach meinem achtzehnten Geburtstag bekam ich einen Brief von einem Mr Bloom, der mir schrieb, ich hätte ein Haus geerbt. Das wollte ich mir natürlich ansehen.« Lukes schlanke Finger trommelten auf der Sessellehne. Es war ihm vermutlich nicht bewusst, aber sie hielten sich genau an den Rhythmus des Gitarrenstückes, das durch das Fenster zu hören war. »Und ich wollte die Leute kennenlernen, die meinen Dad gekannt haben«, fügte er hinzu.

Eine Erinnerung stieg in mir hoch. Er hatte sich im New Spoon mit Tyler unterhalten. Dads Name, meiner und der von Liz waren gefallen.

»Hast du Tyler deshalb an dem Abend im New Spoon über uns ausgefragt?«
»Ausgefragt?« Luke lachte auf. »Das war gar nicht nötig. Er tauchte hier auf, weil die Nachbarn der Polizei gemeldet hatten, hier würde jemand einbrechen. Aber als ich ihm den Brief von Mr Bloom gezeigt habe und ihm klar wurde, dass mein Vater tatsächlich William Fuller war, hat er mich mit in die Kneipe, entschuldige, in das Restaurant deines Vaters geschleppt.« Er sah plötzlich amüsiert aus. »Ich musste nicht viele Fragen stellen. Tyler hat ohne Unterlass geredet.«
Ja, das klang nach Tyler. Er dachte, wenn er über alles Bescheid wusste in Bluehaven, könnte er Verbrechen verhindern. Als ob in Bluehaven je ein Verbrechen passiert wäre.
»Und hat dir dabei alles über mich und meine Familie erzählt?«
»Alles nicht.«
Lukes Lächeln verstärkte sich.
»Und Tyler war gerade erst hier, oder? Worüber habt ihr diesmal geredet? Die Farbe meiner Unterwäsche?«
»Nein, das wird unser nächstes Thema.« Er lachte leise. »Er hat mir ein paar Namen genannt, Leute, an die ich mich wenden könnte, wenn ich etwas über meinen Vater erfahren wollte. Wie Dr. Elizabeth St. Clair. Sie ist deine Tante, oder?«
Ich nickte.
Das Trommelkonzert seiner Finger auf der Sessellehne überholte das Tempo der Musik.
»Und …«, fuhr er fort, »sie ist wie die Lancasters, die Westons und die Sheramys Mitglied des Monday Club.«

»Tyler hat dir vom Monday Club erzählt?«
Die Finger kamen zu einem abrupten Stillstand. »Nein, darüber habe ich im Internet gelesen.« Er beugte sich vor. »Euer Monday Club hat es immerhin bis in den *Boston Esquirer* und die regionalen Fernsehsender geschafft. Er scheint ziemlich viel Einfluss zu haben. Offenbar war im Sommer sogar der Gouverneur hier zu Besuch?«
Ich runzelte die Stirn. Mir passte nicht, in welche Richtung das Gespräch ging. »Das hatte nichts mit dem Monday Club zu tun. Die Lancasters spielen in dieser Gegend eine wichtige Rolle. Karen kennt viele einflussreiche Leute.«
Luke hustete, selbst das klang spöttisch. »Sag ich doch.« Er musterte mich offen. »Gerüchten zufolge soll der Monday Club auch hinter der Auflösung der Marine Academy in Bluehaven stecken. Und da frage ich mich natürlich, was macht diese geheimnisumwitterte Organisation genau.«
Ich rutschte unruhig auf dem Stuhl hin und her. Mir war klar, woher Luke diese Information hatte. Sie entstammte den Berichten eines Journalisten namens Damon Kaplan, der sein Geld mit reißerischen Schlagzeilen verdiente, die er vermutlich meistbietend verkaufte.
Tatsächlich hatte die Schließung der Marine Academy auch mich verwundert. Dad hatte viel davon geredet. Nicht nur, weil sie zu den erfolgreichsten Institutionen in Maine gehört hatte, sondern auch weil die Gründe für die Schließung im Dunkeln geblieben waren. Dazu kam, dass die Studenten Dads beste Kunden im New Spoon gewesen waren.
Aber der Monday Club hatte nun wirklich nichts damit zu tun. Laut Josh hatte seine Großmutter sogar dagegenge-

stimmt, konnte aber letztendlich nichts gegen die Entscheidung ausrichten. Solche Dinge wurden im Pentagon entschieden. Allerdings verstand ich natürlich, was Kaplan mit seinen Andeutungen bezweckte. Die mysteriösen Geheimhaltungsstatuten machten den Monday Club interessant für Verschwörungstheorien jeglicher Art. Ein Damon Kaplan hätte sich vermutlich auch nicht gescheut, den 11. September dem Monday Club in die Schuhe zu schieben, wenn er irgendeine Verbindung hätte herstellen können.
Luke sah mich noch immer abwartend an.
»Der Monday Club ist eine Stiftung«, erklärte ich Luke, so ruhig ich konnte. »Es gibt hier Familien, die ziemlich reich sind, aber sie verschwenden ihr Geld nicht für … na ja, die üblichen Dinge eben.«
Wieder lag ein ironischer Ausdruck auf seinem Gesicht, als würde er an meinen Worten zweifeln. Dann streckte er sich, griff nach der Bierdose und nahm einen großen Schluck.
Unwillkürlich musste ich an Ginger denken. Wenn sie ihm begegnen sollte, würde sie vermutlich alles daransetzen, ihn – wie sie immer mit diesem Ginger-Grinsen sagte – näher kennenzulernen. Ich dachte an Josh, den ich drei Tage lang nicht gesehen hatte, und plötzlich hatte ich Sehnsucht danach, seine Stimme zu hören, seine Sicherheit zu fühlen. Ich musste ihn anrufen.
»Und was machen diese Familien mit ihrem Geld, wenn sie es nicht für Segelboote, eine Jacht oder einen Privatjet ausgeben?«, fragte Luke weiter.
»Warum willst du das alles so genau wissen?« Es behagte mir immer weniger, mit ihm über unsere Familien zu sprechen,

noch dazu über den Monday Club. Das ging nur uns etwas an.

»Weil sie sich um Dad gekümmert haben. Sie haben seinen Aufenthalt im Krankenhaus bezahlt.«

Ich schwieg irritiert, geradezu verwirrt. Luke musterte mich, als versuchte er, meine Gedanken zu erraten.

Schnell hielt ich ihm meine leere Tasse hin. »Hast du noch einen Tee für mich?« Ich wollte Zeit gewinnen.

Luke nickte und verschwand ins Haus. Die Tür zum Schrank wurde geöffnet und wieder geschlossen. Schubladen klapperten, und dann schepperte etwas.

Der Monday Club hatte William Fuller Geld gegeben? Es war nicht ungewöhnlich, dass der Monday Club Krankenhausrechnungen übernahm. Die wohltätige Seite des Clubs war etwas, worüber die Familien offen redeten. Bei den traditionellen Abendessen, die jeden ersten Sonntag im Monat bei Joshs Grandma stattfanden, wurde immer wieder über Zuwendungen und finanzielle Unterstützungen gesprochen. So kümmerte sich der Monday Club beispielsweise auch um Missy und hatte das Dach ihres Hauses reparieren lassen, weil es hineinregnete.

Die Sache war jedoch die: Wenn Luke die Wahrheit sagte, dann wusste der Monday Club, was mit Fuller geschehen war. Ich hatte von verschiedenen Seiten gehört, dass er plötzlich verschwunden, ja, wie vom Erdboden verschluckt worden war.

Wir hatten darüber geredet, als Amy und ich das Fuller House zu einem Geisterhaus erklärt hatten. Und hatte Liz es damals nicht bestätigt, als wir sie danach gefragt hatten?

Oder täuschte mich mein Gedächtnis? Konnte ich die Wahrheit einfach nicht mehr von Amys lebhaft ausgeschmückten Geschichten und den Gerüchten, die durch Bluehaven geisterten, trennen?

Ein stechender Schmerz bohrte sich in meine Schläfe bei dem Gedanken. Amy – sie hätte es mit Sicherheit gewusst. Je mehr Zeit verging, desto schmerzhafter traf mich ihr Verlust. Eine Wunde, die nie heilen würde.

»Welche Gründe gibt es für eine Stiftung, ihre Aktivitäten geheim zu halten, wenn nicht mehr dahintersteckt? Etwas, was auf keinen Fall an die Öffentlichkeit gelangen soll?«

Ich hatte gar nicht bemerkt, dass Luke zurückgekommen war. Er reichte mir die Tasse Tee. Ich nahm einen langen Schluck. Wollte er mich provozieren, um Informationen aus mir herauszulocken? Das würde ihm nicht gelingen. Josh, Ginger, Caleb und ich hatten schon früh gelernt, dass es Dinge gab, die innerhalb der Familien blieben.

»Ich möchte nicht darüber sprechen«, entgegnete ich. Um Lukes aufdringlichen Fragen auszuweichen, gab ich dem Gespräch eine andere Richtung. »Weißt du eigentlich, dass Missy Austen sich ständig hier auf dem Grundstück herumtreibt? Sie scheint geradezu besessen von diesem Haus zu sein.«

Etwas in Lukes Augen blitzte auf. Er war offensichtlich sauer, als würde ihm mein Themenwechsel nicht passen, aber dann ließ er sich doch darauf ein. »Mein Vater hat sie wohl gekannt«, sagte er. »Jedenfalls habe ich ihre Adresse von Mr Bloom, weil sie den Schlüssel zum Haus aufbewahrt hat.«

»Wer würde Missy einen Schlüssel anvertrauen? Sie ist wie eine Elster und nimmt alles mit, was sie in die Hände bekommt.«

»Vielleicht war sie nicht immer so.«

Ich hatte Missy nie anders erlebt als wie eine Art Gespenst von Bluehaven, und niemand hatte je etwas anderes über sie erzählt.

»Ich wünschte, man könnte ihr helfen!«, stieß ich hervor.

»Ja, für manche ist das Leben einfach zu schwer«, erwiderte Luke, und ich schaute auf, als ich den Unterton von Mitgefühl in seiner Stimme wahrnahm. »Mancher Mensch ist eine verlorene Seele.«

Solche Gedanken hätte ich ihm nicht zugetraut, und normalerweise hörte ich diese Art von Weisheiten nur von Dad oder Amy.

An der weißen Fassade huschten im Licht eines vorbeifahrenden Wagens die Schatten von Bäumen vorbei und verschwanden um die Ecke, wo sie sich im Gebüsch verloren.

Ich erschrak, als Luke sich zu mir herüberbeugte und meine Schulter berührte. »Alles in Ordnung?«

Etwas löste sich in mir. Vielleicht war es Lukes konzentrierter Blick, vielleicht sein letzter Satz oder vielleicht auch nur dieser ganze merkwürdige Abend, der wie aus Zeit und Raum gefallen schien.

»Meine beste Freundin, Amy – sie ist vor einigen Tagen bei einem Autounfall gestorben«, brach es aus mir heraus.

»Ich habe davon gehört.«

Nervös griff ich nach Lukes Bierdose und nahm einen langen Schluck. Der Alkohol stieg mir sofort zu Kopf. Das alles wühlte mich auf. Das unaufhörliche, nervenzerreißende Trommeln des Regens; die Gitarrenmusik aus dem Haus, die sich mit der erneut einsetzenden Melodie in meinem Kopf vermischte; Lukes bohrende Fragen; die Art, wie er mich fixierte – mit dieser Mischung aus Neugierde, Interesse und Distanziertheit. Er kannte mich nicht – und er war nicht von hier.

Ich erzählte Luke alles. Als ich erst einmal angefangen hatte, konnte ich nicht mehr aufhören zu erzählen. Von Amys und meinem letzten gemeinsamen Tag in der Schule, ihrem dringlichen Wunsch, mich zu sprechen. Noch immer hatte ich keine Ahnung, was ihr auf der Seele gebrannt hatte. Aber es musste wichtig gewesen sein, und sie hatte befürchtet, ich würde ihr nicht glauben.

Ich erzählte von dem Unfall. Von meiner eingebildeten Begegnung mit Amys Geist an der Bushaltestelle in der Nacht ihres Todes. Wie sie mich vor irgendetwas zu warnen versucht hatte. Davon, was ich vorhin von Donna erfahren hatte. Und ich sagte ihm, dass ich Angst hatte, verrückt zu werden wie Missy, oder schlimmer: es schon zu sein.

»Stopp, nein, hör auf.« Luke hob die Hand. »Ich glaube dir.«

»Was?«

»Alles.«

Entgeistert starrte ich ihn an. »Dass ich Amy gesehen habe, obwohl sie tot ist?«

»Vielleicht hast du einen Geist gesehen, das weiß ich nicht, aber es spielt auch keine Rolle.«

»Es soll keine Rolle spielen, ob ich verrückt bin?«

»Niemand ist verrückt. Weder du noch Missy. Meine Mom

hat mir oft von Patienten in der psychiatrischen Klinik in Northampton erzählt, in der sie gearbeitet hat. Früher hat man Leute für verrückt erklärt, wenn sie sich anders verhielten. *Verrückt* ist eigentlich nur ein Wort, das Leute für diejenigen verwenden, die sich nicht an die Regeln halten. Du kannst nicht schlafen, sagst du … nun, Schlafentzug, der länger als ein paar Tage dauert, führt zu Halluzinationen. Es gibt für fast alles eine wissenschaftliche Erklärung.«

Ich wollte ihm glauben. Seine Einwände klangen so logisch, und sie beruhigten mich. Er sollte nicht aufhören zu reden, denn diese tiefe, warme Stimme hatte eine eigenartige Wirkung. Sie verband sich mit dem leisen Trommeln des Regens, den schweren Tropfen, die die Balken der Veranda hinabrollten. Ich spürte, wie ich ruhig wurde, und lehnte mich im Schaukelstuhl zurück.

Eine Weile saßen wir schweigend nebeneinander. Als ich die Augen schloss, drang das rote Licht des Kamins jenseits der Fensterscheiben durch meine Lider. Ich fühlte mich wie in einem leicht und angenehm schaukelnden Boot. Unter der Decke war mir warm geworden.

»Hast du jemals den Namen Zoey gehört?«, schreckte mich Lukes Stimme auf.

»Wer ist Zoey?«, hörte ich mich fragen.

»Ich war auf dem Friedhof. Den Namen habe ich auf einem Grabstein gefunden, der direkt neben dem meiner Großeltern steht. *Zoey* und die Jahreszahl *1995*. Kein Nachname.«

»Nein«, murmelte ich, »nie gehört.«

Und dann schlief ich ein. Ich schlief einfach so ein.

12. KAPITEL

Seine Finger mit meinen verschlungen, bahnte Josh uns einen Weg durch die Menschenmenge, die sich vor der Eingangshalle des Beerdigungsinstitutes *Farmers & Sons* versammelt hatte. Der Bürgermeister James Goodson, auch »Jimmy III.« genannt, weil bereits sein Vater und sein Großvater Bürgermeister von Bluehaven gewesen waren; Mrs Irving, die Direktorin der Weston High, in einem strengen dunkelgrauen Kostüm; die gesamte Abschlussklasse mit Blumen in der Hand; Frank Turner in Uniform; ja sogar unser Barkeeper, der sich ein schwarzes Jackett von Dad geliehen hatte – alle waren sie gekommen, um sich von Amy zu verabschieden.

Es war ein Samstag, und Josh war schon vor dem Frühstück bei uns gewesen, als ob er geahnt hätte, dass ich es ohne ihn nicht aus dem Haus geschafft hätte. Wir waren gemeinsam zur Trauerfeier gefahren.

Mit jedem Schritt durch die Menge raschelte das neue schwarze Seidenkleid. Claire hatte es ausgesucht, wie auch die Schuhe. Beides passte wie angegossen, und dennoch fühlte ich mich wie verwandelt. Als ob eine andere Variante von mir – wackelig auf den Beinen und am ganzen Körper zitternd – den Leuten in den Trauersaal folgte.

»Alles okay«, flüsterte Josh mir zu. »Ich bin bei dir.« Er drückte fest meine Hand. »Willst du wirklich nach vorn? Bist du dir sicher?«

Nur kurz hob ich den Blick und senkte ihn sofort wieder, als ich den dunklen Sarg in einem Meer von Blumen auf einem erhöhten Holzpodest aufgebahrt sah. Ich wusste, was mich erwartete. Jeder, Liz, Dad und auch Josh, hatte versucht, mich behutsam darauf vorzubereiten, dass der Sarg offen stehen würde. Sie konnten nicht wissen, wie erleichtert ich darüber war, geradezu beruhigt. Ich wollte Amy sehen, ich musste es sogar, denn wie sonst sollte ich mich davon überzeugen, dass sie wirklich tot war?

Luke war ein Fremder. Was er über mich dachte, spielte keine Rolle. Aber Josh, Liz, Dad und all den anderen von der Begegnung mit Amy zu erzählen schien mir undenkbar. Sie würden glauben, die Trauer hätte mich endgültig in den Wahnsinn getrieben.

Ich verstärkte den Druck auf Joshs Hand und folgte ihm nach vorn. Die Betroffenheit, das Mitleid und die Tränen in den Gesichtern um mich herum ließen zusammen mit dem Geruch nach frischer Farbe, Kerzenwachs und Blumen Übelkeit in mir hochsteigen.

Summer Song. Eine riesige Vase mit roten Rosen stand zwischen den Trauerkränzen neben dem Sarg auf dem Fußboden. Wer hatte sie wohl geschickt?

»Das ist Faye St. Clair«, hörte ich jemanden hinter meinem Rücken tuscheln. »Sie war ihre beste Freundin.«

Am liebsten hätte ich mich umgedreht und erwidert, dass mein Nachname Mason lautete und Amys und meine Freundschaft nicht in der Vergangenheit lag. Ich war immer noch ihre Freundin und würde es immer bleiben. Doch das Getuschel setzte sich fort: »Das Mädchen ist ohne Führerschein gefahren, und es heißt, sie sei betrunken gewesen. Die Tochter der Lancasters saß mit im Auto. Man mag sich nicht vorstellen, was passiert wäre, wenn Karen Lancasters Enkelin etwas zugestoßen wäre.«
»Hör einfach nicht hin«, murmelte Josh und steuerte auf seine Grandma und Claire zu, die im Gang neben Donna stehen geblieben waren. Ich zog meine Hand aus der von Josh und ließ mich in Donnas Arme fallen. Wir umarmten uns lange, ehe ich mit Josh weiter nach vorn ging, wo eine lange Schlange unter den leisen Klängen von *Unforgettable* an Amys Sarg vorbeidrängte.
Nervös zerknüllte ich den Zettel in meiner Hand. Heute Nacht hatte ich versucht, die Trauerrede zu schreiben. Es war schon nach zehn gewesen, als ich von Luke nach Hause gekommen war. Dad, der im New Spoon vertreten worden war, hatte mit dem Essen gewartet. Schweigend saßen wir zusammen und aßen die Spaghetti. Es war eine Oase der Ruhe in all dem Chaos, genau wie der Moment auf der Veranda vom Fuller House. Doch später, in der Einsamkeit meines Zimmers, stieg alles wieder in mir hoch. Stunde um Stunde suchte ich verzweifelt nach Formulierungen, aber alles, was ich schrieb, klang steif und fremd. Amy hätte es besser gekonnt.
Hilfe suchend schweifte mein Blick nun über die Menge, in

der Hoffnung, Dad würde endlich auftauchen. Mandy hatte ihm angeboten, ihn wieder im Restaurant zu vertreten, doch er hatte entschieden, den New Spoon für den Rest des Tages zu schließen. Amy wäre so etwas wie eine zweite Tochter für ihn gewesen, hatte er gesagt.

Der Duft der roten Rosen wurde intensiver. So viele Menschen. Im Gegenlicht verließ gerade eine zierliche Frau mit streng zurückgekämmten langen Haaren die Halle. Mir schien, als wäre ich ihr in meinen Träumen schon begegnet. Ich blinzelte, und die Frau war verschwunden.

»Faye?«

Ich nickte Josh zu, als Zeichen, dass alles in Ordnung war, während ich mich von ihm löste. Dies war ein Gang, den ich alleine machen musste. Hier ging es nur um Amy und mich. Es war mein Abschied.

Der langsame, träge Sound des Songs schwappte aus den leise knisternden Lautsprechern zu mir herüber. Meine Schritte fanden den Weg wie von selbst. Und plötzlich stand ich vor ihr und war gezwungen, in ihr weißes, wächsernes Gesicht zu sehen.

It's incredible.

Ja, es schien unglaublich, ihren leblosen Körper in dem mit weißem Satin ausgeschlagenen Sarg liegen zu sehen. Sie trug das weinrote ärmellose Kleid vom letzten Homecoming Ball, und anders als bei den Blumen konnte ich mir vorstellen, dass Amy sich das gewünscht hätte. Sie hatte das Kleid geliebt, an jenem Abend war sie mit Caleb zusammengekommen und hatte mir von ihrem ersten Kuss erzählt … dem zweiten und dem dritten.

Doch irgendetwas war mit ihren Haaren passiert, diesen dichten, dunklen Wellen, die Amy zur Weißglut gebracht hatten. Als hätte sie jemand intensiv mit dem Glätteisen bearbeitet, sodass sie fast wie eine Perücke wirkten. Und dann ihr Gesicht. Ich musste zweimal hinsehen, so kräftig war sie geschminkt. Für den Bruchteil einer Sekunde war ich wie benommen vor Erleichterung, und mir ging der Gedanke durch den Kopf: *Wie gut, das ist ja gar nicht Amy, das ist nur eine Puppe in ihrem Kleid.*

Jemand schluchzte hinter mir auf. Als ich mich umdrehte, erkannte ich Ginger halb verborgen hinter Josh, die sich mit einem Taschentuch die Tränen aus dem verschmierten Gesicht wischte. Unsere Blicke trafen sich nur kurz. Seit der Nacht in Windy Hall, der Nacht nach dem Unfall, hatte ich nicht mehr mit Ginger gesprochen.

Ihre Fingernägel kratzten unaufhörlich über die linke Hand. Wie konnte sie sich in so kurzer Zeit in dieses fremde, blasse Wesen verwandelt haben? Dieses grässliche Designerkleid mit den Pailletten am Kragen, die Ballerinas mit den Silberschnallen – sie hätte sie früher auf eBay verkauft und sich dafür irgendein verrücktes Vintage-Teil zugelegt. Claire hatte es wohl endlich geschafft, sie nach ihren Vorstellungen zu kleiden. Es gab nur ein Wort, das diese Veränderung beschreiben konnte: Unterwerfung.

Auf meinem Handy hatte ich unzählige Nachrichten von Ginger vorgefunden, die ich bisher einfach ignoriert hatte. Ich hatte zu viele Fragen, deren Antwort ich fürchtete.

»Komm, Faye. Dort drüben sind unsere Plätze«, hörte ich Josh sagen. Ich spürte seine Hand auf meiner Schulter und wandte mich ihm zu. Die Plätze in der ersten Reihe hatte man für uns reserviert. Ich nahm den Zettel mit meinem Namen vom Stuhl und setzte mich zwischen Josh und Caleb, der in dem steifen schwarzen Anzug seltsam erwachsen aussah.

»Der totale Albtraum«, murmelte er, nahm meine Hand und hielt sie so fest, dass ich leise aufschrie. Der silberne Armreif schnitt in mein Handgelenk. »Entschuldige, aber an irgendeinem muss ich meine Wut auslassen. Mom hat mich gezwungen, diesen Anzug anzuziehen, in dem ich aussehe wie ein Bestatter, und was ist das eigentlich für eine Musik? Wir hätten ihren Lieblingssong spielen sollen. Aber wie immer hat mich keiner gefragt. Morgen gehe ich zu ihrem Grab und singe ihn Amy vor.«

Wer mich davon abhielt, in diesem Moment in Tränen auszubrechen, war Virginia, die nach vorn an den Sarg trat. Die Ärztin, die Amy nach dem Unfall nicht hatte helfen können, wirkte nicht wie sie selbst. Normalerweise hatte sie eine aufrechte, geradezu dynamische Körperhaltung, der man die durchtrainierte Sportlerin schon von Weitem ansah. Nun schob sie sich mit hängenden Schultern am Sarg vorbei. Und normalerweise braun gebrannt vom Segeln, war ihr Gesicht nun blass und eingefallen. Als sie zu den Stuhlreihen zurückging, trat sie auf den Saum ihrer weiten Hose, schwankte kurz und wäre wohl gefallen, hätte Joshs Vater sie nicht festgehalten.

Ich grub meine Nägel in die Handflächen, als sie an mir vorbei zu ihrem Platz ging. Ich wagte nicht, sie anzusehen. Ich wagte nicht, mich zu rühren, aus Angst, ich könnte meine

Gedanken verraten. Sie hatte zwei Mal versagt. Zuerst, als sie nicht erkannte, wie krank Amy wirklich gewesen war, und dann, als sie es nicht schaffte, sie zurück ins Leben zu holen.

Was dann folgte, waren nur unzusammenhängende Momentaufnahmen vor meinem Auge. Eine Rede nach der anderen. Zuerst Reverend Brody, danach unsere Direktorin, schließlich Lauren Palmer, die Sprecherin der Abschlussklasse. Lauren, die das ganze letzte Jahr kein Wort mit Amy gewechselt hatte. Und schließlich Nelson, Joshs Dad, der vor allem zu Donna sprach. Und ich hatte die ganze Zeit dieses Gefühl, dass alles nicht real war.

»Wir gehen manchmal nur einen kurzen Weg zusammen«, hörte ich Nelson sagen. »Dann müssen wir uns trennen, aber ich glaube fest daran, dass wir uns wiedertreffen. In einer anderen Welt.«

Wie konnte er das behaupten, wenn es doch nicht wahr war?

Ich kam erst wieder zu mir, als Reverend Brody, auf das Rednerpult gestützt, mit seiner typischen Fistelstimme sagte: »Die letzte Trauerrede hält jetzt Faye Mason.«

Josh, der die ganze Zeit meine Hand gehalten hatte, ließ mich widerstrebend los. Mir war plötzlich kalt, und meine Beine drohten, unter mir nachzugeben, als ich nach vorne ging. Vergeblich versuchte ich, das Klacken der Absätze meiner Schuhe zu ignorieren, das zu einem Hämmern in meinem Kopf wurde.

Mein Mund fühlte sich so trocken an, dass ich fürchtete, kein Wort hervorbringen zu können. Ich verlor jedes Gefühl dafür, wie lange ich so stand, doch irgendwann spürte ich, wie die Menge unruhig wurde. Ich musste anfangen. Ich strich den Zettel mit der Rede glatt, befeuchtete meine Lippen mit der Zunge. Nur die ersten Worte, die ich sprach, kannte ich auswendig: »Ich glaube nicht an die Sterne, nicht an das Schicksal oder an irgendein Karma.«

Ich starrte auf den Zettel, versuchte zu entziffern, was ich geschrieben hatte, aber die zerknüllten Buchstaben wurden zu einem schwarzen Strichmuster, einem Code, den ich plötzlich nicht mehr verstand. Verzweifelt starrte ich in die Trauermenge, die ebenfalls zu einem einzigen Schwarz verschwamm, und erst als ich Dads Gesicht in der Menge fand, der in seinem zerknitterten Jackett und mit der schief hängenden gepunkteten Krawatte etwas weiter hinten saß, schaffte ich es, weiterzureden.

»Ich glaube nicht an die Sterne, nicht an das Schicksal oder an irgendein Karma«, wiederholte ich. »Ich glaube auch nicht, dass ein Mensch zwei Mal sterben kann. Aber Amy stirbt jetzt, hier und heute, zum zweiten Mal.«

Das hatte ich nicht aufgeschrieben, und es fühlte sich auch nicht so an, als ob ich sprach. Eher so, als würde ich mich beobachten. Als würde hier vorne im Trauersaal des Bestattungsinstituts eine andere reden, die nur so aussah wie ich, dieselbe Stimme hatte, dasselbe Kleid trug …

Wieder suchte ich nach Dads Gesicht und fand stattdessen Donnas. Schwarz stand ihr nicht, und dann dachte ich, dass Dad mir mit Sicherheit die Daumen hielt, wie bei Auftritten in der Schule oder wenn ich die fünftausend Meter lief, mit dem Ziel, die Schulmeisterschaften zu gewinnen. Fast musste ich darüber lachen, doch Karens leises Hüsteln brachte mich in diesen Saal zurück. Nur Joshs Grandma konnte mit einem Blick, einem warnenden Geräusch tausend Worte äußern: *Nie vergessen, Faye Mason, wer du bist, wo du bist und woher du kommst.*

Das Blatt rutschte zu Boden, doch es war sowieso nutzlos. Ich holte tief Luft, und endlich flossen die Worte aus mir heraus: »Das erste Mal starb Amy im Rettungswagen. Als …«, ich räusperte mich und schaute in Virginias Richtung, die den Kopf gesenkt hielt, »… als Virginia Donnelly Amys Leben nicht retten konnte. Und nun stirbt sie für viele von euch ein zweites Mal, weil ihr erst jetzt begreift, dass sie tot ist. Aber für mich ist Amy nicht tot. Sie ist meine beste Freundin, meine Schwester, meine Seelenverwandte … und jeder, der sie wirklich kennt, weiß, warum ich das sage. Und so wird es immer bleiben.«

Meine Stimme wurde sicherer, während ich weitersprach. »Wann wird der Tod endgültig und nicht mehr umkehrbar? Wenn medizinische Geräte kein Leben mehr aufzeichnen? Wenn der Tote im Sarg liegt? … Nein. Tot ist man erst, wenn man aus den Erinnerungen der Hinterbliebenen verschwunden ist. Wenn wir anfangen, den Menschen, den wir geliebt haben, zu vergessen.«

Ich dachte an meine Mutter, die ich nicht gekannt hatte. Alles, was ich über sie wusste, waren Geschichten, die Dad oder Liz mir erzählt hatten. Es gab nur Fotos und Briefe, die nicht an mich gerichtet waren und in Schubladen langsam vergessen wurden. Für mich war sie tot. Ich hatte keine Erinnerungen an sie. Und war sie einmal in meinen Träumen vorgekommen, so hatte Erica Myers das als Wunschdenken eines Kindes diagnostiziert.

»Viel ist heute bereits über Amy gesagt worden«, fuhr ich fort. »Wie klug sie war. Wie witzig. Dass sie Literatur studieren wollte. Ihre Lieblingsautoren waren Charlotte Brontë, Edgar Allan Poe, John Green und viele andere. Ihr Traum war es, Schriftstellerin zu werden. Und, ja, sie hätte verdammt noch mal viel zu sagen gehabt.« Ich holte tief Luft. »Aber all das muss nicht Vergangenheit sein. Es ist unsere Entscheidung, ob wir Amy wirklich sterben lassen. Wir haben es in der Hand.«

Karen Lancaster runzelte die Stirn, als passte ihr aus irgendeinem Grund nicht, was ich sagte. Donna hatte angefangen, leise zu weinen. Das Mikrofon kratzte und brummte.

Ich beugte mich vor. »Ich jedenfalls werde es nicht tun. Niemals.« Das neue Kleid schnürte meine Brust ein, die Träger des BHs schnitten in meine Schultern. »Amy, ich werde deine Nummer in meinem Handy nicht löschen.« Meine Stimme war ganz leise bei dem letzten Satz. »Ich ruf dich an, und dann reden wir, wie du es vorgehabt hast. Verlass dich drauf.«

Die Menge hatte sich längst aufgelöst, als ich immer noch vor dem Grab stand. Ich hatte Josh gebeten, mich einen Moment allein zu lassen. Ein kaum wahrnehmbarer Wind huschte durch die Bäume. Gestern hatte es noch gestürmt, aber heute war der Himmel wolkenlos. Die Wärme stülpte sich über uns alle wie ein feuchtwarmer Duschvorhang.

Es war vorbei. Amys Sarg lag in der Erde. Jetzt war sie Teil dieser grauen Landschaft aus Steinen, auf denen die Namen so schnell von der Salzluft aufgefressen wurden, dass man viel zu bald nicht mehr erkennen konnte, wer in dem Grab eigentlich lag. Die Sonne brannte in meinem Nacken, und ich starrte den flockigen Wolken am Himmel nach, als könnte ich in ihnen Amys Seele erkennen.

Ich kam erst wieder zu mir, als ich eine sanfte Berührung auf meiner Schulter spürte. Erschrocken fuhr ich herum und sah mich einer Gestalt gegenüber, mit der ich am wenigsten gerechnet hatte. Es war Missy. Sie trug eine schwarze, abgetragene Cordhose, darüber ein graues Männerhemd und eine grob gestrickte schwarze Mohairjacke. Diese seltsame Trauerkleidung, die sie ganz offenbar für Amy angelegt hatte, rührte mich zu Tränen.

»Hast du Amy gekannt?«, fragte ich leise, aber Missy starrte auf einen Punkt hinter meiner Schulter, so als hätte sie die Frage nicht gehört.

»Du hast sie doch auch gesehen, oder?«, lispelte sie durch ihren fast zahnlosen Mund, und ihr hageres Gesicht verzog sich verängstigt.

»Wen?«

Doch es wäre das erste Mal gewesen, dass Missy auf meine Fragen eine verständliche Antwort gegeben hätte. »Das Böse ist zurückgekommen und steht mit ihr wieder auf.« Sie deutete auf das Grab.

Meinte sie Amy?

Ich beugte mich vor. »Missy, was redest du da?«, fragte ich, diesmal eindringlicher.

»Pssst!«, bedeutete Missy mir. »Leise, leise.« Sie setzte an, etwas hinzuzufügen, doch ehe sie es herausbrachte, erschien blanke Panik in ihrem Gesicht, und mit einem kleinen Aufschrei schlurfte sie davon.

Ich wollte ihr hinterherlaufen, aber in diesem Moment erschien Josh hinter mir. »Donna möchte dich sprechen«, sagte er und schaute von mir zu der davoneilenden Missy. »Was wollte sie denn von dir?«

»Ich weiß es nicht«, murmelte ich, bemüht, meine Bestürzung zu verbergen. »Ich weiß es wirklich nicht.«

Donna kam zu uns. Sie streckte mir ihre Hände entgegen, ich nahm sie, und dann umarmten wir uns fest. »Danke, Faye, für deine Rede«, murmelte sie. »Sie hat mir mehr Halt gegeben als alles andere heute.«

Ich schluckte, brachte kein einziges Wort hervor, und eine Weile standen wir uns so gegenüber, und keine von uns wusste, was sie als Nächstes sagen sollte, bis Donna ihre Fassung wiedererlangte.

»Die Schule hat angerufen«, wechselte sie abrupt das Thema. »Sie wollen Amys Fach räumen und haben gefragt, was mit ihren Sachen geschehen soll.«

»Das dürfen sie nicht«, sagte ich erschrocken. »Das muss eine von uns machen.«

Donna schaute mich bittend an. Sie musste die Frage nicht aussprechen.

»Ich kenne den Zahlencode«, sagte ich schnell. »Ich kümmere mich darum.«

Sie nickte dankbar. »Wenn du etwas findest, was du behalten willst, dann nimm es einfach mit nach Hause, okay?«

Ich sah die rot-weiß marmorierten Notizbücher wieder vor

mir, die Amy am ersten Schultag in den Schrank gelegt hatte. Dass das erst vier Tage her sein sollte, schien mir plötzlich undenkbar.
Donna wandte sich zum Gehen. Josh legte mir die Hand auf die Schulter. »Fährst du mit mir zu Grandma oder mit deinem Dad?«
Ich starrte ihn irritiert an, noch immer durcheinander, doch dann fiel mir wieder ein, dass der Empfang bei Joshs Großmutter Karen stattfinden würde, Donna selbst hatte es mir erzählt. Bei ihr im verwinkelten Captain's House war es einfach zu eng für die vielen Menschen.
»Faye, würdest du nachher mit Ginger reden? Sie macht sich solche Vorwürfe«, bat Josh leise.
»Ich fahre lieber mit Dad«, würgte ich hervor.
Josh nickte. Er verstand mich, und dafür würde ich ihn ewig lieben.
An seiner Hand stolperte ich über die schmalen Pfade, die an den Grabsteinen vorbei Richtung Ausgang führten, wo die schwarz verhüllte Menschenmenge sich bereits auflöste. Ich hörte, wie ein Motor nach dem anderen gestartet wurde, die Limousinen sich im Schritttempo entfernten und die Stimmen lauter wurden. Hier und da hörte ich Rufen und Lachen und dann einen wütenden Aufschrei. »Nein, jemand muss sich darum kümmern! Alles, was über den Unfall gesagt wird, ist eine Lüge!«
»Was ist denn los?«, fragte ich beunruhigt.
Josh starrte mit zusammengezogenen Augenbrauen auf die Gruppe vor uns. »Ich glaube, das ist Tyler.«
Tatsächlich erkannte ich den jungen Polizisten, der ver-

suchte, sich von Frank Turner zu lösen, bis dieser ihn schließlich losließ. Schwankend taumelte Tyler, kam vom Weg ab und lief direkt über das Grabfeld. Er war kurz davor hinzufallen und konnte sich im letzten Moment noch an einem Grabstein festhalten. Er drehte sich halb in unsere Richtung.

»Sie lügen! Sie lügen alle. Sie hat nicht am Steuer gesessen …«, lallte er. »Und ich habe Beweise.«

Josh wollte weitergehen. »Du siehst ja, er ist völlig betrunken.«

Ich ließ seine Hand los. »Beweise?«

»Beachte ihn einfach nicht«, erwiderte er mit einem Schulterzucken.

Mein Blick kehrte zu Tyler zurück. Josh hatte recht. Tyler konnte nicht mehr aufrecht stehen, und sein kahl rasierter Schädel leuchtete rot. Ich fürchtete fast, sein Kopf könnte platzen.

»Warum lag ihr Schuh unter dem Beifahrersitz?«, kreischte er plötzlich. »Das ergibt keinen Sinn!«

Frank war jetzt wieder bei ihm und packte seinen Kollegen an der Schulter. Auch sein breites, bulliges Gesicht war feuerrot. Sein Zorn war nicht zu übersehen. »Das ist ein Friedhof«, zischte er. »Ein Ort der Trauer. Hier wird nicht geschrien. Wenn Sie nicht sofort aufhören, Coleman, hier eine Szene zu machen, wird das Folgen für Sie haben.«

Tyler hob den Kopf und sah mich an. Ich konnte die Angst in seinem Gesicht erkennen, aber gleichzeitig war da noch etwas anderes. Vielleicht nur ein einziger letzter Gedanke, bevor er zusammenbrach, vielleicht konnte nur ich es hören,

aber die Worte waren ganz deutlich für mich: »Es tut mir leid. Ich hätte es ihr nicht erzählen dürfen.«
Frank zog ihn hoch, schob ihn vor sich her, und gemeinsam verschwanden sie durch das schmiedeeiserne Tor. Nur wenige Sekunden später sah ich den Streifenwagen davonfahren.

13. KAPITEL

Draußen am Himmel funkelte der Abendstern. Eine einsame Möwe flog über die Straße Richtung Meer. Wie spät mochte es sein? Ich wusste es nicht. Ich wandte mich um, hob das schwarze Kleid vom Boden auf, öffnete die Tür zum Wandschrank und stopfte es einfach hinein. Dasselbe tat ich mit den Schuhen, und die Strumpfhose, die eine Laufmasche hatte, steckte ich in eine Tüte und warf sie in den Papierkorb.

Ich zog die Tür zum Korridor auf. Kein Laut war zu hören. Man hätte glauben können, kein Mensch wäre zu Hause, obwohl ich wusste, dass Dad sich ins Arbeitszimmer zurückgezogen hatte.

Er war der unglaublichste, der beste Dad, den man sich vorstellen konnte. Ich hatte es nicht lange bei Karen ausgehalten, und er hatte meinen elenden Zustand sofort bemerkt. Er hatte einfach meine Hand genommen und mich sanft, aber sehr bestimmt in sein Auto gesetzt, um mit mir nach Hause zu fahren

Der Empfang bei Joshs Großmutter war eine einzige Qual

für mich gewesen. Es hatte sich falsch angefühlt, dort in dieser riesigen, kalten Empfangshalle Abschied zu feiern. Denn Feiern – das war es doch, wenn Kellner Häppchen herumreichten und die Gäste überall mit Champagnergläsern herumstanden. Und dann immer wieder die versteinerten Mienen, die verlegenen Blicke, wenn sie mich alle ansahen.
Ginger mied ich, und irgendwann war sie verschwunden. Auch Caleb ging ich aus dem Weg. Allein sein Anblick, wenn er mit den Tränen kämpfte, löste so schreckliche Trauer in mir aus, dass ich mich nur noch irgendwo verkriechen wollte.
Josh war der Einzige, der durchhielt. Er kümmerte sich um die Gäste, sorgte dafür, dass jeder etwas zu trinken hatte und ich etwas zu essen zu mir nahm. Und egal, auf wen er traf, fügte er sich mühelos in jede Unterhaltung, beantwortete ruhig die Fragen zur Basketballsaison, zur Schule, zu seinen Zukunftsplänen.
Ich hatte die ganze Zeit an Amy gedacht. Sie hätte es gehasst. Wir hätten am Strand sein sollen oder draußen am Steg im Jachthafen. Dort wären wir uns wirklich nahe gewesen. Zu dieser Welt hatte sie nie gehört.
In Unterwäsche ging ich nun ins Badezimmer, wusch lange und gründlich die Schminke aus dem Gesicht, kämmte mir die Haare. Diese alltäglichen Verrichtungen ließen mich ruhiger werden.
Ich legte mich ins Bett, schloss die Augen, und für einen kurzen Augenblick entspannte ich mich tatsächlich und genoss den vertrauten Geruch meines Zimmers und die angenehme Kühle der Seidenbettwäsche. Aber ich wusste, es würde

nicht lange dauern und meine Gedanken würden sich nur noch um die Ereignisse des Tages drehen. Ich presste meine Hände gegen die Schläfen, schloss die Augen, doch die Bilder ließen sich nicht verscheuchen.

Missy auf dem Friedhof, in der verschlissenen schwarzen Strickjacke.

Das Böse ist zurückgekommen und steht mit ihr wieder auf.

Tyler, der betrunken über die Gräber wankte.

Sie lügen! Sie lügen alle.

Joshs Großmutter, die mich auf dem Empfang zur Seite nahm.

»Ein gefährlicher Gedanke, den du mit deiner Rede ausgedrückt hast, Faye. Und nicht gerade hilfreich.« Karens frisch manikürten Fingernägel, das dezent geschminkte Gesicht, das trotz ihres Alters erstaunlich wenig Falten zeigte, ihre makellos sitzende Frisur mit den schneeweißen Haaren, das alles war perfekt. Gleichzeitig verkörperte diese Perfektion die Disziplin, die sie mir mit dem nächsten Satz ans Herz legte: »Du musst lernen, es zu akzeptieren. Nach vorn sehen. Vor dir liegt das letzte Schuljahr. Amy hätte sicher gewollt, dass du dein Bestes gibst.«

Liz hatte die ganze Zeit neben uns gestanden und bei jedem Satz genickt. Mein Blick hatte immer wieder verzweifelt nach Donna gesucht, und es hatte mich unendlich erleichtert, dass sie weit genug weg gewesen war, um Karens Worte nicht zu hören. Donna hatte Amys Zukunftsträume heute mit ihr begraben müssen, und Karens Bemerkungen hätten sie nur mit jedem Wort daran erinnert.

Und dann, Gott sei Dank, nur wenige Minuten später, hatte

Dad mich gerettet, indem er mich einfach rücksichtslos durch die Menschenmenge in der Halle von Manor House schob.

Und zu Hause angekommen, schaffte es Oz wieder einmal, mich in die Wirklichkeit zurückzuholen. Er stieß immer wieder mit seinem Kopf gegen meine Stirn, als könnte er so alle schrecklichen Gedanken verjagen. Und auch als ich ihn irgendwann wegschob, gab er nicht auf, sondern rollte sich zu meinen Füßen zusammen und begann, sich am ganzen Körper zu putzen. Für eine Weile beobachtete ich seine Bewegungen und wünschte, dass ich mich auch so intensiv auf eine einzige Sache konzentrieren könnte, die mich alles andere vergessen lassen würde.

Mein Blick wanderte zur Pinnwand über meinem Schreibtisch, auf der Fotos von uns allen hingen und Postkarten mit selbst erfundenen Sprüchen, die Amy mir geschickt hatte.

Mach mit mir, was du willst, aber weck mich nicht auf.

Und: *Ich habe geträumt, ich würde 10 Kilo Marshmallows essen, und als ich aufgewacht bin, war mein Kissen weg!*

Vielleicht, nein, sicher wäre sie Schriftstellerin geworden, und nun würde ich ihre Bücher nie lesen können.

Oz erhob sich, streckte seine Vorderpfoten, kam zu mir, zog seine Kreise um meinen Kopf und suchte sich dann eine neue Position an meiner Seite.

Amys Notizbücher fielen mir wieder ein und Donnas Angebot, ich könnte behalten, was ich wollte. Natürlich würde ich ihr die Notizbücher zurückgeben. Sie gehörten mir nicht, aber ich hatte so eine Ahnung, dass ich sie lesen würde. Ich musste einfach erfahren, wie Amy den Sommer verbracht

hatte. Ich wollte mich mit ihren Schilderungen über die Zeit in der Klinik quälen, weil ich mich schuldig fühlte. Ich war nicht für sie da gewesen.
Aber: Fühlte ich mich tatsächlich nur schuldig, oder war tief in mir nicht auch Ärger darüber, dass sie mir nicht genug vertraut hatte?
Das Handy auf dem Nachttisch leuchtete auf, und ein leiser Signalton ertönte. Ich streckte den Arm aus und las die Nachricht, die Josh geschickt hatte:
Schlaf. Schlaf gut, Süße.
Ich schickte ein großes rotes Herz zurück und schrieb:
Du auch.
Statt aber danach das Handy wieder auf den Nachttisch zu legen, wählte ich Amys Nummer. Ich konnte hören, wie die Verbindung sich aufbaute, wie es dreimal lange tutete, dann die Mailbox ansprang, und ich hörte Amys Stimme. Sie klang, als ob sie direkt neben mir stünde: *Hier ist Amy … Sorry, mein Handy ist abgeschaltet, weil ich lese, schreibe oder lernen muss.*
Panik stieg in mir hoch, fast hätte ich das Telefon fallen gelassen, als Amy fortfuhr: *Aber ihr könnt eine Nachricht hinterlassen. Nach dem Piepton! Piiiieeeep!*
Nur eine Sekunde später erklang tatsächlich der Piepton, und Panik und Hoffnung stürzten in sich zusammen.
Ich weiß nicht, wie oft ich den Vorgang wiederholte, bis ich mich schließlich durch die unzähligen Nachrichten klickte, die ich in den letzten Tagen erhalten hatte. Ich hatte es bisher nicht über mich gebracht, sie zu lesen. Einige Nummern kannte ich nicht und fragte mich, woher all die Menschen

meine hatten. Alle waren sie entsetzt, erklärten, wie leid es ihnen täte.

Ich überflog die Texte, die sich irgendwann ähnelten, weshalb ich kaum noch darauf achtete. Meine Finger strichen über das Display. Daten, Uhrzeiten, Wochentage, Wörter, Buchstaben wischten vorbei und wurden immer schneller, bis ich sie mit einer kurzen Bewegung stoppte. Nach und nach begann ich, eine Nachricht nach der anderen zu löschen. Zuerst löschte ich Gingers Anrufe, ihre Bitten, ihre Fragen, warum ich mich nicht meldete. Dann stieß ich auf einen Anruf von Tyler, der genau wie Joshs Schwester dringend mit mir sprechen wollte.

Ich dachte an den Nachmittag zurück. Tylers Ausbruch auf dem Friedhof saß wie ein Stachel in mir. Ich überlegte, ob ich ihn jetzt anrufen sollte, doch vermutlich war er zu Hause im Bett und schlief seinen Rausch aus.

Sie lügen alle. Sie hat nicht am Steuer gesessen … Was hatte er damit gemeint? Wer sonst hätte fahren sollen? Amy und Ginger waren ja allein am Strand gewesen, oder?

Ich löschte weiter die Nachrichten und zuckte irgendwann zusammen, als ich Amys Namen auf dem Display entdeckte. Ich musste in die alten Nachrichten geraten sein. Schnell klickte ich weiter und fand die von Josh, die er mir vor dem Unfall geschickt hatte:

Bin in fünf Minuten da.

Ich runzelte die Stirn und ging zu Amys Nachricht zurück. Sie kam in der Liste gleich nach Joshs, und bisher war sie mir entgangen. Sie enthielt lediglich ein paar Worte.

Schick dir was. Watch it!

Nachrichten mit diesem Wortlaut hatte ich ständig von Amy bekommen, dieses *Watch it!* war mir vertraut. Es war die Aufforderung, ihre Videos vorab zu beurteilen. Erst wenn die Buchbesprechungen meine Zustimmung gefunden hatten, hatte Amy sie auf YouTube veröffentlicht. Während des Sommers allerdings hatte sie den Blog geschlossen gehabt.

Also warum hatte sie mir diese Nachricht geschickt? Und wann? Ich starrte auf das Datum. Die Uhrzeit.

Und runzelte die Stirn.

Etwas stimmte daran nicht.

Meine Finger zitterten, als ich erneut auf Amys Namen tippte. Wieder und wieder las ich die Botschaft, bis sich die Schrift vor meinen Augen drehte.

Ich schaltete das Handy aus und wieder an und war sicher, die Nachricht würde verschwunden sein, doch das Gegenteil war der Fall. Wieder zeigte das Display das Sendedatum und die Uhrzeit.

Die Nachricht war mitten in der Nacht geschickt worden, und zwar um 00:38. Aber nicht die Uhrzeit irritierte mich, sondern ... dieses Datum. 2. September 2015.

Amy hatte sie nicht am ersten Schultag geschickt, wie ich erst vermutet hatte. Sondern einen Tag später, am frühen Mittwochmorgen. Das hieß, über vier Stunden nach ihrem Tod.

Eine Welle der Übelkeit stieg in mir hoch. Ich hatte endgültig den Verstand verloren. Anders war es nicht möglich. Aber sooft ich es überprüfte, Datum und Uhrzeit änderten sich nicht.

Und dann schoss mir noch eine andere, ebenso verstörende

Möglichkeit durch den Kopf. Jemand musste sich Zugang zu Amys Handy verschafft und mir diese Nachricht geschickt haben.

Um mich zu quälen?

Die Frage war nur: Wer konnte so grausam sein, so etwas zu tun?

14. KAPITEL

Wie merkwürdig schmal mir mit einem Mal die Halle von Manor House, der Villa von Joshs Grandma, erschien. Es schnürte mir die Luft ab, wenn ich mich an gestern erinnerte, als Dad mich durch die Menge der schwarz gekleideten Trauergäste geführt hatte. Ich spürte wieder ihre Blicke auf mir. Gespräche, die verstummten. Und der Geruch nach Kaffee und allen Arten von Kuchen schien noch immer in der Luft zu hängen.

Nelson kam die Treppe herunter; die linke Hand auf dem schweren Holzgeländer liegend, begrüßte er uns lebhaft. »Liz, wie immer pünktlich! Und Faye hat heute schon wieder Farbe im Gesicht.«

Er sah dem Porträt seines Vaters, Joshua Lancaster II., das links von ihm über einer Kommode hing, zum Verwechseln ähnlich. Bei den Lancasters wurden nicht nur die männlichen Vornamen weitergegeben, sondern auch das gute Aussehen. Unwillkürlich sah ich mich nach Josh um.

Claire durchquerte gerade in einem grünen Kleid, das perfekt mit den Sonnenblumen in ihrer Hand harmonierte, die

Eingangshalle. Sie küsste Liz flüchtig auf beide Wangen und hielt mich anschließend besonders lange fest: »Wir alle sind für dich da. Das weißt du, oder? Und Josh wartet schon sehnsüchtig auf dich.«

»Danke«, murmelte ich, und sie ging uns voraus in das hell erleuchtete Esszimmer, aus dem das vertraute Stimmengewirr und Gläserklirren zu hören waren. Die lange Reihe der bodentiefen Fenster zeigte die riesige Terrasse und die weite Rasenfläche, die bis hinunter zum Strand führte. Ich war unzählige Male hier gewesen, doch noch nie hatte ich wie gerade das Gefühl gehabt, die schweren Vorhänge würden mich ersticken oder die holzvertäfelten Wände würden mich einengen. Ich konnte einfach nicht die Erinnerung abschütteln, dass wir uns hier zu Amys Abschied versammelt und die Gespräche sich allzu rasch irgendwelchen Alltagsproblemen zugewandt hatten.

Meine Blicke schweiften wieder durch den Raum auf der Suche nach Josh, und ich entdeckte ihn am oberen Ende der Tafel zusammen mit seiner Großmutter und Diana, der Witwe von Edward Weston. Diana trug seit seinem Tod nur noch Schwarz, weshalb Caleb sie »schwarze Witwe« getauft hatte. Natürlich nannten wir sie nur heimlich so. Offene Scherze über sie oder Joshs Großmutter, die beiden fast gleichaltrigen Old Ladies des Monday Club, waren undenkbar und selbst für Caleb ein Tabu.

Ich ging zu ihnen hinüber, um sie zu begrüßen, und hörte gerade noch, wie Diana zu Karen sagte: »Natürlich kann ich Donna die Miete für einige Monate erlassen. Sie sollte jetzt nicht mit Geldproblemen kämpfen müssen.«

Sie brachen ab, als ich neben sie trat und mich zu Karen hinunterbeugte, um sie auf die Wange zu küssen, die immer ganz leicht nach Magnolien duftete. »Faye, du siehst reizend aus.«

Ich reichte auch Diana die Hand, die mir ein müdes Lächeln schenkte. Wie schon als kleines Kind konnte ich nicht aufhören, auf den riesigen Leberfleck an ihrem rechten Mundwinkel zu starren.

»Nun, junge Lady, wie ich höre, wirst du nächste Woche endlich wieder den Unterricht besuchen.« Dies war keine Frage, sondern eine Feststellung. Eine Mrs Edward Weston stellte keine Fragen, sie erwartete Antworten.

»Ja, übermorgen, Mrs Weston.«

Zu Hause herumzusitzen würde mich nur verrückt machen. Ich hatte das beim Frühstück mit Dad besprochen, und er war meiner Meinung gewesen.

»Nun, die Schulleitung erwartet, dich, Ginger und Caleb morgen bei der Parade zu sehen«, sagte Mrs Weston spitz. »Es gehört sich so für Seniors.«

Ich warf Josh einen Blick zu. Die Parade zum Labor Day war wirklich das Letzte, woran ich in den letzten Tagen gedacht hatte.

Josh verdrehte die Augen, und für einen Moment entspannte ich mich. »Ich muss mit dir reden«, flüsterte ich, in der Hoffnung, ihm später von der seltsamen Nachricht unter Amys Namen erzählen zu können. Vielleicht würde Josh eine Erklärung finden, wer mich so grausam quälen wollte. War es jemand aus der Schule, der gehört hatte, wie ich in meiner Trauerrede Amy versprochen hatte, ich würde sie anrufen?

Wer konnte mich so hassen? Um das herauszufinden, würde ich Donna nach Amys Handy fragen müssen, auch wenn sich alles in mir dagegen sträubte.

Ich ging hinüber zu Nelson Lancaster und Roger Sheramy, den Vätern von Josh und Caleb, die mit meiner Tante und Reverend Brody am unteren Ende des Tisches standen. Sie waren in ein Gespräch vertieft, das sich offensichtlich um die Renovierung irgendeines Gebäudes drehte.

»Das Dach zeigt ernsthafte Schäden, die Balken sind wurmstichig, und natürlich müssen die gesamten Elektro- und Sanitäranlagen erneuert werden«, sagte Nelson. Josh hatte sein gutes Aussehen von ihm geerbt, aber im Gegensatz zu seinem Sohn besaß Nelson manchmal etwas Unnahbares.

Dad meinte, Mr Lancaster, wie er ihn nannte, wäre zu reich, um jemals locker zu sein – als wäre Reichtum eine Krankheit. Und vielleicht hatte er recht damit.

Ich nickte den beiden zu, nahm mir einen Orangensaft von dem Tablett, das der Kellner herumreichte, und wollte zurück zu Josh, doch in dem Moment betrat Ginger zusammen mit Caleb das Esszimmer. Gingers Blick begegnete meinem, und diesmal sah ich nicht weg, sondern überlegte, ob es nicht Ginger gewesen sein könnte, die mir die Nachricht geschickt hatte. Jedenfalls fühlte sie sich nicht wohl in ihrer Haut und spulte ihr Nervositätsprogramm ab, vom Nägelkauen bis hin zum Haarezwirbeln. Ich konnte es nicht länger vor mir herschieben, ich musste unbedingt mit ihr reden.

Nur eine Sekunde später ertönte aus der Halle der Gong. Mein Blick schweifte auf der Suche nach einem Platz über den langen, blank polierten Mahagonitisch. Die Kristallgläser spiegelten sich im Tafelsilber, und das Licht der Kerzen flackerte. Gekrönt wurde das Ganze durch die perfekt gefalteten Leinenservietten, auf denen unsere Namen eingestickt waren. Ich erinnerte mich, wie sehr mich genau dieses Detail am Anfang beeindruckt hatte. Als Joshs Großmutter uns vor fast genau zwei Jahren darüber in Kenntnis gesetzt hatte, dass wir jetzt alt genug wären, am traditionellen Dinner der Familien teilzunehmen, hatte mich das mit Stolz erfüllt. In letzter Zeit war es jedoch eher zu einer Pflichtveranstaltung geworden mit immer derselben Routine und denselben Leuten.

Nur die Sitzordnung änderte sich regelmäßig, bis auf die Plätze am oberen Kopfende, wo Karen Lancaster jetzt Platz nahm, flankiert von Liz auf der einen und von Josh auf der anderen Seite. Nelson am unteren Ende zog den Stuhl für die schwarze Witwe heraus, bevor er sich setzte. Alle anderen verteilten sich auf die übrigen Plätze.

Ich steuerte auf den Stuhl neben Josh zu. Als ich mich neben ihn setzte, schob sich seine Hand auf mein Knie: »Kannst du später noch mit zu mir kommen? Wir waren gestern keine Minute allein. Und dann warst du bei der Trauerfeier plötzlich verschwunden.«

»Ich vermisse dich«, erwiderte ich, und das war keine Lüge. »Ich muss dringend mit dir reden.«

»Nun, Faye?« Der Stuhl neben mir wurde herausgezogen und unser Gespräch unterbrochen. »Etwas dagegen, wenn ich mich neben dich setze?«

Roger Sheramy, Calebs Vater, nahm auf seine umständliche Art Platz. Er hatte immer Probleme, seine langen Arme und

Beine unterzubringen. Calebs Mom, Francis, fehlte – die übliche Migräne, hatte Liz vorhin im Auto gesagt. Aber der Professor war mir ohnehin lieber.
Calebs Vater war ein Phänomen. Er hatte schon in ganz jungen Jahren eine Professur für Astrophysik am MIT innegehabt, also am Massachusetts Institute of Technology, während er gleichzeitig in Harvard noch ein Philosophiestudium anschloss. Er war Mitglied an der deutschen Akademie der Wissenschaften, hatte am Institute of Foundational Questions in Physics geforscht und war Autor zahlreicher Bücher, darunter sein Standardwerk *Possibilities of the Human Brain*. Wenn man ihn aber privat kannte, fiel es einem schwer, das Genie in ihm zu sehen. Er stellte mir jedes Mal, als wäre sein Gedächtnis gelöscht worden, dieselben Fragen über die Schule und meine Zukunftspläne, doch lauschte er meinen Antworten stets mit einem so ehrlichen Interesse, dass ich ihm seine Vergesslichkeit gerne verzieh. Vor allem, weil ich wusste, dass es sich dabei nicht um Desinteresse handelte. Er gehörte nun einmal zu dem Typ von Wissenschaftlern, die manchmal – so Caleb über seinen Dad – die Realität verlassen mussten, um frei denken zu können.
Das Essen begann mit der traditionellen Hummersuppe. Als serviert wurde, hörte ich, wie Reverend Brody sich nach Virginia erkundigte.
»Virginia ist verhindert – wieder einmal«, verkündete Karen mit leicht spöttischem Unterton. »Wir hätten an ihrer Stelle Frank Turner dazubitten sollen. Er schätzt deine Gesellschaft ganz besonders, Liz.«
Ich konnte sehen, wie Ginger blass wurde, und ich musste

an Tylers Auseinandersetzung mit dem Chief auf dem Friedhof denken. Die Bemerkung war auch mir unangenehm. Als ob meine Tante an Frank Turner interessiert wäre. Andererseits war ich erleichtert über Virginias Abwesenheit. Ich hätte nicht gewusst, wie ich ihr hätte begegnen sollen, auch wenn sie letztendlich keine Schuld an Amys Tod traf.

Josh griff nach meiner Hand. »Ist etwas, Süße?«, fragte er, und ich hatte den Eindruck, als wechselte er einen heimlichen Blick mit Liz, die uns schräg gegenübersaß.

»Ich bin nur müde«, entgegnete ich automatisch, obwohl das Gegenteil der Fall war. In Wirklichkeit waren meine Nerven zum Zerreißen gespannt. Gestern noch war der Raum voller Menschen gewesen, die flüsternd Gerüchte austauschten, Tränen vergossen, mich mit zu langen Umarmungen quälten, und heute schien das alles wie ausgelöscht. Kein Wort fiel über Amys Tod, als wäre die Zeit der Trauer mit der Beerdigung beendet.

Ich starrte auf den Teller vor mir, hob den Löffel und wusste im selben Moment, dass ich keinen Hunger hatte. Dennoch tauchte ich ihn in die Suppe, und wie hinter Glas verfolgte ich die Unterhaltung.

Es ging um Collegetests. Für die Familie war klar, Josh würde wie sein Vater das Institute of Economics in Harvard besuchen.

»Wie ich höre, hat Nelson bereits einen Termin mit Professor Bruno für dich vereinbart«, sagte Karen. »Du musst frühzeitig ein Netzwerk schaffen. Es wird dir in Zukunft nützlich sein.«

»Vielleicht überlege ich es mir noch anders, Dad«, sagte Josh und grinste leicht. »Was würdest du sagen, wenn ich ans MIT ginge?«

Nelson, der in seinem makellosen Anzug aussah, als wäre er der Präsident der Vereinigten Staaten, ließ sich nicht provozieren. »Dann muss ich dich leider enterben«, sagte er ungerührt.

Jetzt lachten alle, ich ausgenommen. Mir war, als ob meine Mundwinkel eingefroren wären. Das hier fühlte sich alles vertraut und zu sehr nach Alltag an. Doch ohne Amy konnte es für mich keinen Alltag geben.

Ginger und ich hatten Claire vor einiger Zeit gebeten, auch Amy zu den monatlichen Essen einzuladen, sie wäre schließlich eine von uns. Claire hatte uns nur verwundert angesehen und schließlich in ihrer liebevollen Art entgegnet: »Oh, natürlich, ich werde darüber nachdenken und mit Grandma reden.«

Doch nichts war passiert, und Amy hatte gleichgültig mit den Schultern gezuckt: »Ich gehöre nun mal nicht zum inneren Zirkel.«

»Innerer Zirkel?«

»Na ja, du erzählst so gut wie nie von diesen Treffen.«

»Wie kommst du darauf? Ich erzähle dir alles, was du wissen willst.«

»Ja, welches Kleid Calebs Mom getragen hat, welche Schuhe Claire, womit sich der Professor blamiert hat und warum die schwarze Witwe jedem auf die Nerven gegangen ist. Aber du erzählst nie, worüber der Monday Club so redet.«

Aber das traditionelle Dinner am Sonntag hatte ja auch nichts mit den offiziellen Treffen des Monday Club und dessen Geheimhaltungsstatuten zu tun. Die Sonntagsgespräche waren unverfänglich, nichts, was man für sich hätte behalten müssen. Als Kinder hatten wir uns überhaupt nicht dafür interessiert. Wir begriffen erst später, dass wir irgendwann auch Mitglieder des Monday Club werden würden, und daraufhin hatten wir – besonders Ginger und Caleb – Fragen gestellt. Und auch da mussten wir uns damit zufriedengeben, dass wir erst in die Geheimnisse eingeweiht werden würden, wenn wir unser Gelübde geleistet hätten.

Und Josh würde nun also morgen offiziell aufgenommen werden. Erst jetzt fiel es mir auf: Die schwarze Witwe hatte Josh vorhin ganz selbstverständlich nicht erwähnt, als sie mich nach der Labor-Day-Parade gefragt hatte. In Zukunft würde er montags keine Zeit mehr für mich haben. Und ich würde aus diesem Teil seines Lebens ausgeschlossen sein.

Welche Gründe gibt es für eine Stiftung, ihre Aktivitäten geheim zu halten, wenn nicht mehr dahintersteckt? Etwas, was auf keinen Fall an die Öffentlichkeit gelangen soll? Luke hatte das gesagt und mein Misstrauen geweckt.

»Worüber redet ihr montags eigentlich?«, platzte es plötzlich aus mir heraus.

Alle starrten mich entgeistert an, vielleicht weil ich die Stimme ungewöhnlich laut erhoben hatte. Es entstand eine Pause, und ich fühlte, wie mein Gesicht glühte.

Nur die schwarze Witwe hob nicht einmal den Kopf. Die Art und Weise, wie sie nun die Serviette an den Mund hob, verriet: Fragen wie meine ignorierte man am besten.

Der Professor neben mir räusperte sich. Offenbar spürte er meine Verlegenheit, denn er war es, der das Schweigen brach.

Er beantwortete meine Frage ganz ernsthaft und sehr konkret: »Nun, du weißt, dass in der Stiftung wohltätige Ziele verfolgt werden. Im Moment geht es um die Kinder.«
Weil sein Blick noch immer auf mir ruhte, wagte ich es, nachzufragen: »Welche Kinder?«
»Die Kinder aus dem Trailer Park an der Route 166, um die sich niemand kümmert«, sagte Liz. »Wir planen, eine Betreuung zu gründen.«
»Diese Kinder sind verwahrlost, kommen in der Schule nicht zurecht, haben gesundheitliche Probleme«, erklärte Nelson.
»Und oft«, warf Reverend Brody ein, »nehmen sie Drogen, werden kriminell …«
»Die Wurzel allen Übels sind immer die Eltern. Gesindel. Kaum einer arbeitet«, warf die schwarze Witwe ein. »Die Kinder brauchen Disziplin, anständige Verhältnisse und sollten wenigstens lesen und schreiben können.«
Der Reverend nickte. Die beiden waren sich immer einig.
»Das ist wirklich gut«, erwiderte ich, weil ich wusste, Amy wäre von der Idee begeistert gewesen, und weil ich erleichtert war, dass das Gespräch wieder in Gang kam.
»Mein Gott, Faye, wie naiv bist du eigentlich!«, rief Ginger plötzlich mit hoher, geradezu hysterischer Stimme. »Die tun nichts, nur weil es *gut* ist.«
Ich sah sie an, und wieder stieg ein seltsames Unbehagen in mir auf. Plötzlich kam es mir so vor, als ob das Urvertrauen, das ich stets in Bluehaven und seine Bewohner gehabt hatte, mit Amy gestorben wäre. Ich fühlte mich einfach nicht mehr sicher.

Der Regen klopfte gegen die Fenster und hinterließ auf den Scheiben lang gezogene Schlieren, die mich an die Schleimspuren von Nacktschnecken erinnerten.
Schließlich brach Claire das Schweigen: »Ginger! Sprich nicht über Dinge, von denen du nichts verstehst.«
Ginger starrte in die Runde. »Ach, ich verstehe die Dinge also nicht.« Sie lachte spöttisch auf. »Ist das der Grund, warum ihr Josh gefragt habt und nicht mich? Warum Josh morgen in den Monday Club aufgenommen wird, obwohl er noch nicht mal die Highschool abgeschlossen hat?« Ihre Augen funkelten. »Auch wenn er nur acht Minuten älter ist. Er ist nun mal ein Mann. Und als Nächste wird natürlich Faye folgen. Ist ja klar.«
Karen tupfte sich mit der Serviette an den Mund. »Es geht hier nicht um Alter oder Geschlecht. Es geht um Verantwortung. Man tut, was getan werden muss. Aber wenn es dich nicht interessiert, kannst du gerne aufstehen.«
Ginger erhob sich tatsächlich, nein, sie sprang auf, was einer Revolution gleichkam, und der Löffel fiel zurück in ihre Suppe, die über den Tellerrand schwappte. »Ich darf aufstehen? Oh, danke, Grandma. Kommt jemand mit? Caleb? Natürlich nicht, du Feigling. Faye? Ach nein, du sprichst ja nicht mit mir. Und Josh scheint ja inzwischen begriffen zu haben, was Verantwortung bedeutet.«
Josh zog die Augenbrauen hoch und schaute Ginger warnend an. Eine Weile stand sie einfach nur da, und schließlich sagte sie: »Okay, dann gehe ich jetzt.«
Hatte ich auf der Beerdigung eine demütige, unterwürfige Ginger gesehen, so erlebte ich nun das Gegenteil. Ihre Schuhe

klackten laut auf dem Parkett, und einen Augenblick später knallte sie die Tür hinter sich zu.

Diesmal hielt die Stille nur wenige Sekunden. Die schwarze Witwe sah geringschätzig in die Runde und lächelte ihr überlegenes, eiskaltes Lächeln, vor dem ich mich schon mein Leben lang gefürchtet hatte. »Als Mr Weston noch lebte, wäre so ein Verhalten nicht akzeptiert worden. Aber den jungen Leuten fehlt einfach die Disziplin.«

Karen lehnte sich im Stuhl zurück und wartete, bis die Teller abgeräumt waren. Dann ergriff sie in ihrem gewohnten energischen Tonfall das Wort. »Meine liebe Claire, ich weiß, wie schwer dir der Gedanke fällt, aber ihr solltet wirklich darüber nachdenken, ob nicht ein Internat das Beste für Ginger wäre.«

Internat? Wenn Karen das sagte, wäre Nelsons Warnung vielleicht nicht nur eine leere Drohung.

Ich warf Josh einen Blick zu. Aber er reagierte seltsam verkrampft, und dann schüttelte er kaum merklich den Kopf, als wollte er mir sagen: *Später.*

Ginger blieb verschwunden. Die dicken Vorhänge, braun und schwer wie die Ledereinbände alter Bücher, der penetrante Fleischgeruch des Roastbeefs, das auf die Suppe folgte, und draußen der schlammige, dunkle Himmel, der auf den nächsten Regenschauer zu warten schien – das alles trug nicht zur Stimmung bei. Jeder bemühte sich, über Dinge zu reden, die harmlos, ja geradezu belanglos waren: das Wetter, den Country Club und die Touristen, die morgen am Feiertag auf dem Weg zum Strand die Straßen verstopfen würden.

Doch seit Ginger den Raum verlassen hatte, registrierte ich

wie ein Seismograf jede noch so schwache Nuance, jeden Wechsel in der Mimik der anderen. Zum Beispiel Reverend Brodys hohes Lachen oder die immer gleichen Fragen des Professors, die bewirkten, dass Caleb nicht mehr aufhörte, mit den Augen zu rollen.

Meine Gedanken wanderten zu Ginger. Es erforderte Mut, sich ihren Eltern, ihrer Großmutter und Mrs Weston entgegenzustellen.

Früher wären wir ihr alle gefolgt. Als Kinder hatte es uns nichts ausgemacht, wenn man uns wegschickte, weil wir zu viel Lärm gemacht oder uns – wobei das vor allem Caleb und Ginger betraf, die damals unzertrennlich gewesen waren – zu wild gebärdet hatten. Niemand hätte den anderen im Stich gelassen.

Aber jetzt?

Alles war so anders geworden.

Tränen stiegen in mir hoch, ich suchte unter dem Tisch nach Joshs Hand und flüsterte: »Können wir gehen? Ich muss wirklich mit dir sprechen. Allein.«

»Ich glaube nicht, dass das eine gute Idee ist. Grandma würde uns das übel nehmen.«

Offenbar spürte Roger meine Stimmung, er beugte sich zu mir, und als könnte er mich so trösten, sagte er: »Wie du schon bei Amys Beerdigung gesagt hast: Der Tod muss nicht das Ende sein. Die Welt ist größer, als wir denken, Faye. Es geht immer um Erkenntnis. Der Mensch sollte sich keine Grenzen setzen. Wir haben einfach nicht alle Antworten.«

»Roger!«, sagte meine Tante, die seine Bemerkung mitbekommen hatte, mit einem warnenden Unterton. Sie wollte nicht, dass die Trauer mich wieder aufwühlte, aber es machte mir nichts aus, was Roger gesagt hatte.

Ganz im Gegenteil.

Auf der anderen Tischseite war die schwarze Witwe schon wieder bei einem neuen Thema. »… Italiener, der behauptet, das Fuller House geerbt zu haben, stellt alles auf den Kopf. Was kann man dagegen tun?«

Ich schreckte zusammen und fühlte mich seltsamerweise ertappt. Bevor jemand antworten konnte, fuhr Mrs Weston fort, wobei die Falten in ihrem Gesicht schärfer wurden: »Sicher ist er ein Betrüger.«

»Er ist der rechtmäßige Erbe des Hauses«, erwiderte Nelson. »Die Papiere sind in Ordnung. Ich habe sie prüfen lassen.«

Ich hoffte, man hörte nicht, wie schnell und heftig mein Herz schlug. Caleb warf mit gesenktem Kopf einen diskreten Blick auf sein iPhone, und dann formte er mit den Lippen Gingers Namen in meine Richtung. Ich ignorierte ihn, erhob zum zweiten Mal an diesem Abend meine Stimme und fragte etwas, was völlig ungewöhnlich für mich war: »Warum habt ihr behauptet, William Fuller wäre verschollen, wenn der Monday Club die Rechnungen für seinen Klinikaufenthalt übernommen hat?«

Die Miene von Joshs Vater veränderte sich nur minimal. »Nun, es ist kein Geheimnis, Faye, dass wir oft Leuten helfen, die in eine Notlage geraten sind. Und ich weiß ja nicht, welche Gerüchte du in der Stadt aufgeschnappt hast, aber niemand von uns hat je behauptet, William wäre verschollen.«

Claire ging im Raum herum, gefolgt von dem Kellner, der eine Flasche Weißwein vor sich hertrug. »Apropos William

Fuller«, sagte sie leichthin. »Hat nicht irgendein Fuller einmal eine Weston-Tochter geheiratet, Diana?«
»Nicht direkt aus der Linie meines Mannes, sondern nur eine Cousine zweiten Grades.« Die schwarze Witwe schob dem Kellner das Weinglas zu.
»William war einer von uns«, sagte Joshs Großmutter, und im Licht der Kerzen wirkte ihr Profil ungewöhnlich scharf. »Deshalb haben wir die Klinikkosten bezahlt.«
Mir fiel eine weitere Person ein, die Luke bei unserem Gespräch erwähnt hatte. »Und wer war Zoey?«
Sie musterten mich nicht gerade feindselig, das nicht, aber die Besorgnis stand jetzt nicht nur Liz ins Gesicht geschrieben.
Schließlich antwortete Reverend Brody: »Die Schwester von William Fuller. Sie ist früh gestorben. Ihre Eltern waren sehr religiös. Sie haben jeden Sonntag die Kirche besucht, um für ihre Tochter zu beten.«
Das Fuller House war bisher nur ein verlassenes, gespenstisches Haus aus meiner Kindheit gewesen. Und nun erfuhr ich, dass sich in den Räumen tatsächlich Tragisches zugetragen hatte. Ich fragte mich, ob diese schicksalhaften Ereignisse noch immer über dem Fuller House schwebten und wir genau das gespürt hatten.
Hingen sie mit Zoeys Zimmer unter dem Dach zusammen? Wieder kam mir die Nachricht in den Sinn:

Hilfe, man hält mich gefangen!

Seltsam, bisher war ich überzeugt gewesen, Amy hätte den Zettel selbst geschrieben und dort versteckt. Nun schien mir das plötzlich absurd.

Ich legte meine Gabel beiseite und wünschte, meine Hände würden aufhören zu zittern. »Woran ist sie gestorben?«

Von weit her drang Liz' Stimme zu mir: »Du sollst dich doch nicht aufregen, Faye. Wer hat dir von Zoey erzählt?«

Der Italiener, dachte ich sarkastisch. Und laut sagte ich: »Luke Salerno. William Fullers Sohn.«

»Wir wechseln das Thema«, sagte Karen Lancaster ruhig und bestimmt, und damit war es entschieden: Es würde keine weitere Diskussion geben. Niemand kam gegen Joshs Großmutter an, nicht Ginger, nicht einmal Josh, und ich hatte schon gar keine Chance. Und ich wusste, wenn ich es versuchte, würde auch Liz mir nicht zu Hilfe kommen.

Plötzlich hörte ich wieder Amys Stimme in meinem Kopf: *Ich gehöre nun mal nicht zum inneren Zirkel.* Amy hatte recht gehabt: Sie gehörte nicht dazu. Aber ich in diesem Moment auch nicht. Ich hatte diese Welt nicht geformt, sondern sie hatte mich geformt.

Die schweren Regentropfen, die gegen die Scheiben schlugen, wurden wie Pingpongbälle zurück in die Luft geschleudert.

Ich sprang auf. »Entschuldigt bitte, ich …«

Ich weiß nicht, was sie dachten, als ich den Raum verließ. Im besten Fall, dass ich zur Toilette musste, obwohl niemand je dieses Wort bei Tisch ausgesprochen hätte. Aber vielleicht nahmen sie auch an, ich würde einfach nur durchdrehen. Niemanden würde das überraschen. Sie würden vermutlich meine angegriffenen Nerven erwähnen, den Schlafmangel,

Amys Tod, Liz würde ihr Bedauern aussprechen und Josh auffordern, mir zu folgen.
Ich rannte durch die Halle und kümmerte mich nicht um den Regen, der mir ins Gesicht schlug, als ich die Tür nach draußen aufriss. Ich lief die Auffahrt hinunter, wo selbst die dichten Kronen der Ahornbäume keinen Schutz mehr vor der Wasserflut boten. Das Kleid klebte an meinem Körper, und der Wind riss an meinen Haaren, während ich gleichzeitig in meinem Kopf Gesprächsfetzen sortierte und versuchte, mir darüber klar zu werden, weshalb ich mich auf merkwürdige Weise betrogen fühlte. Nicht mehr lange, und ich würde Mitglied im Monday Club sein, und irgendwann später würde ich Liz' Platz einnehmen. Ich sollte Verantwortung tragen, Entscheidungen treffen. Aber Fragen stellen durfte ich nicht.

15. KAPITEL

Der Wind ließ lose rote Ahornblätter auf mich herunterrieseln, die sich in meinen Haaren verfingen. Ich machte halt, um sie wieder loszuwerden, und hörte, wie hinter mir ein Motor gestartet wurde. Ich hoffte, dass Josh mir folgte und nicht Liz, denn ich hatte keine Ahnung, wie ich ihr mein Verhalten erklären sollte. Es war zwar nicht annähernd so heftig und respektlos wie Gingers Ausbruch gewesen, aber ziemlich ungewöhnlich, was mich betraf. Ich war selbst überrascht, wie sehr mich dieser Abend aus dem Gleichgewicht gebracht hatte.

Konnte man das wirklich Amys Tod zuschreiben? Oder drehte ich tatsächlich einfach durch?

Es war der BMW von Joshs Vater, der an mir vorbeifuhr, hupte und einige Meter vor mir stoppte. Die Autotür schwang auf, und Josh stieg aus.

»Komm, Faye. Ich bring dich nach Hause. Das Unwetter ist nicht mehr weit entfernt.«

Ich sah hoch zum Himmel, wo die Wolken sich über dem Meer zu etwas auftürmten, das an den Turmbau zu Babel erinnerte.

»Ich weiß nicht, ob ich nach Hause möchte«, rief ich. »Vielleicht gefällt mir der Sturm.«
»Ich bringe dich, wohin du willst. Meinetwegen auch in das Auge eines Orkans.«
Er brachte mich zum Lachen. Früher hatte er das dreimal täglich geschafft. Doch wann waren wir das letzte Mal alleine gewesen? Ich überquerte die Straße, und als ich vor ihm stand, umarmte er mich so fest, dass ich kaum Luft bekam.
»Endlich«, murmelte Josh. »Du bist hier. Ich habe Sehnsucht nach dir gehabt.«
Ich spürte, wie es mir den Hals zuschnürte, und ich grub mein Gesicht in seine Schulter, atmete seinen Geruch, die Wärme und fühlte dieses grenzenlose Vertrauen, das mir für einen Moment abhandengekommen war. Ich hob das Gesicht, unsere Lippen trafen sich, und ich hielt so lange wie möglich an dem Kuss fest. Es war Josh, der sich schließlich löste, und mir war wieder kalt und fremd zumute wie zuvor.
Ich wusste, ich musste ihm von der Nachricht erzählen.
Watch it!
Ich war schon so weit, doch als ich ihn ansah, trugen seine Augen einen ernsten Ausdruck, der mich nervös werden ließ.
»Was ist los?«, fragte ich.
»Wir müssen reden.«
Er ging um den Wagen herum und stieg ein. Ich folgte ihm, und die plötzliche Wärme ließ mich erst recht erschaudern. Ich hatte nicht gespürt, wie durchgefroren ich war.
Josh machte keinerlei Anstalten, loszufahren. Seine Hände umklammerten das Steuer, und er flüsterte: »Du musst mir vertrauen.«

»Aber das tu ich doch.«
Sein Gesicht war nun ganz nah – ich schaute direkt in seine Augen und las in ihnen alles, was ich wissen musste. Ich schlang die Arme um ihn und vergrub erneut mein Gesicht an seiner Schulter. Unsere Hände fanden sich, und dann küsste Josh mich wieder so vorsichtig, so zart, als würde er es zum ersten Mal wagen. Ich spürte seinen warmen Atem an meiner Wange, und der Moment hätte ewig dauern können. Aber irgendwann ließ er meine Hand los und lehnte den Kopf zurück.
»Okay«, murmelte er. »Ich schwöre, ich werde dich nie belügen. Nicht mehr. Das musst du mir glauben.«
Jemandem zu vertrauen ist wichtig, jemandem zu vertrauen, den man liebt, ist überlebensnotwendig. Mir lag schon auf der Zunge, ihn zu beruhigen, da wurde mir erst klar, was er gesagt hatte.
Ich schüttelte den Kopf, um klar denken zu können.
Nicht mehr.
Es dauerte einige Sekunden, bis ich die Bedeutung wirklich begriff.
Nie mehr.
»Okay«, sagte ich langsam und war seltsam ruhig. »Du hast mich also belogen.«
Stille trat zwischen uns, und meine Hoffnung, er würde mir widersprechen, schwand zusehends. Aber wie schlimm konnte es schon sein? Das war Josh. Er war kein Lügner. Er hatte keinen Grund dazu.
Der Ausdruck in seinen Augen war verzweifelt und gleichzeitig so ungläubig, als könnte er sich selbst nicht verstehen.

Es tat mir weh, aber für einen Moment glaubte ich, mich zu sehen, wie ich die Hand ausstreckte und ihn wegstieß. Natürlich tat ich in Wirklichkeit nichts dergleichen. Stattdessen gruben sich meine Finger in den Ledersitz, der kaum nachgab.

»Es tut mir leid, es tut mir wirklich leid.«

»Was genau willst du mir sagen, Josh?«

»Amy.«

Mein Herz begann wie wild zu klopfen.

»Erinnerst du dich an unsere Party gleich zu Ferienbeginn?«

Wie sollte ich mich nicht daran erinnern? Die Lancasters veranstalteten jedes Jahr nach Schulabschluss eine Feier. Es war ein wunderschöner Sommerabend gewesen. Claire hatte sich selbst übertroffen und ein gigantisches Barbecue veranstaltet. In den Bäumen hatten Lampions gehangen, eine Band hatte gespielt, und am Ende gab es sogar ein Feuerwerk. Und Josh und ich waren so verliebt gewesen. Ich hatte mich wie im siebten Himmel gefühlt. Nur Amy war nicht da gewesen, und ich zuckte zusammen, als mir klar wurde, dass sie zu diesem Zeitpunkt bereits in der Klinik gewesen sein musste.

»Auf der Party … da war etwas zwischen Ginger und Caleb.«

»Sie haben sich gestritten?«

Er schüttelte den Kopf. »Nein.«

Mir wurde übel. »Was dann?«

Er holte tief Luft. »Sie haben sich geküsst. Aber wirklich nur das. Ein Ausrutscher, nichts von Bedeutung.«

Ich starrte ihn an, und plötzlich erinnerte ich mich wieder.

Caleb war irgendwann verschwunden gewesen und nicht mehr aufgetaucht.

»Nur geküsst?«, rief ich. »Aber Amy war nicht da. Sie haben sie betrogen. Wie konnten sie nur?«

»Amy wusste es. Sie … sie hat davon erfahren.«

»Was meinst du mit …«

»Tyler hat sie sofort nach ihrer Rückkehr angerufen. In seiner Eifersucht hatte er nichts Besseres zu tun, als ihr die Geschichte sofort brühwarm zu erzählen.« Jetzt sprach Josh hastig. »Und er hat behauptet, jeder von uns, auch du, hätte längst darüber Bescheid gewusst.«

Die Puzzleteile wirbelten durch meinen Kopf. Ich griff eins davon auf. »Tyler war doch gar nicht auf der Party …«

»Aber Lauren Palmer. Sie hat es gesehen. Und sie ist sofort zu Tyler gerannt.«

Ich versuchte, das Gehörte einzuordnen. Tyler hatte Amy gleich nach ihrer Rückkehr erzählt, dass Caleb sie mit Ginger betrogen hatte?

War das der Grund gewesen? War Amy deswegen am ersten Schultag so entsetzlich durcheinander und verstört gewesen?

»Wusstest du davon? Ich meine, von dem Kuss?« Das konnte ich eigentlich nicht glauben.

Josh seufzte. »Nein, ich hab es auch erst am Tag nach Amys Tod erfahren. Ginger hat es mir erzählt, und ich wollte es dir ja sagen, aber du warst nicht ansprechbar …« Er brach ab. »Liz meinte, dein Körper und dein Geist bräuchten völlige Ruhe, um sich von dem Schock zu erholen. Ich wollte dich nicht stören.«

Ich fühlte, wie mir die Hitze in die Wangen stieg. Ich hatte diese Medikamente genommen, drei Tage lang geschlafen, und Josh hatte keine Möglichkeit gefunden, mit mir zu sprechen. Plötzlich kam es mir vor, als würden immer andere entscheiden, was ich ertragen konnte und was nicht. Bis auf Dad. Er hatte Liz immer deutlich zu verstehen gegeben, dass ich ein Mensch mit einem Recht auf persönliche Entscheidungen war.

Ich rückte ein Stück weit von Josh weg und presste die Finger an die Stirn. Ich musste klar denken, brauchte mehr Informationen.

Was hatte Amy gesagt? *Ich muss vorher noch etwas erledigen.*

»Am Abend des ersten Schultags ist Amy mit Ginger zum Strand gefahren«, sagte ich langsam und beherrscht. »Es war deswegen, oder?« Meine Kehle fühlte sich eng an. »Und dann wollte Amy zum Jachthafen, um sich mit mir zu treffen. Sie wollte mir etwas Wichtiges erzählen. Weil Ginger getrunken hatte, hat sie keinen anderen Ausweg gesehen, als selbst zu fahren.«

Josh lehnte erschöpft den Kopf gegen die Nackenstütze. »Faye. Das ist noch nicht alles«, sagte er leise. Die Hand auf dem Lenkrad zitterte.

Alles war still bis auf den Wind, der nicht nur die Wolkentürme zum Einsturz brachte, sondern auch durch die Bäume und die Dunkelheit jagte. Ich spürte, wie der Wagen erschüttert wurde – ein Ast schlug an die Windschutzscheibe, prallte ab und fiel vor uns auf den Weg.

»Fahr los«, sagte ich heftig. »Ich will nach Hause. Ich will zu Dad.«

Aber Josh rührte sich nicht. Seine Hände umklammerten das Steuer so fest, dass seine Knöchel weiß wurden. »Nein, Faye«, sagte er, und seine Stimme klang qualvoll verzerrt. »Amy ist gar nicht gefahren. Du hattest recht, sie hätte das nie getan.«

Die Melodie war plötzlich wieder da. Ich hörte sie in meinem Kopf, und das war unerträglich. Meine Hand schnellte nach vorne und drückte auf den Knopf des Autoradios. Die Bässe explodierten in meinen Ohren.

»Fahr los!«, schrie ich, aber der Wagen bewegte sich nicht.

Dann, ganz abrupt, verstummte das Radio. Josh hatte es ausgeschaltet.

Die nachfolgende Stille war wie eine Erlösung.

»Es tut mir so leid, dass du es erst jetzt erfährst.« Er griff nach meinen Händen, die sich nicht vom Sitz lösen wollten. »Du musst mir glauben, ich wollte dich nur beschützen.«

Ich war mein Leben lang beschützt worden. Man könnte sagen, ich stand unter Naturschutz. Aber ehrlich, ich wollte das nie. Keiner hatte mich je gefragt. Andererseits, sagte ich mir, hatte ich mich auch nie dagegen gewehrt.

Einmal atmen, zweimal, dreimal und immer so weiter. Das war es, was uns am Leben hielt.

»Wer saß dann am Steuer?«, fragte ich und sah gleichzeitig Tyler vor mir, wie er betrunken über den Friedhof torkelte. Ich kannte die Antwort, bevor Josh sie aussprach.

»Ginger«, sagte er.

Einige Sekunden vergingen. In meinem Kopf lief ein Film ab. Ich konnte alles vor mir sehen, nur nicht, was danach kam.

»Hör zu. Als der Reifen platzte, ist der Wagen vom Weg abgekommen und gegen den Baum geprallt. Ginger ist total in Panik geraten. Sie wusste nicht, was sie tun sollte. Amy saß auf dem Beifahrersitz und hat sich nicht mehr gerührt. Ginger hat sie geschüttelt, sie gerufen, aber Amy hat nicht reagiert.«

Ich versuchte, mir alles vorzustellen, aber was kam dann?

Als es still blieb in meinem Kopf, schaute ich Josh nur an.

»Ich verstehe es nicht.«

Hätte ich Josh nicht seit meiner Kindheit gekannt, wäre er in diesem Moment für mich ein vollkommen Fremder gewesen. Und vielleicht saß ich jetzt auch gar nicht neben ihm, genauso wenig, wie ich Amy an der Bushaltestelle getroffen hatte. Alles nur Einbildung. Ich klappte den Sonnenschutz nach unten und sah in den Minispiegel, aus dem ich mir entgegenstarrte. Meine schwarzen Haare waren zerzaust, und mein Gesicht hatte nicht mehr die übliche milchweiße Farbe, sondern war wie in Kalk getaucht.

It's incredible.

Ich bekam gar nicht richtig mit, was Josh sagte. Irgendetwas von ... Fahrersitz, Steuer ...

»Ginger hat sie auf den Fahrersitz gezogen? Und nicht überlegt, ob sie vielleicht innere Verletzungen hatte?«

»Ja.«

»Und dann behauptet, Amy wäre gefahren?«

Josh konnte nicht mehr antworten. Lediglich ein Nicken bestätigte mir, dass ich richtiglag.

Es muss wohl eine Kälte geben, die von innen kommt und sich schlimmer anfühlt als jeder Schnee, jeder Eissturm. Die

Seele friert ein, und eine Eisschicht legt sich über Herz und Lunge. Natürlich kann man dann nicht mehr atmen. Wozu auch? Man wird so zerbrechlich, so fragil, man kann jeden Moment zerspringen. In tausend Scherben.

Inzwischen war es ganz dunkel geworden, und der Wind jagte Schatten. Tropfen fielen, die Scheibenwischer setzten sich immer wieder automatisch in Bewegung, aber in mir stand alles still.

»Wie konnte sie das tun?«

»Ich glaube nicht, dass sie sich dessen bewusst war, was sie tat. Sie hat in Panik gehandelt.«

»Hör auf«, flüsterte ich. »Hör auf damit, deine verdammte Schwester zu verteidigen.«

»Was, wenn man sie betrunken am Steuer erwischt hätte?«

Aber wenn das doch der Grund war, weshalb Amy gestorben war?

Und gestern, als Tyler zwischen den Grabsteinen durchgedreht war, hatte Josh es einfach abgetan. Einfach mit den Schultern gezuckt.

»Ihr habt so getan, als würde Tyler einfach durchdrehen, weil er betrunken war, dabei wusstet ihr, dass er recht hatte. Aber er sollte schweigen.« Plötzlich überwältigte mich die Ungeheuerlichkeit des Ganzen. »Alle wussten Bescheid, oder? Chief Turner. Deine Eltern. Alle, die heute Abend da waren.«

Josh schwieg.

»Alle.« Kurze Panik. »Dad auch?«

»Nein. Zumindest glaube ich das.«

»Aber Liz.«

»Ja. Und sie meinte, du würdest es nicht verkraften. Nicht ohne psychologische Unterstützung.«
Deshalb hatte Liz also wieder Dr. Myers ins Spiel gebracht.
»Ginger ist ein Ungeheuer«, sagte ich leise. »Deine Schwester ist ein Ungeheuer.«
»Ist sie nicht.«
»Und sie braucht einen Psychologen, nicht ich.«
»Ginger war verwirrt. Der Aufprall gegen den Baum war nur leicht gewesen. Der Wagen hat ja kaum eine Schramme abbekommen. Und dann, als Amy sich nicht mehr gerührt hat, war Ginger total verzweifelt. Sie stand unter Schock und hat nur daran gedacht, dass die Schuld sie treffen würde. Sie hat das nicht geplant, verstehst du? Sie hat einfach reagiert. Es war wie ein Reflex, aber sie wollte doch nicht, dass Amy stirbt. Sie hat den Rettungsdienst alarmiert.«
»Du nimmst Ginger in Schutz? Du entschuldigst ihr Verhalten?«
»Wie kannst du so etwas denken?« Josh versuchte, mich zu umarmen, aber ich schüttelte ihn ab.
»Sie ist trotz allem meine Schwester.«
»Amy war für mich auch eine Schwester.«
»Ich weiß.« Josh legte seine Hände aufs Lenkrad zurück, als wollte er sich daran festhalten. Ich schaute mich um und starrte auf die beleuchteten Fenster von Manor House.
Dort saßen sie jetzt alle in ihren teuren Klamotten bei ihrer Crème brûlée, nippten an ihrem Digestif und sprachen über verwahrloste Kinder. Es war der pure Hohn.
»Faye, ich liebe dich. Das musst du mir glauben. Ich würde alles für dich tun, und es tut mir so leid, dass ich dir das ges-

tern verschwiegen habe. Du warst nur so verzweifelt. Dir ging es so schlecht. Wir alle haben uns Sorgen um dich gemacht.«

Ich schluckte und fühlte eine Art Schatten über meine Brust fliegen. Glaubte ich Josh? Ja, das tat ich. Er hatte mir nie einen Grund gegeben, es nicht zu tun, aber … als er nun meine Hand nahm, entzog ich sie ihm.

In diesem Licht waren der Unfall und die Umstände, die dazu geführt hatten, nicht einfach nur ein Unglück, sondern eine grauenhafte Tragödie. Und egal, was Josh sagte, ich konnte Ginger nicht einfach von ihrer Schuld freisprechen.

Ich brach in Tränen aus.

»Meinst du«, flüsterte Josh, »du kannst Ginger irgendwann verzeihen?«

»Ich weiß es nicht«, flüsterte ich schließlich. »Ich weiß es wirklich nicht.«

16. KAPITEL

Von dem Moment an, als ich die Eingangshalle betrat und den vertrauten Highschool-Geruch roch – Putzmittel mit Zitronenduft, Schweiß und Toilettengestank –, wusste ich, dieser Tag würde furchtbar werden. Überall begegnete ich Blicken, die mir folgten, hörte geflüsterte Bemerkungen in meinem Rücken, doch wenn ich mich umdrehte, schien alles normal zu sein.

Noch im Flur traf ich Mrs Grid, die Vertrauenslehrerin, und sie riet mir, ein Trauertagebuch zu führen. Ich dachte an Amys Notizbücher. Ich konnte mich kaum zurückhalten, sofort ihren Spind zu öffnen, mich mit den Büchern auf die Toilette zurückzuziehen, um sie zu lesen. Aber vermutlich würde man mich sogar bis dorthin verfolgen.

Der Leichtathletikcoach nahm mich beiseite und meinte, ich sollte mich voll aufs Laufen konzentrieren, das würde mir helfen. Und Mrs Irving, die mich zu sich ins Direktorat rief, forderte mich auf, eine Erinnerungscollage für Amy zu machen, die sie in der Aula aufhängen würde.

Als ich zum letzten Mal mit Amy über den Flur gegangen

war, als wir zum letzten Mal gemeinsam auf der Toilette gewesen waren, als wir zum letzten Mal über Lauren Palmer gelästert hatten, weil sie sich immer in aller Öffentlichkeit die Augenbrauen zupfte ... Die Schultage würden sich jetzt in die Unendlichkeit dehnen, weil sie nicht mehr hier war, um jede Kleinigkeit mit mir zu diskutieren. Oder wie Caleb früher manchmal gesagt hatte: *Es ist unglaublich, wie ihr es schafft, drei Stunden über eine einzige Minute in eurem Leben zu reden.*

Mein Kopf tat so weh, dass ich am liebsten bei jeder Bewegung geweint hätte. Aber Kopfschmerzen waren mein geringstes Problem. Zu dem Schmerz der Trauer, die mich fast zu ersticken drohte, kam das Gefühl der Einsamkeit.

Als ich mich Sonntagabend von Josh getrennt hatte, war ich ohne Abschied aus dem Wagen gesprungen. Dad war aus dem Arbeitszimmer gekommen, und er musste mich nur ansehen, um zu wissen, dass etwas passiert war. Er nahm mich in den Arm, hielt mich fest und stellte nicht eine einzige Frage. Dad, das wurde mir einmal mehr klar, ließ mir als Einziger den Freiraum, den ich brauchte. Er ließ mich selbst entscheiden.

Nicht lange danach kam Liz, doch ich wollte sie nicht sehen. Sie gab Dad Pillen für mich, die ich heimlich ins Klo spülte. Ich wollte – und damit hatte Luke recht – nicht schlafen. Ich wollte, ich musste den Schmerz fühlen.

Die ganze Nacht über verfolgte ich die rot leuchtende Bahn des Sekundenzeigers, des Minutenzeigers an der Uhr neben meinem Bett. Ich zählte die Stunden, bis das erste Licht durch die Jalousien sickerte und ich hörte, wie Dad aufstand, sich leise anzog, auf Zehenspitzen ins Bad ging, und irgendwann drang der Duft nach Kaffee und Schinken zu mir nach oben.

Wie immer schien am Labor Day die Sonne. Ganz Bluehaven war auf dem Weg zum Strand, um den Tag mit ihren Familien und den traditionellen Picknicks zu verbringen, Touristen bevölkerten die Stadt, im New Spoon war die Hölle los, die Vorbereitungen für die Parade waren in vollem Gange, während ich bei strahlendem Sonnenschein in meinem Zimmer im Bett lag.

Den ganzen Tag über waren Nachrichten von Josh auf meinem Handy eingetroffen, doch erst am späten Nachmittag raffte ich mich auf, ihn zurückzurufen. Aber da war es zu spät. Ich erreichte nur die Mailbox. Der Monday Club traf sich ungeachtet des Feiertages, und Josh – Josh war nun ein Teil dieser Treffen, die für mich bisher in weiter Ferne gelegen hatten.

Und wer außer Josh blieb mir? Ginger wollte ich nicht sehen, konnte mir überhaupt nicht vorstellen, je wieder mit ihr zu sprechen. Caleb? Auch ihm konnte ich nicht verzeihen. Es ging nicht um den Kuss. Sondern darum, dass er es Amy verschwiegen hatte. Amy hatte Heimlichkeiten und Lügen gehasst. Und am Ende war ihr Leben voll davon gewesen. Das fühlte sich einfach schrecklich an.

In der ersten Stunde hatte ich Physik. Noch war ich Ginger nicht begegnet. Aber das war nicht mein einziges Problem. Ich musste irgendwann zu Donna gehen, um ihr die Wahrheit über den Unfall zu sagen. Und ich musste sie unbedingt nach dem Handy fragen. Aber immer noch sträubte sich etwas in mir. Wie sollte Donna je zur Ruhe kommen, wenn ich ihr von der Nachricht erzählte, die man mir nach Amys Tod geschickt hatte? Durfte ich sie damit belasten, dass jemand so grausam mit meinen Gefühlen spielte?

Die Gänge der Weston High hatten sich schon ziemlich geleert, als ich, mein Physikbuch und einen Collegeblock in der Hand, die Treppe hinunter ins Untergeschoss rannte. Die Glocke hatte bereits vor fünf Minuten den Beginn des Unterrichts gemeldet.

Als ich nach links in den Flur einbog, sah ich Ginger und Caleb mit Josh vor der Tür stehen. Natürlich ... sie hatten auf mich gewartet. Doch im Gegensatz zu früher lächelten sie mir nicht entgegen und riefen mir auch keinen Gruß zu. Früher ... war das wirklich erst eine Woche her?

Ginger sah furchtbar aus. Sie drehte nervös an ihren Haaren und zog hilflos den Kopf ein wie ein verschreckter Vogel, als ich abrupt stoppte und unsere Blicke sich trafen. Sie wusste, dass ich es wusste, und im Bruchteil einer Sekunde war sie im Physiksaal verschwunden.

Caleb dagegen verzog das Gesicht auf diese schiefe, verlegene Art, die typisch für ihn war, und mir war nicht klar, was passieren musste, bevor er keine Worte mehr fand. »Hi, Faye, ich kann es dir erklären«, kam er mir mit erhobenen Händen entgegen.

Ich schob mich an ihm vorbei. »Das schaffst nicht einmal du.«

»Dieser Kuss ... er hatte nichts zu bedeuten. Einfach nur ein blöder Zufall im Universum. Amy, sie hätte ... es verstanden.«

Ich schüttelte den Kopf. »Vielleicht. Hättest du es ihr gesagt.«

»Faye …«

»Ach, vergiss es.« Ich wandte mich abrupt ab und sah mich Josh gegenüber. In demselben Augenblick bückte er sich, hob wie nebenbei seinen Rucksack vom Boden, schob ihn über die rechte Schulter und drehte sich von mir weg.

»Was ist los?«, fragte ich leise.

Er ignorierte meine Frage und winkte einem seiner Freunde zu.

Hing sein Verhalten damit zusammen, dass ich seine Anrufe gestern ignoriert hatte? Aber später hatte ich ihm doch auf die Mailbox gesprochen und erklärt, ich bräuchte Zeit. Nein, ich kannte ihn zu gut. Da war noch etwas anderes. Er wirkte verunsichert, fast ablehnend.

»Wollen wir reden?«, hakte ich nach.

Josh schüttelte den Kopf. »Wir müssen hineingehen.« Seine Hand deutete über meine Schulter hinweg. Als ich den Kopf drehte, entdeckte ich unseren Physiklehrer, der mit energischen Schritten auf uns zustürmte. Und Josh war bereits im Raum verschwunden. Ich folgte ihm und sah, dass er sich einen Platz zwischen zweien seiner Basketballfreunde gesucht hatte. So etwas hatte er noch nie getan.

In meinem Collegeblock hatte ich einen Satz notiert: *Laut kosmischer Bilanz sind wir zu 90 Prozent die Überbleibsel von Sternen.* Er verriet mir, dass ich tatsächlich am Unterricht teilgenommen hatte. Ich fühlte mich wie betäubt, als die Glocke ertönte. Stumm ging ich neben Josh nach oben zu den Schließfächern, um das Physikbuch gegen das Englischbuch auszutauschen.

Direkt neben meinem Spind lehnte Lauren Palmer an Amys Fach. In der achten Klasse hatte Ginger in der ganzen Schule herumerzählt, Lauren hätte sich für ein paar Mathehausaufgaben in der Umkleidekabine von einigen Jungs die Brüste betatschen lassen. Seit dieser Zeit waren Lauren und Ginger Erzfeindinnen.

Und nun lehnte Lauren also an Amys Spind und knutschte mit Seth Wheeler herum, als wäre sie ein Alien, der sich von fremdem Speichel ernährte. Ich wollte nicht wütend sein, aber ich konnte nichts dagegen tun. Es erschien mir wie eine Entweihung von Amys Andenken.

Ich hörte Caleb Würgegeräusche von sich geben, wie sie in Comics vorkamen, und dann sah ich Gingers Schatten. Sie stürmte an mir vorbei, zerrte Seth weg, und im nächsten Moment ertönte ein lautes Klatschen.

Lauren hielt sich die Wange und grinste verlegen, fast schon dümmlich. Einige Schüler waren stehen geblieben. Stille legte sich über den langen Flur, der sonst von Lärm erfüllt war.

»Weißt du eigentlich, Ginger Lancaster«, begann Lauren und sprach so langsam, als würde sie die Worte wie Kaugummi lang ziehen, »was Tyler überall herumerzählt? Er sagt, Amy sei gar nicht gefahren. Und du hättest deine Freundin betrogen mit Mr Sheramy jr. … Schon klar, reich und reich macht doppelt reich. Da hatte eine wie Amy natürlich keine Chance.«

Caleb stieß einen unterdrückten Fluch aus und stürmte davon. Wir sahen ihm nach, wie er den Gang entlangrannte und mit der Faust immer wieder gegen einzelne Fächer schlug.

Dann riss er die Eingangstür auf, die krachend hinter ihm ins Schloss fiel, und draußen brüllte er so laut, dass wir ihn sogar bis ans Ende des Flurs hören konnten.
Plötzlich wurde es still. Ich sah unsere Vertrauenslehrerin Mrs Grid aus der Tür ihres Büros kommen. Bevor sie noch begriff, was vor sich ging, durchbrach Gingers zynische Stimme das erstarrte Schweigen. »Und weißt du, was Tyler noch herumerzählt?« Sie drehte sich in Richtung von Mrs Grid, als würde sie es nur ihr erzählen. »Ihr kennt doch dieses Motel, das Sunrise. Dort ist jeden Freitagabend ein gewisses Zimmer belegt, vor dem neben deinem hässlichen Japaner ein Sportwagen parkt. Die Cops wurden mehrfach gerufen, weil das Bett so laut quietschte …« Gingers Mund verzog sich zu einem überheblichen Grinsen. »Und wer jetzt als Erster herausfindet, wem der Sportwagen gehört, der bekommt fünfzig … ach nein, sagen wir, hundert Dollar.«
Ich konnte sehen, wie Lauren das Blut ins Gesicht stieg. Mit hochroten Wangen rannte sie in Richtung Toilette, und keine von ihren Freundinnen folgte. Genauso wenig, wie ich Ginger folgte, die nun auf Mrs Grid zuging, die Hände gekreuzt von sich streckte und sagte: »Nehmen Sie mich fest, ich habe es verdient.«
»Ich weiß nicht, wie ich ihr helfen kann«, murmelte Josh.
»Dafür ist es zu spät«, erwiderte ich – und spürte gleichzeitig, dass das nicht die Wahrheit war. Ginger tat wenigstens etwas, sie setzte sich für Amy ein, und sie hatte sich auch vorgestern beim Abendessen nicht einschüchtern lassen. Und plötzlich fragte ich mich, ob ich sie wirklich verurteilen durfte, ohne wenigstens mit ihr gesprochen zu haben.

Die Glocke ertönte. Mrs Grid trieb uns auseinander, und wir gingen in unsere Klassenzimmer. Josh und ich hatten getrennte Kurse, und später konnte ich ihn nicht mehr finden. Zum zweiten Mal an diesem Tag ging er mir aus dem Weg. Wieder suchte ich nach Gründen. War er enttäuscht, dass ich mich gestern geweigert hatte, mit ihm zu telefonieren? Dass ich Ginger nicht verzeihen konnte? Aber wie konnte er mir das übel nehmen, wenn er doch wusste, wie viel Amy mir bedeutet hatte?
Einsamkeit – das Wort hatte ich bisher nicht gekannt, doch es war der erste Schultag in meinem Leben, an dem ich die Pausen in der Toilette verbrachte und mir ein Stein vom Herzen fiel, als er endlich vorbei war.

Ich wartete bis eine halbe Stunde nach Schulschluss, erst dann schlich ich mich zu den Spinden. Vorsichtig sah ich mich auf dem Flur um, lauschte, ob ich irgendwelche Geräusche oder Schritte hören konnte, doch es war schon fast gespenstisch still. Rasch stellte ich an Amys Spind die Nummer ein, und ein leises Klicken verriet mir, dass es immer noch derselbe Code war. So hatten wir es abgemacht: mein Geburtsdatum für Amys, ihr Geburtstag für mein Schließfach.
Die Metalltür sprang mit leisem Quietschen auf. Zunächst nahm ich nur die Karten, Zettel und Nachrichten wahr, die mir entgegenfielen. Schüler hatten sie durch die Schlitze des Schließfachs geschoben, und alle waren an Amy gerichtet:
We miss you.

Love.
Und irgendjemand hatte geschrieben: *The deeper the grief, the closer is God!*
Aber das war es nicht, was mir den Magen umdrehte.
Das Fach war bis auf die Briefe völlig leer.
Ich versuchte, mich zu beruhigen. Vielleicht hatte jemand anders das Schließfach geleert und Amys Sachen bereits bei Donna vorbeigebracht? Doch das Fach war unbeschädigt. Das Schulpersonal schloss ich aus, sie hatten Donna ja extra angerufen und sie gebeten, sich um die Sachen zu kümmern. Niemand kannte den Code, und so einfach würde man auch nicht darauf kommen. Es waren nicht nur unsere Geburtsdaten, wir hatten sie auch noch vertauscht und die einzelnen Ziffern der Größe nach sortiert.
Ich war am 6. Juli 1999 geboren. Amys sechsstelliger Code lautete also: 006799.
Und ich erinnerte mich genau: Der Schrank war leer gewesen bis eben auf diesen Stapel Notizbücher, diese rot-weißen Hefte, die Amy im Dutzend bei Staples kaufte. Sie hatte sie hineingelegt und mir dabei von den Mädchen aus dem Sommerlager erzählt … diese drei Geschichten, die doch nur von Amy gehandelt hatten.
Doch wenn jemand anders den Schrank geräumt hatte, was bedeutete das? Mir wurde schwindlig bei dem Gedanken, Amys Notizbücher könnten in fremde Hände geraten sein.
Schweiß prickelte auf meiner Haut, und mir schien es, als ob ein kalter Wind über meine Arme strich.
Ich schloss die Tür zum Spind, und als ich den Widerhall mei-

ner Schritte auf dem harten Linoleumboden hörte, hätten es ebenso gut die nervösen, schnellen Schläge meines Herzens sein können, die aus dem Takt geraten waren.
Ich rannte hinaus an die frische Luft.
Es war ein leicht nebliger Tag, und die diesige Luft verlieh dem Schulhof etwas Gespenstisches. In dem nasskalten Dunst tauchten nur die Umrisse von Westons Denkmal und den Gebäuden dahinter auf, rechts konnte ich noch ein paar Nachzügler erkennen, die Richtung Parkplatz strebten.
Ich wurde langsamer, um niemandem zu begegnen. Zuerst musste ich meine Gedanken ordnen. Vielleicht war Amy selbst zurückgekommen und hatte die Notizbücher geholt? *Vor dem Unfall*, schoss es mir durch den Kopf, und das Bild unserer Begegnung auf der Straße schob ich in meinem Gedächtnis ganz nach hinten.
Ich würde Donna fragen müssen. Oh Gott, Donna. Sie würde zusammenbrechen, wenn sie erfuhr, dass nun ein Fremder Amys Notizen lesen konnte. Doch ich musste noch aus vielen anderen Gründen mit ihr sprechen. Mein Herz wurde schwer, und ich kam erst wieder zu mir, als jemand meinen Namen rief. Ich sah Luke am Straßenrand stehen.
»Was machst du hier?«, fragte ich.
»Dich abholen.«
Ich deutete auf den Wagen, an dem er lehnte.
»Ist das deiner?«
»Nein, er gehört Tyler.« Jetzt erst erkannte ich den Pick-up.
Bevor ich noch fragen konnte, gab Luke mir bereits die Antwort: »Er hat ihn mir geliehen, weil ich auf Jobsuche bin.

Und er hat mir auch verraten, wann dein Unterricht zu Ende ist.«

Ich starrte an ihm vorbei und sehnte mich nach Josh. Ich wollte ihm von den Tagebüchern erzählen. Und von der Nachricht. Ich holte mein Handy hervor und sah mir die Worte noch einmal an. So vertraut und doch so fremd. Wer kannte dieses *Watch it!*, mit dem sie immer ihre Videos angekündigt hatte? Caleb ganz sicher, Josh, Ginger …

Verdammt! Ich hatte Josh am Sonntag nicht angreifen oder verletzen wollen. Ich wusste, wie sehr er Ginger, wie sehr er seine ganze Familie liebte, und genau das war es ja auch, was ich so an ihm mochte.

»Hörst du mir eigentlich zu?« Lukes Stimme riss mich aus meinen Gedanken.

Ich sah ihn nur an.

»Kannst du mit deiner Tante, Dr. St. Clair, reden?«

»Was … was willst du von Liz?«

»Ich war im Westmill, um die Krankenakte meines Vaters einzusehen, aber egal wen ich gefragt habe, niemand hat reagiert. Und als ich es endlich geschafft hatte, bei dieser Ärztin …«

»Dr. Donnelly?«

»Ja, als ich es also geschafft hatte, dass sie mich empfing – natürlich erst, nachdem ich Fieber und geschwollene Lymphknoten erfunden hatte –, meinte sie, es existierten keine Akten mehr aus dieser Zeit. Es wäre zwanzig Jahre her.«

»Wann ist dein Vater eigentlich in diese Klinik gekommen, von der du gesprochen hast?«

»1995.«

Ich überlegte. »Zu dieser Zeit war Liz noch in Boston.«
»Aber sie weiß vielleicht etwas darüber. 1995 war mein Dad fünfundzwanzig Jahre alt.«
Ich schluckte. »Genau wie meine Mom.«
»Dann sind die beiden womöglich zusammen zur Schule gegangen.«
»Womöglich«, murmelte ich und wusste nicht, was das zu bedeuten hatte.
William war einer von uns, hörte ich Karen wieder sagen.
»Ich werde Liz fragen«, sagte ich schnell, weil ich Josh auf uns zukommen sah. Er kam vom Training, hatte die Sporttasche über der Schulter hängen und strich sich die nassen Haare glatt. Erleichtert wollte ich ihm entgegengehen, doch im letzten Moment fiel mir noch etwas ein. Ich beugte mich nach vorne und flüsterte: »Zoey war deine Tante. Sie war die Schwester von deinem Vater. Ich werfe dir meine Handynummer in den Briefkasten. Ruf mich an, wenn du noch etwas herausfindest.«
Als Josh zu uns trat, wandte sich Luke ab, stieg in den Wagen und fuhr weg.
»Was wollte er?«
»Wir haben nur geredet.«
Josh runzelte die Stirn, und wieder hatte ich den Eindruck, vor einem Fremden zu stehen. Ich konnte in seinem Gesicht keinen Ausdruck von Zuneigung erkennen. Stattdessen nur sein starrer Blick, der Luke folgte.
Ich berührte seine Hand. »Josh, was ist los? Wir können noch einmal über Ginger reden, wenn es das ist, was dich belastet.«

»Du solltest dich nicht mit ihm abgeben«, überging er meine Worte.
»Was? Mit Luke? Wieso, wir unterhalten uns doch nur. Er interessiert sich für die Geschichte seines Vaters.«
»Ich habe eher das Gefühl, er interessiert sich für dich.« Joshs ebenmäßiges Gesicht war weiß, und er machte mir Angst. In seinem Verhalten lag etwas, das ich nie zuvor bei ihm erlebt hatte. Verwirrung, Hilflosigkeit und eine unerklärliche Abneigung gegen Luke, den er doch überhaupt nicht kannte.
Er packte mich an beiden Schultern, sein Griff fühlte sich beinahe grob an. »Faye, ich sag es nur ein Mal. Ich warne dich vor Luke Salerno. Er ist nicht gut für dich.«
Es passte nicht zu Josh, eifersüchtig zu sein. So etwas gab es nicht zwischen uns. Er konnte mir vertrauen und ich ihm. Hing es mit Ginger zusammen? Hatte der Unfall mir jetzt nicht nur Amy genommen, sondern trieb er auch noch einen Keil zwischen Josh und mich?
Und wenn ja, was bedeutete dann unsere Liebe?
Tränen traten mir in die Augen, als ich mich losriss. Ich dachte daran, wie mir mein Leben lang alle gesagt hatten, was ich zu tun hatte, immer unter dem Vorwand, mich beschützen zu wollen. Und ich dachte mit einem Gefühl von Neid – so merkwürdig das unter diesen Umständen auch war – ausgerechnet an Ginger und ihre Art, gegen alles und jeden aufzubegehren.
»Diese Entscheidung treffe ich selbst«, hörte ich mich sagen, und dann ging ich einfach. Ich ließ Josh, den einzigen Freund, den ich in Bluehaven noch hatte, einfach stehen.

17. KAPITEL

Wie immer war im Westmill die Hölle los. Ich konnte durch die Tür von Liz' Büro aufgeregte Stimmen hören, ständig liefen Leute an der Glastür vorbei, und ich musste fast eine halbe Stunde warten, bis Melinda mich informierte, dass Liz mich jetzt erwartete.

Melinda war um die sechzig und hatte die Größe und das Gewicht von Miranda Bailey aus *Grey's Anatomy*. Sie hatte schon mit Grandpa zusammengearbeitet und war, laut Liz, ein wandelndes Archiv, da sie die Krankengeschichten sämtlicher Patienten sowie die ihrer Familien im Kopf hatte. Das heißt, Melinda kannte ganz Bluehaven, denn für viele Menschen in der Umgebung war das Westmill Medical Center die einzige Möglichkeit der medizinischen Versorgung, wenn sie nicht den weiten Weg nach Portland auf sich nehmen wollten. Und es war das am besten ausgestattete öffentliche Medizinzentrum an diesem Teil der Küste. Viele Ärzte aus den Nachbarstädten, ob Kinderärzte, Gynäkologen oder Orthopäden, hielten hier ein- oder zweimal die Woche ihre Sprechstunde ab.

Liz' Büro lag im alten Backsteingebäude. Vom Fenster aus konnte man in den Park mit den alten Eichen sehen. Der Monday Club hatte die ehemalige Papiermühle gekauft, um hier das öffentliche Medical Center unterzubringen, und sie hatten in die Renovierung des historischen Gebäudes und den Anbau eines modernen Traktes, der von Glas und Beton dominiert wurde, ein Vermögen investiert. Hier konnten Patienten sogar stationär aufgenommen werden.
Der alte Trakt mit den hohen Fenstern, den dicken Mauern und diesem Geruch nach Tradition, der nie richtig verflogen war, war mir immer lieber gewesen als der moderne Neubau.
Liz betreute nur noch wenige Patienten. Die Verwaltung und Leitung des Westmill Medical Center kosteten sie seit Grandpas Tod extrem viel Zeit. Einer dieser Patienten war ich, und einmal monatlich kam ich zu ihr, damit sie mich gründlich durchchecken konnte.
Meine Krankheit – auch wenn ich selbst sie nur ungern so nannte – war selten, und Liz betonte immer wieder, dass die Idiopathische Insomnie eine extreme Belastung für Körper und Seele bedeutete. Deswegen hatte sie auch so lange auf meinen Besuchen bei Erica Myers beharrt, egal wie sehr ich mich dagegen gesträubt hatte. Die Ursache der Schlafstörungen war unbekannt. Es gab kein Mittel dagegen, nur Medikamente, die die Symptome linderten. Aber Liz glaubte fest, eines Tages würde man mir helfen können. Sie reiste von Kongress zu Kongress und traf sich immer wieder mit führenden Professoren der Harvard Medical School. Auch wenn sie längst ihre eigene Forschungskarriere aufgegeben hatte,

war sie auf diesem Gebiet stets auf dem neuesten Stand. Sie tat alles für mich.

Ich hätte gerne auf die monatliche Kontrolle verzichtet, aber Liz bestand darauf. Und diesmal hatte ich keinen Versuch gemacht, die Untersuchung zu umgehen, denn ich wollte mit ihr reden.

Größe, Gewicht ... ich hatte seit der letzten Untersuchung vier Kilo abgenommen.

»Wenigstens essen solltest du«, sagte meine Tante, ging zum Schreibtisch und trug die Daten im Computer ein. Dann kehrte sie zurück und nahm auf dem Hocker Platz, um Herz und Lunge mit dem Stethoskop abzuhören.

Ich befolgte ihre Anweisungen, tief ein- und wieder auszuatmen. Die letzte Nacht war nicht viel besser als die vorherige gewesen, obschon ich am Abend ein Gespräch mit Dad gehabt hatte, das mir guttat. Er war früh aus dem New Spoon nach Hause gekommen, weil wenig los war, und als ich ihm mein Herz ausschüttete und die Wahrheit über den Unfall und Gingers Rolle dabei erzählte, reagierte er nicht zornig wie ich, sondern schwieg zunächst lange. Und als er anfing zu sprechen, hörte ich die Trauer in seiner Stimme. Er war wirklich betroffen, dass Ginger alles getan hatte, um es so aussehen zu lassen, als wäre Amy gefahren. Aber ... so Dad, Amy war nicht an den Folgen des Unfalls gestorben, sondern krank gewesen. Ihr Herz hatte einfach versagt, und es war einer dieser Fälle, wo die Macht des Menschen Grenzen hatte.

Das war eben Dad.

Was hätte ich ihm entgegnen sollen? Er sah so traurig aus

und dachte offenbar an Mom, und Mom …, schoss es mir durch den Kopf, … sie hatte sterben müssen, weil ich geboren wurde. Zum ersten Mal in meinem Leben fühlte ich mich deshalb schuldig.
Als Josh mir im Auto gestanden hatte, was wirklich passiert war, hatte ich vor allem an mich gedacht. An meine Gefühle, die Kränkung darüber, dass man mich nicht eingeweiht hatte. Dad aber hatte auch Amy und Ginger im Sinn. Und mit Liz war er in völligem Einklang.
»Faye, Schatz, sie will dich beschützen«, sagte er leise und starrte in die hellorange aufleuchtenden Flammen des Kamins, vor dem wir saßen. Oz schnurrte leise zwischen mir und Dad auf dem Sofa, ab und zu drehte er den Kopf, als würde er uns beiden im Schlaf zuhören. »Sie würde es nicht ertragen, wenn dir etwas zustößt. Sie denkt nur noch an dich, seit sie ihre Schwester verloren hat.«
»Aber warum bist du so anders?«, fragte ich. »Du hast Mom mindestens genauso geliebt.«
Mein Dad kraulte Oz den Kopf, und das Schnurren des Katers wurde lauter.
»Ja, das habe ich«, sagte er bedächtig. »Aber zwischen Liz und deiner Mom – zwischen ihnen gab es eine Verbindung, die über Liebe hinausging. Und ich glaube …«, er sah mich mit seinen braunen Augen an, deren Fältchen ihm immer ein leicht verschmitztes Aussehen gaben, »… ich glaube, ich bin stärker als Liz.« Er legte den Arm um mich. »Weißt du, Faye – diese Stärke hast du von mir geerbt. Den meisten ist das nicht klar. Und manchmal vergisst du es selbst.«

Liz zog das Stethoskop von den Ohren und holte mich in die Gegenwart zurück. »Das sieht alles gut aus«, sagte sie. Dann griff sie nach dem Blutdruckgerät auf dem Rolltisch und legte die Binde um meinen linken Oberarm. Ihre Bewegungen waren wie immer effizient, ruhig, und jede Geste war routiniert.

Ich wünschte mir, sie und nicht Virginia hätte Amy betreut. Denn Liz war gründlich, und ihr entging so gut wie nichts. Sie kümmerte sich gerne um Patienten und bedauerte es, dass sie kaum noch dazu kam, als Ärztin tätig zu sein. Virginia dagegen verbrachte lieber Zeit im Labor und kümmerte sich um Auswertungen und Untersuchungsergebnisse, als sich mit wirklichen Menschen zu beschäftigen. Das wusste ich von Andy, dem Rettungssanitäter. Liz hätte so etwas nie über Virginia geäußert.

»Warum war Amy nicht deine Patientin?«, fragte ich und spürte, wie mein Herz zu schnell pochte. »Du hättest ihr nicht erlaubt, gleich wieder zur Schule zu gehen.«

Während sich die Binde aufblähte, bis mein Arm fast taub wurde, erklärte Liz, die Augen auf die Anzeige geheftet: »Virginia ist eine hervorragende Medizinerin. Wir können uns glücklich schätzen, dass sie sich hier in Bluehaven vergräbt.«

So hatte ich es noch nie gesehen, aber es stimmte vermutlich. Es war sicher nicht leicht, gute Mediziner für eine Kleinstadt wie Bluehaven zu begeistern, noch dazu, weil es im Medical Center keine Aufstiegsmöglichkeiten gab. Ich hatte immer den Eindruck gehabt, Virginia wäre ehrgeizig. Sie hatte etwas Verbissenes, fast Verbittertes an sich. Locker war sie nur, wenn sie segeln ging. Wie oft hatten Amy und ich sie mit ihrer *Escape* draußen auf dem Meer beobachtet, wenn sie für eine ihrer Regatten trainiert hatte.

Liz hielt weiter den Blick auf den Anzeiger des Blutdruckgerätes geheftet. »Was Amy betrifft, kannst du beruhigt sein. Ich hätte mich nicht besser um sie kümmern können.«

Nur war Amy nicht irgendjemand gewesen, und vielleicht hätte Liz sie nicht so schnell aufgegeben, vielleicht …

»Und wenn Virginia früher zur Unfallstelle gekommen wäre?« Ich ließ nicht locker. »Du sagst immer, jede Minute zählt in so einem Fall.«

Dann hätte Ginger auch nicht genügend Zeit gehabt für ihren Betrug, wollte ich hinzufügen, aber Liz kam mir zuvor. »Virginia hat keinen Fehler gemacht.«

Einige Sekunden schwiegen wir, bis Liz die Manschette wieder löste.

»160 zu 100.« Liz notierte die Werte in meiner Karte. »Das gefällt mir nicht. Hast du sonst irgendwelche Symptome? Sehstörungen, Herzrasen, Schwindel?«

Ich hatte das Gefühl, dass alles zutraf, trotzdem schüttelte ich den Kopf.

Liz sah mich scharf an. Die Brille hing ihr unten auf der Nasenspitze. »Wir wiederholen das die nächsten Tage zu Hause. Dann sehen wir, ob du vielleicht ein Medikament brauchst, das den Blutdruck senkt.« Ihre Hand lag auf meinem rechten Knie, und sie musterte mich besorgt. »Faye, das ist ein Symptom von Stress. An sich eine ganz natürliche Reaktion auf das, was passiert ist. Dein Körper versucht sich nur zu schützen. Alles, was du fühlst, ist in Ordnung, aber … du musst darüber reden, um es zu verarbeiten. Und du musst schlafen. Ich schlage vor, ab jetzt nimmst du wieder regelmäßig die Tabletten. Wir dürfen nicht riskieren, dass du in eine Krise rutschst.«

Instinktiv wollte ich mich sträuben, aber im Grunde genommen hatte Liz recht. Den ganzen Sommer über hatte ich gespürt, wie viel besser es mir ging. Ich hatte nicht durchgeschlafen, das war für mich undenkbar, aber manchmal hatte ich es ohne Tabletten auf bis zu sechs Stunden Schlaf gebracht.

Jetzt, nach Amys Tod, konnte ich überhaupt nicht mehr schlafen.

Aber war das ein Wunder? Die Begegnung mit Amy an der Bushaltestelle. Die mysteriöse Nachricht, die mir jemand von Amys Handy geschickt hatte. Die verschwundenen Notizbücher. Und dazu kam noch der Streit mit Josh, der auf mir lastete wie ein Fels.

»Alles, was Tyler auf dem Friedhof behauptet hat, stimmt, oder?«, sagte ich stattdessen. »Ich weiß es von Josh. Und jeder war informiert. Inklusive Chief Turner, der die ganze Sache unter den Teppich gekehrt hat.«

Liz schüttelte den Kopf. »Wir wussten es nicht sofort«, sagte sie langsam. »Erst als Tyler begann, der Sache nachzugehen, wurden wir aufmerksam. Wir hatten keinen Grund, Ginger nicht zu glauben.«

»Aber dann, als sie es Josh erzählt hat und er …«

»Ich verstehe, was du fühlst«, unterbrach sie mich. »Aber sieh es mal von der anderen Seite. Ginger müsste vor Gericht, wenn das rauskäme. Sie würde eine Vorstrafe erhalten. Alkohol am Steuer, ein Unfall mit Todesfolge … das ist eine schlimme Sache. Und sie tut zwar immer so abgebrüht, aber sie ist psychisch nicht stabil. Ihre Leistungen in der Schule sind sowieso nicht die besten. Kein angesehenes College würde sie nehmen. Welche Chancen hätte sie dann? Sie ist deine Freundin. Du kannst nicht wollen, dass sie sich ihr Leben so verbaut.«

Durch das große Fenster hinter dem Schreibtisch blickte ich auf die alten, hochgewachsenen Eichen, die die Sonne verdeckten.

»Aber sie ist schuld an Amys Tod.« Die Tatsache, dass ich flüsterte, sagte mir, wie wenig sicher ich mir nach dem Gespräch mit Dad noch war.

Liz erhob sich, trat an die Arbeitsfläche, in die ein Waschbecken eingebaut war, drückte auf die Flasche mit dem Desinfektionsmittel und wusch sich – den Rücken mir zugewandt – lange und gründlich die Hände.

»Sie ist nicht schuld, Faye. Der Unfall war im Grunde genommen nicht einmal ein Unfall. Sie sind von der Fahrbahn abgekommen, weil der Reifen geplatzt ist. Und da war ein Baum, ja, Ginger hatte getrunken, ja …« Liz wandte sich um. »Aber sie ist nicht schnell gefahren. Der Wagen hat den Baum ja kaum berührt. Und ich kann mit Sicherheit sagen: Es hatte keine medizinischen Auswirkungen auf Amys Zustand, dass Ginger sie auf den Fahrersitz gezogen hat. Die Sanitäter hätten dasselbe getan, denn die Beifahrertür wurde durch den Baum versperrt. Ginger hat nichts falsch gemacht, verstehst du? Alles, was sie wollte, war, Amy zu helfen. Aber Amys Herz hat den Schock über das jähe Ausbrechen des Wagens nicht verkraftet. Die physiologischen Reaktionen des Körpers auf solch ein Ereignis, der Adrenalin- und Noradrenalin-Ausstoß und der darauffolgende Anstieg der Herzfrequenz ...« Sie unterbrach sich. »Ich hab dir genug beigebracht, dass du verstehst, was passiert ist, oder?«

Ja, das tat ich. Und dennoch hatte ich das Gefühl, dass etwas nicht stimmte. »Sie hat sich mit Ginger gestritten. Wegen Caleb. Kann nicht die Aufregung den Herzanfall ausgelöst haben?«

»Faye«, seufzte Liz. Sie kam auf mich zu, setzte sich neben mich auf die Liege und schlang den Arm um mich. »Solche Enttäuschungen gehören zum Leben. Daran stirbt man nicht. Niemand ist schuld an Amys Tod. Es war ihre Krankheit. Das ist tragisch, ich weiß. Aber Myokarditis, gerade bei jungen Menschen, ist immer tückisch, weil sie oft zu spät oder gar nicht erkannt wird. Und wenn doch, dann wird sie von den Betroffenen oft nicht ernst genommen. Ich glaube, Amy war gar nicht klar, wie krank sie war.«

Ginger behauptete immer: *Erwachsene sind einfach eingeschränkt in ihren geistigen Fähigkeiten, denn die Leistungsfähigkeit des Gehirns nimmt mit dem Alter ab. Was sie sagen, ist also nicht immer die Wahrheit.*

Amy hatte einmal daraufhin erwidert: *Aber das Herz ist größer als der Verstand, und davon haben meine Mom und Fayes Dad reichlich.*

Ach, Amy, was war richtig, was falsch? Ich wusste es nicht mehr.

»Ich will nicht belogen werden«, sagte ich laut und kam mir dabei trotzig vor. »Ich bin kein Kind mehr.«

»Du hast recht, es war nicht richtig, und ich bereue es zutiefst, dir nicht die Wahrheit gesagt zu haben, was Amys Krankheit angeht. Aber Amy wollte es nicht. Sie wollte dich schützen. Sie war dir eine gute Freundin.«
Donna hatte etwas anderes gesagt, nämlich dass Liz diejenige war, die Amy überzeugt hatte, zu schweigen.
Ich war den Tränen nahe. Freundschaft. Ein Wort, das in den letzten Tagen seine Bedeutung verändert hatte.
Liz schob die Brille nach oben, ging hinüber zum Schreibtisch, nahm vor dem Computer Platz, zog die Tastatur zu sich heran und begann zu tippen. Dann machte sie eine kurze Pause und sah zu mir herüber.
»Faye, ich ahne, was du sagen wirst, aber ich möchte dich wieder zu Erica schicken. Dein Vater ist dagegen, ich halte viel davon.«
Die körperliche Reaktion war sofort da. Mir wurde heiß, obwohl der Raum gut klimatisiert war, und in meine Kehle trat ein bitterer Geschmack.
Erica Myers' Stimme hatte ich als sanftmütig in Erinnerung, beruhigend, Rat gebend. Gleichzeitig hatte ich Bilder von ihr im Kopf, die das Gegenteil waren. Alles an ihr war mir groß und erschreckend erschienen, angefangen von ihren langen Händen, in denen sie stetig ihren silbernen Füllfederhalter drehte, bis hin zu ihren unnatürlich weißen Zähnen. Und ich wusste noch genau, wie viel Angst ich vor ihrem Blick gehabt hatte, der mich zu durchleuchten und alles, aber auch alles zu sehen schien.
Wie eine Hexe, schoss es mir durch den Kopf. In meiner Erinnerung sieht sie aus wie eine Hexe.

»Nein«, sagte ich.
Liz sah mich an, und eigentlich hätte ich schwören können, dass sie eine lange Diskussion anfangen würde, aber sie seufzte nur tief, und anstatt zu insistieren, fragte sie: »Hast du noch genügend Schlaftabletten?«
»Ja.« Eine Lüge.
Wieder begann sie zu tippen. »Okay, dann lass uns noch Blut abnehmen.« Sie kam mit der Petrischale zu mir und nahm direkt vor mir Platz. Automatisch schob ich den linken Ärmel der Bluse nach oben. Sie desinfizierte die Haut in der Armbeuge und suchte nach einer Vene, was viel Konzentration kostete, ich hatte miserable Venen. Als sie die Nadel ansetzte, sagte sie: »Du hast am Sonntag nach Zoey gefragt, William Fullers Schwester.«
Ich zuckte zusammen. »Ja, was …«
»Sie war Epileptikerin. Ihre Familie dachte lange, Zoey würde unter starker Migräne leiden. Epilepsie und Migräne werden leicht verwechselt. Erst dein Großvater hat die richtige Diagnose gestellt. Es hat ihn sehr mitgenommen, dass er ihr nicht helfen konnte. Aber ihre Eltern waren extrem religiös und haben irgendwann die Behandlung verweigert. Sie haben sie in ihr Zimmer gesperrt und … William ist damit nicht fertiggeworden. Er hat deinem Großvater Vorwürfe gemacht, weil er sich nicht stärker für Zoey eingesetzt hat. Aber Zoey war nicht volljährig. Und gegen den Willen der Eltern konnte Dad nicht viel tun.«
Die Nadel pikste. Ich hatte nicht damit gerechnet und gab einen kleinen Laut von mir.
»Entschuldigung.« Liz lächelte mich kurz an und ließ das

Blut in die Spritze laufen. »Möchtest du vielleicht eine Zuckerstange, wie früher?«

Ich versuchte ein Lächeln, aber es ging gründlich schief. Die nächste Ampulle füllte sich und noch eine. Warum erzählte Liz mir das alles jetzt? Nur weil ich beim Dinner gefragt hatte? Das passte eigentlich nicht zu ihr.

»Fertig.« Liz desinfizierte die Stelle und klebte ein Pflaster darauf.

Dann schwiegen wir, während Liz die Ampullen mit meinem Namen beschriftete und sie in den dafür vorgesehenen Behälter steckte. »Ich lasse sie gleich ins Labor bringen, damit wir die Ergebnisse möglichst schnell haben. Und ich gebe dir ein Beruhigungsmittel mit, das du auch tagsüber nehmen kannst. Vielleicht kommst du damit besser zur Ruhe.« Sie erhob sich, öffnete eine Schranktür und nahm ein Päckchen heraus. »Eine am Tag genügt für den Anfang. Dann sehen wir weiter.«

Ich steckte die Tabletten in meine Tasche. »Warum habt ihr behauptet, William Fuller wäre spurlos verschwunden, obwohl der Monday Club das Krankenhaus bezahlt hat?«

Liz drehte sich ärgerlich zu mir um. »Niemand von uns hat je behauptet, William wäre spurlos verschwunden. Das sind nur dumme Gerüchte. Redet dieser Luke dir solche Sachen ein? Hat er seinen Vater überhaupt gekannt? Er wusste ja offensichtlich noch nicht einmal von diesem Haus.«

Meine Gedanken drehten sich. Für einen Moment wurde mir schwindelig. Warum fing sie erst selbst von Zoey an, um mich dann zurechtzuweisen, wenn ich weiterfragte? Ich verstand es einfach nicht.

Amys Tod hatte mir deutlich gemacht, wie naiv ich mein Leben lang gewesen war. Meine Mutter war im gleichen Alter wie William Fuller gewesen, sie alle waren vermutlich zusammen aufgewachsen. Natürlich hatten sie Fuller gekannt, waren vielleicht Freunde gewesen. Doch weder Liz noch Nelson oder der Professor hatten jemals von ihm erzählt. Er schien einfach aus Bluehaven verschwunden zu sein.
Ich überlegte, ob ich Liz hier und jetzt zur Rede stellen sollte, aber vielleicht wäre es besser, die neuen Informationen erst Luke zu erzählen, bevor ich weiterfragte. Außerdem gab es noch ein viel wichtigeres Thema für mich. Amys Handy. »Wo sind eigentlich Amys Sachen?«
Liz stellte die Petrischale auf die Ablage. »Welche Sachen?«
»Die Kleider, die sie anhatte … und«, ich zögerte kurz, »ihre Tasche?«
Liz ging zum Schreibtisch, drehte den Bildschirm zu sich und begann zu tippen. »Normalerweise werden die Sachen den Angehörigen übergeben. Am besten, du fragst Donna.«
Es klopfte, fast gleichzeitig wurde die Tür aufgerissen, und Melinda in ihrer gestärkten Tracht erschien im Rahmen. »Ein Notfall, Dr. St. Clair«, sagte sie. »Missy. Eine schlimme Kopfwunde, die genäht werden muss. Wir haben sie in die Drei gebracht.«
»Was ist mit Dr. Donnelly?«
»Sie ist schon gegangen.«
»Ich komme.« Liz wandte sich mir zu. »Wartest du noch auf mich?«
Ich nickte.

Die beiden verließen in professioneller Eile das Zimmer, und ich blieb allein zurück.
Mir gegenüber hing das Plakat, auf dem ein Gehirn abgebildet war. Ich kannte die einzelnen Bereiche auswendig. Wenn ich warten musste, dann lernte ich so gut wie alles auswendig, was ich fand. Ich konnte laut Liz schon mit vier Jahren die schwierigsten medizinischen Begriffe deutlich aussprechen: Hypothalamus, Okzipitallappen, Truncus cerebri oder Hirnstamm, wo das Zentrum lag, das den Schlaf-Wach-Rhythmus koordinierte. Die Stelle in meinem Gehirn, die nicht richtig funktionierte, ohne dass je die Ursache dafür gefunden worden war.
Aufs Geratewohl öffnete ich eine Schublade, und mein Blick fiel auf medizinische Artikel wie Spritzen, Kanülen, Verbandsmaterial. Früher hatte ich solche Sachen mit nach Hause genommen, wo ich meine eigene Arztpraxis eröffnet hatte. Amy war meine Patientin gewesen. Ich hatte ihr Herz mit dem Stethoskop abgehört.
Mit einem Ruck stieß ich die Schublade wieder zu und ging zum Schreibtisch hinüber, wo ich mich in den bequemen Drehstuhl fallen ließ.
Der Bildschirm des Computers hatte sich ausgeschaltet. Ich tippte auf die Leertaste und starrte auf den Bildschirm.
Ich hatte erwartet, meine Daten zu sehen, aber stattdessen hatte Liz eine Seite des MIT in Boston aufgerufen: Institute of Brain Research. Ich klickte den Browser weg und landete im *Login*-Bereich des Medical Center.
Das wäre meine Chance, einen Blick in die Patientendaten zu werfen und vielleicht Luke zu helfen …

Ich zögerte, weil ich mich plötzlich schuldbewusst fühlte. Aber in den Ferien hatte ich hier gearbeitet, Patientendaten eingetippt und alte Akten eingescannt. Das war schließlich nichts anderes gewesen. Ich klickte auf das *Login* und trug die Benutzerkennung von Liz und ihr Passwort ein, das ich auch im Sommer benutzt hatte.

Das Suchfeld erschien am oberen rechten Bildschirmrand. Ich gab den Namen Fuller ein und drückte auf *Enter*.

No Data.

Einen Versuch war es wert gewesen, aber die Fuller-Akte war alt, und die Wahrscheinlichkeit, dass sie digitalisiert existierte, erschien mir gering – das Westmill kam, wie ich seit meinem Sommerjob wusste, mit dem Digitalisieren der Bestände kaum hinterher. Vielleicht gab es sie wirklich nicht mehr.

Ich war schon fast so weit, wieder an meinen Platz zurückzugehen, als mir ein Gedanke kam. Ich lauschte, hörte von irgendwo schnelle Schritte und dann ein gedämpftes Kreischen.

Es klang nach Missy. Ein Schauer lief mir über den Rücken, als ich mich daran erinnerte, was sie mir auf dem Friedhof zugeflüstert hatte. Hatte ich deshalb Angst vor ihr, weil ich mich selbst an der Grenze zum Wahnsinn befand?

Die Worte meines Dads kamen mir wieder in den Kopf. Was hatte er gesagt? Dass ich durchaus stark war, es nur manchmal vergaß?

Ich wandte mich wieder dem Bildschirm zu.

Meinem Impuls folgend, gab ich Amys Namen ein und überflog ihre Krankengeschichte. Die Fachbezeichnung für Amys

Krankheit lautete Myokarditis. Virginia hatte ihr Concor und Lasix verschrieben. Die EKG-Aufzeichnungen waren als Datei abgespeichert. Dann wechselte ich zu den nächsten Seiten, bis der Unfallbericht erschien. Defibrillator, Adrenalin, Kochsalzlösung, eine gebrochene Rippe … Ich überflog den Rest, bis ich zu der entscheidenden Stelle kam.

Datum: 1. September 2015.

Zeitpunkt des Todes. 19:59 Uhr.

Todesursache: Herzversagen.

Darunter die krakelige, kaum entzifferbare Unterschrift: Dr. Virginia Donnelly.

Abermals hallte ein unterdrücktes Jammern durch den Flur. Es klang nicht mehr nach einem Menschen, sondern nach einem verletzten Tier, das sich in höchster Not befand. Es kam näher. Und dann krachte etwas laut gegen die Tür.

Mein Puls raste, ich handelte völlig instinktiv, als ich hochsprang. Der Drehstuhl knallte gegen den Schrank hinter mir. Es folgte ein weiterer heftiger Schlag an der Tür, dann noch einer und noch einer. »Niemand da?«, hörte ich eine schrille Stimme. »Niemand da, der mit mir reden will?«

Panik schoss in mir hoch. Was war dort draußen los? Mit zwei, drei Schritten war ich an der Liege und zwängte mich in die Ecke dahinter. Die Tür wurde aufgerissen.

»Wer Ohren hat, der höre, was der Geist sagt«, zischte jemand aufgeregt. »Die Toten sind nicht länger tot …«

Ich schloss kurz die Augen, und als ich sie wieder öffnete, sah ich, wie Missy, die Schultern hochgezogen, in Liz' Büro rauschte. Wieder war sie in mehrere Schichten Kleider gehüllt, als müsste sie sich vor irgendetwas schützen.

Ich hielt den Atem an. Im Zickzack lief sie durch den Raum, begann mit den Fäusten gegen Schranktüren zu schlagen, öffnete sie, wühlte in den Fächern herum. Bald war der Boden mit Verbandsmaterial, Spritzen und Kanülen bedeckt. Zischend fuhr sie fort, seltsame Worte vor sich hin zu flüstern, die klangen, als würde sie Gott und die Welt verfluchen. Ich rührte mich nicht, konnte mich nicht aus meiner wortlosen Erstarrung befreien.

Jetzt stand Missy vor Liz' Stuhl. Ihre Hände fegten mit einer Bewegung Papiere vom Tisch, Liz' Füller zerbrach in ihren Händen, und ihr Fuß trat gegen die Metallfüße des Tisches. Ein lautes Scheppern erklang, gefolgt von wirren Worten. Missy war nicht ein bisschen verrückt. Sie war wahnsinnig. Eine Gefahr für sich und andere.

Die Schublade am Schreibtisch wurde aufgerissen, und ihre Krallenfinger wühlten zwischen Liz' Sachen herum. Etwas fiel zu Boden, sie bückte sich, und als sie sich wieder aufrichtete, entdeckte sie mich.

Ihr Gesicht war totenblass, und Blut sickerte aus einer tiefen Wunde an der Stirn. Ihr stumpfer Blick glitt über mich hinweg. Ihre Lippen bewegten sich stumm.

»Missy!«, hörte ich es von draußen auf dem Gang brüllen. War das Andy? Gleich darauf rief auch Liz. Sie suchten sie.

Schlurfend kam Missy auf mich zu und streckte ihre Hand mit den rot lackierten Fingernägeln nach mir aus. Kalter Schweiß lief mir den Rücken hinunter, als sie sich zu mir beugte.

»Sie ist bekleidet mit Purpur und Scharlach und hat einen goldenen Becher voll Gräuel ...«

»Alles ist gut, Missy«, murmelte ich und war mir nicht sicher, ob ich mich oder sie damit beruhigen wollte. Aber das spielte auch keine Rolle mehr, denn nun drangen vom Flur aufgeregte Stimmen in den Raum, und Sekunden später war ich umringt von Menschen. Liz' Stimme drang wie durch Watte zu mir: »Alles in Ordnung, Faye? Hat sie dir etwas getan?«
Stumm schüttelte ich den Kopf und verfolgte fassungslos, wie Melindas kräftige Arme Missy packten und es noch Andy brauchte, um sie festzuhalten, während Liz eine Spritze in ihren Oberarm stach. Missys Augen verdrehten sich, ihre Lider flatterten. Dann fiel sie in sich zusammen.

18. KAPITEL

Dad war bereits im New Spoon, als ich nach Hause kam. Auf dem Herd stand ein Topf mit Hühnerragout, an dem ein Zettel lehnte.

Bitte essen! Ich versuche, früh nach Hause zu kommen. Hab dich lieb!

Die Spülmaschine rotierte in der blitzsauberen Küche, die mit ihren kupferfarbenen Töpfen und ihren Holzoberflächen eine vertraute Behaglichkeit ausstrahlte. Oz jammerte unruhig im Flur. Als er hereinkam, um meine Füße strich und nicht aufgab, öffnete ich ihm eine Dose mit seinem Lieblingsfutter. Ich beobachtete, wie er gierig aus der Schüssel fraß und mich immer wieder misstrauisch mit schmalen Katzenaugen beobachtete, als wollte ich ihm das Lachsgericht wegessen.

Die über mir schwebende Beklemmung, dieses ganze Gefühl von Argwohn – am Anfang nur ein winziger, düsterer Punkt –, dehnte sich immer weiter in meinem Kopf aus. Die letzten Tage hatten auf geheimnisvolle, unergründliche Weise meine Verbindung zu den Menschen gekappt, die ich liebte.

Ich war voller Angst, Unruhe und Wut. Während die ersten beiden Gefühle mir nur zu vertraut waren, war Wut meinem Wesen fremd. Ich hatte keine Ahnung, wie ich damit umgehen sollte. Es half auch nicht, dass ich im Haus herumrannte. Den Fernseher schaltete ich ein und gleich wieder aus. Mein Handy: noch immer keine Nachricht von Josh. Keine Entschuldigung. Kein Hinweis, dass er an mich dachte. Stattdessen sah ich immer nur die Nachricht, die mir jemand unter Amys Nummer geschickt hatte.
Im Badezimmer schaute ich lange in den Spiegel und erkannte mich nicht wieder. Unter meinen Augen lagen bläuliche Schatten, und ich war so gespenstisch blass wie Amy, als ich sie in der Schule zum letzten Mal gesehen hatte. Nur – das war nicht das letzte Mal gewesen. Das Bild von ihr im weißen Kleid … wie sie auf der Straße nach mir gerufen hatte … *Faye, komm zu mir …*
Ich loggte mich in Facebook ein, und als ich die Posts auf Amys Seite las, wurde mir einfach nur schlecht.
Selbst schuld, wer ohne Führerschein fährt.
30 Likes.
Und sie hat sich betrunken am Privatstrand von Silver Sands. Mit Ginger ☺ Da weiß doch jeder, was das bedeutet.
47 Likes.
Gott hat sie gegeben, Gott hat sie genommen.
3 Likes.
Ich konnte es nicht aushalten. Ich konnte es einfach nicht.
Ich rannte nach unten in die Küche, riss die Schranktür auf, und zum ersten Mal in meinem Leben empfand ich die Medikamentenbox als Segen. Ihr Inhalt erschien mir wie eine

Freifahrt in einen Zustand, der völlig neutral, schwerelos war. Mit ihrer Hilfe konnte ich eine Zeitreise antreten, bei der sich die Dinge – so meine Erfahrung – von selbst regelten, weil andere für mich handelten.

Ich öffnete die Schranktür, zog die Box heraus und wühlte darin herum. Liz gab Dad immer nur einen Streifen aus den Packungen, weil sie fürchtete, ich könnte irgendwann zu viele davon nehmen. Auf die Streifen hatte sie den Namen des Medikaments, meinen Namen sowie die Dosis notiert. Die gelben Tabletten ließen mich schlafen, die braunen vertrieben die Müdigkeit, und die weißen brachten mich innerhalb von Minuten in einen Zustand völliger Lethargie.

Ich füllte gerade ein Glas mit Wasser und drückte eine der weißen Pillen aus der Folie, als ich ein Klopfen an der Haustür hörte.

Ich lauschte. Alles blieb still, und ich hob die Hand, um die Tablette in den Mund zu stecken.

Wieder glaubte ich, ein Geräusch gehört zu haben. Ich hätte es ignoriert, aber plötzlich schwenkte die Küchentür zur Seite, Oz raste mit hoch erhobenem Schwanz herein, fegte durch den Raum und sprang auf die Spüle, wo er sich mit zwei Pfoten aufs Fenstersims stellte und aufgeregt durch das Fenster nach draußen starrte.

Die Tablette fiel mir aus der zitternden Hand und versank im Glas, wo sie sich langsam auflöste und im immer trüber werdenden Wasser einen schlingernden weißen Farbfilm hinterließ.

Ich wusste, ich würde nicht eher Ruhe haben, als bis ich nachsah. Ich ging in den Flur, öffnete die Haustür, aber da

war niemand. Es musste der Wind gewesen sein, der zunehmend heftiger wurde.
Ein Scheppern ließ mich zusammenzucken und gab mir gleichzeitig eine Erklärung. Das Geräusch rührte von dem Holzladen, der sich drüben an der Verandatür von Liz' Küche aus der Verankerung gelöst hatte und nun mit jedem Windstoß gegen die Hauswand schlug.
Das Haupthaus von Elmwood, das etwa achtzig Meter von unserem entfernt war, lag im Dunkeln, und Liz' Wagen stand nicht in der Einfahrt. Ich nahm den Schlüsselbund vom Haken und lief den schmalen Weg zu ihrem Haus auf Strümpfen.
Die weiße Fassade war erst diesen Sommer neu gestrichen worden, ebenso die grünen Fensterläden. Das Haus hatte zusammen mit dem Nebengebäude sechs Giebel. Amy hatte das festgestellt, nachdem sie *Das Haus mit den sieben Giebeln* von Nathaniel Hawthorne gelesen hatte.
Ich bemerkte nicht, dass Oz mir folgte, und als er durch meine Beine ins Haus huschte, war es zu spät.
Liz hatte ihm Hausverbot erteilt, weil er eine besondere Vorliebe für die Fasern der wertvollen Perserteppiche hegte und die antiken Möbel besonders gut zum Schärfen seiner Krallen geeignet schienen. Ich seufzte auf. Ich musste Oz aus dem Haus geschafft haben, bevor Liz zurückkam.
Aber zuerst ging ich in die Küche, öffnete die Verandatür und befestigte den Holzladen in der Verankerung. Dann kehrte ich in den Flur zurück.
»Oz, komm her … Ozzi-Oz … komm, wir gehen nach Hause … mein liebster Kater, wo bist du?«

Ich stieß die halb geöffnete Tür zum Arbeitszimmer auf. Hier versteckte sich Oz am liebsten. Mucksmäuschenstill blieb ich stehen und hielt den Atem an. Doch nichts rührte sich. Langsam trat ich ein. Früher war ich oft im Haupthaus gewesen. Und es gab eine Zeit, da hatte Liz es zugelassen, dass Amy und ich uns dort alleine die Zeit vertrieben. Für Amy war Elmwood eine Weile wie ein Märchenschloss gewesen. Später erfand sie die gruseligsten Geistergeschichten. Einmal war sie Prinzessin und ich der Prinz. Ein anderes Mal schlichen wir mit zerschlissenen Betttüchern über dem Kopf, die in den zahlreichen Schränken lagerten, als Geister durch die unbewohnten Räume. Aber als wir älter wurden, verlagerte sich unser Radius nach draußen oder nach Windy Hall, wo Josh und Ginger wohnten und Caleb ständiger Gast war.

Mir wurde erst jetzt klar, dass Dad das Haupthaus nur selten betrat. Viel eher hielt Liz sich bei uns auf. Wie konnte sie es ertragen, allein dieses riesige Haus zu bewohnen, nur mit einer Haushälterin als Gesellschaft, die dreimal die Woche kam? Aber Liz würde nie von hier weggehen. Dazu liebte sie dieses Haus zu sehr. Hier waren sie und Mom groß geworden, hier lebten die Geschichten weiter, die sie mir über ihren Vater erzählte.

Die antiken Möbel knackten leise, als ich daran vorbeilief. Ich schaltete das Licht ein. Der schwere Lüster aus Messing summte. Fast glaubte ich, Grandpa in dem abgewetzten Ledersessel sitzen zu sehen, denn noch immer hing sein Geruch über dem Raum. Ich ging am Schreibtisch vorbei, und meine Hand strich über den alten Briefbeschwerer.

Die Initialen meines Großvaters waren eingraviert: *J. T. St. C.* Joseph Thomas St. Clair.

All diese Dinge – sie hatten Grandpa gehört, und zum ersten Mal fragte ich mich, warum Liz das alles aufbewahrte. Bis auf die Vorhänge, die sie gegen hellere Farben eingetauscht hatte, hatte sie nichts verändert. Nicht einmal seine Kleider hatte sie weggeworfen. Sie hingen noch immer in Plastikhüllen verborgen in den Schränken, und wenn man die Schranktüren öffnete, raschelten sie leise.

Als Kind war ich manchmal in das leere Arbeitszimmer geschlichen, um das Porträt meiner Mutter zu sehen. Es hing noch über dem Sideboard und hatte für mich nichts von seiner Magie verloren. Die Augen meiner Mutter schienen immer auf mich gerichtet. Egal, aus welcher Richtung ich das Bild betrachtete, Moms Blick verfolgte mich, und sofort fühlte ich mich beschützt und behütet.

Auch jetzt blieb ich davor stehen und sehnte mich danach, es würde immer noch funktionieren, doch ein Klappern drang aus dem Flur. In der Hoffnung, Oz fangen zu können, rannte ich aus dem Raum. »Oz? Wo bist du? Komm her.«

Doch nicht Oz antwortete mir. »Wenn mich nicht alles täuscht, ist er auf einem Baum«, sagte eine Stimme.

Ich schreckte zusammen, denn an der Eingangstür, die ich hatte offen stehen lassen, stand jemand. Eine dunkle Gestalt, hätte Amy gesagt. Sie füllte den Türrahmen fast vollständig aus.

Ich konnte einen Aufschrei nicht unterdrücken, doch einen kurzen Moment später, als die Gestalt einen Schritt zurücktrat und sich die automatische Außenbeleuchtung anschal-

tete, erkannte ich Luke Salerno in einer braunen Lederjacke. Er trug dasselbe helle Hemd wie bei unserer ersten Begegnung im New Spoon.
Noch in derselben Sekunde wurde mir bewusst, dass ich mich gar nicht wunderte, ihn hier zu sehen. So unerwartet unser Zusammentreffen auch war, schien es mir dennoch kein Zufall zu sein. Unsere Wege kreuzten sich, weil wir auf der Suche nach denselben Antworten waren. Zumindest schien es mir so in diesem Moment.
»Euer Haus ist beleuchtet wie ein Dutzend Kürbisse an Halloween«, erklärte er nun. »Daher habe ich zunächst bei euch geklopft, aber ich habe nur den Kater im Baum davor angetroffen, und auch der wollte mich nicht sehen.«
»Ich bin nur kurz zu Liz gegangen, um zu sehen, ob alles in Ordnung ist. Manchmal lässt sie ein Fenster offen oder wie gerade …«
Ich brach ab, denn ich konnte mir nicht vorstellen, dass meine Erklärungen ihn interessierten. Dafür wartete ich völlig angespannt auf eine Begründung seinerseits, warum er überhaupt hier auftauchte.
Eine Weile schwiegen wir uns an. Ich war sicher, es gab nur einen Grund, weshalb er hier war – und das war ich.
»Hast du mich gesucht?«
Luke sah mich immer noch mit unergründlicher Miene an. Der Wind, der noch weiter an Kraft gewann, zerrte an seinen dunklen Haaren und brachte für einen kurzen Moment etwas zum Vorschein, was ich nicht bei ihm vermutet hätte: Unsicherheit. Doch mit dem nächsten Windstoß löste sie sich sofort wieder auf.

»Eigentlich nicht«, sagte er und dehnte die einzelnen Worte in die Länge. »Ich wollte zu deiner Tante. Ich dachte, wenn es keine Krankenakte mehr über ihn gibt, dann kann sie mir vielleicht etwas über meinen Vater *erzählen*. Sie haben sich schließlich gekannt.«

Selbst wenn sie sich nicht gekannt hätten, in Bluehaven wusste jeder so gut wie alles über jeden. Zumindest war ich bisher dieser Meinung gewesen, bis sich herausstellte, dass die Menschen, denen ich am meisten vertraute, mich belogen hatten.

Nichts ist, wie es scheint … dieser Satz stand in Büchern.

Nur – das hier war kein Buch.

»Meine Tante ist nicht da«, sagte ich.

»Nein, das ist sie wohl nicht«, erwiderte er.

Es wäre eigentlich nur höflich gewesen, Luke zu uns ins Haus hinüberzubitten, aber aus irgendeinem Grund konnte ich mich dazu nicht durchringen. Als ob er mir dadurch zu nahe käme.

»Warum ist dir die Sache mit der Krankenakte eigentlich so wichtig?«, fragte ich. »Was hoffst du dort zu finden?«

Luke zuckte mit den Schultern, aber diese Geste der Gleichgültigkeit schien mir nicht echt.

Wieder traf ihn ein Windstoß. Er fegte durch die alten Bäume, die schon hier gestanden hatten, als Liz und meine Mutter noch nicht geboren waren. Zumindest beruhigte Liz mich damit immer, wenn Orkanböen in Bluehaven wüteten, Dächer abdeckten und manchmal ganze Häuser in ihren Grundfesten erschütterten.

»Wenn du eine Mutter hast, die dir ständig Lügen über deinen Dad erzählt und sich in ihren Geschichten selbst widerspricht, lernst du, dich an Fakten zu halten.« Luke hob die Stimme, um den Sturm zu übertönen. Seine Augen, die durch die leichte Schrägstellung nach unten immer leicht amüsiert wirkten, wurden ernst. »Das Einzige, was ich sicher weiß, ist, dass mein Vater zu früh gestorben ist. Und da frage ich mich natürlich, woran? Und warum hat mir meine Mutter nie die wirkliche Wahrheit erzählt? Einmal war es das Herz, ein anderes Mal ein Tumor. Wenn jemand immer neue Versionen erfindet, weiß selbst ein Kind, dass etwas nicht stimmt.«

Das zu verstehen fiel mir leicht. Nicht nur das – seine Worte wirkten in meinem Zustand wie Gift. Zum ersten Mal fragte ich mich, warum genau meine Mutter bei meiner Geburt gestorben war.

Meine Haut war dünn, mein Geist so in Aufruhr, dass jeder Gedanke die Macht hatte, mein Innerstes zu erschüttern. Dagegen wehrte ich mich. Und plötzlich hatte ich das Gefühl, Liz' verhaltene Reaktion auf die Frage nach William Fuller rechtfertigen zu müssen. »Ich habe den Namen Fuller in die Patientendatenbank im Westmill Medical Center eingegeben. Es existieren wirklich keine Unterlagen.«

Luke nickte. »Das glaube ich inzwischen auch. Die Archivierungspflicht ist wahrscheinlich längst abgelaufen. Aber mein Vater wurde hier geboren, meine Großeltern haben in diesem Ort ihr ganzes Leben verbracht. Irgendetwas muss es geben. Deswegen bin ich hier.« Er zog den Reißverschluss seiner Jacke nach oben, um sich vor dem Wind zu schützen. »Verstehst du, ich brauche es nicht gleich. Ich brauche es auch nicht morgen. Ich brauche es nur irgendwann, egal wie lange es dauert. Und ich habe Zeit, es zu finden.«

Seine Ehrlichkeit, seine Zuversicht und diese Selbstsicherheit, inzwischen wieder unerschütterlich, waren entwaffnend. Sie trieben meine Gedanken nur in eine Richtung: Wie konnte ich ihm helfen, wenn ich schon mir selbst nicht helfen konnte?

Mein Verstand begann zu arbeiten. Ein Baustein nach dem anderen fand seinen Platz, und plötzlich war ich völlig klar und konzentriert. Liz hatte mir früher leere, echte Karteikarten überlassen. Ich muss noch sehr klein gewesen sein, konnte gerade erst schreiben, doch ich hatte detailliert alle Symptome notiert, die ich bei meinem Teddybären diagnostiziert hatte: *Angina Pectoris* hatte sich besser angehört als eine einfache Halsentzündung und *Arachnophobia* gruseliger als meine Angst vor Spinnen.

Karteikarten – Grandpa hatte noch ausschließlich mit handschriftlichen Krankenakten gearbeitet. Aber wenn die Akte tatsächlich vernichtet war, brachte das Luke nicht weiter.

Dennoch fühlte ich mich eigenartig beruhigt, denn aus der Tiefe meines Bewusstseins stieg ein Gedanke hoch. Wie ein Werbebanner, das plötzlich im Internet aufpoppte und einfach nicht mehr verschwinden wollte.

Und dann war es da. Einfach da.

»Ich weiß, wo wir noch nach Unterlagen über deinen Vater suchen können«, platzte ich heraus. »Im Drachenraum.«

Luke zog die Augenbrauen nach oben, und sein Gesicht zeigte für den Bruchteil einer Sekunde so etwas wie Verwirrung, doch sie verschwand sofort wieder, und er sagte mit vollkommener Selbstverständlichkeit: »Wenn die Unterlagen in einem Drachenraum sein könnten, halte ich es für eine vernünftige Idee, dort nachzusehen.« Er drehte sich um, als wollte er sofort aufbrechen.

Was wäre, wenn?

Das war nicht die Art von Fragen, die ich mir bisher gestellt hatte.

Was wäre, wenn ich recht hätte?

In diesem Moment ging es mir nicht so sehr um Luke, sondern vor allem darum, meine eigene Sicherheit wiederzugewinnen. Wenn sich herausstellte, dass meine Erinnerungen real waren, könnte ich mir selbst mehr vertrauen, als es derzeit der Fall war.

Eine vernünftige Idee, dort nachzusehen.

Der Gedanke hatte etwas Beängstigendes, und gleichzeitig spürte ich, dass es nicht unmöglich war, weil zurzeit alles möglich schien. Und hatte ich noch Zweifel gehabt, so lösten sie sich auf, weil ich eine Entscheidung treffen musste. Denn in diesem Augenblick erhellten Scheinwerfer die Straße. Und ich wusste, noch bevor der Wagen auf unser Grundstück bog, dass es nur Liz sein konnte.

Ich gab Luke ein rasches Zeichen. »Geh links um das Haus herum durch den Park. Von dort aus kommst du zur Cove Road und zurück zu dir nach Hause«, flüsterte ich und erkannte mich selbst in dieser verschwörerischen Variante von mir nicht wieder. »In einer Stunde am Westmill an der Tiefgarage.«

Luke lief mit langen Schritten los, und einen Moment später

verschmolz seine hohe Gestalt mit dem Schatten der Garage. Ich hatte gerade noch Zeit, die Tür leise hinter mir zuzuziehen und ins Arbeitszimmer zurückzukehren.
Ich wartete, doch Liz kam nicht ins Haus. Es dauerte noch mehrere Minuten, bis ich endlich ihre Stimme draußen auf der Treppe hörte. Sie telefonierte aufgeregt.
»Sie ist nicht zu Hause, und ich weiß nicht, wo ich sie suchen soll. Das muss aufhören. Ich habe mich auf Josh verlassen.«
War von mir die Rede? Aber was meinte Liz damit, dass sie sich auf Josh verlassen hatte? Am liebsten hätte ich sie unterbrochen, geschrien: Ich bin ein eigener Mensch. Ich existiere, ich lebe, auch wenn ihr nicht auf mich aufpasst!
Die Tür klappte zu. Liz hatte mir den schmalen Rücken zugewandt und wirkte geradezu zerbrechlich mit den schmalen, langen Beinen in den hohen Schuhen und dem eng anliegenden Kleid, das betonte, wie schlank sie war.
Ich räusperte mich. Als sie zu mir herumfuhr, waren ihre Augen so schreckgeweitet, dass ich fürchtete, sie würde jeden Moment aus den schwarzen Pumps kippen.
»Ich wollte dich nicht erschrecken«, sagte ich und meinte das Gegenteil.
»Mein Gott, Faye, was machst du hier?«
»Der Fensterladen in der Küche hatte sich gelöst, und ich habe ihn wieder festgemacht.«
»Ich habe dich angerufen, aber du bist nicht ans Telefon gegangen.«
»Mein Handy liegt zu Hause in der Küche.«
Liz sah an mir hinunter, betrachtete meine Füße, die in

Strümpfen steckten, und plötzlich schien es, als fiele ihr wirklich ein Stein vom Herzen.
»Ich habe die Tabletten bei euch in der Küche gesehen, und du warst nicht da. Ich habe mir Sorgen gemacht. Du musst uns immer sagen, wo du bist. Ich werde sonst verrückt vor Angst.«
Musste ich? Musste ich immer sagen, wo ich war?
»Und du darfst nie, hörst du, nie tagsüber Tabletten nehmen, ohne das vorher mit mir abzusprechen.«
»Ich habe nichts genommen.«
Ob Liz mir misstraute? Jedenfalls ruhte ihr Blick lange auf mir, aber sie hakte nicht nach. »Ach, Faye«, sagte sie stattdessen, »ich wünschte, das alles wäre nicht passiert und du müsstest das nicht durchmachen.«
Ich antwortete ihr nicht.
Liz legte den Mantel ab, öffnete die Tür zum Garderobenschrank und hängte ihn über einen Bügel. Dann schob sie die Handtasche in das obere Fach und tauschte die schwarzen Pumps gegen die roten Ballerinas, die sie im Haus trug.
»Gehst du heute Abend noch weg?«, fragte ich.
»Nein, der Tag war anstrengend. Und es ist schon halb neun. Ich nehme ein Bad und gehe früh schlafen. Das solltest du übrigens auch tun.«
»Werde ich«, sagte ich, und als die Haustür hinter mir ins Schloss fiel, blieb ich kurz stehen und holte tief Luft.
An der Tiefgarage vom Westmill in einer Stunde.
Liz hatte recht. Man musste sich doch Sorgen um mich machen. Große sogar. Denn wie Ginger hielt ich mich nicht mehr an die Regeln.

19. KAPITEL

Ich ging nicht sofort in unser Haus zurück, sondern blickte unruhig zu Liz' Badezimmer hinauf, das über der Veranda lag. Alles blieb dunkel. Vielleicht hatte Liz beschlossen, auf ihr Bad zu verzichten, und blieb die nächsten zwei Stunden im unteren Stockwerk ... Mit wild klopfendem Herzen ging ich ins Haus und suchte mir im Dunkeln in Dads Büro einen Platz am Fenster. So saß ich einige Minuten und starrte das Haupthaus von Elmwood an, das mir plötzlich völlig fremd erschien, und kam mir abscheulich vor.

Hatte ich wirklich die Absicht, Liz' Vertrauen zu missbrauchen und ihren Schlüsselbund an mich zu nehmen, um einem Fremden zu helfen? Und in Bluehaven galt man noch nach zwanzig Jahren als Fremder.

Gleichzeitig war ich mir sicher, dass ich es tun würde. Ich würde es tun, nicht so sehr für Luke, sondern weil ich ein Ziel brauchte, um mich nicht zu verlieren.

Erneut wurde mir bewusst, wie viel sich geändert hatte. Meine freie Zeit war bisher immer ausgefüllt gewesen mit

Amy, mit Josh, mit Caleb und Ginger. Doch nun schien ich allein mit meinen Fragen. Das Treffen, das Amy so furchtbar wichtig gewesen war; ihre verschwundenen Notizbücher; die Nachricht von ihr in der Todesnacht – ich sehnte mich verzweifelt nach Antworten.

Vielleicht konnte ich sie wenigstens für Luke finden.

Es dauerte etwa fünfzehn Minuten, bis das Licht im Badezimmer anging. Ich sperrte Oz in die Küche, damit er mir nicht folgte.

Als ich die erste Stufe der Treppe betrat, wurde das Licht in Liz' Bad wieder gelöscht, und gleichzeitig sprang der Bewegungsmelder an. Ich zuckte zusammen. Es gab keinen Grund, zu vermuten, dass Liz deshalb einen Verdacht schöpfen würde, denn hier trieben sich mit Einbruch der Dunkelheit oft fremde Katzen, manchmal auch ein Stinktier oder ein hungriger Waschbär herum.

Dennoch drückte ich mich vorsichtshalber an die Hauswand und spähte um die Ecke, wo ich Liz, das Telefon am Ohr, in ihrem hellblauen Bademantel durch die geöffnete Verandatür sehen konnte. Sie telefonierte, oder besser, sie hörte jemandem zu, der offenbar keine guten Nachrichten hatte. Jedenfalls fuhr sie sich immer wieder mit der linken Hand durch ihre kurzen Haare, wie sie es oft tat, wenn sie nervös und angespannt war.

»Nein, bitte unternimm nichts, solange wir noch nichts Genaueres wissen, aber ich kümmere mich darum«, hörte ich sie sagen. »Wir reden morgen darüber.«

Ich kehrte zur Haustür zurück, setzte mich und schlang die Arme um die Knie. Mir war kalt in meinem dünnen Pulli, durch den der Wind blies, und ich überlegte, zurück zu uns ins Haus zu gehen, als ich Liz' Ballerinas auf dem Steinboden im Korridor tappen hörte und dann ihre Schritte, die die Treppe nach oben eilten.

Ich kroch auf Knien an den Rand der Veranda, spähte über das Vordach nach oben und war gleichzeitig beruhigt und nervös, als das Licht im Bad wieder anging. Dann wurde das Rollo nach unten gezogen, und dahinter konnte ich nur noch eine Silhouette wahrnehmen. Wenn Liz einmal in der Badewanne lag, würde sie nicht so schnell wieder herauskommen. Es gehörte zu den wenigen Dingen, auf die ich mich hoffentlich noch verlassen konnte. Wenn Liz ein Bad nahm, dann dauerte es normalerweise eine gefühlte Ewigkeit.

Der Schlüssel im Schloss knackte leise, und die Tür sprang auf. Das Licht brannte überall im unteren Stockwerk. Mein Blick wanderte zur Kommode, und ich erstarrte. Normalerweise legte Liz immer, sobald sie nach Hause kam, ihren Schlüsselbund in die silberne Schale auf dem Sideboard. Und wenn sie ging, nahm sie ihn wieder mit. Aber jetzt war die Schale leer.

Ich hörte ihre Schritte im Obergeschoss. Liz ging zum Schlafzimmer. Wieder zurück. Die Tür zum Badezimmer wurde erneut zugezogen.

Hatte Liz die Schlüssel mit in die Küche genommen? Ich schlüpfte durch die Tür … Nein!

Wasser rauschte in die Badewanne.

Wieder Schritte. Das Klappen von Schranktüren.

Zurück im Flur, öffnete ich den Wandschrank. Sofort nahm

ich den muffigen Geruch von Kleidung wahr, die lange nicht getragen worden war. Auch hier hing noch Grandpas Wintermantel, und im Schuhregal standen seine Lederschuhe.
Eine Sekunde lang bildete ich mir in meiner nervösen Unruhe ein, dass ich in die Vergangenheit zurückkehrte. Ich sah ihn wieder vor mir, wie er vor seinem Tod ausgesehen hatte, als er das Haus nur noch verlassen hatte, um zur Kirche zu gehen.
Welche Tasche hatte Liz in der Hand gehabt, als sie nach Hause kam? Ich versuchte mich zu erinnern, aber es wollte mir nicht in den Kopf kommen. Mein Blick fiel auf das Schuhregal daneben. Noch etwas, das zu Liz' Gewohnheiten gehörte: Die Handtasche musste zu den Schuhen passen.
Meine Hand glitt über die Reihe von Schuhen und stoppte bei den schwarzen Pumps. Sie fühlten sich kalt an, und an der Sohle klebten einzelne Kieselsteine und das rot gefärbte Blatt eines Ahornbaumes – und da wusste ich wieder, welche Tasche meiner Tante um die Schulter gehangen hatte, als sie mich überrascht hatte.
Ich griff nach der schwarzen Handtasche aus Leder, die mit der breiten Messingschnalle, und meine Hand fuhr hinein. Der Schlüsselbund war tatsächlich da.
Das laute Ticken der Standuhr im Wohnzimmer brachte mich wieder in die Wirklichkeit zurück.
Es war mein erster großer Betrug. Alle früheren Lügen waren harmlos gewesen. Ja, natürlich hatte ich meine Zähne geputzt. Nein, klar hatte ich das Gemüserisotto von Liz, eine graue, pampige Angelegenheit, niemals in den Müll gekippt, sondern brav aufgegessen. Und nein, ich war in der Nacht

nicht im Wettkampftempo durch Bluehaven gerannt, sondern hatte tief und fest geschlafen.

Wieder glaubte ich, von oben ein Geräusch zu hören. Ich lauschte, doch es war nur der Wind, der draußen tobte, und ... Musik. Wenn Liz in der Badewanne lag, liebte sie es, klassische Musik zu hören.

Es hatte etwas beruhigend Alltägliches.

In der gleichen Sekunde packte ich den Schlüsselbund mit der Hand und umklammerte ihn fest, um jedes Klirren zu unterdrücken. Dann betrachtete ich jeden einzelnen Schlüssel genau: Haustür, Auto, Briefkasten. Die Schlüssel zu unserem Haus, zu ihrem Büro, zur Tiefgarage im Westmill Medical Center. Dann noch drei weitere Schlüssel, deren Bedeutung ich nicht genau kannte. Und natürlich die Sicherheitskarte, mit der man in jeden Bereich im Westmill gelangte.

Ich schob den schweren Schlüsselbund und die Sicherheitskarte in meine Hosentasche und stellte die Handtasche zurück. Dann schloss ich leise den Wandschrank. Mit zwei Schritten war ich an der Haustür und zog sie nur so weit auf, dass ich mich durchschieben konnte.

Das Licht aus dem Badezimmer fiel auf das Vordach. Ich konnte nicht sehen, ob Liz das Bad wieder verlassen hatte oder vielleicht dort oben stand und hinunter in den Garten starrte. Vielleicht hatte sie ein Geräusch gehört und kam gerade die Treppe herunter?

Meine Turnschuhe waren leise, als ich die drei Stufen hinunterging, um dann auf den weichen, kurz geschnittenen Rasen zu treten, der sich wie Watte anfühlte und jedes Geräusch verschluckte.

Wie konnte ein Himmel, an dem die Wolken übereinanderstürzten, sich wie in einem Wettlauf überholten, keine Spuren hinterlassen, keine Wirkung zeigen in einer Seele? Jetzt fragte ich mich nicht mehr, was ich tat. Der Sturm trieb mich voran. Erst als ich in unserem Korridor stand und Oz um meine Füße strich, bemerkte ich, wie mir die Knie zitterten. Ich ging in die Küche und setzte mich auf einen der Barhocker. Es dauerte Minuten, bis mein Herz aufhörte, so laut und heftig zu klopfen, und dann fühlte es sich schwer an wie Blei. Ich hatte etwas Heimliches, etwas streng Verbotenes getan. Liz vertraute mir, und zum ersten Mal im Leben brach ich diesen Pakt.

Dad sagte oft, dass Menschen nun einmal Fehler machten. Und der Grund dafür schien plötzlich offensichtlich: Manchmal hatte man einfach keine Alternative.

Als die Uhr endlich halb zehn zeigte, zog ich einen dicken Pulli und die Regenjacke über und verließ das Haus. Bei Liz brannte jetzt nur noch das Licht unten im Flur, woraus ich schloss, dass sie im Wohnzimmer saß, das nach hinten zum Garten lag. Der Schlüsselbund glühte geradezu in meiner Hosentasche. Ich musste vor Dad zurück sein und die Schlüssel wieder unbemerkt in Liz' Handtasche legen.

Mir kam der Gedanke, Liz könnte bemerken, dass sie den Schlüsselbund nicht wie üblich in die silberne Schüssel gelegt hatte. Sie würde ihn suchen. Wie ich würde auch sie überlegen: War er in der Küche, oder hatte sie ihn einfach zurück in die Handtasche fallen lassen? Vielleicht war es gut, dass ich den ganzen Schlüsselbund genommen hatte. Sie

könnte denken, sie hätte ihn irgendwo vergessen, ihn verloren.
Nein, nein, nein, das würde nicht passieren.
Liz war mit dem Auto gekommen. Wenn sie das Fehlen der Schlüssel bemerkte, würde sie mich verdächtigen, mich ganz allein. Doch wenn – der Gedanke kam mir ganz plötzlich – wenn ich ihren Wagen nahm, dann könnte ich mir eine Geschichte ausdenken: Ich hatte zu Josh gewollt und natürlich zuerst an der Badezimmertür geklopft, aber sie hatte mich nicht gehört … wegen der Musik, die sie wie immer beim Baden gehört hatte.
Es schien, als wäre ich in einen Sog geraten, der mich einfach mit sich zog. Das konnte nicht ich sein, die so dachte, geschweige denn tatsächlich den Wagen startete und mit ausgeschalteten Lichtern rückwärts auf die Straße rollte. Aus Erfahrung wusste ich, dass der Motor außergewöhnlich leise war, denn oft hörte ich Liz' Wagen kaum, wenn sie nach Hause kam, wohingegen Dads Ford die ganze High Street hinunter röhrte. Zumindest behauptete das Caleb, der nur wenige Häuser entfernt wohnte.
Ich nahm den Weg, der über die State Street führte. Hier war ich Amy begegnet, in der Nacht nach dem Unfall. Überall wehten die Blätter von den Bäumen. Sie schlugen gegen die Windschutzscheibe, blieben kleben oder verfingen sich in den Scheibenwischern. Ich schob die Kapuze der Jacke über den Kopf, weil mich die Angst überfiel, jemand könnte mich erkennen. Dabei lag die Straße völlig verlassen vor mir. Doch ich sah Amy plötzlich hinter jeder Laterne, die im Wind schwankte, jedem Baum, jedem Strauch.

Was ich hier tat, war unmöglich. Warum konnte ich nicht nach vorne schauen und mich meiner Zukunft widmen? Schule. College. Medizin studieren wie Liz.
Irgendwo dort oben hinter den Wolken am Nachthimmel erklang das dumpfe Brummen eines unsichtbaren Flugzeugs. Das Geräusch erfüllte mich mit Sehnsucht.
Und wenn ich darin säße?
Wenn ich einfach wegfliegen würde?
Jetzt, wo Amy tot und meine Freundschaft zu Ginger und Caleb vielleicht nie wieder zu kitten war, würde es mir nicht ganz so schwerfallen, aus Bluehaven wegzugehen.
Und Josh? Josh war in meinem Zukunftsplan immer ein fester Bestandteil gewesen. Nach Harvard zu gehen hatte mir keine Angst eingejagt. Denn auch Josh würde in Boston studieren, und eines Tages würden wir, den Abschluss in der Tasche, nach Bluehaven zurückkehren und Verantwortung übernehmen.
Der schöne Traum von einer heilen Welt.
So schön wie der vergangene Sommer. Doch inzwischen fühlte sich das alles nur noch unwirklich an.
Ein Klingelton riss mich aus meinen Gedanken. War es Dad, der mich vermisste? Liz, die nach ihren Schlüsseln suchte? Luke, der es sich anders überlegt hatte? Nein, das würde er nicht tun. Er wartete in der Dunkelheit vor dem Tor der Tiefgarage auf mich. Das war sicher.
Ich brauchte ewig, um mit den kalten Fingern den Reißverschluss der Jacke zu öffnen und das Handy herauszuziehen. Doch ein Blick auf das Display genügte, und die Überlegung, den Anruf zu ignorieren, löste sich auf.

Es war Josh.
Mein Josh. Als hätte ich ihn mit der Kraft meiner Gedanken zu mir gerufen. Alles war vergessen. Unser Streit, sein seltsames Verhalten vor dem Physiksaal, die Eifersucht auf Luke. Aufgeregt wischte mein Zeigefinger über das Display.
Er atmete laut, aber er sagte nichts.
»Wo bist du?«, fragte ich.
»Vor der Trainingshalle.«
»Soll ich vorbeikommen?«
Vielleicht war es der Wind, der seine Worte fortwehte, jedenfalls hörte ich keine Antwort.
»Josh? Bist du noch da?«
»Ja.«
»Ist alles in Ordnung? Ist etwas mit Ginger? Ist es … meinetwegen?«
»Nein, ich …« Ich konnte hören, wie die Bäume um ihn herum rauschten, und die nächsten Worte waren kaum zu verstehen. »Faye, wir sehen uns morgen Abend.«
»Josh, was redest du? Was ist mit morgen in der Schule?«
»Deswegen rufe ich an. Ich komme morgen nicht in die Schule. Ich fahre nach Boston. Du weißt doch, Dad hat einen Termin bei einem der Studienberater in Harvard organisiert.«
Wieder trat diese merkwürdige Stille ein, die durchbrochen wurde vom Pfeifen des Windes und einem Scheppern, als würde eine leere Dose die Straße entlanggefegt.
»Josh, bist du noch da?«
»Ich liebe dich.« Seine Stimme klang plötzlich brüchig.

Meine Antwort kam, ohne zu zögern, alle Zweifel waren plötzlich wie weggewischt. »Ich liebe dich auch.«

»Schlaf gut, Faye. Versuch es zumindest. Für mich.«

Verwirrt starrte ich das Handy an.

Ich konnte nicht glauben, dass das gerade passiert war.

Josh hatte das Gespräch einfach beendet.

20. KAPITEL

Joshs Anruf hatte mich erschreckt. Sicher, es war mein Josh gewesen, seine Stimme hatte genau wie vorher geklungen, aber etwas Fremdes, Verborgenes hatte sich in sein Wesen geschlichen, das mich ausschloss. Ich konnte spüren, dass er mich immer noch liebte, ich hatte es auch jetzt wieder in seiner Stimme gehört, aber etwas beschäftigte ihn, und es entfernte ihn weiter von mir.

Ich dachte zurück an das Essen bei seiner Großmutter, unser anschließendes Gespräch, und geriet allmählich ins Grübeln. Was, wenn nicht unser Streit am Sonntag der Auslöser für sein merkwürdiges Verhalten gewesen war, sondern sein erstes Treffen mit dem Monday Club? Ja, er durfte nicht über die Angelegenheiten reden, die dort besprochen wurden, aber er hatte es mit keinem einzigen Wort erwähnt. Nicht einmal, ob er tatsächlich dort gewesen war. Und das war seltsam.

Der Wind schlug gegen die Windschutzscheibe, und ich fürchtete, er würde die Scheibenwischer aus der Verankerung reißen ... diese Nacht war gruseliger als alle Gespenstergeschichten von Amy.

Ich nahm den schmalen Weg, der am alten Backsteinbau entlang zum hinteren Teil des Klinikgrundstücks führte.
Als ich nach links abbog, entdeckte ich Luke. Er lehnte, die Kapuze als Schutz vor dem Wind über den Kopf gezogen, an einem Laternenpfahl vor der Einfahrt zur Tiefgarage. Sein attraktives Profil zeichnete sich markant vor dem Hintergrund des fast vollen Mondes ab. Als er den Wagen hörte, ging er, den Rücken mir zugewandt, weiter, als hätte er nur kurz angehalten, um sich eine Zigarette anzustecken.
Fast lautlos fuhr das Fenster des Lexus herunter. Ich streckte den Kopf hinaus und rief leise: »Luke, ich bin hier.«
Ohne anzuhalten, wandte er kurz den Kopf und legte die Hand über die Augen, weil das Licht des Wagens ihn blendete. Erst als ich ausstieg und die Wagentür zufallen ließ, schien er mich zu erkennen.
Ich winkte ihm zu: »Ich bin es, Faye.«
Er kam auf mich zu. Als er kurz davor war, die Wagentür zu öffnen, schüttelte ich den Kopf: »Es ist besser, du steigst nicht ein, sondern gehst hinter dem Wagen her. Und duck dich. Hier gibt es eine Videoüberwachung. Wenn der Sicherheitsbeamte den Wagen sieht, wird er denken, es sei Liz.«
Er begriff sofort und nickte. Ich stieg ein und beobachtete durch den Rückspiegel, wie sein Kopf hinter dem Kofferraum abtauchte.
Ich ließ den Wagen zur Schranke rollen und steckte die Sicherheitskarte in den dafür vorgesehenen Schlitz. Nur eine Sekunde später fuhr das stählerne Trenngitter leise quietschend nach oben, und ich rollte nach unten in den Teil der Klinik, den Amy und ich immer die »Katakomben« genannt

hatten. Hier unten waren in den alten Gewölben der Mühle neben der Tiefgarage die Räume der Radiologie, die Technikräume, das Labor und das Archiv untergebracht.
Ich war schon hundert Mal zusammen mit Liz in diese Tiefgarage gefahren, sie hatte mir einige Male sogar die Sicherheitskarte gegeben, wenn ich etwas für sie im Westmill abholen sollte, aber jetzt fühlte ich mich wie ein Dieb. Doch etwas trieb mich weiter, und ich hätte niemandem erklären können, was genau es war. Vermutlich war es der Wunsch, irgendetwas zu tun, Klarheit zu gewinnen nach all dem Unerklärlichen der letzten Tage. Ich wollte Luke helfen, sich Erinnerungen an seinen Vater zu verschaffen, Erinnerungen, die er genauso wenig hatte wie ich an meine Mutter.
Ich starrte in den Rückspiegel, aber ich konnte Luke nirgendwo entdecken. Erst als ich Liz' Wagen auf ihrem Parkplatz direkt neben den Aufzügen abstellte, tauchte er auf. Er hielt sich eng an der Wand, und als unsere Blicke sich trafen, deutete er nach oben, wo sich die Kamera drehte wie der Kopf eines Monsterinsektes.
Ich stieg aus, und Luke sagte: »Du hast tatsächlich die Schlüssel und den Wagen deiner Tante geklaut?«
»Ich kann es selbst nicht glauben ...«
Ich sah mich um. Außer dem Rettungswagen, in dem Amy gestorben war, erkannte ich noch den Wagen der Sicherheitsfirma.
Erschrocken fuhr ich herum, als das Gitter hinter uns nach unten ratterte. Wenige Augenblicke später schaltete sich das Licht ab und hüllte uns in Dunkelheit. Die Tiefgarage hatte

zu dieser Nachtzeit wirklich etwas von Katakomben, zudem stank es nach Benzin und Abgasen.
»Hier entlang«, sagte ich.
Wir standen direkt vor der Tür zum alten Turm, der den neuen Glasbau mit dem alten Gebäudetrakt verband und in dem das Treppenhaus lag. Der Weg durch die Gänge war mir vertraut. Es dauerte nicht lange, und wir standen vor einem Schild, auf dem in großen Lettern *ARCHIV* stand.
»Hier ist es, oder?«, fragte Luke und blieb stehen.
»Nein, hier nicht«, erklärte ich. »Warte, ich muss nachdenken.«
Ich schloss die Augen und versuchte, das Bild heraufzubeschwören, das vorhin in meinem Verstand geradezu aufgepoppt war.
Ich sah einen Finger mit rotem Nagellack, der sich auf einen Mund legte, der verschwörerisch lächelte und flüsterte: *Das ist ein Geheimraum, Faye.*
Es gab so viele Dinge, die mir als Kind selbstverständlich erschienen waren. Auch wenn ich sie mir nicht hatte erklären können, hatte ich sie doch einfach so hingenommen, in die Schublade *Es war einmal* ganz nach hinten gesteckt und seither nicht mehr daran gedacht. Doch vorhin, als ich gerade mit Luke an der Tür gestanden hatte und der Wind durch die Bäume gefegt war, als suchte er verzweifelt einen Weg hinaus aufs offene Meer, in die Freiheit, da war es mir wieder eingefallen, das Bild, das mit diesem Satz verbunden war.
Das ist ein Geheimraum, Faye, hörst du, so etwas wie ein Burgverlies im Mittelalter.
Hier unten in den alten Gewölben der ehemaligen Mühle

existierte dieser Raum, den Liz verschwörerisch den »Drachenraum« genannt hatte. Er war so dunkel, so kalt, dass ich ihn damals sofort wieder hatte verlassen wollen. Und nachdem ich erst einmal den Anfang der Erinnerung gefunden hatte, fiel mir ein Detail nach dem anderen wieder ein.

Ich konnte meine eigene kindliche Stimme hören. *Mir ist kalt. Können wir gehen?*

Und Liz' Antwort: *Gleich, mein Honigkind.*

Honigkind.

So hatte Liz mich früher immer genannt, und auch das hatte ich vergessen.

Siehst du, hier ist der Schlüssel dazu, der Drachenschlüssel. Nur wer ihn besitzt, kann auch den Drachenraum öffnen.

Wie eine Fee?

Ja. Liz hatte laut gelacht. *Deshalb heißt du auch Faye, weil du meine Fee bist.*

Und die von Dad.

Ja.

Ich wusste wieder, dass mir die Vorstellung gefallen hatte, einen geheimen Schlüssel zu besitzen und gleich einen Raum zu betreten, in dem einst … oder immer noch … ein Drache wohnte. Doch die Enttäuschung war groß gewesen. Der Raum hatte sich als langweilig, trist und voller alter Papiere und Akten entpuppt. Vermutlich war das der Grund gewesen, weshalb ich sofort hatte gehen wollen und ihn schließlich vergessen hatte.

Welchen Schlüssel ich an Liz' Bund wählen musste, war mir sofort klar. *Drachenzähne*, schoss es mir durch den Kopf, und ich spürte, wie ich lächelte.

»Faye?« Lukes Stimme drang kaum zu mir durch. »Geht es dir gut? Wo ist nun dieser geheimnisvolle … Drachenraum?«

Die alten Backsteingewölbe der Mühle, die noch aus der Zeit vor dem Bürgerkrieg stammten, hatten einst als Versteck für entflohene Sklaven gedient. Um diese, wie alle immer wieder betonten, ruhmreiche Geschichte Bluehavens zu würdigen, waren die Keller restauriert worden.

Der Drachenraum, welche Funktion er auch immer heute hatte, musste hinter der Mauer liegen, an der außen einst das Mühlenrad angebracht gewesen war.

Ich drehte mich im Kreis, kniff die Augen zusammen, und mein Blick flog den Gang entlang.

Die Erinnerung … sie war so klar, so deutlich. Sie fühlte sich einfach richtig an. Ich lief los und wurde schneller. »Wir müssen den Weg nehmen, der nach rechts abzweigt.«

Mein Gefühl hatte mich nicht getrogen. Der lange Gang führte zu einer einzigen Tür, die völlig unscheinbar wirkte. Kein Schild verriet, welchem Zweck der Raum dahinter diente.

»Hier ist es.«

Luke war mir gefolgt und stand nun direkt hinter mir. »Bist du sicher?«

»So sicher, wie man sich sein kann, wenn man noch an Drachen glaubt.«

Der Schlüssel ließ sich ohne Probleme umdrehen, das Licht sprang automatisch an, und ein leises Summen setzte ein. Die Klimaanlage.

»Wow«, stieß Luke aus.

»Ja, wow«, erwiderte ich und schloss zur Sicherheit hinter uns ab.
Ich nahm die Kisten in den überquellenden Regalreihen wahr, die sich vom Boden bis zur Decke erstreckten. Der Geruch nach altem Papier, eine Atmosphäre wie von alten Büchern und … Magie hüllte mich ein, betäubte mich geradezu.
Was ist das alles?, hatte ich als Kind gefragt, ungeduldig und enttäuscht, weil ich etwas ganz anderes erwartet hatte.
Das alles hier ist das gesamte Wissen deines Großvaters, hatte Liz voller Stolz gesagt.
Und warum hat er es hier versteckt?, hatte ich gefragt.
Liz … sie hatte sich damals zu mir hinuntergebeugt. Ich konnte wieder das Parfüm riechen, jugendlicher, frischer als das, was sie jetzt benutzte. *Weil es Menschen gibt, die Gedanken stehlen.*
Jetzt, in diesem Moment, lief es mir eiskalt den Rücken hinunter. Und damals?
Ich konnte mich nicht daran erinnern, was ich gefühlt hatte, aber vielleicht war auch dieser Satz die Ursache gewesen, mich vor dem Raum zu fürchten und ihn so schnell wie möglich wieder zu verlassen.
»Was ist das hier?« Luke brachte mich wieder in die Gegenwart zurück und stellte fast die gleiche Frage, die ich als Kind gestellt hatte.
Ich holte tief Luft. »Das ist das Archiv meines Großvaters. Du musst wissen, er war nicht einfach Arzt. Er hatte eine Professur an der Harvard Medical School und kam zurück nach Bluehaven, um das Westmill Medical Center aufzubauen und mehr Zeit für seine Forschung zu haben.«

»Er muss ein kluger Mann gewesen sein«, murmelte Luke und betrachtete die dicht gestapelten Kisten in den Regalen.
»Das war er.«
»Und du meinst, wir finden hier etwas über meinen Vater?«
»Ich weiß nur eins: Liz hat noch nie etwas weggeworfen, das meinem Grandpa gehörte. Er war der Arzt von William Fullers Familie. Wenn Unterlagen oder Krankendaten über deinen Vater oder die Familie existieren, dann hier.«
Luke ging die Regale entlang, ab und zu zog er einen Karton heraus.
»Ich kann kein Ordnungssystem entdecken. Sie sind nicht nach Namen geordnet.«
Ich griff nach dem ersten Karton im Regal, der mir unter die Hände kam. Er war mit Abkürzungen und Ziffernfolgen beschriftet, deren Bedeutung mir im ersten Moment nicht klar war. Ich zog einen mit Gummibändern verschnürten Packen Papiere heraus. Auf dem obersten Pappumschlag stand ein Name, Austen – vielleicht ein Verwandter von Missy? Ich löste die Gummibänder und schlug den Aktendeckel auf. Eine Wolke von Staub schlug mir entgegen, die mich zum Husten brachte. Ich wischte einen eingetrockneten Käfer zur Seite, der zwischen den alten Papieren offensichtlich vor Jahrzehnten sein Grab gefunden hatte.
Mr Austen war infolge eines Glioms, also eines Tumors in seinem Kopf, gestorben, und ich fragte mich, ob so etwas vererbbar war. Ich schlug die Akte zu und griff nach der nächsten. Eine Mrs … den Namen konnte ich kaum entziffern,

sie war bereits 1950 gestorben. Ebenfalls an einem Gehirntumor. Ich blätterte weiter und erkannte die Unterschrift meines Großvaters.

Ich sah zu Luke und beobachtete ihn, wie er wahllos Kisten öffnete und wieder schloss.

»Sie sind nach der Diagnose sortiert«, erklärte ich, legte die Dokumente wieder zurück und schob den Karton zurück ins Regal.

»Nach der Diagnose? Ergibt das Sinn?«

»Wenn es sich um Forschungsmaterial handelt, schon.«

»Das Problem ist nur, wir kennen die Diagnose nicht. Ich weiß verdammt noch mal nicht, welche Krankheit mein Vater hatte.« Plötzlich sah Luke erschöpft aus, resigniert, und etwas von seiner inneren Kraft schien verschwunden, vielleicht weil alle Fragen, die er sich je gestellt hatte, in diesem Augenblick an die Oberfläche stiegen.

Ich sah mich um. Alles in dem Raum war so wie in meiner Erinnerung und dennoch anders. Es war ungemütlich und kalt wie damals, das Licht so grell, dass meine Augen schmerzten. Ich hatte damit gerechnet, in Staubwolken eingehüllt zu werden, aber es war erstaunlich sauber hier unten. Und langsam dämmerte mir, was der Grund war. Es gab nicht nur eine Klimaanlage, sondern auch einen Staubfilter. Die Akten meines Großvaters mussten wirklich wichtig sein, wenn so ein Aufwand betrieben wurde.

Meine Neugierde war jetzt größer als Lukes Zweifel.

Ich handelte, ohne nachzudenken. Wahllos zog ich Kisten hervor, schob sie wieder zurück. Und da traf es mich wie ein Blitzschlag. »Wir kennen nicht die Diagnose deines Dads, aber die deiner Tante! Sie soll an Epilepsie gelitten haben«, sagte ich aufgeregt.

Luke sah mich an. »Das hast du mir nicht erzählt.«

»Ich habe es auch heute erst von Liz erfahren.«

Der Karton mit der Diagnose *Epilepsie* war nicht schwer zu finden.

Ich überließ es Luke, ihn zu öffnen. Die Akte lag ganz oben, und sie schien so sauber, als hätte sie noch nie jemand berührt.

Fuller, Zoey.

16. September 1979–19. September 1995.

Sie war sechzehn gewesen, als sie starb. So alt wie ich. Und ihr Tod war fast auf den Tag genau zwanzig Jahre her.

Hilfe, man hält mich gefangen!

Die Kratzspuren am Kopfteil des Bettes oben im Dachgeschoss vom Fuller House. Die Nachricht in der alten, muffigen Steppdecke. Ich hatte Luke nicht davon erzählt und auch nicht, dass seine Großeltern die Behandlung von Zoey aus religiösen Gründen abgebrochen hatten. Aber irgendwann musste ich es tun.

Bald saßen wir zusammen auf dem Boden, die Papiere vor uns ausgebreitet. Ein dicker Stapel vergilbter Blätter, die leise knisterten, wenn man sie berührte. Zum größten Teil waren sie zusammengeheftet, zwanzig, dreißig Blätter oder mehr. Ohne ein Wort zu wechseln, blätterten wir sie durch. Anamnese, Blutgruppe, Allergien. Röntgenbilder, Medikamente und eine Mappe mit der schlichten Aufschrift *Familie.*

Ich reichte sie weiter an Luke. »Vielleicht findest du hier etwas über deinen Vater.«
Er schlug den Deckel auf, und einige Sekunden herrschte Stille. Dann reichte er mir das erste Blatt.
Ein Totenschein, ausgestellt auf Greg Fuller, gestorben 7. Dezember 1994. Todesursache: Lungenembolie.
Das nächste Blatt war wieder ein Totenschein: Margret Fuller, gestorben 24. Januar 1996. Todesursache: Überdosis Medikamente.
Und schließlich William Fuller.
»Offensichtlich hat man tatsächlich Akten über ihn geführt«, erklärte ich und überflog das Blatt. »Und sie sind sehr wohl aufbewahrt worden.«
Es vergingen Sekunden, Minuten, bis zumindest mein Verstand registrierte: Es gab keinen Hinweis darauf, wann und wo er gestorben war. Und woran. Nur ein Papier mit einer Diagnose, das die Überweisung in die Klinik bestätigte und alle vorgeschobenen Erklärungen infrage stellte: *Paranoide Schizophrenie*. Das war der Grund, weshalb William Fuller aus Bluehaven so plötzlich verschwunden war. Und vielleicht war diese Diagnose auch die Antwort darauf, warum niemand darüber gesprochen hatte. Er war wahnsinnig gewesen. Hatte Dinge gesehen, die es nicht gab. Stimmen gehört.
Luke klappte die Mappe zu, erhob sich und klopfte sich den Staub von der Hose. Er schlenderte nur scheinbar entspannt die Regale entlang, aber in jeder seiner Bewegungen spürte ich seine Unruhe und Anspannung. Er stieß wie zufällig mit dem Fuß gegen ein Metallregal, das laut schepperte. Seine

Finger trommelten im Vorbeigehen auf Kartons, als wäre es im Grunde gleichgültig, welchen von ihnen er öffnete. Dann blieb er stehen, sah zu mir zurück, und ich wandte schnell den Blick ab. In seinem Gesicht las ich Erschrecken, das er zu verbergen suchte.

Stillschweigend packte ich Zoey Fullers Unterlagen zusammen und schlang ein Gummiband darum. In der ganzen Kiste schienen sich nur Dokumente zu befinden, die ihren Fall betrafen. Zahllose Untersuchungsberichte, der letzte vom 5. Januar 1995. Zoeys Vater und damit Lukes Großvater war einen Monat zuvor gestorben. Danach hatte ihre Mutter offenbar entschieden, die Behandlung abzubrechen. Vielleicht stammte aus dieser Zeit der Hilferuf, den Zoey in die Decke eingenäht hatte; vielleicht hatte ihre Mutter sie tatsächlich eingesperrt, und Zoey hatte in ihrer Verzweiflung mit den Fingernägeln das Bett zerkratzt.

Diese Gedanken verursachten in mir ein Gefühl von Übelkeit. Ich stülpte den Deckel über den Karton und schob ihn zurück an seinen Platz. Amy hatte recht gehabt, wenn sie behauptet hatte, die Geschichte jedes Menschen wäre es wert, erzählt zu werden. Zoey war in demselben Alter wie ich gewesen.

Hinter mir hörte ich ein leises Rascheln. Ich wandte den Kopf und konnte sehen, wie Luke, auf dem Boden kniend, einen Packen Blätter zurück in die Kiste legte.

»Was hast du gefunden?«, fragte ich.

Er packte seinen Rucksack und erhob sich. »Dass meine Mutter mich belogen hat, was meinen Vater betraf, war mir klar. Nur, jetzt verstehe ich es auch.«

»Wir werden offenbar alle belogen«, gab ich zurück. »Du bist nicht der Einzige.«

Er kam zu mir zurück und blieb direkt vor mir stehen. »Jetzt haben wir etwas gemeinsam.«

Wir sahen uns an, und in seinen blauen Augen lag für einen Moment nicht Ironie oder leiser Spott wie sonst, sondern etwas anderes, etwas wie Verbundenheit und Einverständnis. Dann hob er den Kopf und lauschte.

»Was ist?«, fragte ich, aber er legte nur den Zeigefinger auf den Mund, schüttelte den Kopf und deutete auf die Tür.

»Mach das Licht aus«, flüsterte er.

»Es geht automatisch an und aus«, erwiderte ich. Zumindest konnte ich keinen Lichtschalter entdecken.

Im nächsten Augenblick hatte Luke mich ganz nach hinten gezogen, wo zwei Regale aneinanderstießen und die Kartons so dicht standen, dass man uns dahinter nicht entdecken konnte.

Ich hörte Schlüssel klimpern, dann schwang die Tür lautlos auf. Eines der Regale am Eingang schepperte. Schritte, ein Murmeln, ob männlich oder weiblich, vermochte ich nicht zu sagen. Es hörte sich an, als würde eine Kiste hervorgezogen. Gleich darauf schwang die Tür wieder zu, es wurde von außen abgeschlossen.

Ich konnte Luke nicht einmal atmen hören, obwohl er dicht hinter mir stand und sein Arm meine Schulter berührte.

Jetzt endlich verstand ich, was Amy immer mit Aura gemeint hatte. *Sie ist*, hatte sie einmal aus ihrem Notizbuch vorgelesen, *eine unsichtbare Hülle, die jeden Menschen einschließt, aber ganz selten öffnet sie sich für einen anderen.* In diesem Moment konnte ich tatsächlich spüren, wie unsere Hüllen durchlässig wurden. Ich fühlte mich Luke plötzlich näher als Josh, und der Gedanke löste Angst in mir aus. Ich machte einen Schritt zurück, um Abstand zu gewinnen, und versuchte mir einzureden, dass uns nichts verband.

»Komm«, murmelte er. »Wir sollten verschwinden, ehe man uns doch noch erwischt.«

Er blickte sich noch einmal um, ging zur Tür, blieb stehen und sah mich abwartend an.

Suchend griff ich in meine linke Hosentasche. Sie war leer, genau wie die rechte.

»Die Schlüssel«, sagte ich unbehaglich. »Ich hab sie eben noch gehabt.«

»Sie können ja nicht weit sein«, erwiderte Luke und fügte ironisch hinzu: »Ein Archiv verliert nichts.«

Nur gut, dass er wenigstens seinen Humor wiedergefunden hatte. Ich aber kehrte mit einem Gefühl der Panik zurück zu den Regalen.

Hatte ich die Schlüssel irgendwo hingelegt? Oder waren sie mir aus der Tasche gefallen? Hatte der oder die Unbekannte sie gesehen? Oder gar mitgenommen?

Ich ging zu dem Regal, in dem wir die Kiste mit der Aufschrift *Epilepsie* gefunden hatten. Alles sah wieder so aus, wie wir es vorgefunden hatten.

Hinter mir hörte ich Luke suchen.

Ich wechselte zur nächsten Regalreihe, wieder nichts. Nervös sah ich mich um. Wo hatte ich Liz' Schlüsselbund hingelegt? Ich konnte mich nicht erinnern.

Ich ging zurück zur Tür, drehte mich um, und als ich zwischen den Regalen durchspähte, blitzte im vordersten Regal etwas Silbernes auf. Da lag er auf einem Karton, der aussah wie alle anderen. Ich packte den Schlüsselbund, schob den Karton zurecht, und als ich meine Hand zurückzog, fiel mein Blick auf die Aufschrift *Insomnie.*

Ein seltsamer Zufall, dass ich ausgerechnet hier die Schlüssel abgelegt hatte. Aber vielleicht war es auch etwas anderes. So etwas wie ein Wink des Schicksals, etwas, das aus dem geheimen Versteck meines Unterbewusstseins an die Oberfläche getreten war. Beruhigte es mich, dass es noch andere Fälle von Schlaflosigkeit gab? Nein.

Dennoch war der Wunsch unwiderstehlich, den Karton zu öffnen und mich in die darin aufbewahrten Akten zu vertiefen. Aber hier und jetzt ging es nicht um mich, sondern um Luke und William Fuller. Und jetzt, da ich wusste, wo der Drache, mein Drache, lauerte, konnte ich jederzeit wieder zurückkommen.

»Luke?«, rief ich leise. Doch es kam weder eine Antwort, noch konnte ich hören, dass er in meiner Nähe war.

Meine Nervosität stieg ins Unermessliche. Ich zitterte am ganzen Körper.

»Luke, wo bist du?«

Ich rannte zwischen den Regalen nach hinten und wäre am Ende fast mit ihm zusammengestoßen. »Wo warst du denn? Wir müssen hier weg, ich will zu Hause sein, bevor Dad merkt, dass ich nicht da bin.«

»Alles okay, ich habe mich nur noch einmal umgesehen, ob wir Spuren hinterlassen haben.«

21. KAPITEL

Ich sah mich oben im Treppenhaus von Manor House stehen. Die Musiker hatten ihre Plätze in der hell erleuchteten Halle eingenommen und waren dabei, ihre Instrumente zu stimmen. Die einzelnen Töne fanden sich nicht zu der Melodie, sondern erzeugten lediglich einen dröhnenden Widerhall in meinen Ohren.

Josh wartet auf dich, flüsterte Amy in mein Ohr.

Ich schaute über das Geländer nach unten. An die zweihundert Gäste hatten sich unterhalb der Treppe versammelt. Ginger stand in einem knappen, schulterfreien Paillettenkleid neben Caleb, die Dreadlocks waren einer komplizierten Hochsteckfrisur gewichen. Sie hob den Champagnerkelch und stieß mit ihm an. Wie fremd er mir war in dem weißen, steifen Hemd. Ebenso wie Josh in seinem Smoking. Nervös trat er von einem Bein auf das andere und ließ seine Armbanduhr nicht aus den Augen.

Wie sehe ich aus?, murmelte ich, denn ich konnte es nicht erwarten, bis Josh mich in diesem Kleid – einem Traum aus Tüll und Seide – sah.

Du bist wunderschön, sagte Amy.

Ich sah mich geradezu Stufe für Stufe hinunterschweben. Am Ende der Treppe stoppte ich, mein Herz klopfte zum Zerspringen, und entsetzt wich ich zurück. Erstarrte Gesichter wandten sich mir zu. Nelson, der Professor, die schwarze Witwe, Karen, Liz … alle waren da.

Ich suchte nach Joshs Blick, traf ihn. Auch er starrte mich mit kreideweißem Gesicht an. Und Ginger trat, die Augen spöttisch auf mich gerichtet, ganz dicht an Caleb heran und flüsterte ihm etwas ins Ohr.

Natürlich war das alles nicht real. Es war ein Traum, ein Albtraum. *Du musst nur aufwachen.* Die Erinnerung an Dr. Myers riss mich eine Sekunde lang aus dem Strom der Bilder. Sie hatte mir erklärt, wie ich meine Träume steuern konnte. Ich war ein Kind gewesen und hatte ihre Erklärungen nicht verstanden. Damals wollte ich nicht aufwachen. Ich wünschte mir nichts mehr, als meiner Mutter im Traum zu begegnen. Später war die Phase gekommen, in der ich mich an die Sitzungen mit Myers nur noch nebelhaft erinnern konnte.

Jetzt allerdings, gefangen in diesem Albtraum, bereute ich es, gegen sie rebelliert und ihre Hilfe abgelehnt zu haben.

Ich schaffte es nicht, aufzuwachen. Ich schaffte es einfach nicht. Vielleicht, weil ich zu benommen war von den Medikamenten, vielleicht auch, weil ich es nicht wollte. Waren diese Träume der Preis dafür, überhaupt schlafen zu können?

Ich schwebte zurück zu meinem Platz an der Treppe, wandte Hilfe suchend den Blick nach oben. Doch Amy war verschwunden.

Dafür tauchte wieder Ginger auf, das Gesicht gehässig und boshaft zu einer Grimasse verzogen.

Was zum Teufel machst du hier?, zischte sie.

Mehr sagte sie nicht. Ihr Schweigen war so furchteinflößend, so bestürzend, dass ich die Hand auf mein Herz presste, als könnte ich es so dazu bringen, langsamer zu schlagen.

Was ist denn? Was habe ich getan?, hörte ich mich fragen.

Ihr Mund war direkt an meinem Ohr: *Niemand hat dich eingeladen.*

Ich wich einen Schritt zur Seite, starrte über Ginger hinweg in Joshs Richtung und konnte gerade noch sehen, wie Caleb ihn aus der Halle ins Freie zog.

Ich rannte ihnen nach.

Was ist los? Ich verstehe das nicht!, rief ich laut in demselben Moment, als die Musiker still wurden. Tausend Augen schienen auf mich gerichtet. Kribbelnde Kälte kroch von meinen Füßen bis hoch zu meinen Schultern wie eine Armee von Ameisen auf der Flucht. Zitternd sah ich an mir hinunter und erkannte in demselben Moment, dass ich barfuß war und nichts weiter trug als ein weißes, kurzes Hemd. Ein Krankenhaushemd.

»Faye, he, Liebes. Wach auf!«

Ich hörte mich schluchzen, mir war wieder klar, dass ich träumte, aber ich weigerte mich aufzuwachen, zu wichtig schien es mir, diesen Traum bis zum Ende zu erleben. Ich musste wissen, was geschehen war.

»Faye, Faye …« Dad gab nicht auf. Er rüttelte an meiner Schulter, und so verließ ich die erleuchtete Halle von Manor House und kam in der trüben Düsternis meines Zimmers zu mir. Tränen liefen über mein Gesicht. Mein Brustkorb hob und senkte sich. Ich hörte mich selbst keuchen.

Nur allmählich verrieten mir einzelne Geräusche, dass bereits Morgen war. Der Wind, der seit dem stürmischen Abend kaum nachgelassen hatte, wehte sie zu mir: Autos, die entfernt durch Bluehaven fuhren; eine einzelne Möwe, die schrie; und morgens rauschten die Bäume anders als in der Nacht.

Benommen tastete ich nach dem Schalter der Nachttischlampe, konnte ihn aber nicht finden, und als ich die Augen öffnete, erkannte ich Dad, der sich besorgt über mich beugte. Das Licht im Zimmer brannte, die Tür zum Flur stand offen, und von unten zog der Geruch von frisch gebrühtem Kaffee nach oben.

»Wie viel Uhr ist es?«, murmelte ich.

»Kurz vor sechs. Ich mache Frühstück.«

»Kannst du es mir hochbringen?«

Dad schüttelte den Kopf und sah mich eindringlich an. »Nein, Faye, das kann ich nicht. Pass auf, ich weiß nicht, wo du letzte Nacht warst, warum du Liz' Wagen hattest und tatsächlich geglaubt hast, ich würde es nicht merken. Wenn du so etwas zustande bringst, kannst du auch aufstehen und mit mir frühstücken.«

Ich konnte seinen Ärger spüren und wurde augenblicklich hellwach.

»Liz, hat sie …?«

»Nein«, unterbrach mich Dad. »Sie ist wohl früh schlafen gegangen. Sie arbeitet einfach zu viel und zerbricht sich den Kopf, wie sie dir helfen kann.«

Wenn Dad auf Liz traf, würde mein Diebstahl ganz sicher ans Licht kommen. Ich hatte in diesem Moment nicht das Gefühl, dass er bereit war, ihr zu verschweigen, was ich getan hatte. Das konnte ich daran erkennen, wie er die Augenbrauen hob.

»Willst du mir nicht vielleicht erzählen, wo du warst?«, fragte er.

Ich schüttelte den Kopf. »Noch nicht, Dad.«

Er seufzte und schüttelte den Kopf. »Na gut. Aber – und da gibt es nichts zu verhandeln – das war das letzte Mal, dass du dich ans Steuer gesetzt hast, während du deine Medikamente nimmst. Das nächste Mal fragst du mich, wenn du irgendwohin gefahren werden willst.«

»Schon klar«, murmelte ich. Ich hätte in diesem Moment alles versprochen und es sofort wieder gebrochen.

Dad erhob sich und ging zur Tür, wo er sich noch einmal umdrehte: »In fünf Minuten sind die Pancakes fertig. Mit Blaubeeren?«

»Nein, nur Ahornsirup.« Ich wollte nichts essen, was Amy gehasst hatte.

Irgendwann in der Nacht hatte ich das Gedankenkarussell in meinem Kopf nicht mehr aushalten können und eine Tablette eingenommen, allerdings eine von den schwächeren. Trotzdem: Als ich nun aufstand, fühlten sich meine Beine so schwer an, als wäre ich mit Bleigewichten ans Bett gefesselt. Ich schwankte zum Fenster und zog das Rollo nach oben. Das Licht der Sonne, nicht mehr als ein schwacher heller Kreis hinter den Nebelstreifen am Horizont, tauchte den Himmel in eine Palette aus Grau- und Rosatönen. Immer noch rüttelte und zerrte der Sturm an den Bäumen, und sein Pfeifen machte mich geradezu taub.

Joshs Gesichtsausdruck im Traum verfolgte mich. Seine Enttäuschung und dieses Entsetzen. Dad hatte mich zu früh aus dem Schlaf gerissen. Jetzt würde ich nie erfahren, worüber Josh so entsetzt gewesen war. Andererseits: Träume endeten nie, sie wiederholten sich nur unendlich oft.

Es musste das schlechte Gewissen sein, das mich die Nacht über gequält hatte. Ich hatte, ohne zu fragen, Liz' Schlüssel genommen, war heimlich mit ihrem Wagen gefahren und hatte zusammen mit Luke das Archiv meines Großvaters betreten. Mit einem Fremden, den ich inzwischen mehr zu sehen schien als Josh.

Schnell nahm ich Unterwäsche, Socken, eine frisch gebügelte Jeans und das grüne Sweatshirt der Weston High aus dem Schrank. Es gehörte eigentlich Josh, und sein Geruch haftete immer noch daran. Ich dachte an mein letztes Telefonat mit ihm.

Ich musste ihn unbedingt sprechen und ihm endlich alles erzählen. Wirklich alles. Von der Begegnung mit Amy, der Nachricht, den verschwundenen Notizbüchern und der letzten Nacht mit Luke im Drachenraum.

Als ich zum Bett zurückwankte, stolperte ich blind über den Schulrucksack.

Schule … mir wurde schwindelig bei der Vorstellung. Ich wusste, ich würde den Tag an der Weston High nicht durchstehen, bevor ich nicht mit Josh gesprochen hatte. Und das würde heute nicht passieren, weil – und das fiel mir jetzt erst wieder ein – Josh ja in Boston war.

Ich musste eine weitere Regel brechen. Ich würde nicht in die Schule gehen.

Jetzt am Tag zeigte das Fuller House wieder seine Schattenseiten. Zwar waren die Büsche geschnitten, der Rasen zurechtgestutzt, der Kiesweg freigelegt, aber das Gebäude selbst befand sich immer noch im Zustand des Verfalls. Die Farbe blätterte von der Fassade, im Dach fehlten einige Ziegel, und ein Brett, aus der Holzumrandung gerissen, schlug gegen die Veranda. Als ich mein Fahrrad gegen die alten Holzbohlen lehnte und durch die offen stehende Tür den großen Wohnraum im Erdgeschoss betrat, der neulich Nacht von außen so gemütlich erschienen war, spürte ich wie früher wieder die Feuchtigkeit und Verlassenheit des unbewohnten Hauses, diesen modrigen Geruch einer geheimnisvollen Vergangenheit.

»Luke?«, rief ich. Meine Entscheidung, hierherzukommen, war spontan gewesen. Es gab keine Alternative.

»Luke?«

Niemand antwortete.

Ich ließ meine Tasche fallen und trat an den Kamin. Fröstelnd starrte ich auf die verkohlte Glut im Kamin und erfasste die Unordnung mit einem Blick.

Bücher mit Post-its stapelten sich auf jeder verfügbaren Fläche, und der Boden war übersät von Papier, Gläsern, Tassen und Tellern. Auf dem Tisch erkannte ich einen Laptop, daneben einen Drucker sowie einen Stoß bedruckter Papiere. Ich lauschte, doch nichts im Haus rührte sich.

Es schien, als hätte Luke die ganze Nacht kein Auge zugemacht. Vermutlich holte er den verpassten Schlaf gerade nach. Tatsächlich hörte ich ein Geräusch von oben. Mit einem Mal fühlte ich mich wieder wie das Kind, das zusammen mit Amy im Haus herumgestrichen war und sich durch jedes Knarren und Knarzen zu Tode erschrecken ließ. Damals war Amy diejenige gewesen, die vorausging. Ich war ihr immer gefolgt.

Es war ein geisterhaftes Geräusch. Nicht nur das normale Knacken eines alten Hauses, dessen Holz arbeitete, sondern es hörte sich an, als würde etwas über den Boden geschleift. Ich beruhigte mich damit, dass Luke vermutlich dabei war, Ordnung zu schaffen, und mich deshalb auch nicht gehört hatte.

»Luke«, rief ich wieder und erschrak vor meiner eigenen Stimme, die seltsam dünn klang.

Abermals keine Antwort. Vorsichtig schlich ich in den schmalen Flur, wo sich genau wie im Wohnzimmer die Tapete von den Wänden ablöste, und lauschte. Das schabende Geräusch war verstummt, jetzt war es wieder ganz still.

Die erste Stufe der Treppe knarrte laut unter meinem Schritt, und ich zuckte unwillkürlich zusammen. Ich versuchte, mich zusammenzureißen. Ich durfte mir von den Geistern der Vergangenheit keine Angst einjagen lassen. Die Geister der Gegenwart waren schlimm genug.

Entschlossen stieg ich die nächsten Stufen hoch, als das schabende Geräusch abermals ertönte. Doch diesmal wurde es von Stimmen begleitet, als würde sich jemand unterhalten. War das Luke? Es hörte sich nicht nach ihm an.

Ich versuchte zu schleichen wie Oz, wenn er im Haus herumstrich. Es gelang mir nicht, denn jede der altersschwachen Stufen knarrte, ja, ächzte geradezu unter meinen Füßen. Als ich den obersten Absatz erreicht hatte, wurden die Stimmen lauter, und mir wurde klar, dass zwei Frauen oder Mädchen miteinander sprachen.

Es fiel mir schwer, einzelne Worte voneinander zu unterscheiden. Erst als die Unterhaltung für einige Sekunden abbrach und schließlich durch eine Art Singsang abgelöst wurde, stieg eine Ahnung in mir hoch, wer in dem Zimmer sein könnte, das zu meiner Rechten am Ende des Flurs lag.

»One, two, three, four, five, six, seven, all good children go to heaven.«

In einer der Stimmen erkannte ich Missys kindlichen Tonfall wieder.

Dann wurde der Reim von einer anderen, tieferen Stimme wiederholt, nur diesmal umgekehrt.

»All good children go to heaven, one, two, three, four, five, six, seven.«

Diese Stimme gehörte zu einer etwas älteren Frau, vielleicht im Alter von Liz, vielleicht auch jünger. Und sie kam mir bekannt vor, aber ich konnte mich nicht erinnern, woher. Als ich näher trat, fühlte ich mich in eine Duftwolke gehüllt, als wäre der Raum voller Blumen.

War das Traum oder Wirklichkeit? Vielleicht schlief ich ja noch. Dad hatte mich nicht geweckt, ich hatte nicht gefrühstückt, ich hatte nicht beschlossen, die Schule zu schwänzen. Ich lag noch immer in meinem Bett, und gleich würde ein neuer, klarer Morgen meinen Verstand zurückbringen.

In Träumen konnte man sich nicht entscheiden, man ging weiter, öffnete die nächste Tür, selbst wenn man schweißgebadet war und die Angst in einem hämmerte.
Genau das tat ich jetzt.
Die Tür war nur angelehnt, und noch bevor ich sie aufstieß, war mir klar, zu welchem Raum sie führte. Es war Zoeys Zimmer, das Zimmer unter dem Dach mit den weißen Möbeln, die mit Ranken von Rosen verziert waren.
Staubige Scheiben ließen kaum Licht herein. Und der Geruch nach Rosen betäubte mich, obwohl nirgendwo Blumen zu sehen waren.
Mein Blick ging sofort zum Bett. Lag es an meinem verwirrten Zustand? Jedenfalls schien es mir, als würden die tiefen Kratzspuren zum ersten Mal ein Muster ergeben, vielleicht sogar Zahlen.
»Six, seven …«
Der Singsang, der verstummt war, als ich die Tür geöffnet hatte, setzte abermals ein. Ich fuhr herum, und jetzt entdeckte ich Missys hagere Gestalt, tief in den Schaukelstuhl gedrückt, der vor ein paar Tagen noch auf der Veranda gestanden hatte. Um ihren Kopf trug sie einen Verband, der bis in die Stirn reichte, und über ihren Knien lag die bunte Steppdecke, die Amy und ich vor langer Zeit entdeckt hatten.
Ich konnte mich nicht rühren, schien in mir gefangen und hatte gleichzeitig das Gefühl, außerhalb meines Körpers zu stehen. Ja, so war es, mir kam es vor, als betrachtete ich mich selbst von der Seite. Mein Gesicht schimmerte unter meinen schwarzen Haaren hervor und war so bleich und durchschei-

nend, als begegnete ich meinem eigenen Geist. Es schien, als hätten Missy und ich die Rollen getauscht.

Denn ihr Blick war klar, ganz so, als hätte sie ihren Verstand wiedergefunden, während mein eigener irgendwo zwischen Himmel und Hölle hing. Ja, Missy lachte sogar, schien glücklich zu sein.

»Der Schatz ist bei Missy in Sicherheit, ja, das ist er«, murmelte sie, ganz als würde sie auf eine Frage antworten.

Ich fuhr herum, suchte nach der zweiten Person, mit der Missy sich vor wenigen Augenblicken unterhalten hatte, aber außer uns beiden war niemand im Zimmer.

»Hier wird sie uns nicht suchen.« Missy zog die Steppdecke bis ans Kinn, dann huschten ihre dürren Hände wieder unter den Quilt. Ihre Stimme hatte plötzlich wieder einen tieferen Klang. »Der Schatz?«

Und wieder in ihrem gewohnten Tonfall: »Der Schatz ist in Sicherheit. Missy passt auf.«

Endlich begriff ich. Außer Missy und mir war hier niemand. Sie hatte die ganze Zeit mit sich selbst geredet.

Ich ging einen Schritt auf sie zu und versuchte, nicht daran zu denken, was gestern im Westmill passiert war. Was, wenn sie gewalttätig wurde? In Bluehaven hieß es immer, Missy wäre zwar verrückt, aber völlig harmlos. Nach ihrem Auftritt im Untersuchungszimmer meiner Tante war ich da allerdings nicht mehr so sicher.

»Missy, wo ist Luke?«, fragte ich vorsichtig und beugte mich zu ihr hinunter. »Weiß er, dass du hier bist?«

»Luke ist ein guter Mensch.« Sie schielte mich unter ihren verfilzten Haaren triumphierend an. »Er kann das Geheimnis lüften.« Sie machte eine kurze Pause. »Jemand muss das Geheimnis lüften.«

In diesem Moment hörte ich im unteren Stockwerk die Haustür ins Schloss fallen und dann energische Schritte, die den Raum durchquerten, gefolgt von einem Rufen. »Faye? Faye, bist du hier?« Eindeutig Lukes Stimme.

Stück für Stück spürte ich wieder Boden unter den Füßen. Diese Begegnung mit Missy war eigentlich nicht anders als alle anderen zuvor. Nur hatte sie mich für einen kurzen Moment die Rollen vertauschen lassen, sodass ich diejenige zu sein schien, die verrückt war, während Missy vorgab, die Lösung aller Rätsel zu besitzen.

Ein Schatz.

Ich lebte im 21. Jahrhundert. Das war keine Zeit, in der man noch Schätze entdecken konnte.

Ich stand schon an der Tür, als Luke die Treppe hochgerannt kam, eine Plastiktüte von Alison's Supermarkt in der Hand. Seine blauen Augen strahlten, als er mich erkannte.

»Ich habe deine Tasche unten gesehen. Hast du schon mit Missy gesprochen?«

Er schob sich an mir vorbei in das Dachzimmer und begann, die Plastiktüte zu leeren. »Missy, ich habe dir alles mitgebracht, was du brauchst. Zahnbürste, zwei Dosen Cola, Sandwiches ...«

Nach und nach stapelte er alles auf der Kommode, nicht ohne Missy jeden Gegenstand einzeln zu zeigen.

»Was bedeutet das?«, fragte ich, nachdem ich einen Moment zugesehen hatte. »Will sie hier einziehen?«

Luke warf mir über die Schulter einen entspannten Blick zu.

Er wirkte hellwach und völlig ausgeruht, nicht, als hätte er sich die halbe Nacht mit mir im Drachenraum herumgetrieben oder von den Krankheiten in seiner Familie erfahren. »Ich habe sie heute Morgen hier oben entdeckt«, erklärte er. »Offensichtlich hat sie schreckliche Angst vor jemandem. Ich habe ihr angeboten, dass sie bleiben kann, solange sie will.«
»Schreckliche Angst?« Ich verfiel unwillkürlich in ein Flüstern. »Die hab ich auch. Aber vor ihr. Luke, sie redet total wirres Zeug.«
Luke trat zu dem Sessel und ging vor Missy in die Knie. »Erzähl Faye, was du mir gesagt hast.«
Missy senkte den Kopf und flüsterte Luke zu: »Vielleicht haben die sie geschickt?«
»Nein, mit Sicherheit nicht«, beruhigte Luke sie. »Faye wird nichts verraten.«
»Aber sie ist wieder da. Sie hat mich nicht vergessen. Sie sucht mich.« Eine Pause, dann begann Missy im Schaukelstuhl vor und zurück zu wippen. Sie hob die Hand und fing an abzuzählen: »Nelson, Roger, William, Liz. Einer für alle, alle für einen.«
Unser Motto? Wirklich unser Motto? *Ginger, Caleb, Josh, Faye … Amy*. Ich kam nicht dazu, weiter darüber nachzudenken, denn nun veränderte Missy ein weiteres Mal ihre Stimme, diesmal, als würde sie jemanden nachahmen. *»Faye? Hörst du mich? Das ist für dich.«*
Mir wurde übel. Alles drehte sich vor meinen Augen. »Amy?«
»Was ist mit Amy?«, hörte ich Luke sagen.
Missy schwieg und beobachtete mich aus schmalen Augen. Ihr Stuhl wippte vor und zurück. Vor und zurück.

»Sie spricht von ihr. Das ist eindeutig Amys Stimme!«

Das Fuller House wurde von Windstößen erschüttert, die aus allen Richtungen zu kommen schienen, und ich wünschte mir vergeblich, sie würden meine Gedanken und Ängste mit sich reißen.

»Bist du dir sicher?«, fragte Luke und runzelte die Stirn.

Ich nickte nur, nickte im Takt mit Missys Schaukelstuhl, bis sie plötzlich abrupt innehielt.

Ihre klauenartige Hand schoss vor, aber sie packte mich nicht, sondern winkte hexenhaft mit dem Zeigefinger. *»Faye, komm zu mir!«* Wieder Amys Stimme.

Auch in Lukes Miene spiegelte sich jetzt Unsicherheit, während ich plötzlich nur noch einen Gedanken hatte: Was, wenn Missy die Antworten hatte, nach denen ich die ganze Zeit gesucht hatte? Mir fiel unsere Begegnung auf dem Friedhof ein. Hatte Missy nicht schon damals versucht, mit mir zu sprechen?

»Missy, was weißt du über Amy?«, flüsterte ich.

Missys Hand sank auf ihren Schoß zurück, und für einen Moment schien es, als hätte sie mich gar nicht gehört. Doch dann legte sie den Finger auf den Mund, als wollte sie mich zum Stillschweigen ermahnen.

»Sie haben sie wieder aufgeweckt, verstehst du?«, wisperte sie kaum hörbar. »Du darfst es keinem erzählen, aber das können sie. Tote wieder aufwecken.« Sie winkte uns näher heran. »Wollt ihr wissen, welchen Schatz ich gefunden habe? Euch verrate ich es. Es ist ein Spiegel, aus dem Tote sprechen, wenn sie noch leben.«

Einen Moment später setzte sich der Schaukelstuhl wieder

laut knarzend in Bewegung, und während meine Knie langsam unter mir nachgaben, verfiel Missy von Neuem in ihren wahnsinnigen Singsang. *»One, two, three, four, five, six, seven ... The last child has gone to heaven.«*

22. KAPITEL

Mir war kalt, kalt, kalt.

Missys Worte wühlten mich immer noch auf. Luke drückte mir eine heiße Tasse Tee in die Hand. »Alles trinken, und keine Widerrede«, sagte er streng. Fast hätte ich gelacht, weil er genau wie Dad klang.

Luke hatte mich nach unten ins Wohnzimmer gebracht. Er hatte mich in einen Sessel gedrückt, eine Decke um mich gelegt, den Kamin angezündet und Tee gekocht. Oder, nein, das war nicht nur Tee, stellte ich hustend fest, da war auch noch etwas anderes dabei. Was auch immer Luke in den Tee gekippt hatte, stieg mir sofort in den Kopf und ließ meine Nervenenden vibrieren. Gleichzeitig wusste ich, dass ich jetzt nicht durchdrehen durfte.

Die Gedanken und Sätze drehten sich in meinem Kopf. Missy hatte mir eine Antwort gegeben, als ich sie direkt gefragt hatte, und diese Antwort stellte meine Welt auf den Kopf.

Sie haben sie wieder aufgeweckt, verstehst du? Das können sie.

Missy war nicht ganz so verrückt, wie jeder dachte. Das war

mir inzwischen klar. Irgendwo in ihrem Gerede lag ein tieferer Sinn verborgen. Sie wollte mir etwas mitteilen, und ich versuchte verzweifelt, den Zusammenhang herzustellen.
Meine Begegnung mit Amy an der Bushaltestelle – *Faye, komm zu mir! Ich muss mit dir reden.*
Und immer wieder Missys Worte – *Sie haben sie wieder aufgeweckt, verstehst du? Das können sie. Tote wieder aufwecken.*
Und das könnte bedeuten … ich ließ den Gedanken jetzt einfach zu …
Watch it!
Die Nachricht in der Nacht nach dem Unfall auf meinem Handy … hatte Amy geschickt.
War es das? War Amy gar nicht tot?
Aber das konnte nicht sein. Ich hatte sie im Sarg gesehen, das Gesicht mit einer dicken Schicht Schminke zugekleistert, aber letztendlich doch eindeutig Amy.
Die Tasse in meiner Hand zitterte, drohte zu Boden zu fallen, doch bevor sie mir aus den Fingern glitt, war Luke bei mir. Er nahm mich in den Arm. Ich griff nach seiner Hand, klammerte mich daran, aber meine Finger blieben kalt. Was machte ich hier bei Luke, wenn Josh der Einzige war, bei dem ich sein sollte? Ich zerrte die Decke von meinen Schultern und stolperte über sie, als ich zu meiner Tasche rannte, die noch immer im Wohnzimmer auf dem Boden lag.
»Josh. Ich muss Josh anrufen. Ich muss mit ihm sprechen.«
Ich stülpte die Tasche um, wühlte hektisch in meinen Sachen, bis ich mein Handy zu fassen bekam. Es rutschte immer wieder aus meinen flatternden Händen, bis Luke es mir abnahm und nach Joshs Nummer suchte.

»Hier.« Er streckte mir das Telefon entgegen.
Und dann erinnerte ich mich wieder. »Er ist nicht da«, flüsterte ich. »Er ist in Boston. Er kommt erst heute Abend wieder zurück.«
»Ruf ihn an. Sag, du brauchst ihn. Wenn er dich liebt, wird er kommen.«
Ich wählte die Nummer, die Verbindung baute sich auf, es klingelte mehrfach, schließlich ertönte: *Bitte hinterlassen Sie eine Nachricht ... Pieeep.*
Ich wollte etwas sagen ... aber kein Wort kam über meine Lippen. Und dann war die Gelegenheit vorbei.
Wenn er dich liebt, wird er kommen.
Wie sehr mich dieses *Wenn* quälte.
Wenn, wenn, wenn ...
Wie konnte ich Joshs Liebe zu mir infrage stellen?
Ich sank wieder in meinem Sessel zusammen. Vorsichtig nahm Luke mir das Handy ab und umfasste mit beiden Händen meine Schultern. »Faye, wir müssen reden. Hier stimmt etwas ganz und gar nicht. Und eins ist mir klarer als jemals zuvor: Du bist *nicht verrückt*!«
Vielleicht hatte er damit sogar recht, aber ich hätte meine fünf Sinne – wenn nicht noch mehr – geopfert, um das Vertrauen und die Sicherheit zurückzugewinnen, die mich bisher durchs Leben geführt hatten.
»Weißt du, wie es sich anfühlt«, flüsterte ich, »wenn du denkst, du wirst wahnsinnig? Wenn du dort ...«, meine Hand deutete auf einen imaginären Punkt im Raum. »Wenn du ... jemanden siehst, der tot ist? Wenn du hörst, wie er mit dir spricht? Nach dir ruft?«

Luke war dicht vor mir, sein Blick ließ mich nicht los, hielt mich in der Gegenwart. »Faye«, beschwor er mich. »Faye, hör mir zu! Hörst du mir zu?«
Er wartete, bis ich nickte.
»Missy, da oben«, er machte eine flüchtige Bewegung mit dem Kopf, »mag wirres Zeug reden. Zumindest hört es sich für uns so an. Aber da steckt mehr dahinter. Überleg doch mal: Du siehst Amy in der Nacht nach ihrem Unfall an der Bushaltestelle.« Er löste sich von mir und begann, im Zimmer auf und ab zu laufen. »Du bekommst eine Nachricht von Amys Handy, als sie schon längst gestorben sein muss, mit der Ankündigung, dass sie dir etwas schicken wird – das dann nie eintrifft.« Luke blieb abrupt stehen. »Und Missy spricht von Toten, die wieder aufgeweckt werden. Wie viele Beweise brauchst du noch, Faye? Für mich klingt das alles ganz und gar nicht verrückt, sondern sehr real! Sogar gefährlich real. Alle, die etwas anderes behaupten, lügen!« Er lachte kurz auf. »Lügen scheint in eurem idyllischen Bluehaven ja geradezu Volkssport zu sein. Denk nach, Faye! Die heilige Familie Lancaster. Ihre Tochter fährt betrunken Auto, sie verursacht einen Unfall – und was tun sie? Sie schieben es Amy in die Schuhe. Einfach so, und niemand protestiert. Nein, weil alle zusammenhalten. Und was ist mit Josh? Er hat es auch gewusst, oder?«
Luke beugte sich zu mir, zwang mich geradezu zu einer Antwort, und ich wusste, er würde nicht eher Ruhe geben, bis ich sie ihm lieferte.
Ich nickte.
»Treffer!«, triumphierte er. »Josh hat dich also belogen, und

jetzt ist er nicht da, um dir zu helfen. Und dann ist da noch die Sache mit meinem Vater –«

»Stopp, hör auf.« Ich presste die Hände auf meine Ohren, ich konnte, wollte nicht länger zuhören, aber Luke fuhr unerbittlich fort.

»*Warum* hat Liz sich geweigert, mir die Akten auszuhändigen, ja sogar behauptet, sie existierten nicht mehr? Und wir finden die gesammelte Krankheitsgeschichte meiner Familie im Keller des Westmill Medical Center. Und apropos ... da ist noch etwas.«

Er nahm wieder seinen ruhelosen Gang durchs Zimmer auf. »Gestern, nachdem diese ... Person verschwunden war, die uns fast im Keller erwischt hätte, fehlte plötzlich ein Karton im Regal. Ich bin sicher, er war vorher noch da, weil er mir sofort aufgefallen war. Auf dem Etikett stand: *AKE*.«

»AKE?«, fragte ich verwirrt.

Luke hob den Zeigefinger: »Das ist die Abkürzung für *Außerkörperliche Erfahrungen*. So nennt man es, wenn jemand das Gefühl hat, zu schweben, sich selbst von oben zu sehen, sich wie einen Fremden zu beobachten. Ich weiß das von meiner Mom, die glaubt an Reinkarnation und solche Sachen.« Luke schüttelte den Kopf. »Aber das ist egal – der Punkt ist doch, dass jemand den Karton überhaupt geholt hat. Begreifst du nicht? Mitten in der Nacht und aus einem angeblich längst geschlossenen und nicht mehr genutzten Archiv!«

Mein Kopf schwirrte. Luke hatte sich in Rage geredet, während ich nichts mehr sagen konnte. Es klang alles so überzeugend ...

Draußen zerrte der Wind an der losen Balustrade der Veranda, die jeden Moment herunterzufallen drohte.
»Faye, was für Lügen erzählen sie sonst noch?«, setzte Luke nach. »Was steckt hinter diesem Monday Club? Warum all das Gerede von Geheimhaltung, wenn sie nichts zu verbergen haben, sich angeblich nur um Wohltätigkeit und soziale Zwecke kümmern?«
Nelson, Roger, William, Liz. Einer für alle, alle für einen. Das Gesetz des Schweigens.
Ich presste die Augen zu, versuchte mich zu beruhigen, aber wieder und wieder kam ich nur zu demselben Ergebnis wie Luke: Überall Lügen, Geheimnisse, Vertuschung. Und eine Frage stieß die Tür zu einer nächsten auf. Luke hatte das feine Netz von Verdacht und Misstrauen in meinem Kopf lückenlos gewebt.
Tränen stiegen in mir hoch, die ich hinunterschluckte.
»Was soll ich bloß tun?«, flüsterte ich.
»Du weißt es.«
Was meinte Luke?
Ich konnte nicht zum Monday Club gehen und sie einfach fragen. Ich hatte nichts in der Hand außer ihren Lügen über den Unfall, meiner verrückten Begegnung mit Amy an der Bushaltestelle und Missys an Wahnsinn grenzendem Gerede.
Und sie würden sowieso schweigen.
Aber was war mit Liz? Wog ihr Schwur gegenüber dem Monday Club schwerer als ihre Liebe zu mir?
»Ich werde es tun«, sagte ich schließlich entschlossener, als ich mich fühlte. »Ich werde zu Liz gehen. Ich werde mit mei-

ner Tante reden. Sie muss mir die Wahrheit sagen, zumindest über Amy.«
Ich richtete mich auf, und als Luke fragte, ob er mich begleiten sollte, erwiderte ich das einzig Richtige: »Nein, das ist allein meine Sache.«

Die Bäume entlang der Straße wankten im Wind, und ein beständiges Rauschen verursachte ein Dröhnen in meinen Ohren. Es war nicht nur der Wind, der das Meer aufpeitschte und sich mit dem Grollen der Wellen verband. Es waren auch die Gedanken, die Fragen, die verzweifelt und unaufhaltsam in meinem Kopf hämmerten.
Ich rannte die State Street entlang, kam an der Plakatwand vorbei, an der Stelle, wo Amy nach mir gerufen hatte. Grüppchen von Schülern der Weston High – meist auf Fahrrädern – kamen mir entgegen. Ich blickte nicht auf. Ich wollte nicht erkannt werden, ich wollte sie nicht erkennen. Ich wollte unsichtbar sein wie in der Nacht … und blind. Das grelle Sonnenlicht blendete meine Augen so stark, dass kalte Tränen mein Gesicht hinunterliefen.
Ich bog in die Court Street ein und ging geradewegs auf den Glasanbau des Westmill Medical Center zu, in dem sich Himmel, Wolken, Bäume hundertfach zu spiegeln schienen. Die Drehtür, durch die man ins Gebäude gelangte, stand still. Früher war ich immer unglaublich stolz gewesen, dass diese Klinik sozusagen meiner Familie gehörte. Mein Grandpa hatte sie gegründet, der Monday Club unterstützte sie mit viel Geld, und meine Liz, in meinen Kinderaugen die wunderbarste aller Tanten, war hier die Chefin. Und eines Tages

würde ich ihr Werk fortführen. So war immer der Plan gewesen, aber als ich jetzt die Glastür aufstieß, hatte sich der Stolz in Luft aufgelöst. Im Foyer warteten mehrere Menschen, an denen ich möglichst schnell vorbeiging, um zu verhindern, dass jemand mich ansprach. Über die Lautsprecheranlage wurden Namen ausgerufen. Ein kleiner Junge kniete auf dem Boden und ahmte eine Sirene nach, während er zwei Spielzeugautos zusammenprallen ließ.

Ich hatte rasende Kopfschmerzen, und der Geruch nach Desinfektionsmittel, dieser vertraute Krankenhausgeruch, ließ meinen Magen rebellieren.

Ich versuchte, unbemerkt am Empfang vorbeizukommen, doch Melinda, »die Spionin«, wie Amy sie früher immer genannt hatte, besaß Augen, denen nichts entging. Ich war schon fast an ihr vorbei, als ihre scharfe Stimme meinen Namen rief: »Ich weiß nicht, ob deine Tante jetzt Zeit für dich hat. Du siehst ja, was hier los ist.«

Ich ignorierte die langjährige Vertraute meines Grandpas, ließ den gläsernen Fahrstuhl schnell hinter mir und rannte den Gang entlang, an dessen Ende Liz' Büro lag. Als Kind war mir der Flur ewig lang erschienen. Doch jetzt stand ich zu schnell vor der Tür, hinter der sich – so schien es mir – mein weiteres Leben entscheiden würde.

Ich konnte leises Gemurmel hinter der Tür hören. Meine Hand fühlte sich kalt an, als ich, ohne anzuklopfen, nach dem Türknauf griff. Ich hatte ihn meinem Gefühl nach nicht einmal berührt, da drehte er sich wie von selbst, und ich betrat den Raum, als Liz gerade ins Telefon sagte: »Wir treffen uns bei mir, dann –«

Sie brach ab, als sie mich in der Tür stehen sah.
Für einen langen, stillen Augenblick trafen sich unsere Augen, bis sie sich wieder an das Telefon erinnerte und einfach auflegte, ohne eine Erklärung abzugeben.
Sie erhob sich und strich den weißen Ärztekittel glatt. Als ich noch sehr klein war, dachte ich, ein Arzt könnte nie krank werden, nie sterben. Und wenn ich einmal im Westmill Medical Center arbeiten würde, würde ich nicht nur von jedem ekelhaften Schnupfen verschont bleiben, sondern auch schlafen können.
Mit energischen Schritten kam Liz auf mich zu, die Augen besorgt auf mich gerichtet: »Um Himmels willen, Faye, wo warst du? Die Schule hat bei deinem Dad angerufen, als du nicht zum Unterricht erschienen bist. Was ist los mit dir? Du ignorierst einfach Abmachungen. Kannst du dir nicht vorstellen, dass wir umkommen vor Sorge?«
Hatte Dad ihr von dem Schlüsselbund und dem Wagen erzählt?
Für einen winzigen Moment, wirklich nur für den Bruchteil einer Sekunde, war ich die alte Faye, diejenige, die Ginger schon immer »die Letzte der Gläubigen« genannt hatte. Ich war wieder einmal kurz davor, mich bei Liz zu entschuldigen, bis ich mich an Luke erinnerte. An das, was er gesagt hatte.
Er hatte recht. Etwas stimmte hier nicht, es gab zu viele Zweifel, zu viele Widersprüche. Und wenn ich keine Antworten fand, würde ich niemals zur Ruhe kommen.
Also blieb ich einfach stehen und schaute Liz an, die vor mir stand. Mit jedem Atemzug bebte mein Körper, und das erinnerte mich an ein weiteres Erlebnis mit ihr. Wie sie mir

draußen im Park einmal ein verletztes Rotkehlchen in die Hände gelegt, wie ich es vorsichtig gehalten und es gespürt hatte, das Pochen seines winzigen Herzens gegen meine Finger.

»Faye? Du bist ja völlig durcheinander.« Liz' Stimme drang kaum zu mir durch.

Der Raum drehte sich wie ein Karussell, und mein Herz schlug so schnell wie das Herz des Rotkehlchens damals.

Liz zog mich an sich. Den Bruchteil einer Sekunde vertraute ich ihrer Wärme, atmete den bekannten Geruch ihres Parfüms, doch dann riss ich mich los, ging an ihr vorbei und ließ vor dem Schreibtisch meine Tasche auf den Boden fallen.

Sie kam mir nach und versuchte vergeblich, meine Hand zu fassen. »Was ist los, Faye? Ist etwas mit Josh? Hast du dich wieder mit Ginger gestritten?«

Sie sah mich mit diesem liebevollen Ausdruck an, den sie für mich reserviert hatte. Vergeblich versuchte ich, in ihrem Gesicht etwas zu entdecken, das mein Misstrauen, diesen Argwohn, all die Zweifel rechtfertigte. Aber ich fand nichts und stieß einfach die erste Frage aus, die mir in den Sinn kam.

»Wo warst du, als Amy gestorben ist?«

»Das hatten wir doch schon einmal, Faye«, seufzte sie und fuhr dann behutsam fort. »Warum quälst du dich so? Wirklich, es tut mir unendlich leid, dass ich Amy nicht helfen konnte. Aber ich bin erst mitten in der Nacht aus Boston zurückgekommen.«

»Du hast mir nie etwas über diese Nacht erzählt«, entgegnete ich bitter. »Wann bist du zurückgekommen? Bist du sofort ins Westmill gefahren? Wo war Amy? Was habt ihr in jener Nacht mit ihr gemacht?«

»Ganz ruhig, Faye«, sagte Liz in ihrem Ärztinnenton. »Versuch, langsam zu atmen, und dann kannst du mir erklären, warum du das so genau wissen musst.«

»Warum ich das wissen muss?« Meine Stimme war geradezu tonlos. »Weil Amy am frühen Mittwochmorgen noch gelebt hat. Sie kann nicht, wie ihr behauptet, am Dienstagabend bei dem Unfall gestorben sein.« Mit jedem Satz war meine Stimme lauter und bestimmter geworden. »Irgendjemand lügt hier und –«

»Faye«, unterbrach mich Liz. »Schatz, du hast drei Tage geschlafen. Die Medikamente …«

»Nein, lass mich ausreden«, gab ich zurück. »Ich habe den Beweis dafür.« Ich zog mein Handy aus meiner Tasche, das Metall fühlte sich kühl und glatt in meiner Hand an. Ich hatte etwas Konkretes in der Hand und zeigte es Liz.

»Amy kann nicht gestorben sein, weil sie mir mitten in der Nacht eine Nachricht geschickt hat. Von ihrem Handy. Und diese Nachricht ist echt. Sie ist von ihr! Ich weiß es.«

Wusste ich es wirklich? Nein. Aber es tat gut, es einfach einmal laut auszusprechen.

Liz brauchte einen Moment. Sie setzte zu einer Erwiderung an, doch ich ließ sie nicht zu Wort kommen. Alles brach aus mir heraus. Die Begegnung mit Amy auf der State Street. Die Nachricht, die ich erst so viel später gelesen hatte. Der schreckliche Gedanke, ich wäre verrückt, denn was konnte es anderes sein als Einbildung. Halluzinationen – wie damals, als ich zu Dr. Myers gegangen war.

Es wurde sehr still im Zimmer. Nur der Computer gab ab und zu ein Geräusch von sich, und ich hörte das Ticken von Liz' Armbanduhr direkt neben mir. Dann läutete das Telefon laut und schrill, doch Liz ignorierte es.
»Ich liebe dich so sehr, Faye«, flüsterte sie schließlich. »Das musst du mir glauben. Aber du kannst Amy in jener Nacht nicht getroffen haben. Das ist nicht möglich.«
Mein Gott, Faye, wie naiv bist du eigentlich? Ginger hatte das beim Abendessen in Manor House gesagt.
Ich war nicht länger naiv. Nie mehr.
»Du lügst!«, brach es wieder aus mir heraus. »Du lügst mich an, wahrscheinlich um mich mal wieder zu beschützen! Wovor?«
Zum ersten Mal in meinem Leben gab ich nicht nach.
Und Liz spürte es. Sie war normalerweise eine Meisterin darin, ihre Gefühle zu verbergen, aber jetzt konnte ich in ihrer Miene lesen wie in einem Buch.
Schuld, Ärger, Ohnmacht, Sorge – all das zeichnete sich auf einmal in ihrem Gesicht ab, und es erschreckte mich. So etwas war noch nie zuvor passiert: Meine Tante verlor die Kontrolle.
»Liz, bitte!«, beschwor ich sie. »Wenn dir etwas an mir liegt, wenn du mich wirklich liebst, musst du mir die Wahrheit über die Unfallnacht sagen, denn da ist etwas Schreckliches passiert, das fühle ich. Ganz tief in mir spüre ich es.«
Liz wandte sich zum Fenster. Die Wipfel der alten Eichen wogten im Sturm, doch hier drinnen war es still wie in einem Grab. »Ich hab dich niemals angelogen«, begann sie schließlich, und ihre Stimme klang mit einem Mal ganz anders. Wei-

cher. Verletzlicher. »Nein, Liebes, das habe ich nicht getan. Aber ich habe dir tatsächlich etwas verschwiegen, etwas, was ich selbst immer noch nicht begreife.«

Normalerweise hätte ich den Atem anhalten müssen, aber merkwürdigerweise war das Gegenteil der Fall. Ich atmete laut und hörbar aus und fühlte mich einfach nur erleichtert. Endlich nahm meine Tante mich ernst. Sie war schrecklich nervös und hatte Probleme, weiterzusprechen. Immer wieder zupfte sie am Kragen der hellblauen Bluse unter ihrem Ärztekittel, als suchte sie Halt. Dann verbarg sie die Hände in den Taschen, zog sie wieder heraus.

»In jener Nacht«, begann sie und brach wieder ab. Ich konnte sehen, wie sich ihr Brustkorb hob und senkte. Sie atmete schwer.

Liz schloss die Augen, hob die rechte Hand und presste sie gegen die Stirn. Fiel es ihr schwer, sich zu erinnern? Oder mir zu erzählen, was wirklich passiert war?

»Was war in jener Nacht?«, fragte ich.

Liz' Schultern strafften sich, sie ließ die Hand fallen und öffnete die Augen. Als sie zu reden begann, war ihre Stimme wieder klar und entschieden. »Ich war auf diesem Symposium in Harvard und bin danach mit einer alten Studienfreundin noch etwas essen gegangen. Als ich gegen halb neun ins Auto stieg, habe ich bemerkt, dass das Telefon immer noch leise gestellt war. Frank Turner hatte mir auf die Mailbox gesprochen, dass es einen Unfall gegeben hätte. Danach war ein Anruf nach dem anderen gekommen. Nelson, Roger, Claire, Donna, noch mal Frank Turner und natürlich immer wieder dein Dad. Du kannst dir vorstellen, dass ich al-

les getan habe, um so schnell wie möglich nach Bluehaven zu kommen.«
Ich hatte genau zugehört, denn kein Detail sollte mir entgehen. Nelson, Roger, Clair, Dad, ja sogar Frank Turner … sie alle hatten Liz angerufen. Nur eine fehlte in der Liste.
»Was ist mit Virginia? Hat sie dich auch angerufen?«
Liz schwieg, zog die Stirn in Falten, und schließlich schüttelte sie den Kopf. »Nein, Virginia nicht. Ich habe versucht, sie zu erreichen, aber natürlich konnte sie mich nicht zurückrufen. Sie war schließlich die ganze Zeit bei Amy.«
»Warum, wenn sie doch …«
Liz unterbrach mich. »Ich kam so gegen eins ins Westmill …« Ihre Hand lag nun auf ihren Lippen. Es war nur eine flüchtige Geste, doch sie verriet mir, wie aufgewühlt sie war. »… und da war Amy nicht, wie man mir gesagt hatte, tot. Sie lebte noch.«
Ich hörte die Worte, doch ich begriff sie nicht ganz. Begriff nur, wie mir endgültig der Boden unter den Füßen weggezogen wurde. Durch mein Leben ging ein Riss.
Ungläubig starrte ich meine Tante an. Sie schüttelte den Kopf, als könnte sie selbst nicht verstehen, was sie gesagt hatte. »Ja, Amy lebte noch. Sie war furchtbar schwach und bewusstlos, aber sie lebte noch.«
»Wie …« Ich konnte nicht sprechen, die Worte bildeten sich in meinem Inneren, aber sie kamen nicht über meine Lippen.
Liz sah mich nicht an, als sie es weitersprach. »Virginia … sie hat mir erklärt, dass sie nicht akzeptieren konnte, so eine junge Patientin zu verlieren. Noch dazu Amy, die dir und uns allen so viel bedeutete. Sie hat alles getan, um sie zu re-

animieren, obwohl es aussichtslos schien. Aber sie wusste – erst wenn man aufgibt, ist ein Patient verloren.«
Missys krächzende Stimme in meinem Kopf: *Sie haben sie wieder aufgeweckt, verstehst du? Denn das können sie. Tote wieder aufwecken.*
»Virginia hat Amy nach dem Unfall ins Herzkatheterlabor gebracht, sie dort intravenös heruntergekühlt und mit Sauerstoff versorgt. Und es ist ihr tatsächlich gelungen, sie zurückzuholen.« Die Stimme meiner Tante klang mittlerweile monoton, als würde sie von einem Skript ablesen. »Andy war mittlerweile längst nach Hause gegangen, Virginia hatte darauf bestanden. Um ihren Zustand nicht zu gefährden, hat sie Amy in ein künstliches Koma versetzt. Damit sich der Körper erholen konnte, verstehst du? Als ich also im Westmill ankam, da lebte Amy zwar, aber sie war nicht bei Bewusstsein, und etwa dreißig Minuten später ist sie gestorben.«
Es war tatsächlich passiert: Amy war wieder aufgewacht. Warum hatten weder Liz noch Virginia darüber ein Wort verloren? Sie hatten nichts davon gesagt. Niemandem. Es ergab keinen Sinn.
»Wieso?« Ich sagte nur dieses eine Wort, aber Liz wusste sofort, worauf ich hinauswollte.
Sie zögerte. »Inzwischen wusste die ganze Stadt, dass Amy bei dem Unfall gestorben war. Dein Dad war völlig aufgelöst vor Sorge um dich. Und Amys Zustand war völlig instabil. Ihr ging es sehr schlecht. Was, wenn ich euch Bescheid gegeben hätte? Du hättest dir Hoffnung gemacht.«
»Aber hier ging es nicht um mich!«, rief ich. »Was ist mit

Donna? *Sie* habt ihr auch belogen. Sie konnte nicht an Amys Bett sitzen, ihre Hand halten, mit ihr sprechen.«

Liz legte die Hände vor das Gesicht und atmete schwer. »Ja, ich hätte es ihr sagen müssen.«

»Warum hast du es dann nicht getan?«

Liz erhob sich, wandte mir den Rücken zu und starrte zum Fenster hinaus, wo sich die hohen Eichen in dem unsichtbaren, fast lautlosen Wind bewegten, als würden sie tanzen.

Sie wandte sich wieder zu mir um. Ihr stets makelloses Gesicht war plötzlich mit Falten überzogen.

»Ich habe es schon einmal erlebt«, flüsterte sie. »Jemandem Hoffnung zu machen, und dann …«

»Wovon sprichst du?«

»Von dem Tag, an dem deine Mutter starb …« Sie musste den Satz nicht zu Ende bringen. Ich wusste, was sie sagen wollte: *… und du geboren wurdest.*

»Wir, dein Grandpa und ich, hatten Olivia schon verloren. Wir hatten alles versucht. Ihr Herz war ein Dutzend Mal geschockt worden. Der Raum sah wie ein Kriegsschauplatz aus. Überall Blutspuren, leere Adrenalinfläschchen. Ich rief deinen Dad an. Er war an einer Tankstelle auf dem Weg von Portland hierher, und ich sagte ihm, dass Olivia keine Chance gehabt hätte. Er war völlig fassungslos. Und noch während ich mit ihm spreche, kommt dein Großvater, und ich werde den Ausdruck in seinem Gesicht nicht vergessen, als er sagte: *Ich habe sie wieder. Ich habe meine Olivia wieder*.«

Liz schloss die Augen, und ich spürte, wie viel Kraft es sie kostete, weiterzureden. Ich selbst konnte kaum atmen, es war, als würde ich diese letzten Minuten meiner Mutter miterleben.

»Obwohl ich wusste, dass die Gefahr noch nicht vorüber war, sagte ich es Roy. Er hat geweint vor Erleichterung, stieg ins Auto und fuhr sofort los. Er hat nicht einmal seine Tankrechnung bezahlt.«

Ja, das klang nach meinem Dad.

»Inzwischen brachten wir Olivia so weit, dass sie ansprechbar war. Das allein war ein Wunder. Damals war die vorherrschende Lehrmeinung, dass maximal fünfundvierzig Minuten vergehen konnten, ohne dass die Hirnzellen irreversibel geschädigt wurden. Aber deine Mutter hat noch länger durchgehalten. Als sie zu sich kam, wach wurde, galt ihr erster Gedanke nur dir. Sie wollte dich sofort sehen … mein Gott, sie war so glücklich. Für sie war das Wichtigste, dass du gesund warst … Heute denke ich manchmal, sie wusste, sie würde sterben, auch als ich und dein Großvater wieder Hoffnung hatten.«

Einige Atemzüge lang herrschte Schweigen, bis Liz tief Luft holte und mit leiser Stimme weitersprach. »Roy war nur noch zehn Meilen von Bluehaven entfernt … es dauerte nur einige Minuten, doch als er hier ankam, war Olivia kurz zuvor zum zweiten Mal gestorben. Verstehst du, hätte er nicht angehalten, um zu tanken, hätte er sie noch lebend angetroffen. Und diesen Blick in seinen Augen, als ich es ihm sagen musste … ich kann ihn nicht vergessen.«

23. KAPITEL

Meine Kehle war trocken, meine Hände eiskalt, und mir war übel. Ich saß ganz still da. Ein Augenblick ging in den nächsten Augenblick über, und ich hoffte, dieser Albtraum würde sich endlich auflösen.

Mein Geburtstag, Moms Todestag. Darüber wurde nur selten gesprochen. Mom war bei meiner Geburt zwei Mal gestorben, und ich hatte die Geschichte hinter der Geschichte nicht mal geahnt.

Liz zog ein Kleenex aus der Box und wischte sich über die Augen. »Ich konnte Donna das nicht antun, verstehst du, Faye? Weil Amy so entsetzlich schwach war. Ich ahnte schon …«

Ihr Blick löste sich von mir, glitt zum Fenster hinüber, hinter dem der Wind durch die uralten Eichen fuhr und die verfärbten Blätter wie Vogelschwärme durch die Luft segelten. Eine Weile verfolgte sie schweigend das Schauspiel, bis sie sich mir wieder zuwandte.

»Ich hätte alles gegeben, damit Amy es schafft, wirklich alles.« Plötzlich sah sie unsagbar wütend aus. »Dass sie stirbt, hätte niemals passieren dürfen. Wäre ich schneller aus Boston zurückgekehrt …« Sie ballte ihre Hände wieder zu Fäusten, sodass die Knöchel der Finger schneeweiß hervortraten.

Ich schloss die Augen und versuchte, zu mir zu kommen. Was Liz erzählte, kam mir plötzlich vor wie aus einer dieser Serien, in denen Ärzte gegen den einzigen Bösen kämpften, den es in ihrem Leben gab: den Tod. Und alles kreiste um die eine Frage: Wer ist stärker?

»Wie kann jemand so lange Zeit tot sein und dann plötzlich wieder aufwachen?«, flüsterte ich. »Wie Amy? Und … Mom?«

»Es erscheint uns wie ein Wunder«, sagte Liz. Ihre Fäuste entspannten sich wieder. »Und für viele ist es auch eins. Aber in den letzten Jahren hat sich herausgestellt: Der Tod ist ein Prozess. Und er kann lange angehalten werden, noch Stunden nachdem das Herz aufgehört hat zu schlagen. Wichtig ist, dass der Körper gekühlt wird. Der bekannteste Fall ist eine Frau in Japan. Sie war so lange tot gewesen, dass ihre Körpertemperatur auf nur zwanzig Grad Celsius gefallen war. Aber sie verließ das Krankenhaus ohne Folgeschäden.«

Ich hörte kaum, was Liz sagte. Nur ein Gedanke erfüllte mich jetzt. *Wenn Amy noch gelebt hatte, dann* … Plötzlich sprudelten die Worte nur so aus mir heraus: »Dann habe ich Amy wirklich in dieser Nacht getroffen! An der Bushaltestelle. Sie hatte, ja, jetzt verstehe ich, sie hatte ein Krankenhaushemd an. Sie hat nach mir gerufen, aber ich bin weitergelaufen, ich bin einfach weggerannt, weil Amy nicht leben *konnte* und daher auch nicht da sein durfte. Oh mein Gott, ich habe sie im

Stich gelassen, schon vorher, als sie so krank war, ich habe sie im Stich gelassen bei der Sache mit Caleb … Und dann hat sie mir auf der Straße nachgerufen, und ich bin einfach vor ihr geflüchtet!«

Ich brach ab. In meinem Kopf drehten sich die Gedanken, sie wirbelten umher, stolperten übereinander.

In meiner Trauerrede hatte ich gesagt: *Ich glaube nicht, dass ein Mensch zwei Mal sterben kann.* Aber genau das war geschehen.

Liz hatte beide Arme um ihren Körper geschlungen in einer merkwürdigen, irgendwie hilflosen Geste, als müsste sie sich vor etwas schützen, von dem sie wusste, dass sie es nicht mehr aufhalten konnte. Die Augen merkwürdig zusammengekniffen, starrte sie auf irgendeinen Punkt im Raum.

»Du glaubst mir doch, oder?«, rief ich, doch Liz antwortete nicht, ja sie schien mich vergessen zu haben.

»Liz, sag doch was.«

Sie hob den Kopf. In ihrem Blick las ich Verwirrung, Erstaunen, und dann schien sie sich über etwas klar zu werden.

Sie rührte sich kurz, ließ die Arme fallen und holte tief Luft.

Hektische Stimmen ertönten irgendwo draußen auf dem Gang. Ein Baby weinte. Es klopfte, eine Krankenschwester streckte den Kopf herein.

Liz rief ungeduldig: »Jetzt nicht.«

Dann wandte sie sich endlich mir zu, und in ihrem Tonfall lag etwas Entschiedenes, das mich zusammenzucken ließ. »Nein, Faye, du *kannst* Amy nicht getroffen haben. Wie bereits gesagt, nachdem Virginia es geschafft hatte, Amy zu reanimieren, hat sie sie in ein künstliches Koma versetzt. Und selbst wenn sie bei Bewusstsein gewesen wäre – Amy hätte nicht aufstehen, geschweige denn das Westmill verlassen können. Sie war viel zu schwach.« Liz ging vor mir in die Knie und nahm meine Hand. »Und Virginia hat mir versichert, dass sie die ganze Zeit bei Amy war. Sie hat sie keine Sekunde aus den Augen gelassen.«

»Aber sie war da!«, rief ich. »Sie hat mit mir gesprochen. Irgendwann in dieser Nacht, keine Ahnung, wie spät es war …« Wie war das gewesen? Ich hatte neben Josh gelegen, schlaflos, fast verrückt vor Trauer. Und, ja, es war schon seit Stunden dunkel gewesen. Mein Gefühl sagte mir, es musste etwa gegen Mitternacht gewesen sein, als ich aufgestanden war und das Haus von Joshs Eltern verlassen hatte. Es war die Zeit, in der ich immer meine nächtlichen Spaziergänge durch Bluehaven unternahm.

Liz ließ meine Hand los. »Was du gesehen hast, war eine Halluzination. Der Schlafmangel, der Schock … Du und Amy, ihr wart so verbunden, du wolltest sie sehen, verstehst du? Das ist nicht ungewöhnlich. Der Verstand projiziert eine Wunschvorstellung. Der Mensch, den du liebst und der dir so vertraut ist, entsteht vor deinem inneren Auge. Aber dein Gehirn gaukelt dir nur etwas vor. Es hat dich auch in dieser Nacht betrogen. Amy war nicht dort draußen. Sie lag hier im Medical Center.«

Tränen liefen mir übers Gesicht. Eine Wunschvorstellung, die mit mir gesprochen hatte?

Nein, das war unmöglich. Dafür war alles zu real gewesen. Die Bierdose, die ich weggekickt hatte – ich konnte noch hören, wie sie mit einem blechernen Geräusch über den Asphalt gerollt war. Die Plastiktüte von Alison's Supermarkt. Vielleicht hätte ich Liz' Erklärung vor einigen Tagen noch geglaubt, aber inzwischen gab es zu viele Halbwahrheiten, Geheimnisse, Lügen – dazu Amys Nachricht auf dem Handy und Missys seltsame Andeutungen.

Ich atmete tief ein und wieder aus. Ich musste mich zusammenreißen, durfte nicht aufgeben, musste nachdenken.

Missy.

Missy hatte gewusst, dass Amy wieder aufgewacht war, sie hatte mir das zu verstehen gegeben.

»War Missy in jener Nacht hier im Westmill?«, fragte ich.

Liz runzelte die Stirn. »Missy?«, fragte sie, und ich hätte schwören können, dass ihre Verwunderung echt war. »Wie kommst du denn darauf? Nein, wir hatten keine anderen stationären Patienten in dieser Nacht. Und glaub mir, wenn Missy hier gewesen wäre, hätte das jeder mitbekommen.«

Woher hatte Missy dann gewusst, dass Amy wieder aufgewacht war? Was, wenn Missy sich irgendwo versteckt hatte?

Ich bin gut im Verstecken.

Was war in jener Nacht wirklich passiert?

Liz würde mir nicht weiterhelfen. In ihren Augen las ich immer nur dieselbe Antwort.

Faye, die Schlaflose.

Faye, die Träumerin.

Faye, die ohne Medikamente kein normales Leben führen konnte.

Warum sollte Liz mir glauben?

Aber ich musste Gewissheit haben. Ich musste wissen, ob mein Verstand mir die Begegnung mit Amy an der Bushaltestelle wirklich nur vorgegaukelt hatte.
Ein Gesicht erschien vor meinen Augen: braun gebrannt; die rötlichen, zurückgekämmten Haare, der lange Pony, der seitlich in die Stirn hing; die dunkel geschminkten karamellfarbenen Augen, die einen nie direkt anschauten; der undurchdringliche Ausdruck auf dem Gesicht, der nichts preisgeben wollte.
Virginia Donnelly.
Virginia war mit Amy allein gewesen, nachdem sie mit ihr ins Westmill gefahren war. Sie hatte Andy nach Hause geschickt, das hatte Liz vorhin selbst gesagt. Und Liz war erst viel später in Bluehaven angekommen. Sie wusste nicht, was in den Stunden vorher passiert war. Oder nur das, was Virginia ihr erzählt hatte?
Was, wenn Virginia die Lügnerin war? Was, wenn sie Amy doch alleine gelassen hatte und sie so aus dem Medical Center entwischen konnte?
In meinem Kopf entstand allmählich eine Vorstellung. So etwas wie ein Plan.
Jeder hat seine eigene Wahrheit, sagte mein Dad oft.
Ob das, was Liz sagte, der Wahrheit entsprach, darauf kam es mir nicht mehr an. Ich musste meine eigene Wahrheit finden – meine und Amys.
Ich wusste, was ich zu tun hatte. Langsam erhob ich mich, trat zum Fenster und sah hinaus. »Liz?«, sagte ich mit leiser Stimme.
Sie war sofort bei mir. »Ja, mein Liebes?«

»Ich bin so schrecklich müde.«
Meine Tante sah mich an, und wenn ich etwas wusste, dann, dass die Sorge um mich in ihrem Gesicht nicht gespielt war. Im Gegenteil – mir schien, dass ihr nichts anderes als Sorgen durch den Kopf gingen.
Dennoch ging mir die Lüge ganz leicht über die Lippen. »Kannst du mir etwas zum Schlafen geben?«, bat ich. »Kann ich ein paar Stunden hierbleiben und einfach nur schlafen? Und dann reden wir weiter?«
In Liz' Gesicht zeichnete sich Erleichterung ab. Sie zweifelte keine Sekunde an mir. Warum auch? Bis jetzt hatte ich ja auch nie den geringsten Zweifel aufkommen lassen, dass ich ihr vertraute und jedem ihrer Ratschläge folgen würde.
Sie ging zum Schrank, zog eine Schachtel heraus, drückte zwei Tabletten aus dem Alustreifen und reichte sie mir. »Das ist eine gute Idee, Faye«, sagte sie. »Glaub mir, das wird dir helfen.«
Ich nickte. Folgsam stand ich auf und ließ mich von Liz zu der Liege führen. Ich legte mich hin und ließ zu, dass sie eine Decke über mich breitete, als wäre ich wieder ein kleines Kind. So lag ich da, mit angezogenen Beinen und eng am Körper anliegenden Armen.
Ich nahm das Glas Wasser, das sie mir reichte, führte meine Hand zum Mund, schluckte, spülte nach.
Dann legte ich mich zurück und schloss die Augen. Mein Atem ging tief und ruhig. Erst als meine Tante auf Zehenspitzen das Zimmer verlassen hatte, öffnete ich meine Hand und ließ die beiden Tabletten einfach in den Spalt zwischen Liege und Wand fallen.

What we love, we must protect.
Manchmal verschwiegen Menschen Dinge, um andere zu schützen. Amy hatte das getan, ich ebenfalls – und, ja, auch Liz hatte mich und Donna schützen wollen, indem sie uns Amys Aufwachen verschwiegen hatte. Das hatte sie logisch und nachvollziehbar erklärt. Sie war wirklich betroffen, ja erschüttert gewesen. Ich hatte es gefühlt! So sehr konnte ich mich nicht täuschen. Aber man konnte einen anderen Menschen nicht schützen. Nicht vor der Wahrheit. Sie war mächtiger als die Liebe. Wenn ich zur Ruhe kommen wollte, musste ich mich der Realität stellen.
Ich schlug die Decke zur Seite, rutschte von der Liege und griff nach meiner Tasche auf dem Boden. Von draußen hörte ich Schritte und Stimmen.
Eine Sekunde später schlüpfte ich durch die Glastür, die zum hell erleuchteten Treppenhaus führte, rannte die Stufen hinunter und wandte mich nach links. Labor I, II, Röntgen, Radiologie … und das Herzkatheterlabor. Hinter der Glasscheibe war es dunkel. Der Raum war verschlossen. Hatte Amy hier gelegen? Die Frage trieb mich voran.
Ohne dass jemand mich sah, nahm ich den Weg hinunter in die Tiefgarage. Die Luft hier unten – von Abgasen und Benzingeruch getränkt – war zu abgestanden zum Atmen, und der Wind, der durch die Absperrgitter fegte, wirbelte Staub und Abfall auf. Virginias Wagen fehlte. Die Ärztin war nicht im Westmill.
Es gab kein langes Zögern, nicht einmal eine Entscheidung.
Mein ganzes Leben lang hatte ich wie hinter Glas gelebt, so isoliert, dass keine Art von Realität zu mir durchdringen

konnte. Und nun hämmerte sie gegen meine Stirn. Wenn ich das Glas hinter mir lassen wollte, musste ich mit Virginia sprechen.
Erst draußen fiel es mir ein – ich hatte etwas Wichtiges vergessen. Ich hatte Liz die Nachricht nicht gezeigt, die Amy mir geschickt hatte.

24. KAPITEL

Virginias Strandhaus lag in der Bucht von Cold Cove, nahe dem Bootssteg, an dem Amy und ich uns immer getroffen hatten. Sie hatte es gemietet, weil sie den Privatstrand und den Jachthafen nutzen konnte. Es waren nur anderthalb Meilen vom Westmill Medical Center, und der Weg war mir vertraut.

In dem Park, der sich hinter dem Westmill erstreckte, waren einige Männer mit Kopfhörern und gelben Schutzhelmen dabei, Bäume zu fällen. Der Geruch von Sägemehl und frischem Holz zog zu mir herüber, und das kreischende Geräusch der Säge verfolgte mich noch, als ich die Battle Avenue überquerte. Es verstummte erst, als ich den Tunnel entlangrannte, den die dicht belaubten Bäume über der Marine Avenue bildeten. Bisher war ich niemandem begegnet, doch am Ende der Straße konnte ich Caleb in der Auffahrt von Penrose House Basketball spielen sehen. Er warf den roten Ball immer wieder gegen das Holzbrett, ohne ein einziges Mal den Korb zu treffen. Und Ginger saß auf der Bank, die Beine hochgezogen, und sah Caleb zu.

Es tat mir weh, die beiden zu sehen, aber wichtiger war: Ich musste unbemerkt an ihnen vorbeikommen.
Es war Glück, dass in diesem Moment der Professor das Haus verließ und mit schnellen Schritten zur Garage ging. In der Auffahrt stoppte er kurz und sagte etwas zu Caleb. Ginger erhob sich und ging auf die beiden zu. Der Wind riss an den Ästen und fuhr durch meine Kleider. Ich rannte über die Straße, und nur wenige Sekunden später verschwand ich zwischen den Bäumen, die unser Grundstück umgaben. Mein Herz hämmerte in meiner Brust, aber das jahrelange Training auf der Sportbahn der Weston High machte sich bezahlt, ich lief wie besessen, und das war ich auch.
Nur Minuten später überquerte ich die Cove Road und tauchte in den dahinterliegenden Kiefernwald ein, der sich die Küste entlang bis zum Strandhaus zog.
Mein offenes Haar, das mir ständig ins Gesicht wehte, brachte mich zur Verzweiflung. Vergeblich suchte ich nach einem Haargummi. Amy hätte eines gehabt. Mit Sicherheit. In praktischen Dingen war sie unübertroffen gewesen.
Es dauerte nicht lange, bis der Wind mich den steilen, gekrümmten Pfad, der durch ein Holzgeländer abgesichert war, die felsige Bucht hinuntertrieb. Der Untergrund war rutschig vom Regen, und ich klammerte mich in meiner Aufregung und Nervosität an das Geländer, um nicht das Gleichgewicht zu verlieren.
Als ich tatsächlich ausrutschte, war ich sofort wieder auf den Beinen, und nach der nächsten Biegung konnte ich auf das Dach des Strandhauses hinabsehen. Der Himmel war voller Wolken, der Wind hatte noch stärker aufgefrischt, während

das Meer mit kräftigen Wellenschlägen das Ufer überflutete. Der kleine Jachthafen lag ein Stück weiter links und war von hier aus nicht einsehbar, stattdessen öffnete sich der Blick auf die Küste, der die stürmische Nacht zugesetzt hatte. Die Flut hatte Äste und zahlreichen Müll angeschwemmt. Ein Möwenschwarm ließ sich auf einem der Felsrücken nieder und schrie hungrig nach Beute. An dieser Stelle der Bucht schlug die Brandung besonders wild gegen die Felsen, die unsichtbar unter der Wasseroberfläche lauerten. Man hatte uns immer wieder gewarnt, hier nicht von den höher gelegenen Felsen zu springen. Wir hatten es dennoch getan, hatten keine Angst gekannt, uns unbesiegbar gefühlt.
So würde es nie wieder sein. Amy war tot. Und jetzt wusste ich: Sie war nicht nur ein Mal, sondern zwei Mal gestorben.
Meine Schuhe machten ein knirschendes Geräusch auf dem Kies, als ich auf das Haus zueilte, das zum Schutz vor der Brandung auf hohen Stelzen errichtet war. Das Wichtigste registrierte ich sofort. Virginias roter Sportwagen stand auf der einzigen Zufahrt zum Strandhaus. Als ich vorbeilief, konnte ich auf dem Rücksitz den silbernen Notfallkoffer erkennen, ohne den Virginia nie irgendwo auftauchte. Mir war es immer vorgekommen, als gäbe es außer diesem Koffer und dem Segelboot nichts, was Virginia wirklich besaß.
Drei schmale weiße Holzstufen führten auf der Seite, die der Straße zugewandt lag, direkt auf eine breite rote Eingangstür zu, die von zwei Buchsbäumen eingerahmt wurde. Auf dem breiten, flachen Schieferdach saß das kleinere Dachgeschoss, das nur aus Giebeln zu bestehen schien.
Meine Schritte klangen dumpf auf der Treppe und schließ-

lich auf dem abgewetzten Holz der Veranda. Auf den ersten Blick wirkte das Strandhaus gepflegt, doch im Sonnenlicht konnte ich im Gebälk des Vordaches Spinnweben erkennen, und die Veranda, die ganz um das Haus führte, war von einer Laubdecke überzogen.
Eine Windböe fegte mir einige trockene, eingerollte Blätter ins Gesicht und ließ meine Zähne klappern. Trotz der Wellen, die gegen die Felsen brandeten, lag eine eigentümliche Stille in der Luft.
Die Fensterläden waren geschlossen. Ich ging seitlich um das Strandhaus herum und versuchte vergeblich, durch die Ritzen der Holzläden etwas zu erkennen.
Ich war noch nie in diesem Haus gewesen, und das war ungewöhnlich, wenn ich daran dachte, dass Virginia schon seit fünf oder sechs Jahren in Bluehaven lebte. Ansonsten wusste ich eigentlich nur über sie, dass Liz von ihr als Ärztin stets mit Respekt sprach. Sie wäre fähig, belastbar und hätte einen extrem analytischen Verstand, sodass sie in der Lage wäre, rasch eine Diagnose herzuleiten. Und Liz hatte von Virginias fotografischem Gedächtnis gesprochen, das für innovative Behandlungsmethoden ein großer Vorteil war.
Ein übler Geschmack stieg in mir hoch. Was hatte ein fotografisches Gedächtnis für einen Sinn, wenn es darum ging, ein Leben zu retten? Amys Leben?
Ich blieb keuchend stehen und beugte mich nach vorne. Vom Laufen tat mir die Seite weh, und mein Puls raste.
Als ich mich wieder aufrichtete, starrte ich auf das Bullauge an der Tür und fragte mich, ob Virginia mich jetzt gerade dadurch beobachtete.

Wie sollte ich ihr gegenübertreten? Warum empfand ich keine Dankbarkeit? Sie hatte schließlich nicht aufgegeben, sondern Amy wieder zurück ins Leben geholt. Doch in mir war nur Verbitterung, ja Wut.
Nur, ich durfte nicht den gleichen Fehler machen wie bei Liz. Besser war es, ruhig zu bleiben und nichts von meiner Begegnung mit Amy zu erzählen. Sonst würde Virginia mir, genauso wie meine Tante, einen medizinischen Vortrag halten – über Idiopathische Insomnie, Schockzustände und Halluzinationen. So, wie ich Virginia kannte – unnahbar und verschlossen –, war sie die Letzte, die meine Ängste verstehen würde.
Noch ein letzter langer Atemzug, mit dem ich das Bild von Amy in meinem Kopf heraufbeschwor und einige Sekunden daran festhielt. Dann klopfte ich.
Niemand öffnete.
Außer dem Sturm, der zweimal um das Haus fegte, rührte sich nichts. Ich versuchte es noch zwei Mal, schließlich machte ich das, was man eben in Bluehaven tat, wenn niemand öffnete.
Der Knauf ließ sich ohne Widerstand drehen. Ich blieb in der Tür stehen. Das durch das Vordach gedämpfte Licht ließ mich nur Umrisse von Möbeln, Wänden und Bildern erkennen.
Klinische Ordnung … überall. Und kein Mensch zu sehen.
Eine kurze Bewegung ließ mich erstarren, bis ich begriff, dass es nur die zugezogenen Vorhänge waren, die sich im Luftzug bauschten. Es herrschte eine eigentümliche Düsternis. Ich schwankte kurz, hatte das Gefühl, der Boden un-

ter meinen Füßen bewegte sich, und ein seltsamer Sound brachte mich aus dem Gleichgewicht.

Die Töne klangen schmerzlich vertraut. Von dieser Melodie war ich aufgewacht in jener Nacht, als alles begonnen hatte, und ich hatte sie wieder gehört in der Nacht darauf, als Amy gestorben war und mein Leben von einem Moment auf den anderen zerbrach.

Zuerst war nur dieser leise Klang in meinem Ohr, der sich lange hinzog, schließlich anschwoll, bis weitere Töne hinzukamen und sich alles zu vollkommener Harmonie verband. Als würde die Luft, das Kräuseln der Wellen, ja die Erde unter meinen Füßen singen. Bis dieser harmonische Gleichklang unerträglich wurde.

Ich machte einige rasche Schritte nach vorn und stieß mit dem Fuß gegen etwas, das zersprang. Scherben breiteten sich auf dem Boden aus. Ich hatte die riesige Bodenlampe übersehen.

Ich rechnete mit Schritten, die aus dem ersten Stock nach unten eilen würden, und war sicher, Virginia würde auftauchen mit dieser typischen Miene aus Entschiedenheit, Distanz und ihrer Angewohnheit, alles und jeden infrage zu stellen.

»Virginia? Ich bin's, Faye«, rief ich laut.

Alles blieb still, bis auf diese Töne, die von den Wänden widerhallten und mir kalte Schauer über den Rücken jagten. Sie waren mir ein Rätsel, so wie es mir ein Rätsel war, dass ich mich dieser Gespensterwelt nicht entziehen konnte. Etwas trieb mich immer tiefer in den Tunnel des Grauens.

Farben umgaben mich, die immer intensiver wurden. Gegenstände schienen sich zu verformen – oder nein, sie lösten sich auf. Landschaften dehnten sich aus, es schien, als würden sie von einer unheimlichen Kraft auseinandergezogen. Vor mir wand sich ein schmaler Pfad, schlängelte sich endlos durch hohe Bäume. Ich wollte umkehren, doch nach jedem Schritt, den ich vorwärtsging, verwoben sich Äste und Laub hinter mir zu einem undurchdringlichen Dickicht. Die Bäume schoben sich immer näher zusammen und bildeten eine Mauer, die mir den Rückweg versperrte.

Was passierte mit mir?

Für den Bruchteil einer Sekunde konnte ich mich von oben sehen, wie ich mich an den Türrahmen klammerte. Es war ein leises Knacken, das mich aus diesem Zustand befreite. Die Melodie hatte aufgehört.

Als es still wurde, war ich wie erstarrt. Ich konnte meinen Atem hören, wollte weitergehen, da begann das Ganze wieder von vorne. Als ob jemand auf *Repeat* gedrückt hätte.

Dieser Gedanke brachte mich zu mir. Schwankend sah ich mich um, und einen Moment später trat ich an ein metallenes Regal, wo ein rotes Licht in einer Soundstation blinkte. Meine zitternden Finger fanden kaum die richtige Taste, aber dann gelang es doch. Als die Stille eintrat, fühlte ich mich befreit. Mein Herzschlag beruhigte sich, und die Spannung in meinem Kopf löste sich auf.

Die Melodie hatte ich mir also nicht eingebildet, sie existierte tatsächlich. Irgendwann, irgendwo hatte ich sie wohl gehört, und sie hatte sich einfach für immer in meinem Kopf festgesetzt. Der Gedanke erfüllte mich mit ungeheurer Erleichterung.

»Virginia?«, rief ich ein weiteres Mal, diesmal mutiger, und drehte mich um die eigene Achse. Niemand antwortete auf mein Rufen.
Es war ein ganz normaler Wochentag, eigentlich hätte die Ärztin Dienst im Westmill haben müssen, doch die Anlage war eingeschaltet gewesen, ihr Auto stand in der Einfahrt, und ich hatte den Notfallkoffer gesehen.
Links ging eine Treppe ins obere Stockwerk, dahinter trennte ein Tresen die Küchenzeile vom Wohnraum. Rechts zwischen zwei weißen Holzsäulen gruppierten sich ein Sofa und zwei bequeme Sessel in Richtung eines Flachbildschirmes, noch riesiger als der in Calebs Zimmer. Ein langes Kabel führte zu einem Kopfhörer auf dem Sofa. Als wäre gerade noch jemand da gewesen und hätte kurz das Haus verlassen.
»Virginia? Bist du hier?«, machte ich einen letzten Versuch, doch ich erwartete schon keine Antwort mehr.
Der weiße Designertisch am Fenster war leer und blank poliert. Nirgendwo stand Geschirr, lagen Zeitschriften oder auch nur ein Kleidungsstück herum.
Ich wusste nicht, was genau mich antrieb. Ich rannte die Treppe hoch, riss eine Tür nach der anderen auf.
Schlafzimmer, Gästezimmer, Ankleide, Badezimmer.
Nichts.
Alles penibel aufgeräumt und auf Hochglanz gebracht. Und keine Spur von Virginia. Das ganze Haus wirkte wie ausgestorben.
Langsam ging ich wieder nach unten, inzwischen ratlos, was ich jetzt tun sollte. Mitten auf der Treppe stoppte ich. Von hier aus konnte ich den großen Raum im Erdgeschoss

vollkommen überblicken. Bisher hatte ich geglaubt, unten würde es keine weiteren Zimmer geben, aber ich hatte mich getäuscht, denn jetzt entdeckte ich einen Durchgang hinter der Küchenzeile.

Ich lief die Stufen hinunter und hinter dem Tresen auf eine Tür zu, die ich, ohne zu überlegen, aufriss.

In dem Raum herrschte völliges Chaos. Papiere lagen verstreut auf dem hellen Dielenboden, als hätte sie jemand wütend vom Tisch gewischt. Computerausdrucke, Schlangen von Endlospapieren, große DIN-A3-Dokumente, dazwischen vollgekritzelte Blätter mit Notizen in Virginias eigenartiger, steiler Handschrift.

Vorsichtig stieg ich über die Papierflut zum Tisch, wo ein aufgeklappter Laptop stand. Einige Bücher lagen aufgeschlagen daneben, in denen Absätze markiert waren und aus deren Seiten bunte Post-its ragten. Meine Finger bebten, als ich danach griff.

Wenn auf den Klebezetteln nicht Amy erwähnt wurde, dann stieß ich auf einen anderen Namen, Fabiana Nuñez, der mir überhaupt nichts sagte.

Einige Minuten saß ich mitten in diesem Chaos und überlegte, was ich damit anfangen sollte. Plötzlich fuhr mein Kopf herum in Richtung Küche, als fürchtete ich, dass Virginia wie aus dem Nichts hinter mir aufgetaucht wäre, aber die Küche war leer, und die Tatsache, dass es immer noch still war, half mir, mich ein bisschen zu beruhigen.

Ich musste erst einmal begreifen, was ich hier gefunden hatte. Diesmal ging ich systematischer vor. Tatsache war: Es handelte sich durchweg um medizinische Unterlagen.

Laborberichte, handschriftlich notierte Untersuchungsergebnisse, Medikamentennamen mit verschiedenen Dosierungen. EKGs, Bluttests, dazu diese großen Ausdrucke. Mir war sofort klar, worum es sich dabei handelte: um MRT-Aufnahmen von Amys Gehirn. Ähnliche Aufnahmen existierten reichlich von mir selbst, denn Liz hatte nie die Hoffnung aufgegeben, die Ursache für meine Schlafstörungen in meinem Kopf zu finden.

Aber wozu hatte man Aufnahmen von Amys Gehirn gemacht, wenn sie an einer Myokarditis, einer Herzkrankheit, gelitten hatte?

Ein drittes Mal ging ich die Unterlagen durch, diesmal schaute ich nur noch nach Datum und Uhrzeit. Die Ziffern und Buchstaben verschwammen vor meinen Augen, es fiel mir zunehmend schwer, mich zu konzentrieren. Mein Atem ging keuchend, und ein qualvolles *Nein* stieg in mir hoch. Wieder und wieder murmelte ich: *»Nein, nein, nein«*.

Hier war das, wonach ich gesucht hatte, und das Schlimmste an alldem war: Ich war nicht überrascht. Es war, als hätte ich nur noch nach einem winzigen Puzzleteil Ausschau gehalten, das noch gefehlt hatte.

Einige der Untersuchungsberichte, darunter die Bluttests, stammten aus der Zeit, bevor Amy in die Klinik nach Boston gegangen war. Einige waren auf den 31. August 2015 datiert, den Tag, an dem Amy noch einmal zur Nachkontrolle bei Virginia gewesen war.

Die MRT-Aufnahmen jedoch stammten vom 1. September 2015 und vom 2. September 2015, und zwar waren sie exakt um 21:45, 22:29 und 00:22 Uhr entstanden. Dazu fand ich verschiedene EKG-Auswertungen, die eindeutig zeigten, dass Virginia gelogen hatte. Amy war zwar tatsächlich, nicht lange nachdem sie ins Westmill gebracht worden war, wieder aufgewacht, aber Virginia hatte sie danach nicht sofort in ein künstliches Koma versetzt, sondern sie offenbar stundenlang mit Untersuchungen gequält. Amys Herz war noch zwei Mal stehen geblieben, und zwei Mal hatte Virginia es geschafft, sie zu reanimieren, bis sie schließlich nach Liz' Eintreffen in der Klinik nicht mehr zu retten gewesen war.

Irgendwann fuhr ich zusammen, als draußen eine Möwe aufkreischte. Es klang wie das Schluchzen eines Kindes, und es brachte mich wieder in die Gegenwart zurück.

Liz hatte recht. Dad hatte recht. Warum hielt ich mich nicht an Versprechungen, an Vereinbarungen? Warum war ich bloß hierhergekommen? Diese Sache hier erschien mir zu mächtig, zu grotesk, als dass ich sie begreifen könnte.

In der plötzlichen Gewissheit, dass ich mich jeden Moment übergeben musste, rannte ich nach draußen, lief die Holzstufen nach unten und ging in die Knie. Ich würgte, aber es kam nichts als bittere Galle.

Als ich mich wieder aufrichtete und mir über den Mund wischte, sah ich es. Ein roter Streifen auf der dunklen, aufgewühlten Wasserfläche zog meinen Blick magisch an. Virginias Segelboot, die *Escape*, hatte sich vom Bootssteg gelöst und schaukelte etwa fünfzig Meter davon entfernt in den hohen Wellen.

Ich war nicht nur in einer Hafenstadt aufgewachsen, ich hatte von klein auf mit Joshs und Calebs Familien Segeltouren die Küste entlang unternommen. Bis auf Liz besaßen sie alle eine Jacht. Ich verstand genug von Booten, Segeln und der Tücke des Meeres, um zu begreifen: Da stimmte etwas nicht.

Am Himmel kreisten die Möwen und schrien laut.

Die Fahne am Heck flatterte, und während der rote Schiffsrumpf wild hin und her schaukelte und der ungestüme Wind in die Segel blies, bewegte sich das Boot nicht wirklich … Als wäre es immer noch mit dem Bootssteg verbunden, doch das konnte nicht sein, denn dazu war es zu weit davon entfernt.

Die Bootsspitze zeigte Richtung Horizont, der immer dunkler wurde. Ein Windstoß nach dem anderen fuhr in die Segel, doch das Boot kam einfach nicht vorwärts, es wurde nur von den Wellen hin und her geworfen. Dafür lag der Bug im Vergleich zum Heck tiefer im Wasser.

Und dann bemerkte ich einen dunklen Umriss vor dem Gelb der Segel, der auftauchte und wieder verschwand. Virginia? War das Virginia? War sie dort draußen? Ganz sicher war ich mir nicht.

Virginia war eine Top-Seglerin, hatte bereits an unzähligen Regatten teilgenommen, und die *Escape* war nicht einfach ein Boot, mit dem man einmal kurz hinaussegelte. Mit diesem Segelboot konnte man die Welt umsegeln, Virginia hatte es bei einem Essen erzählt.

Ich rannte zum Jachthafen und dann den Bootssteg entlang bis zum Ende. Und jetzt erkannte ich, was wirklich dort drüben vor sich ging. Die *Escape* war dabei, zu sinken.

»Virginia!«, schrie ich.

Der Wind warf den Schrei zu mir zurück. Sein Pfeifen und

Dröhnen, das Rauschen des Meeres hallten in meinen Ohren.
»Virginia?«
Der dunkle Schatten, der sich vor dem gelben Segel abzeichnete, schwankte mit dem Mast hin und her, als folgte er seiner Bewegung. Was hatte sie vor?
Dieses Rätsel blieb nur kurz in meinem Kopf und wurde sofort abgelöst durch eine andere Frage: Was hatte *ich* vor?
Ich fasste keinen Plan, alles geschah unbewusst, schlafwandlerisch, ich spürte die Gefahr, und gleichzeitig wurde ich von dem unbedingten Willen angetrieben, Virginia gegenüberzustehen, sie zur Rede zu stellen, ihr die Anschuldigungen entgegenzuschleudern, die in meinem Kopf wüteten.
Von dem Namen des Bootes leuchteten mir jetzt nur noch die weißen Lettern ... *CAPE* entgegen. Der Mast kippte etwas nach vorne, das Heck hob sich, und der Bug sackte mit einem Schlag nach unten, als würde ihn etwas mit aller Kraft in die Senkrechte ziehen.
Ich warf die Jacke von mir, riss mir die Schuhe von den Füßen und sprang. Das Wasser schlug über mir zusammen und mit ihm die Kälte. Als ich wieder hochkam, sah ich, dass die *Escape* noch ein weiteres Stück gesunken war. Gegen den heftigen Wellengang ankämpfend, kraulte ich los. Eiskaltes Meerwasser drang mir in Mund und Ohren. Ich hörte meine scharfen Atemzüge beim Auftauchen, während die Wellen mich wie ein Stück Treibholz hin und her warfen.
Ich war eine sehr gute Läuferin, eine ziemlich gute Schwimmerin, sogar Rettungsschwimmerin, und fürchtete mich nicht vor dem Meer. Aber ich besaß auch ein mindestens so

gutes Gefühl dafür, wann es zu stürmisch, die See zu aufgewühlt zum Rausschwimmen war – so wie jetzt. Normalerweise wäre ich nie ins Wasser gegangen. Erst in dieser Sekunde schoss mir durch den Kopf, was ich hier eigentlich tat, *wen* ich hier zu retten versuchte.
Ich kam immer wieder zu demselben Schluss: Virginia trug die Schuld an Amys Tod. Sie hatte nicht dafür gesorgt, dass sich ihr Körper erholte. Sie hatte Liz angelogen, als sie behauptet hatte, Amy hätte die Stunden vor ihrem Tod im künstlichen Koma gelegen. Die Papiere auf ihrem Tisch verrieten das Gegenteil. Amy war mehrere Male wach gewesen. *Was, wenn es ihr doch gelungen ist, Virginia zu entkommen?*, fragte ich mich wieder und wieder. Vielleicht hatte Virginia sie zwischendurch doch allein gelassen? Nur sie konnte mir die Antwort geben.
Wie viele Schwimmzüge hatte ich bereits gemacht? Ein kurzer Blick zurück, und mir wurde klar, dass ich mich bisher nur wenige Meter vom Steg entfernt hatte. Eine eisige Welle überspülte mein Gesicht, das Salzwasser brannte in meinen Augen. Mir war, als würde jemand am Anfang des Steges stehen, eine schmale Gestalt in einem roten, flatternden Kleid. Lange Haare, in denen sich der Wind verfing. Gleich darauf schlugen erneut Gischt und graues Wasser über mir zusammen. Ich sank orientierungslos in die tiefe Schwärze, verlor das Gefühl für oben und unten. Stechende Kälte drang in mich ein. Mit aller Kraft trat ich um mich. Kämpfte mich zurück an die Oberfläche, rang keuchend nach Luft und geriet wieder mit dem Kopf unter Wasser.
Panik erfasste mich.

Wut.

Amy.

Amy, was hast du in dieser Nacht erlebt?

Wie von Sinnen ruderte ich mit den Armen, durchbrach erneut die Wasserfläche. Diesmal schaffte ich es, mit dem Kopf oben zu bleiben. Die Wellen peitschten über mich hinweg, sodass ich husten musste, aber nun blieben meine Arme und Beine wie von selbst in Bewegung, immer nur auf das eine Ziel gerichtet: Virginia.

Ich hatte vielleicht weitere vier, fünf Meter geschafft, als ich das Boot wieder in den Blick bekam. Es tanzte auf und nieder, wurde von der nächsten mächtigen Welle hochgehoben, und als es auf dem Wasser auftraf, sank der Bug noch tiefer. Lange konnten das Boot, der Mast, die Segel dem Wüten des Wassers nicht mehr standhalten. Von Virginia, wenn sie überhaupt auf dem Boot war, war nichts mehr zu sehen.

Eine weitere Woge überspülte mich, und plötzlich wurde mir mit grauenhafter Gewissheit klar, wie sehr ich selbst in Gefahr schwebte.

Und weit und breit war niemand … außer … ich sah mich um … die Gestalt war verschwunden. Mein Herz schlug wie verrückt und verjagte für einen kurzen Moment die eisige Taubheit.

Doch ich kehrte nicht um. Ich tat es einfach nicht. Stattdessen verstärkte ich meine Bemühungen, den roten Bootsrumpf nicht aus den Augen lassend, gegen das tosende Meer anzukämpfen.

Nur noch wenige Meter. Ich durfte nicht aufgeben, nicht untergehen. Ich dachte an nichts mehr, nur noch an die Strecke, die zwischen mir und dem roten Streifen lag, auf dem die letzten beiden Buchstaben zu lesen waren: …*PE*.

Und dann konnte ich dieses andere Geräusch hören. Das Holz knarrte, das Segel gab ein zischendes Geräusch von sich, und der Mast quietschte, während er in eine bedrohliche Schieflage geriet.

Der vordere Teil des Bootes verschwand komplett in den Wellen. Gegenstände trieben verloren in dem Ring aus Gischt. Ein roter Plastikeimer, der auf und ab hüpfte. Ein Regenhut und ein einzelner Gummistiefel.

Noch drei Züge, die eine Ewigkeit zu dauern schienen, und ich hatte das Heck erreicht. Mein Arm schwang nach oben, und meine starren Finger klammerten sich an die eisige Reling.

Ich hatte unterschätzt, wie schwer es war, sich aus dem Wasser zu lösen, das mich nach unten zog. Immer wieder rutschten meine Hände an der glitschigen Metallstange ab. Immer panischer hielt ich mich daran fest, und irgendwann gelang es mir tatsächlich, mich nach oben zu ziehen.

Die *Escape* schwankte wie wild hin und her, ich konnte mich nur auf den Knien fortbewegen, und überall schwappte das Wasser durch das Boot. Es dauerte einen Moment, aber dann konnte ich endlich die Umrisse einer Person unter dem Segel sehen. Sie trug dunkle Regenkleidung und hing merkwürdig verkrümmt mit dem Kopf nach unten am Mast, und ihre Haare wirbelten durch das Wasser, ein Gewirr aus seidenen Fäden.

»Virginia?«, rief ich. »Virginia …«

War es eine Antwort, die sie mir geben wollte? Ich kroch näher, rief wieder Virginias Namen, ihr Mund bewegte sich, ihre Lippen formten Worte …

Plötzlich ein ohrenbetäubender Lärm um mich herum, ich hörte ein lautes Knirschen, Quietschen, wurde zur Seite geschleudert. Etwas schlug hart gegen meinen Kopf, und ich stürzte in die Dunkelheit, als würde ich erneut untergehen.

25. KAPITEL

Ich schlief nicht. Dieser Zustand war etwas anderes. Eine Sirene heulte in meinem Kopf, und eisiger Wind fegte durch mich hindurch. Bei jedem Atemzug rasselte mein Brustkorb, als wären meine Lungen mit Eissplittern gefüllt. Ich hatte das Gefühl, dass jemand sich über mich beugte.

Meine Lider wurden hochgeschoben, und grelles Licht stach in meine Augen. Dann versank ich wieder in der Dunkelheit.

Meine Finger suchten nach einer Decke, ich griff wieder und wieder in die Luft, bis kräftige Hände sich wie Schraubzwingen um meine Handgelenke legten und meine Arme nach unten zwangen.

Stimmen. Sie äußerten einfache Befehle.

Wir müssen sie warm halten, hörte ich jemanden sagen. Ein kalter Luftzug unten. Etwas wurde unter meine Füße geschoben, und gleich darauf begannen sie zu kribbeln. So, stellte ich mir vor, würde es sein, wenn eine Armee von Ameisen unter meiner Haut Schutz suchte.

Türen, Schritte, Rascheln. Zunehmend lehnte sich etwas in

mir auf gegen diese geflüsterten Sätze und die Geräusche um mich herum. Brennender Durst machte meine Kehle trocken. Meine Lippen schmeckten salzig.

Ich lag in einem Bett, das nicht meins war. Die Matratze fühlte sich hart an, und die Bettdecke roch nach einem scharfen Waschmittel, das zu neunzig Prozent aus Desinfektionsmittel zu bestehen schien. Ich blinzelte, doch jeder Lichtschimmer löste eine Welle von Kopfschmerzen aus, die sich wie ein Spinnennetz durch meinen ganzen Kopf zog.

Eine Weile dämmerte ich vor mich hin.

Müsste sie nicht längst aufgewacht sein?

Lass ihr Zeit. Sie hat einen Schock.

Wo war ich?

Meine Augenlider flatterten. Ich drückte sie fest zu, versuchte sie dann zu öffnen, und endlich gelang es mir. Ich starrte direkt auf einen Chromständer. Ein Plastikbeutel hing von einem Haken. Durchsichtige Flüssigkeit rollte Tropfen für Tropfen den Schlauch herunter und verschwand unter einem dicken Pflaster an meiner linken Hand.

Ich war in einem Krankenhauszimmer. Ein Blick aus dem Fenster links von mir zeigte mir zwischen zwei halb zugezogenen Vorhängen einen verregneten Himmel, an dem die Wolken auseinanderdrifteten. Die Vorhänge kannte ich. Ein leuchtendes Gelb. Liz sagte, Gelb wäre die positivste Farbe. Sie würde die Patienten beruhigen.

Ich war im Westmill Medical Center.

»Gott sei Dank, du bist endlich aufgewacht. Wir haben uns solche Sorgen um dich gemacht.«

Die Stimme erschreckte mich. Liz tauchte in ihrem weißen

Arztkittel neben dem Chromständer auf, klopfte gegen den Beutel und überprüfte die Fließgeschwindigkeit. Dann strich sie die Bettdecke glatt und setzte sich neben mich.
»Ich habe schrecklichen Durst«, krächzte ich. Sie hielt mir einen Becher mit einem schwarz-weiß gestreiften Strohhalm an den Mund. Gierig sog ich das lauwarme Wasser ein, wollte gar nicht mehr aufhören, bis sie es mir wegnahm.
»Das ist erst einmal genug, Schatz.«
Ich ließ den Kopf wieder sinken. Der nachfolgende Schmerz war unglaublich. Schwarze Punkte tanzten vor meinen Augen. Behutsam tastete ich mit der linken Hand an meinem Hinterkopf und erspürte eine unebene, kahle Stelle. Es kam mir vor, als wäre sie von Hunderten von Stichen übersät.
»Du hast einen heftigen Schlag auf den Kopf bekommen«, erklärte Liz behutsam. »Wir haben eine Computertomografie durchgeführt, um einen Schädelbruch und Gehirnblutungen auszuschließen. Du hast Glück gehabt.«
Ein schönes Wort. Glück.
»Was ist passiert?«, brachte ich heiser hervor.
Ihre sanften Augen ruhten auf mir. »Du wärst beinahe ertrunken.«
»Ertrunken?«
Liz nickte. »Und dein Dad kommt fast um vor Sorge.«
»Wo ist er?«
»Er holt sich nur einen Kaffee. Er wird gleich wieder hier sein.«
Dad. Der Gedanke an ihn hatte etwas Warmes, Beruhigendes. Liz und Dad würden sich um mich kümmern. Wie immer. War Josh auch hier?

Eine Weile verfiel ich in eine Art Dämmerzustand, aus dem ich aber plötzlich wieder aufschreckte. Was hatte Liz gesagt? Ich wäre fast ertrunken? Was war passiert? Wie kam ich hierher?
»Wie lange bin ich schon hier?«, murmelte ich.
Liz schaute auf ihre Armbanduhr. »Vor drei Stunden haben sie dich aus dem Wasser gezogen.« Sie nahm meine Hand und schaute mir in die Augen. »Woran erinnerst du dich?«
Ich konzentrierte mich. Versuchte es zunächst mit Kleinigkeiten. Etwas Schreckliches war geschehen. Verzweifelt versuchte ich, die verstreuten Puzzleteile in meinem Kopf zusammenzusuchen.
Mein Name ist Faye Mason …
Ich bin sechzehn Jahre alt …
Ich gehe in die Weston High …
Einzelne Erinnerungsfetzen tauchten auf. Amy! Amy hatte einen Unfall gehabt, und sie war … oh Gott, Amy war tot. Ich war bei ihrer Beerdigung gewesen, Josh, Josh war mit mir hingegangen.
Nur … wo war Josh? Warum war er nicht bei mir?
»Pssst«, machte Liz, als ich sie fragte. »Ruh dich aus. Das Wichtigste ist, dass du lebst.« Sie zeigte auf den Tropf. »Du bekommst Schmerzmittel und etwas zur Beruhigung. Du wirst gleich wieder schlafen, und wenn du aufwachst, wird es dir besser gehen.«
Warum konnte sie mir nicht einfach sagen, was passiert war? Aber ich hatte keine Kraft, zu protestieren. Die Augen fielen mir zu, ich riss sie wieder auf und bekam gerade noch mit,

wie sich leise die Tür öffnete, Dad an mein Bett trat und mich auf die Stirn küsste. »Was hast du dir nur dabei gedacht?«
Ich gab keine Antwort, denn wie sollte ich das wissen, wenn ich mich nicht mehr erinnern konnte?

Der Traum war ein einziges Chaos. Wieder die Melodie. Wieder lag in ihr etwas Verstörendes, etwas, wovor ich mich fürchtete. Bilder strömten auf mich ein. Stapel von Papier, mit Amys Namen beschrieben. Vorhänge, die sich im Wind bauschten. Ein rotes Boot, dessen Segel sich aufbäumten.
Du musst nur aufwachen, Faye, flüsterte eine Stimme.
Am Rande meines Bewusstseins tauchten Umrisse auf, einzelne Gesichter, die sich über mich beugten. Nicht nur Dad oder Liz, sondern ich glaubte auch Frank Turner zu erkennen.
Es war vor allem ein Geruch, der mich davon abhielt, aufzuwachen. Der schwere, süße Geruch von Rosen. Und für einen bizarren Moment fragte ich mich, wie jemand auf die Idee kommen konnte, mir Rosen zu schenken. Und dann war da eine Stimme direkt an meinem Ohr, die flüsterte: *Du bist etwas ganz Besonderes, Faye.*
Plötzlich roch der Raum nicht mehr nach Blumen, sondern nur noch nach Angst. Sie jagte mich zurück in die dunkle, stille Welt des Vergessens.

Irgendwann kämpfte ich mich durch den grauen Nebel, und als ich wieder zu mir kam, hielt Dad meine Hand.
Ich weinte leise vor mich hin und wusste nicht einmal, warum.

»Schon gut, meine Kleine«, tröstete er mich, und der Wunsch, wieder vier zu sein und zu wissen, dass Dad alle Probleme lösen würde, beruhigte mich tatsächlich für einen kurzen Moment. »Es wird alles gut, Faye.«

Ich versuchte, ganz zu mir zu kommen, zählte meine Atemzüge, achtete darauf, tief und gleichmäßig zu atmen, und langsam fühlte ich mich klarer im Kopf. Einen Moment später wünschte ich mir das Gegenteil zurück, denn nun strömten weitere Erinnerungen auf mich ein.

Amy … Amy war tot, Luke, der Drachenraum … Liz, ihr Büro. Immer wieder und überall die Melodie. Dann verzerrte, groteske Bilder … Aufnahmen eines Gehirns. Daten, Uhrzeiten …

Ende.

Weiter kam ich nicht.

Sooft ich von Neuem begann, jedes Mal traf ich auf dieselbe schwarze Wand, durch die ich nicht hindurchkam. Noch immer hatte ich keine Erinnerung daran, wie ich hier gelandet war, geschweige denn, warum ich fast ertrunken sein sollte.

»Wo ist Josh?«, flüsterte ich wieder.

»Ich weiß es nicht.« Mein Dad sah mich unglücklich an. »Schatz, ich würde alles darum geben, dass er hier wäre. Er hat Claire nur eine kurze Nachricht geschickt, sie solle sich keine Sorgen machen. Seitdem springt nicht einmal mehr die Mailbox an.«

Ein Stechen fuhr durch meinen Kopf, gleichzeitig mit einem Gedanken, der in all dem Chaos plötzlich ganz klar war. Josh wollte sich nicht mehr melden.

In diesem Moment wurde die Tür aufgestoßen, Liz trat ein und saß gleich darauf neben mir auf dem Bett. Sie nahm meine Hand in ihre und küsste sie. »Liebes, wie geht es dir?«

»Besser«, sagte ich vorsichtig, wie um zu prüfen, ob das wirklich der Fall war.

Liz ließ meine Hand los. Äußerlich wirkte sie ruhig, aber die Art, wie sie jetzt die Ärmel der Bluse unter dem weißen Kittel zurechtzog, verriet das Gegenteil. Sie war nervös, aufgewühlt, und etwas Schweres lastete auf ihrer Seele.

Noch einmal drückte sie meine Hand, dann erhob sie sich und lief auf Zehenspitzen zu Dad hinüber. Ich hörte die beiden flüstern, verstand nur wenige Worte, »Frank Turner« und »Vernehmung«.

Mein Dad schüttelte entschieden den Kopf. In seinem Gesicht spiegelten sich die Anspannung der letzten Tage und die tiefe Sorge um mich. Am liebsten hätte er mich gepackt und von hier fortgebracht.

Stell dir einfach einen Ort vor, an dem jeden Tag die Sonne scheint und jede Nacht der Himmel über dir voller Sterne hängt.

Als ich noch klein war, hatte Dad immer wieder mit diesen Worten versucht, mich von meinen Albträumen abzulenken.

Doch so einen magischen Ort gab es nicht.

Er konnte mich nicht mehr beschützen. Dafür war es endgültig zu spät.

»Virginia.« Meine Stimme klang immer noch krächzend, doch die beiden drehten sich sofort zu mir. »Ich war bei Virginia im Haus.« Die Erinnerungen kamen nun immer deutlicher zurück. »Ich habe Unterlagen gefunden. Virginia hat irgendetwas mit Amy gemacht, oder?«

Liz kam zurück zu mir. »Du erinnerst dich wieder?« In ihrem Blick flackerte Unruhe auf, Verzweiflung.

»Virginia … sie … hat etwas Schreckliches getan«, flüsterte ich.

Plötzlich erwachte Dad aus seiner Erstarrung, er trat ans Bett, setzte sich und nahm mich in den Arm, als wollte er mich nie wieder loslassen.

Die nächsten Worte kamen mir nicht über die Lippen. Ich presste mein Gesicht in seine Schulter. Er roch so vertraut nach New Spoon. Wahrscheinlich würde für niemanden in der Welt der Geruch nach einer Kneipe Kindheit, Trost, Vertrauen bedeuten. Doch für mich war es so.

»Hat sie … hat *sie* Amy getötet?«

Sein Zittern übertrug sich auf mich. Ich kannte ihn zu gut. Er konnte seine Angst nicht vor mir verbergen.

»Versteht ihr das nicht? Ich muss es wissen.«

Liz schob sich in mein Blickfeld. »Liebes, die Polizei ermittelt noch. Aber es sieht wirklich so aus, als ob Virginia … Amy nicht geholfen hat, sondern …«

Sondern?

Das verlassene, düstere Strandhaus, auf Hochglanz gebracht. Die leeren Zimmer. Die Berichte, in denen Amys letzte Stunden anhand von Blutwerten, EKG-Aufzeichnungen und MRTs dokumentiert waren. Chronologisch aufgelistete Daten, sorgfältig, ja penibel erfasst.

»Was hat sie getan?«, flüsterte ich.

»Es ist meine Schuld«, sagte Liz. Ich bemerkte violette dunkle Schatten unter ihren Augen, das sonst so sorgfältig aufgetragene Make-up war verwischt. »Ich hätte es viel früher sehen müssen. Virginias Ehrgeiz. Ihre außergewöhnlichen Fähigkeiten. Ich habe mir eingeredet, sie sei hier in Bluehaven zufrieden. Sie würde den Menschen wirklich helfen wollen und keine große wissenschaftliche Karriere anstreben. Ich dachte, sie würde wirklich lieben, was sie tat. Wie ich. Warum sonst hätte sie sich hier vergraben sollen?«
Sie sah zum Fenster, schloss die Augen, ihre Fingerspitzen wanderten zu den Schläfen. »Sie hat es mir immer wieder versichert, und ich habe ihr geglaubt. Dabei hat sie mir, uns allen, die ganzen Jahre über etwas vorgespielt.«
Mein Blick glitt zu dem Infusionsbeutel. Ein Tropfen durchsichtiger Flüssigkeit hing für den Bruchteil einer Sekunde an dem Plastikstab, bis er durch den Schlauch in meine Vene rann und sich der nächste bildete.
Mit den Erinnerungen an Virginias Haus war es genauso – sie stiegen wie Blasen in mir hoch. Eine nach der anderen.
Immer wieder hatte Amys Herz versagt, und Virginia hatte sie wieder zurückgeholt. Aber hatte sie wirklich gewollt, dass Amy am Leben blieb?
»Sie hätte leben können!« Die Tränen liefen jetzt über meine Wangen. »Amy hätte leben können, oder? Aber Virginia hat es nicht zugelassen. Sie hat nicht dafür gesorgt, dass sie sich erholte. Stattdessen hat sie Amy mit ihren Untersuchungen gequält.«
Ich hatte recht. Liz musste nichts sagen. Ich konnte die Wahrheit in ihrem Gesicht lesen.

Dad saß vornübergebeugt auf dem Stuhl neben mir und hatte sein Gesicht in den Händen verborgen.

»Dad?«

Er schaute kurz hoch und schüttelte den Kopf.

»Amy?« Ich wimmerte. Wieder nahm Dad mich in den Arm. Mir kamen die Tränen, nass und salzig, ich konnte sie nicht aufhalten.

Ich sah Virginia, wie sie sich über Amy beugte, die ihre Augen öffnete. Ich begriff nicht, warum sie das getan hatte, aber nur eines war jetzt wichtig. »Liz, sag es mir. Hätte Amy gerettet werden können?«

Jetzt weinte Liz auch. »Niemand wird das je mit Gewissheit sagen können. Aber sie war unglaublich stark. Ja, ich glaube, sie hätte eine Chance gehabt. Ihr Körper hätte sich regenerieren können, hätte Virginia sie tatsächlich sofort ins Koma versetzt, wie sie es behauptet hatte.«

Wieder glitten meine Gedanken zu meiner Begegnung mit Amy an der Bushaltestelle in jener Nacht. Konnte das sein? Konnte Amy tatsächlich ausreichend bei Kräften gewesen sein, um Virginia zu entkommen? War sie geflohen, weil sie Hilfe brauchte? Und wie unendlich groß wäre meine Schuld, wenn es so gewesen war?

Lange saßen wir zusammen, wir hielten uns an den Händen und schwiegen, dachten an Amy, an ihr Leben, wie es hätte sein können.

»Was ist mit Virginia?«, flüsterte ich schließlich. »Wo ist sie jetzt? Hat man sie festgenommen?«

Dad rieb sich die Stirn. »Man hat sie tot unter dem Mast der *Escape* gefunden. Frank Turner geht davon aus, dass sie sich aus Schuldgefühl das Leben genommen hat ... Du hast versucht, sie davon abzuhalten. Und dabei hast du dein Leben aufs Spiel gesetzt.«

Hatte ich das?

Hatte ich das wirklich getan?

Da war das Boot gewesen ... die Segel ...

Virginia?

Ich wollte schreien. *NEIN*, wollte ich schreien, aber ich brachte es nicht über meine Lippen, denn plötzlich bekam ich keine Luft mehr. Eine riesige Welle überrollte mich und füllte meine Lungen mit Wasser.

Virginia war tot.

Sie war ein Monster gewesen.

Aber sie war tot.

Die nächste Welle kam, und diesmal ließ ich mich mitreißen, hinein in die Dunkelheit, gegen die ich mich nicht mehr wehrte.

Sie war der einzige Schutz vor dem grellen Licht einer unerträglichen Realität.

26. KAPITEL

Die nächsten Stunden vergingen in einem Wechsel von Schlafen und Wachen. Irgendwann war Frank Turner mit meiner Tante an der Seite aufgetaucht und hatte mir Fragen gestellt und mich mit Fakten gequält, die ich nur schwer in einen sinnvollen Zusammenhang bringen konnte.

Ich hatte erfahren, wer wirklich hinter Virginia Donnelly steckte. Mit richtigem Namen hieß sie Ava Shutter, und Amy schien nicht ihr erstes Opfer gewesen zu sein. Offenbar war die Ärztin vor sieben Jahren in den Tod einer jungen Epileptikerin verwickelt gewesen, einer gewissen Fabiana Nuñez, deren Namen ich auf den Post-its in Virginias Büchern gefunden hatte. Virginia war wegen eines Verfahrensfehlers freigesprochen worden, hatte aber ihre Zulassung als Ärztin verloren. Sie war dann, erklärte mir Liz, offenbar mit gefälschten Papieren in Bluehaven untergetaucht. »In Wirklichkeit war sie gar nicht die Allgemeinmedizinerin, als die ich sie eingestellt habe, sondern sie hatte in Neuropsychologie promoviert. Ihr Spezialgebiet …« Sie stockte.

»Ihr Interesse galt der Erforschung von Zuständen, die wir mit NTE abkürzen. Du kennst das vermutlich unter dem Begriff Nahtoderfahrungen.«

Nahtoderfahrungen.

Ein Wort wie aus einem Sci-Fi-Roman. Oder einem Film. Unwirklich und ganz und gar nicht real, hätte Frank Turner mir nicht seine Theorie erzählt, was in der Unfallnacht im Westmill tatsächlich geschehen sein musste: »Virginia hat Amy als Forschungsobjekt missbraucht. Ihr ging es wahrscheinlich darum, Amys Zustand möglichst lange an der Grenze zwischen Leben und Tod zu halten, um ihre Untersuchungen zu machen. Vermutlich hat sie einfach die Gelegenheit ergriffen, als ihr im Rettungswagen bewusst wurde, dass sie Amy zurückholen könnte. Was sie mit Fabiana begonnen hat, das hat sie bei Amy wiederholt.«

Und Liz hatte ihm nicht widersprochen, sondern nur hinzugefügt, dass Amy am Ende keine Kraft zum Überleben geblieben war.

Ich hörte das alles, und mein Gehirn spann die Geschichte fort, doch ich war zu schwach, um die letzte Schlussfolgerung auszusprechen – Amy hatte nicht überleben dürfen, weil Virginias Schuld sonst ans Tageslicht gekommen wäre.

Als ich das nächste Mal aufwachte, war es Abend geworden. Die gelben Vorhänge waren nicht vorgezogen. Die Wolken hatten sich aufgelöst. Einzelne Sternenpunkte leuchteten, und der Mond – obwohl er noch nicht seine volle Größe erreicht hatte – erschien mir leuchtender als je zuvor.

Nur noch Dad war im Raum. Ich sah ihn zusammengesunken auf dem Stuhl sitzen, den Kopf in den Händen vergraben.

»Dad?«, flüsterte ich.

Er schreckte hoch und wischte sich mit der rechten Hand über die Augen. Dann erhob er sich und trat dicht an mich heran. »Wie geht es dir?«

Mein Kopf fühlte sich immer noch betäubt an, aber die Kopfschmerzen waren fast verschwunden.

»Besser.«

»Das ist gut.«

»Dad, wie habt ihr mich gefunden?« Und es war wohl mein Wunsch nach Fakten jenseits aller Spekulationen und Fragen, nach konkreten Punkten in dem ganzen Ablauf der schrecklichen Ereignisse, der mich die nächste Frage stellen ließ. »Was ist dort draußen passiert?«

Die Bilder in meinem Kopf hatten Konturen bekommen. Wellen, Wind, das Gefühl zu ersticken. Aber sie ergaben keinen Zusammenhang. Keinen Sinn.

»Du hast es bis aufs Boot geschafft. Dort hat dich die Küstenwache gefunden. Offenbar wurdest du gegen die Wand der Kajüte geschleudert, daher die Kopfverletzung.« Er drehte sich zu mir um, und sein Gesicht war dunkel vor Angst. »Missy hat dich gerettet. Ansonsten wärst du mit der *Escape* untergegangen.«

Ein Bild trieb durch meinen Kopf, erst blass, dann scharf. Die geisterhafte Gestalt auf dem Bootssteg. Ein im Sturm flatterndes rotes Kleid, die Hand, die mir zugewunken hatte …

»Missy?«

»Sie hat mich angerufen.«

Der Gedanke war einfach absurd, dass Missy ein Handy haben sollte, aber sie konnte auch von Virginias Haus aus Dads Nummer gewählt haben. Nur konnte ich mir nicht vorstellen, dass sie seine Nummer im Kopf hatte.
»Weiter«, sagte ich leise. »Bitte, Dad.«
»Ich war im New Spoon. Luke war gerade hereingekommen. Er wollte wissen, wo du bist, und in diesem Moment klingelte mein Handy.« Dad sprach immer hastiger, immer schneller. »Ich schaute auf das Display und konnte es nicht glauben.« Die folgende Pause dauerte nicht länger als einen Atemzug. »Der Anruf kam von Amy.«
Das anschließende Schweigen war gespenstisch. Es dauerte einige Sekunden, bis ich meine Stimme wiederfand.
»Amy?«
»Ja. Amy.« Dad atmete hörbar aus. »So wie es aussieht, hat Missy Amys Handy gefunden, und darauf war meine Nummer gespeichert. Aber das wusste ich da noch nicht. Ich war so entsetzt, dass ich mich nicht rühren konnte. Luke hat wohl gespürt, dass etwas nicht stimmte, und mir das Handy aus der Hand genommen. Er hörte einfach nur zu, dann sagte er: *Faye ist im Wasser. In der Bucht vor Dr. Donnellys Strandhaus.*« Dad räusperte sich. »Luke hat das Steuer übernommen, während ich Frank und Liz informierte. Wir trafen fast gleichzeitig mit der Küstenwache ein. Ich sah, wie tief das Boot im Wasser lag. Der Wind blies durch die Bucht wie durch einen Kamin.«
Ich konnte Dad kaum verstehen. Jeder Versuch, seinen Worten zu folgen, fühlte sich an wie ein dumpfes Beben in meinem Körper. »Sie haben dich gerade noch rechtzeitig

vom Boot geholt. Nicht mal eine Minute später hat der geborstene Mast den Rest der *Escape* mit nach unten gezogen.«

Das Boot, wie es vor den Felsen trieb. Ich selbst, wie ich um mein Leben schwamm. Langsam kam es wieder an die Oberfläche. Tauchte auf wie Missys Gestalt im Sturm. Mir schien, als ob die Lücke in meinem Gedächtnis immer schmaler wurde, doch noch immer fehlte ein entscheidender Teil. Vielleicht lag es an den Medikamenten oder der stickigen Luft, aber ich hatte das Gefühl, dass die Wände hin und her schwankten.

»Kannst du das Fenster aufmachen?«

Dad erhob sich, und eine Sekunde später strömte frische Abendluft herein, die nach vergangenem Regen roch. Der Wind hatte sich gelegt. Das einzige Geräusch kam von den leise rauschenden Bäumen, und weit entfernt war der Verkehr von der State Street zu hören.

Mit der frischen Luft kam eine Erkenntnis, die so klar und deutlich war, dass ich förmlich zusammenzuckte. Missy hatte mit Amys Handy telefoniert. Dem Handy, von dem Amy mir eine letzte Nachricht geschickt hatte.

Watch it!

Erst als meine Füße den Boden berührten und ich zum Schrank wankte, in dem Dad frische Kleidung und Schuhe untergebracht hatte, spürte ich, wie kraftlos ich war. Mir war schwindelig, und mit jeder Bewegung, jedem Schritt schwoll der dumpfe Schmerz in meinem Hinterkopf an. Ich hangelte mich an den Wänden entlang bis zur Tür, öffnete sie und trat hinaus auf den Flur, wo das beleuchtete Hinweisschild *Fluchtweg* mir eine Orientierung gab. Jedes grelle Licht hätte nur die Qual verschlimmert, die von meinem Kopf ausging.

Die Flure waren menschenleer. Eine wohltuende Stille umfing mich, und in der Dunkelheit folgte ich dem Plan des Gebäudes, der fest in meinem Gehirn gespeichert war. Tatsächlich gelangte ich problemlos zu der Glastür zum Turm, von wo aus ich die Tiefgarage erreichte. Ich schlüpfte durch die Gittertür ins Freie.

Die raue Luft, die mir entgegenschlug, löste einen Kälteschauer in mir aus. Meine Aufregung stieg, und meine Schritte wurden schneller. Eigentlich war es nicht weit zu Missys Haus. Ich musste nur ein Stück die Court Street entlanggehen und dann in die State Street biegen, von wo ein schmaler Weg direkt zu dem alten Cottage führte. Zwar ließ mich das Adrenalin meine Benommenheit fast vergessen, aber in meinem Zustand hatte ich Zweifel, ob ich es schaffen würde.

Noch immer fehlte dieser eine Mosaikstein, der bisher noch nicht zur Sprache gekommen war. Nur die Aussicht, Amys Handy zu finden, hielt mich aufrecht. Was auch immer ich mir davon erhoffte, meine Intuition – Dad nannte es Bauchgefühl – trieb mich vorwärts.

Das tiefe Brummen eines Wagens und helles Licht, das die Bäume direkt vor mir anstrahlte, rissen mich aus diesen Gedanken, die meine Seele quälten, seit ich die grausamen Details über Virginias Untersuchungen erfahren hatte. Ich versuchte, auf die andere Straßenseite zu wechseln, um im

Schutz der alten Eichen unterzutauchen, als ich Reifen quietschen hörte, und presste den rechten Unterarm auf meine Augen, weil die grellen Scheinwerfer helle Blitze auf meiner Netzhaut hervorriefen. Wie ein Reh stoppte ich, schwankend, fast gelähmt. Ich hätte mir denken können, dass ich nicht unbemerkt aus dem Medical Center fliehen konnte.
Eine Autotür wurde zugeschlagen, laute Tritte auf dem Asphalt, dann rief jemand entgeistert: »Faye, bist du wahnsinnig? Ich hätte dich fast nicht gesehen.«
Verwirrt ließ ich den Arm sinken, blinzelte und konnte nichts erkennen außer einer dunklen Gestalt, die auf mich zukam. Eine Hand packte mich am Arm. »Was machst du hier draußen? Du solltest im Bett liegen.«
Ich konnte es nicht glauben. Es war Luke. Ich spürte den vertrauten Geruch seiner Lederjacke, als er sie um meinen zitternden Körper legte, und Tränen stiegen in mir hoch, während er redete und redete. »Ich wollte zu dir, aber sogar dein Dad sagte, du bräuchtest völlige Ruhe. Trotzdem. Wie hättest du schlafen sollen bei alldem, außer sie hätten dich wieder mit Medikamenten vollgepumpt? Und dann habe ich mir gedacht, du würdest dich vielleicht freuen, mich zu sehen.«
Seine Augen blitzten im Licht der Straßenlaternen. Der Dreitagebart warf dunkle Schatten.
»Ich freue mich«, murmelte ich. »Ich freue mich wirklich. Luke, kannst du mir helfen? Du musst mich zu Missys Haus bringen.«
Er sah mich prüfend an, so lange, dass ich schon glaubte, er würde mir seine Hilfe verweigern und mich zurück in die Klinik bringen. Stattdessen öffnete er mit der linken Hand

die Autotür, während er mich mit der rechten immer noch festhielt. »Steig ein.«
Mit letzter Kraft zog ich mich nach oben in den Pick-up und ließ mich in den Sitz fallen. Luke legte seine Jacke, die zu Boden gefallen war, wieder über mich und stieg ein.
Müde schloss ich die Augen. Als ich sie wieder öffnete, schaute ich direkt auf ein Foto von Amy, das an einem roten Band unterhalb des Rückspiegels baumelte.
»Was ist das für ein Auto?«, fragte ich verwirrt.
»Tyler hat mir noch mal seinen Wagen geliehen.«
»Tyler?«
»Er fühlt sich schuldig, weil er Amy die Sache mit Ginger und Caleb verraten hat. Und er würde alles tun, um dir zu helfen.«
Wie viele fühlten sich noch schuldig an Amys Tod?
»Was zum Teufel willst du bei Missy? Bist du sicher, dass du ...«
»Der Schatz«, unterbrach ich ihn. »Missys Schatz. Ich glaube, ich weiß jetzt, was sie damit meinte. Er kann nur in einem ihrer Verstecke sein. In ihrem Haus.« Ich machte eine kurze Pause. »Oder ist Missy gerade wieder mal bei dir?«
»Nein«, sagte Luke, »als ich losgefahren bin, war sie nicht da.«
Ich holte tief Luft und befahl: »Dann fahr los.«
Luke stellte keine weiteren Fragen und startete den Motor. Das Geräusch brachte die Kopfschmerzen zurück, aber gleichzeitig entspannte mich die Wärme im Wageninnern. So etwas wie Leben kehrte in meine erstarrten Glieder zurück.

Das Cottage lag völlig im Dunkeln. Es war in einem noch schlimmeren Zustand, als ich es in Erinnerung hatte. Das Licht der Scheinwerfer strahlte ein Geisterhaus an. Eine Fensterscheibe neben dem Eingang war zu Bruch gegangen, die Haustür hing in den Angeln. Das einzig Intakte … und es wirkte grotesk … war das Dach, das der Monday Club im letzten Winter hatte erneuern lassen, nachdem Missy mit einem Kälteschock und Erfrierungen im Westmill eingeliefert worden war.

Ich stieg aus. Es war eine kalte, feuchte Herbstnacht, und die Luft legte sich um mich wie ein durchnässtes Segeltuch. Die Erinnerung an Virginia stieg in mir hoch, das flatternde Segel, das Geräusch, als der Mast brach. Meine Füße rutschten über einen Teppich aus Ahornblättern, und ich geriet ins Wanken. Aber Luke war sofort neben mir und hielt mich fest. Mein Gefühl, dass Missy nicht da war, bestätigte sich, und der Müll, der sich an allen Seiten des Hauses türmte, machte mich völlig hoffnungslos, denn – egal, wie wirr sie redete – wie sollten wir ohne sie das Handy finden?

Überall stapelten sich Müllbeutel, vom Dach tropfte Wasser in mehrere Regentonnen, die sich der Größe nach aneinanderreihten. Kochtöpfe, die mich an die Küche des New Spoon erinnerten, standen mit der Öffnung nach unten an der Hauswand. Plastikflaschen, in denen alles Mögliche aufbewahrt wurde, steckten in leeren Hummerkäfigen. Von der Regenrinne baumelten Fischernetze, aus denen mir Gesichter entgegenstarrten, die mich zusammenfahren ließen. Erst als wir näher kamen, erkannte ich Stofftiere und Puppenköpfe, die sich in den Maschen verfangen hatten und auf

schmutzige, in einem Halbkreis aufgereihte Plastikstühle herunterblickten.
Das Chaos war so groß, ich konnte es gar nicht erfassen.
»Wir werden es nicht finden«, sagte ich und fragte mich, wie ich überhaupt auf die Idee gekommen war, hierherzukommen. Ich hatte diese Berge von Müll völlig aus meinem Bewusstsein verdrängt.
»Was genau suchst du eigentlich?« Luke stieg über ein rotes Kinderfahrrad, an dem vorne der Reifen fehlte.
»Amys Handy. Erinnerst du dich an Missys Gerede über einen Schatz? In Zoeys Zimmer?« Ich versuchte, mir den genauen Wortlaut ins Gedächtnis zu rufen. »Sie hat von einem Spiegel geredet, aus dem Tote sprechen, wenn sie noch leben. Es klang total verrückt, aber jetzt …«
»Ein Spiegel, in dem man Tote sehen kann«, wiederholte Luke nachdenklich. »Du meinst …«
»Genau, das Video, das Amy mir angekündigt hatte und das nie bei mir angekommen ist«, sagte ich. »Was, wenn Missy es auf Amys Handy entdeckt hat? Und wenn es Amy zeigen würde? *Ein Spiegel, aus dem Tote sprechen, wenn sie noch leben*. Es würde passen, oder nicht?«
Luke pfiff leise durch die Zähne, ein Laut, der so gar nicht passen wollte an diesem unwirklichen Ort. Ich sah mich noch einmal um, und Mutlosigkeit ergriff von mir Besitz. In dem Moment kam es mir vor, als würde ich mit dem Verlust von Amys Handy jeden Kontakt zu Amy verlieren. Ihr Handy, ihre Notizbücher – alles war verschwunden. Acht Wochen. Mir fehlten acht Wochen in ihrem Leben. Sechsundfünfzig Tage, in denen sie mich dringend gebraucht hätte.

Lukes Stimme drang wie von fern zu mir. »*Verlass dich drauf.*«
»Was hast du gesagt?« Ich blickte ihn irritiert an.
»*Ich ruf dich an. Verlass dich drauf.* Du hast das in deiner Trauerrede Amy versprochen. Vielleicht ist jetzt genau der richtige Moment dafür. Vielleicht hört sie dich.«
Es war nur eine minimale Chance, aber ich musste es versuchen. Wir traten zum Eingang. Luke stieß die Tür auf, die sich nur zögernd öffnete, und ein lautes Scheppern und Klappern verriet, dass er sich mühsam einen Weg bahnte.
Ich holte mein Handy aus der Tasche. Amys Namen musste ich nicht lange suchen, ich drückte einfach die Ziffer *Eins*, und die Verbindung baute sich auf.
Ich wartete einige Sekunden, aber alles blieb still. Eine Stille, in der jedes noch so kleine Geräusch deutlich zu hören wäre. Ich ließ es wieder und wieder klingeln. Meine Sinne waren so geschärft, dass ich die Luft schmeckte, ich roch den Moder, ich spürte den Staub, der sich über die Härchen auf meinen Armen legte.
Luke kam aus dem Haus, schüttelte den Kopf, doch dann erstarrte sein Blick. »Hörst du das?«
Eine Zeit lang bewegte sich keiner von uns.
Da war es wieder. Er hatte recht, es war eine Tonfolge. Amys Tonfolge.
»Es kommt von hier draußen«, flüsterte Luke und bewegte sich, plötzlich eine Taschenlampe in der Hand, die Hauswand entlang.
Ich folgte ihm. Drückte die *Eins* wieder und wieder.
»Rechts.« Luke ging um das Haus herum. Auch hier stapelten sich Hummerkäfige, in denen Missy alles Mögliche auf-

bewahrte. Leere Zweiliterflaschen, die wiederum gefüllt waren mit winzigen Knöpfen, Kronkorken und Eincentmünzen. Oder Schuhe, die sie farblich sortiert hatte.
Mein Herz schlug immer schneller. Fast war es wie früher, als ich Amys Erkennungsmelodie, dem Auftakt zu Schwanensee, folgte. Sie war zum Greifen nah.
Fast wäre ich über ihn gestolpert, einen grünen Hummerkäfig, in dem alte Bücher und lose Buchseiten aufbewahrt wurden, zum Schutz vor Regen gehüllt in eine dicke, verschnürte Plastikfolie.
Die Tonfolge brach ab. Ich drückte die *Eins,* und die Geigen setzten erneut ein. Ich spürte Amys Anwesenheit ganz deutlich.
Luke war noch dabei, die Schnüre der Plastikfolie mit einem Taschenmesser zu lösen, als ich den Käfig bereits von der Seite geöffnet hatte und in den Büchern herumwühlte, bis ich auf das uralte Exemplar eines Buchs stieß, das ich nicht kannte. Der Autor hatte einen ausländischen Namen. Der Titel lautete *The Physicists*, und es war nicht besonders dick. Mit einem Ruck löste ich das Buch aus dem Käfig, und dann wurde alles still.
Wir sahen uns an.
Auf dem roten Leineneinband war ein Schlüssel eingraviert, der Goldschnitt der Seiten war verblasst.
Meine Hände zitterten, als ich das Buch öffnete. Die Seiten waren augenscheinlich mit Gewalt herausgerissen worden. Und zwischen den ausgehöhlten Buchdeckeln steckte es: Amys Handy, dessen Display noch von meinem letzten Anruf leuchtete.

Auch das war Amy. Sie hatte keine Bildschirmsperre und keine geheime PIN. »Mein Leben ist sowieso ein offenes Buch«, hatte sie gelacht. »Also können auch alle darin lesen.«

Ich konnte nicht atmen, während ich hastig die Nachrichtenliste öffnete. Gleich obenauf befand sich die Nachricht vom 2. September, die ich bereits kannte.

Schick dir was. Watch it!

Es war die letzte Nachricht, die Amy verschickt hatte.

»Schau bei den Videos nach«, drängte mich Luke ungeduldig, aber ich hatte das Symbol bereits angetippt, und die Bilder bauten sich auf. Lange brauchte ich nicht zu suchen. Das oberste Video in der Liste stammte tatsächlich ebenfalls vom 2. September. Mein Finger zitterte über dem Display, und ich holte tief Luft.

Das war das letzte Video, das Amy in ihrem Leben aufgenommen hatte, auch wenn sie es nicht hatte ahnen können. Und es war für mich bestimmt gewesen. Aufgenommen war es um halb eins in der Nacht. Liz war zu dieser Zeit noch nicht aus Boston zurück gewesen.

Was würde ich auf diesem Video sehen? Würde es alle Vermutungen und Spekulationen über Virginia bestätigen?

Ich zögerte nicht länger, sondern drückte auf den grauen Pfeil.

Ein unscharfer Schwenk, Rauschen.

Es wurde dunkel, dann das verwackelte Bild einer weißen Wand.

Und als Nächstes Amys Stimme.

Faye?

Als ich den Ton lauter stellte, war sie deutlicher zu verstehen. Sie atmete schwer, und ihre Stimme klang abgehackt.

Faye? ... Hörst du mich? ... Das ist für dich.

Ihr Bild erschien auf dem Display. Ihre riesigen dunklen Augen stachen wie bei einer Mangazeichnung aus dem blassen Gesicht hervor. Die Haare fielen ihr ungekämmt auf die Schultern; eine einzige lange Strähne hing vor ihrem linken Auge, die sie nun mit einer müden Bewegung hinters Ohr strich.

Die Bildqualität war ungefähr so, wie wenn wir skypten, und ihre Stimme klang heiser, kurzatmig und aufgeregt, aber schwach. Von der Umgebung war nichts zu sehen, doch am unteren Rand blitzte etwas Schmales, Weißes auf.

Amy begann zu sprechen.

Ich verstehe nicht, was mit mir passiert, Faye. Da ist dieser Traum. Und wieder der Tunnel. Und du ...

Für einen Moment, einen langen Moment, schloss sie die Augen, als würde sie das Bewusstsein verlieren. Ich sah die durchscheinende Haut ihrer Augenlider, die langen schwarzen Wimpern. Das Sprechen fiel ihr schwer. Immer wieder musste sie eine Pause machen, um zu Atem zu kommen.

Vergeblich kämpfte ich gegen die Tränen an. Amy so zu sehen – es war unfassbar, einfach schrecklich. Sie schien nicht sie selbst zu sein. Das heißt – sie war es, und sie war es nicht.

Ich laufe und laufe, und plötzlich ... da komme ich an eine Tür. Sie ist so riesig, so bedrohlich. Aber im nächsten Moment liegt meine Hand schon auf dem Knauf, und ich habe keine andere Wahl, denn in einem Traum kann man sich nicht wirklich entscheiden, oder?

Plötzlich schien es mir, als existierte kein Display zwischen Amy und mir. Ich spürte, wie ich fragend die Schultern hob, weil ich nicht wirklich wusste, was ich denken sollte, und hätte fast die nächsten Worte verpasst.

Ich öffne sie also, und dahinter ist Nacht … aber der Himmel ist gelb wie Schwefel. Ich höre es donnern, über mir blitzt und stürmt es. Und dann ist da die Bushaltestelle an der State Street. Dort, wo seit einer Weile das Plakat von dem Katy-Perry-Konzert hängt. Ich weiß nicht, ob wir zusammen hingehen werden.

Hörte ich mich selbst erzählen?

Ich fühle mich seltsam leicht … fast, als würde ich schweben, und sehe mich, wie ich die Straße entlanggehe.

Mir wurde schlecht. Genau so war es gewesen. Amy hatte sich bewegt, als wären ihre Arme Flügel.

Mir ist so kalt. Ich trage nur ein weißes Nachthemd, und da liegt überall Abfall. Bierdosen, Plastiktüten … und eine schmutzige blaue Socke. Faye, du kennst doch diese Traumangst, die sich anfühlt, als säßen schreckliche knochige Monster auf deiner Brust, die dich anstarren – und du weißt, sie sind zu allem fähig … genau so fühle ich mich. Bis ich dich sehe. Ich rufe dich, aber ich komme einfach nicht näher …

Ich schloss die Augen. Öffnete sie wieder. Wie war so etwas möglich? Amy beschrieb exakt unsere Begegnung an der Bushaltestelle, aber sie war nicht dort gewesen. Nicht in Wirklichkeit. Sie hatte nur davon … *geträumt*?

»Faye, wie kann das …?«, fragte Luke, aber ich schüttelte den Kopf, spulte das Video zurück.

Ich rufe dich, aber ich komme einfach nicht näher. Warum

hörst du mich nicht? Ich muss dir etwas Wichtiges erzählen. Also renne ich und renne … und der Abstand zwischen uns … bleibt immer derselbe. »Faye, komm zu mir! Ich muss mit dir reden. Bitte, komm her!«, rufe ich, doch in diesem Moment donnert es so laut, dass du mich nicht hören kannst. Und … ein gewaltiger Blitz spaltet die Wolken und dehnt sich immer weiter aus, zeichnet immer neue Landschaften am Himmel … Ich gebe auf, weil mir in diesem Moment klar ist: Ich kann dich nicht erreichen, denn es ist nur ein Traum.

Ein kurzes Wackeln, und für einen Moment sah es aus, als wäre Amy nackt, bis der Rand einer kragenlosen weißen Bluse ins Bild kam. Das Krankenhausnachthemd. Wieder holte Amy tief Luft, atmete einige Sekunden nur ein und aus, schloss die Augen, schluckte mehrfach und sprach schließlich weiter.

Weißt du, Faye, ich hatte totale Panik, den ganzen Traum über, dass du mich gar nicht hörst. Und nachdem ich aufgewacht bin, war mir klar: Ich hatte nicht Angst um mich, sondern um dich. Du musst die Wahrheit erfahren. Das wollte ich dir die ganze Zeit sagen. Sie werden nicht …

Das Video war abrupt zu Ende. Das Display wurde schwarz. Es war Amy so wichtig gewesen, mir den Traum zu erzählen, dass sie ihre letzte Kraft dafür geopfert hatte.

Ich zitterte am ganzen Körper.

Ich merkte nicht, wie Luke mir das Handy aus der Hand nahm und mich sanft mit sich zog, bis wir die Straße erreichten. Und ich spürte nichts, als er mich durch die geöffnete Wagentür auf den Beifahrersitz schob.

»Sie war da, verstehst du?« Meine Zähne schlugen klappernd

gegeneinander. »Sie war an der Bushaltestelle. Ich habe sie doch gesehen. Wir haben uns getroffen, das ist der Beweis. Sie kannte jedes Detail. Die Bierdose. Die blaue Socke. Sie kann das nicht geträumt haben. Vielleicht ist sie aus der Klinik geflohen, und ihr Bewusstsein war so getrübt …«

Luke schüttelte den Kopf. »Nein«, murmelte er. »Ein Mensch in so einem Zustand kann nicht die ganze Strecke vom Westmill zur State Street laufen. Das kann ich mir nicht vorstellen.«

Ich hatte die Hände zu Fäusten geballt, meine Fingernägel gruben sich in die Haut. Liz hatte dasselbe gesagt. Aber wie sollte es sonst gewesen sein? Wie konnte Amy dasselbe erlebt haben wie ich, wenn wir uns gar nicht begegnet waren?

Luke war irgendwo neben mir, aber ich nahm ihn kaum wahr. »Faye«, murmelte er, »hier geht etwas nicht mit rechten Dingen zu.«

Ich antwortete nicht. Mein Herzschlag war überall in meinem Körper, und meine Gedanken schlugen über mir zusammen wie die Wellen, als ich im Meer unterging.

Luke hatte recht. Etwas ging hier nicht mit rechten Dingen zu. Nahtoderfahrungen. Virginias Forschungsgebiet.

Das war falscher Zauber. Das heißt, bisher hatte ich das alles für falschen Zauber gehalten. Aber Amy hatte dieses Erlebnis so eindringlich, so real geschildert.

Irgendwie – irgendwo waren wir uns begegnet, selbst wenn es nicht in der Realität gewesen war.

Was, wenn es tatsächlich möglich war?

»Nein«, flüsterte ich, und meine Fäuste schlugen auf meinen Kopf ein. »Nein, nein, nein, geht weg. Weg mit euch.«

Ich klang haargenau wie Missy, ebenso verrückt. Wahnsinnig.
Jemand packte meine Hände. Kräftige Finger hielten sie fest umklammert.
»Es ist gut«, hörte ich Luke sagen. »Es ist alles gut, Faye.«
Ich brach in seinen Armen zusammen, und ein tiefes Schluchzen schüttelte meinen Körper. Mir schien, es dauerte eine Ewigkeit, bis ich wieder ruhiger wurde und sprechen konnte.
»Sie hat nach mir gerufen, und ich bin weggerannt. Sie war dort an der Bushaltestelle, oder? Anders kann es nicht sein. Sag mir, dass das die einzige Möglichkeit ist, sonst …«
»Hör auf, dich zu quälen. Du bist ebenso wenig wahnsinnig wie ich. Niemand ist verrückt, verstehst du mich, Faye? Es muss eine Erklärung geben.« Seine Umarmung wurde fester. »Ich bin bei dir, wenn du mich lässt, ja, Faye? Wir werden es herausfinden. Ich verspreche dir, wir finden es heraus. Gemeinsam.«
Und plötzlich waren da Worte in meinem Kopf, die irgendjemand vor Kurzem zu mir gesagt hatte: *Die Welt ist größer, als wir denken, Faye. Es geht immer um Erkenntnis. Wir haben nur noch nicht alle Antworten.*

27. KAPITEL

Die Sonne berührte das Meer.

Zwei Silbermöwen flogen kreischend über die Bucht von Silver Sands. Die Flügel ausgebreitet, den Hals gereckt, schienen sie nicht Ausschau nach Beute zu halten, sondern einen der letzten warmen Tage in diesem Jahr zu genießen.

Die Nachmittagssonne am strahlend blauen Himmel tauchte den Strand in ein goldenes Licht, und der Horizont war so hell und gleißend, als ob Himmel und Meer sich endgültig verbanden.

Ich blieb stehen und legte den Kopf in den Nacken.

Himmel und Erde. Gab es wirklich mehr dazwischen, als wir ahnten?

Es waren zwei Tage vergangen, seit ich Amys Video gesehen hatte. Ich trug es immer bei mir, und meine Gedanken kreisten immer wieder darum. Nachts, wenn ich mich im Bett hin und her wälzte, lag das Handy unter meinem Kopfkissen. Ich hatte den Film jedoch nicht noch einmal abgespielt. Etwas Unheimliches, etwas Mächtiges schwebte über mir. Ich verlor kein Wort darüber, gab meine Fassungslosigkeit und die tiefe Verwirrung nicht preis. Nicht einmal Luke gegenüber, obwohl er als Einziger mein Geheimnis kannte. In der Zeit, die wir miteinander verbrachten, schwiegen wir meist. Er brannte darauf, mehr über seinen Vater und Zoey herauszufinden, das spürte ich, aber er begriff, dass jetzt nicht der richtige Moment war, in der Vergangenheit zu wühlen.

Nur ein Mal hatte Luke versucht, Missy auszufragen. Sie ging immer noch bei ihm ein und aus, doch es gelang ihm nicht, zu ihr durchzudringen und ihr nun wieder vollständig rätselhaftes Gemurmel zu entschlüsseln.

Ich war inzwischen fest davon überzeugt, dass sie einen Teil ihres Wahnsinns nur spielte, aber richtig sicher konnte ich nicht sein. Lange hatte ich darüber nachgegrübelt, wie sie an Amys Handy gekommen sein konnte. Dabei war die Lösung am Ende ganz einfach gewesen. Amy hatte das Smartphone vor Virginia unter der Matratze ihres Krankenhausbettes versteckt. Melinda Price hatte es erst Tage später gefunden, als sie das Bett frisch bezogen hatte, und es meiner Tante übergeben. Liz hatte das Handy Donna bringen wollen, es in ihre Schreibtischschublade gelegt – und dann?

Bilder blitzten in mir auf. Missy hatte in Liz' Büro Schränke und Schubladen aufgerissen, als sie wegen ihrer Kopfverletzung im Westmill gewesen war – im Wahn, so zumindest war es mir damals erschienen. Dabei war sie auf das glitzernde Telefon gestoßen, das Amy mit Anhängern und Aufklebern verziert hatte.

Ich zog die Flipflops aus, nahm sie in die Hand und bohrte meine Füße in den warmen, trockenen Sand. Nach dem stürmischen, kühlen Wetter der letzten Woche und diesen schrecklichen Ereignissen wärmte mich nun jeder einzelne Sonnenstrahl, der meine Haut traf. So stand ich da, atmete die salzige Luft ein, schloss die Augen, und als eine warme Brise über mein Gesicht strich, atmete ich tief aus.

Auch Dad hatte ich nichts erzählt. Ich verschwieg ihm das Handy und das, was wir gesehen und gehört hatten. Als müsste ich ihn davor schützen, nicht mich.

Und natürlich sagte ich nichts zu Liz. Sie hatte das Handy zwar aufbewahrt, aber das Video offenbar nicht entdeckt. Amys Traum, so verwirrend er auch war, beschrieb genau die Begegnung an der Bushaltestelle, wie ich sie erlebt hatte. Ich konnte mir kaum vorstellen, dass Liz mir das vorenthalten hätte.

Natürlich könnte ich es ihr nun zeigen … aber Liz hatte mir verschwiegen, dass Amy noch einmal aufgewacht war. Sie hatte mich nicht ins Krankenhaus gerufen, als sie Amy dort lebend vorgefunden hatte. Konnte ich ihr das je verzeihen? Selbst wenn sie es getan hatte, um mich nicht noch weiter der Trauer und dem Wahnsinn auszusetzen?

Liz hatte mich gefragt, warum ich mich von ihr fernhielt. Sie hatte nach Entschuldigungen für ihr Verhalten gesucht, aber jetzt ließ sie mich weitgehend in Ruhe bis auf kurze Nachrichten.

Ich denke an dich. Ich liebe dich.

Und ich? Ich tat das Einzige, was mich vor dem Wahnsinn retten konnte, ich flüchtete mich in Schweigen und verschloss in meiner Seele, was geschehen war.

Die Sonne erfüllte mich bis in die letzte Faser, die sanfte

Herbstwärme kitzelte meine Haut, während ich dem leisen Klang der Wellen lauschte, die gegen den Strand schlugen.

Es war so schön hier.

Fast wie früher.

Josh und ich hatten ganze Tage an diesem Platz verbracht. Wir waren geschwommen, hatten Picknicks veranstaltet und uns im Schutz der Felsen ungestört geküsst.

Ich riss die Augen auf.

Nichts war wie früher. Gar nichts.

Amy war tot, Josh noch immer verschwunden, und ich war hier, um mich mit Ginger zu treffen. Ich hatte oben am Parkplatz Dads Auto neben dem weißen Hummer von Claire Lancaster geparkt, dessen Anblick ich kaum ertragen konnte. Ginger musste bereits hier sein.

Ich ging einige Meter weiter, während ich den Strand nach ihr absuchte. Schließlich entdeckte ich rechts, wo die Felsen ins Wasser ragten, einen bunten Fleck im weißen Sand.

Ginger hatte mir einen Brief geschrieben, mit vielen Fragezeichen und Spuren von Tränen. Er hatte mit der Bitte um ein Treffen geendet, denn sie müsste mir etwas Wichtiges sagen.

Glaubte ich ihr?

Ich kannte Ginger. Wenn es darum ging, sich zu verteidigen, redete sie auf mich ein, bis sich alles in meinem Kopf drehte.

Noch nie hatte ich mich jemandem so hartnäckig verweigert. Es gehörte zu meiner neuen Persönlichkeit. Nie wieder würde ich jemandem vertrauen, außer Dad, Donna und … Luke.

Caleb, der in der Schule nicht von meiner Seite wich, meinte, mein Verhalten wäre nicht fair, Ginger hätte eine Chance verdient. Doch erst Dad und Donna hatten es geschafft, dass ich mich auf dieses Treffen einließ. Gestern Abend, als wir zusammen in Donnas winziger Küche gesessen hatten, hatten wir darüber gesprochen.

»Faye, ich habe das auch alles durchgemacht«, hatte Dad gesagt. »Am Anfang sucht man nach einem Schuldigen. Jemandem, auf den man seinen Zorn konzentrieren kann. Aber ist der Zorn einmal verflogen, dann bleibt nur noch die Trauer übrig. Dann zählt nichts anderes als die Wahrheit: Der Mensch, den man liebt, ist tot. Daran ändert sich nichts, auch wenn man einem anderen die Schuld geben kann.«

»Ach ja, Dad? Und was ist mit den Lügen?« Ich hörte selbst, wie bitter ich klang. Aber meinte ich wirklich noch Ginger damit? Wie gering war ihre Schuld im Vergleich zu Virginias Verbrechen.

Donna hatte mir eine Hand auf den Arm gelegt. Sie hatte für Dad und mich gekocht, und ich hatte das ganze Essen über daran denken müssen, dass ich wenigstens ihr eines Tages das Video zeigen musste. »Du hast recht«, hatte sie gesagt und mich lange angesehen. Nicht zum ersten Mal war mir schmerzlich bewusst gewesen, wie ähnlich sie ihrer Tochter war. »Aber du darfst das nicht zulassen, Faye. Du darfst diesen einen Fehler nicht höher werten als alles Gute, was ihr zusammen hattet.« Ihre Augen schimmerten feucht. »Ginger war bei mir, weißt du? Wir haben lange gesprochen. Sie war auch Amys Freundin, vergiss das nie.«

Sie hatte ja recht. Alles, was sie sagte, stimmte.

Warum fiel es mir dann zum ersten Mal in meinem Leben so schwer, zu verzeihen?
Weil sie in einem entscheidenden Moment nur für sich allein gehandelt hatte.
Ich überquerte den Strand und stoppte an der Stelle, wo Gingers Sachen verstreut lagen. Von ihr war nichts zu sehen. Ein schwarzes Handtuch lag im Sand, darauf der rote, knappe Jeansrock und ihr weißer Häkelpulli, den wir zusammen auf dem Flohmarkt gekauft hatten. Claire hatte ihn in der Reinigung desinfizieren lassen, bevor Ginger ihn tragen durfte. Die pinkfarbenen Flipflops steckten im Sand. Ich bückte mich, zog sie heraus und legte sie ordentlich nebeneinander.
Das grelle Sonnenlicht fühlte sich plötzlich wie tausend Stiche an und trieb mir Tränen in die Augen. Ich zog die Sonnenbrille aus der Tasche, setzte sie auf und starrte aufs Meer hinaus. Auch wenn das Wasser ruhig vor mir lag und die weiße Gischt darüber zu schweben schien, fühlte ich das Gewicht des Atlantischen Ozeans auf meiner Brust.
Ich schob die Sonnenbrille nach oben, als ich weit draußen im Wasser einen dunklen Fleck bemerkte.
Gingers rotes Bikinioberteil blitzte immer wieder in den Wellen auf. Sie hob kurz den Kopf aus dem Wasser, und als sie mich entdeckte, streckte sie die Hand nach oben und winkte.
Einer für alle, alle für einen, hatten wir geschworen, und Amy hatte mit todernstem Gesicht hinzugefügt: *In guten wie in schlechten Zeiten.*
Wir hatten uns kaputtgelacht.

Ich ließ mich in den weißen Sand fallen, dessen Glitzern fast unwirklich schien.
Nur noch wenige Züge, dann hätte Ginger den Strand erreicht. Sie würde vor mir stehen und mich mit ihren großen Augen ansehen. Nur noch ein paar Minuten blieben, um mich zu wappnen und das zu tun, was ich Dad und Donna versprochen hatte. Einfach zuhören, was Ginger mir zu sagen hatte.
Und dann stand sie vor mir, schüttelte sich, und – ich schreckte zusammen. Sie starrte mich mit verängstigten, weit aufgerissenen Augen an, unter denen schwarze Halbmonde lagen. Die Dreadlocks waren einem Kurzhaarschnitt gewichen, als hätte sie jeglichen Protest aufgegeben. Nein, ein Rest Rebellion war geblieben. Die hellblond gefärbten Haare wirkten in der Sonne fast weiß wie die Schaumkronen, die das Meer an den Strand spülte.
Minutenlang herrschte Schweigen, während Ginger sich abtrocknete, auf ihr Handtuch setzte und begann, Sand über ihre braun gebrannten Beine zu schaufeln, als wollte sie sich ein für alle Mal eingraben.
»Du bist gekommen«, sagte sie schließlich.
»Ja«, erwiderte ich. »Du gibst sonst keine Ruhe, oder?«
Wie schwer, wie leicht … unglaublich, aber ich verfiel in den vertrauten alten Tonfall, in dem wir seit jeher miteinander redeten.
»Ich hätte es verstanden, wenn du weggeblieben wärst«, flüsterte Ginger, und da brannten meine Augen schon wieder. Ich schob die Sonnenbrille nach unten. Wann, verdammt noch mal, würde das aufhören mit diesen Tränen?

Ich wartete, bis das sanfte Rauschen der Wellen für einen Moment aussetzte.
»Ginger, wo ist Josh?«
Ihre langen Ohrringe klimperten, als sie den Kopf schüttelte. »Ich weiß es nicht. Ich habe ihm tausend Nachrichten geschickt, ich rufe ihn ständig an, aber er antwortet nicht. Er hat nur diese eine Nachricht an Mom geschrieben, dass wir uns keine Sorgen machen sollen. Und er ist nicht in Boston, das wissen wir.« Noch mehr Sand landete auf ihren Beinen. »Ich kann nicht glauben, dass er sich auch bei dir nicht gemeldet hat. Für Josh bist du das Wichtigste im Leben.«
Ich verzichtete auf eine Antwort. Wie sehr Ginger sich irrte. Aber wie konnte ich ihr einen Vorwurf machen, wenn ich mich doch selbst so entsetzlich in ihm getäuscht hatte?
Gingers sonst so laute, kräftige Stimme war nur noch ein heiseres Krächzen. »Verzeih mir, Faye, verzeih mir, was ich getan habe. Es tut mir so leid.«
Und als ich keine Antwort gab, fügte sie hinzu: »Du weißt, wie ich sein kann.«
»Ja, das weiß ich, aber ...« Ich hob die Hände und schrie sie an. »Ich will keine Ausreden hören. Kein einziges Wort, okay?«
»Okay.«
Sie schwieg. Ich hatte es geschafft, Ginger zum Schweigen zu bringen. Und mit diesem leisen *Okay* schien sich etwas Schweres in mir zu lösen. Zum ersten Mal seit Wochen konnte ich wieder tief durchatmen, für einen kurzen Moment.
Ginger weinte jetzt, aber nicht wie sonst laut schluchzend. Still liefen ihr die Tränen über das Gesicht.

Ich schob die Brille nach oben, schloss die Augen und ließ das Licht der Sonne in mich hinein.
Und plötzlich begriff ich, was Donna gestern gemeint hatte. Und Dad. Ich hatte ihre Worte verstanden, aber nur mit dem Kopf, nicht mit dem Herzen. Doch jetzt, als ich neben Ginger saß, sie weinen sah, ihre Anwesenheit spürte, löste sich etwas in meinem Innern. Ich hatte einen hohen Preis bezahlt, indem ich mich verweigert hatte. Ich war schrecklich einsam geworden.
»Es ist nicht wichtig, Ginge«, sagte ich leise. »Nicht mehr. Und … du bist nicht schuld an ihrem Tod.«
Ginger zog ihre langen, sandigen Beine an die Brust und legte ihr Kinn darauf.
Ich hatte noch nie erlebt, dass sie länger als fünf Minuten den Mund hielt. Aber jetzt saßen wir einfach nur nebeneinander. Es war ein Moment der Stille. Ein Moment, der auch Amy gefallen hätte.
Das Meer hob die Wellen und nahm sie wieder mit zurück. Mit jeder Minute entspannte ich mich mehr. Etwas passierte, was nicht einmal Dad geschafft hatte. Ich fühlte mich getröstet.
Irgendwann drehte Ginger sich zu mir. »Virginia hat dafür gebüßt, oder?«, fragte sie. »Sie hat sich umgebracht. Auf ihrem Boot.«
Das Monster ist tot, schoss es mir durch den Kopf.
»Ja, die Polizei hat es bestätigt.« Es tat gut, einfach nur über Fakten, konkrete Dinge zu sprechen. »Sie hat Amy mit ihren Untersuchungen gequält. Es heißt …« Ich schluckte schwer. »Sie hat sich für Nahtoderfahrungen interessiert.«

»Ich weiß.«
Ich wandte Ginger überrascht den Kopf zu. »Sie haben es dir erzählt?«
»Nein, aber ich habe Mittel und Wege, das zu erfahren, was ich will.« Sie stieß ein kurzes, bitteres Lachen aus. »Auch wenn du es mir nicht glaubst, aber ich kann leise sein und mich so gut wie unsichtbar machen.« Sie fuhr fort. »Sie behaupten, dass Virginia Donnelly alias Dr. Death verrückt war. Dieses Arbeitszimmer von ihr, es muss ein Zerrbild ihres Wahnsinns gewesen sein. Es heißt, sie habe ihre eigene Schuld nicht ertragen.«
Ich nickte, als ich mich an die verstreuten Unterlagen erinnerte, die Virginia offenbar einfach vom Tisch gefegt hatte.
»Grandma hat zu Dad gesagt, sie hätte schon immer gespürt, dass *mit dieser Ärztin aus Boston* etwas nicht stimmte.« Ginger machte eine Pause. »Außerdem habe ich mitgehört, was Chief Turner zu Dad meinte, als er bei ihm war. Virginia hat das Boot losgemacht und die Segel gesetzt. Sie ist vom Sturm aufs Meer getrieben und gegen die Felsen geschleudert worden. Das wäre ihr normalerweise nie passiert, aber sie hatte sich ein Betäubungsmittel verabreicht, sodass sie ihre Beine nicht mehr bewegen konnte.«
Ich starrte Ginger an. Davon hatte ich noch nichts gehört, aber ich hatte auch nicht gefragt.
Ginger bemerkte meine Verwirrung. »Sie hat sich an den Mast gebunden, verstehst du? Virginia wollte bei Bewusstsein sein, wenn sie mit dem Segelboot untergeht.«
Plötzlich bekam ich keine Luft mehr. Ich fühlte wieder die riesige Welle, die mich überrollte und meine Lungen mit

Wasser füllte. Virginias Gesicht tauchte vor mir auf, den Mund weit aufgerissen.

War da noch etwas gewesen? Mir war, als hätte Virginia mir noch etwas zugerufen. Aber vielleicht, vielleicht hatte sie auch nur gelächelt?

»Alles okay, Faye?«, hörte ich Ginger fragen.

Ich nickte, obwohl nichts *okay* war, und Ginger wusste das. Sie legte sich zurück in den Sand und schirmte die Augen gegen die Sonne ab. Jetzt, in dem knappen Bikini und mit den kurzen Haaren, wirkte ihr Profil noch markanter als früher, und ihr knochiger Körper trat deutlich zutage. Mit jedem Atemzug konnte ich die Rippen unter der Haut zählen.

Eine Weile lag sie ruhig da, doch ich konnte spüren, da war noch etwas, was sie sagen wollte, sie wusste nur noch nicht, wie.

»Nun sag schon, Ginger.« Noch gestern wäre ich nicht dazu in der Lage gewesen, ihr ein Stichwort zu geben, ihr beim Reden zu helfen, einfach weil ich sie hätte zwingen wollen, von sich aus die Maske abzulegen. Aber inzwischen konnte ich ihre Verletzlichkeit durch und durch spüren.

Sie setzte sich auf und wandte mir ihr Gesicht zu.

»Erinnerst du dich … in jener Nacht, als Amy gestorben ist – da hast du mich gefragt, warum wir uns überhaupt getroffen haben. Aber ich …« Sie stockte.

Ich mied ihren Blick und schaute auf das Meer hinaus. Der Horizont erschien mir weiter entfernt als je zuvor.

»Sie wollte dich wegen Caleb zur Rede stellen«, sagte ich ruhig. »Das war der Grund, warum sie sich an jenem Abend mit dir getroffen hat.«

»Ja«, meinte Ginger. »Ja, darum ging es zuerst.« Ihre Stimme veränderte sich, als ob sie lächelte, und ich konnte tatsächlich sehen, wie sich ihre Mundwinkel kräuselten. »Sagen wir es mal so: Auf ihre typische Amy-Weise hat sie mich dafür beschimpft. Und ja … ich hatte es verdient. Aber weißt du, was komisch war?« Ihre großen Augen, die mich immer an Josh erinnerten, ließen mich nicht los. »Ich hatte das Gefühl, dass es so schlimm für sie gar nicht war. Hätten Caleb oder ich ihr früher die Wahrheit gebeichtet, hätte Amy uns verziehen. Sie hätte es nur nicht von Tyler erfahren dürfen.« Ginger fing an, mit dem Fuß Kreise in den Sand zu malen. »Auch wenn du mir das nicht glaubst – was ich eigentlich damit sagen will …« Sie hielt inne und schaute hoch, als wollte sie sich vergewissern, ob ich immer noch zuhörte. »Dass Amy so außer sich war an diesem Abend, das hatte einen ganz anderen Grund.«

Misstrauisch beobachtete ich Ginger. War das nur eines ihrer üblichen Ablenkungsmanöver? Nein, etwas beschäftigte sie, das war offensichtlich. Und außerdem – war nicht auch mir der Gedanke bereits gekommen, dass es einfach nicht zu Amy passte, sich durch diese eine Geschichte völlig aus der Bahn bringen zu lassen? Selbst wenn sie mich verdächtigt hätte, ihr den Kuss zwischen Ginger und Caleb verheimlicht zu haben, sie hätte mich doch sofort zur Rede gestellt.

Ich starrte auf den Horizont, an dem die Sonne nun schon den ersten rötlichen Schimmer der Dämmerung zeigte. Nervös bückte ich mich, griff nach einem Stein und drehte ihn zwischen meinen Fingern.

Was hatte Amy gesagt?

Du würdest mir doch glauben, Faye, oder? Egal was?

»Was war es?«, fragte ich und bemühte mich, ruhig zu bleiben. »Was war ihr so wichtig?«

Ginger war wieder zu ihren kreisenden Bewegungen zurückgekehrt und malte unleserliche Spuren in den glitzernden Sand. Nur wenige Meter von uns entfernt suchten die Möwen in den Felsen nach Beute.

»Direkt nach dem Unfall hatte ich kaum noch eine richtige Erinnerung an den Abend«, sagte Ginger. »Amy hat mir diesen Vortrag gehalten wegen Caleb, aber was danach kam – nichts, nur ein schwarzes Loch, verstehst du?«

Ich nickte. Ginger hatte ja keine Ahnung, wie gut ich das verstand.

»Aber dann, beim Dinner am Sonntag – mein Gott, wie ich diese Veranstaltung hasse –, da kam plötzlich alles zurück. Jedes Wort, das Amy gesagt hatte.« Gingers Fuß, der bislang unentwegt den Sand aufgewühlt hatte, stoppte abrupt, und in ihrem Blick flackerte etwas.

»Faye, Amy hat sich an jenem Abend mit mir treffen wollen, um etwas über den Monday Club zu erfahren.«

»Über den Monday Club?« Mit allem hätte ich gerechnet, nur nicht damit.

Ginger sprach schon weiter. »Erinnerst du dich, dass Amy an dem Tag, als sie zurückkam, einen Termin bei … Virginia hatte?«

Ich nickte.

»Dabei hat Amy jemanden bei Virginia gesehen. Oder vielmehr hat sie die beiden belauscht.«

Mein Herz schlug schnell. »Wen? Jemanden aus dem Monday Club?«
»Nein.« Ginger schüttelte den Kopf. »Es war niemand von uns, sondern eine Ärztin von außerhalb, die Amy wohl kannte. Keine Ahnung, woher.«
»Eine Ärztin von außerhalb?« Ich wurde immer verwirrter.
Ginger fuhr fort. »Genau dazu hat Amy mir eine Frage gestellt. Ob ich wüsste, bei wem du damals in Therapie gewesen wärst. Aber das war nicht die Hauptsache. Viel wichtiger war Amy ein Satz, den Virginia zu der fremden Ärztin gesagt hat. Genau genommen mehrere Sätze.«
Sie machte eine hilflose Geste, als wollte sie sich eine lange Haarsträhne aus dem Gesicht streifen. Für den Bruchteil einer Sekunde hing ihre Hand in der Luft, bis sie unverrichteter Dinge wieder nach unten sank.
Eine Welle rollte auf uns zu, länger als die vorherigen, fast erreichte sie uns schon. Die Flut setzte ein.
»Und?« Ich ertrug die Spannung nicht länger.
Kreischend erhoben sich die Möwen und flogen über uns hinweg. Ginger wartete, bis der Lärm abflaute, dann senkte sie die Stimme. »Virginias Worte waren: *Sie werden Faye nicht aus den Augen lassen. Niemals. Sie ist das höchste Gut, das der Monday Club hat.*«

EPILOG

Es war Abend, als ich zu Amy ging. Eine klare, frische Brise schlug mir auf dem Friedhof entgegen, die nach Herbst und Meer roch und den Geruch von Vergänglichkeit in sich trug. Während ich mit dem Picknickkorb in der einen und Blumen in der anderen Hand zwischen den Grabsteinen entlangging, beugte ich mich immer wieder hinunter, um hier und da Inschriften zu entziffern. Ich ging an den Gruften der Lancasters, Westons, Sheramys und St. Clairs vorbei sowie am Grab meiner Mutter. Doch der einzige Stein, an dem ich anhielt, war der von Zoey Fuller. Ich kratzte das Moos aus den verwitterten Buchstaben, verharrte minutenlang, und bevor ich weiterging, legte ich eine pinkfarbene Dahlie auf die grüne Rasenfläche.

Amys Grab konnte ich bereits von Weitem erkennen. Es war das einzige, auf dem Blumen in einer Vase standen. Ich vertauschte die vertrockneten roten Rosen mit den frischen Dahlien und stellte meinen Korb auf die Bank vor dem Grab. Ich ahnte, dass ich keinen Schluck von meinem selbst gemachten Maracuja-Smoothie mit Banane herunterbringen würde, und auch die Gurkensandwiches würden unberührt bleiben. Ich hatte versucht, dass alles so wie früher wäre, aber nichts war mehr wie früher.

Ich legte die vertrockneten Blumen auf das Gras neben die Bank und setzte mich. Dann zog ich die Kapuze meines Mantels über und lehnte meinen Kopf gegen den knorrigen Stamm der alten Eiche hinter mir.

»Amy, bist du da?«, flüsterte ich. »Hörst du mich?«

Ich rufe dich, aber du hörst mich nicht …, hatte Amy in ihrem Traum gesagt, doch das stimmte nicht. Ich hatte alles gehört, jedes Wort von ihr. Und wie sehr wünschte ich, dass es noch einmal so sein würde.

Nur ein einziges Mal.

»Ich höre dich«, antwortete eine Stimme, so vertraut, dass ich sie unter Tausenden erkannt hätte.

Die Bank gab nach, als jemand sich neben mich setzte.

Ich drehte den Kopf langsam zur Seite.

Lange schwiegen wir und sahen uns einfach nur an. Ich atmete seinen vertrauten Geruch ein. Sein Gesicht war blass, übernächtigt und von tiefem Kummer gezeichnet.

»Du … bist wieder da«, sagte ich endlich.

Josh nickte. »Ja«, sagte er. In seinem Schoß hielt er ein Bündel, es war dick in Papier eingewickelt und mit einem Band verschnürt.

»Wo warst du?«, fragte ich. Oder dachte ich diese Frage nur?

Der Regen hatte die frische, dunkle Erde auf Amys Grab aufgewühlt und der Sturm einen bunten Blätterteppich darübergelegt. Das schmale Holzkreuz mit ihrem Namen hing zur Seite. Ihre Familie war neu in Bluehaven. Amy war die Erste, die in diesem Grab lag. Sie würde sich einsam fühlen, so wie ich. Obwohl Josh neben mir saß.

»Wo ich war, das ist nicht wichtig, Faye«, sagte er Minuten später. »Aber ich musste dich allein lassen. Ich musste es tun, weil ich dich sonst belogen hätte.« Er sah mich mit einem so tief verzweifelten Blick an, dass ich den Atem anhalten musste. Mein Herz wäre sonst zersprungen. »Aber ich hatte dir fest versprochen, ich würde das nie wieder in meinem Leben tun.«

Ich starrte auf die vertrockneten Rosen zu meinen Füßen. Die letzten, die noch an die Beerdigung erinnerten.

»War der Grund, warum du weggefahren bist, die Einladung zum Monday Club?« Mein Tonfall, zunächst noch fragend, unsicher, wurde zunehmend drängender. »Etwas muss an diesem Montag passiert sein, als du bei der Sitzung warst.« Das war mir klar geworden, als ich mich mit Ginger versöhnt hatte. »Musstest du auf die Bibel schwören, ihnen ewig die Treue zu halten? Auch wenn es mich betrifft?«

Josh ließ meine Frage unbeantwortet. Im Abendlicht wirkte sein Profil wie erstarrt. Er schien älter, reifer, und um seinen Mund lag ein bitterer Zug.

Nervös strichen seine Finger über das Paket, das er noch immer in seinem Schoß hielt. Dann löste er das Band und zog das Papier zur Seite.

Zum Vorschein kamen die vier Notizbücher, die Amy in ihrem Spind eingeschlossen hatte. Ich erkannte die rot marmorierten Einbände sofort. Ich nahm eines und blätterte zur ersten Seite, auf die Amy in ihrer zierlichen Handschrift geschrieben hatte: *Boston, Juli 2015.*

»Woher hast du die?« Ich verstand es nicht. »Und warum gibst du sie mir jetzt?«

Aber Josh schwieg beharrlich.

Die vergangene Nacht hatte acht Stunden gedauert. Schlaflos hatte ich Minute um Minute damit verbracht, mir Gedanken zu machen. Gedanken darüber, welche Botschaft Amy mir hinterlassen wollte. Wie ich es auch drehte und wendete, es war eine Warnung gewesen. Eine Warnung vor denen, die bisher mein Leben bestimmt hatten, ja meine Welt gewesen waren.

»Der Monday Club hatte die Bücher die ganze Zeit, oder?«, fuhr ich hoch. »Sie haben sie aus den Spind genommen. Hatten sie auch irgendetwas mit Virginia zu tun? Mit dem, was sie Amy angetan hat?«

»Nein, Faye. Du täuschst dich«, sagte Josh leise. »Ich war es. Ich habe die Bücher genommen. Sie haben mich nur gefragt, ob ich wüsste, was aus ihnen geworden ist.«

Natürlich. Mir fiel es wie Schuppen von den Augen. Josh kannte die Kombination. Denn er war es gewesen, der uns zu dem Trick mit den nach der Größe der Ziffern sortierten Geburtsdaten geraten hatte.

Josh wandte sich zu mir. »Verstehst du? Die Entscheidung, die ich treffen musste, hatte damit zu tun, wem ich die Bücher gebe.«

Er sah mich eindringlich an und legte mir dann die Notizbücher in den Schoß. »Faye«, flüsterte er, »ich bin hier, weil ich mich für dich entschieden habe.«

Ich hielt den Atem an. *Für dich.* Das hieß wohl, gegen den Monday Club. Oder?

»Ist dir klar, was du damit sagst?«

Ich spürte seinen Atem an meinem Hals, und mein Herz pochte viel zu schnell, viel zu laut.

»Nein, das weiß ich nicht.« Seine Stimme war rau. »Aber ich kann nicht anders. Denn, Faye, ich kann nicht ohne dich leben. Ich will es nicht.« Sein Gesicht berührte mein Haar. »Du musst mir vertrauen. Kannst du das noch einmal? Mir vertrauen?«

Seine Hand drückte meine so fest, dass es wehtat.

Wir atmeten im selben Rhythmus.

Unsere Herzen schlugen im selben Takt.

Ich sah ihn an, öffnete den Mund zu einer Erwiderung, aber bevor ich sprechen konnte, beugte er sich zu mir, und seine Lippen trafen meine. Mein Mund wurde ganz weich. Mein Körper schien zu zerfließen.

Dieser Kuss, ich spürte es, bedeutete unendlich viel. Die Vergangenheit. Die Gegenwart.

Ein Versprechen. Einen Schwur für die Zukunft.

Danach erhob er sich, und in seinem Gesicht erkannte ich, dass er dasselbe Wort dachte wie ich.

Vertrauen.

»Lies«, sagte er, ehe er sich umdrehte und ging. »Lies, was Amy geschrieben hat. Und dann erst sagst du mir, wie *du* dich entschieden hast.«

Ich las im Licht der Abenddämmerung, während um mich herum die Bäume rauschten und der lang gezogene Ruf der

Möwen vom Meer herüberschallte. Es war kühl geworden, und ich zog meinen Mantel enger um mich, bevor ich das erste Notizbuch aufschlug.

8. Juli 2015

Liebe Faye,

ich habe beschlossen, den ganzen Sommer über für dich Tagebuch zu schreiben. Irgendwann wirst du alle Einträge lesen, und dann verstehst du, warum ich dich angelogen habe. Aber du weißt ja selbst, wie überzeugend Liz sein kann, und schließlich hat sie recht. Wozu dich beunruhigen? Du sollst deine letzten Sommerferien zusammen mit Josh genießen.

Dr. Donnelly macht Mom geradezu verrückt mit ihrem ständigen Gerede. Sie spricht über meine Krankheit, als hätte ich Krebs im Endstadium.

Myokarditis. Ich finde das Wort nicht schön, aber es ist eine sinnvolle Einrichtung, lateinische Namen für Krankheiten zu verwenden. Denn mal ehrlich, für mich wird Herzkrankheit immer Liebeskummer bedeuten.

Ja, du lachst jetzt.

Tatsächlich hatte mein Mund sich zu einem Lächeln verzogen. Wie gut Amy mich gekannt hatte.

Und was Caleb betrifft, so sollte ich mich in dieser Beziehung schon mal wappnen. Er ist nun mal nicht Josh. Auf den kann man sich verlassen.

Er ist ein wahrer Gentleman.

Ich spürte Tränen in meinen Augen aufsteigen.

Caleb dagegen ist … Caleb. Er bringt mich zum Lachen, und das macht mich glücklich. Aber ob wir ein Leben lang zusammenbleiben, das steht in den Sternen - oder, wie Caleb sagen würde, das weiß nicht einmal das Universum.

Heute hatte ich den ganzen Morgen über Untersuchungen. Kardiogramm, Ultraschall, Spiroergometrie … vielleicht sollte ich Medizin studieren und nicht du? Und dann noch das MRT … die beste Art, einen Herzinfarkt zu riskieren. Da hatte ich wirklich Panikattacken. Ansonsten gefällt mir die Klinik wirklich super. Wie könnte es auch anders sein? Liz hat mit Dr. Donnelly lange darüber nachgedacht, wo ich die beste medizinische Versorgung bekommen würde und mich gleichzeitig körperlich und … seelisch erholen könnte. Dr. Donnelly meint, dass Patienten wie ich zu Depressionen neigen.

Ehrlich gesagt glaube ich, dass mir nur das Ballett und meine Cheerleader fehlen. Wenn ich nicht tanzen kann, dann bin ich traurig. Und wenn ich dich nicht sehen kann, fühle ich mich einsam.

Das habe ich auch zu der Psychiaterin gesagt, die mich heute besucht hat. Sie will, dass ich sie Erica nenne. Sie wollte alles, wirklich alles über unsere Freundschaft wissen. Ich habe ihr erzählt, dass wir Seelenverwandte seien, geradezu mentale Zwillinge … Danach hat sie mir nur noch Fragen über dich gestellt: wie es dir geht, was deine Schlafstörungen machen, was du träumst, ob die Medikamente helfen, ob du immer noch unter Panikattacken leidest. Und als sie ging, sagte Dr. Myers noch: »Du kannst dich wirklich glücklich schätzen, Faye zur Freundin zu haben. Sie ist etwas ganz Besonderes.«

Das Buch rutschte mir aus den Fingern. Meine Hände zitterten. Ich starrte auf die vertrockneten roten Rosen neben Amys Grab und hörte eine Stimme an meinem Ohr, die wisperte: *Du bist etwas ganz Besonderes.*

Und dann verband sich noch ein anderes Bild mit diesem Satz. Es war, als hätten die Worte eine Erinnerung ausgelöst.

Ich war mit einem Mal wieder auf Virginias Boot. Der Sturm tobte so laut, dass in meinen Ohren nur noch Rauschen war. Ich kroch über das Deck, meine Arme und Beine waren nass von dem Wasser, das ins Boot schwappte. Ich hatte es geschafft, zu Virginia vorzudringen, die verkrümmt unter dem kippenden Mast hing. Ich rüttelte an ihr und rief ihren Namen. Ich beugte mich über sie, ihre Augen starrten mich an, und dann öffnete sie ihren Mund. Sie hatte etwas gesagt. Sie hatte noch etwas zu mir gesagt.

Ich konnte es nun wieder laut und klar hören.

Du wirst die Nächste sein.

Wenn du wissen willst, wie es weitergeht,
dann schau unter www.monday-club.de.

Ich bin keine Geschichtenerzählerin.
Doch manchmal ist die Wirklichkeit
phantastischer als jede Geschichte.
Das Universum hält mehr für uns bereit,
als wir ahnen.
Du glaubst mir immer noch nicht? Dann
lies die nächsten Seiten.

Faye Mason

WOERTERBUCH

Adrenalin, *auch* **Epinephrin:** ein in den Nebennieren gebildetes und ins Blut ausgeschüttetes Stresshormon; dient dazu, den Körper in Notsituationen auf die Flucht oder den Kampf vorzubereiten, und unterstützt bei Verletzungen lebenswichtige Organe und Funktionen wie z. B. Herz und Kreislauf; in der Notfallmedizin wird Adrenalin bei Herzstillstand als Medikament zur Herz-Lungen-Wiederbelebung eingesetzt.

AKE → Außerkörperliche Erfahrung.

Anamnese: Vorgeschichte einer Erkrankung nach den Angaben des Patienten; schließt frühere und in der Familie vorkommende Erkrankungen ein; wird zu Beginn einer Behandlung vom Arzt erfragt.

Asystolie: fehlende elektrische und mechanische Herzaktivität (bzw. Herzstillstand) mit Kreislaufstillstand, der unbehandelt innerhalb weniger Minuten zum Tod führt; die Asystolie erkennt man an einer Nulllinie (engl. flatline) im → **EKG**; *Therapie:* sofortige Reanimation und Gabe von Medikamenten.

Außerkörperliche Erfahrungen, *Abk.* **AKE:** Erlebnisse, bei denen sich Betroffene nach eigenen Angaben außerhalb des eigenen Körpers befinden und sich selbst betrachten oder vom Körper entfernen können, ohne dabei ihre geistige Verbindung zum Körper zu verlieren.

Concor: Medikament, das bei Bluthochdruck, Herzschmerzen aufgrund von Durchblutungsstörungen in den Herzkranzgefäßen und chronischer Herzschwäche verabreicht wird. *Wirkstoff*: Bisoprolol.

Defibrillation: elektrische Stimulation des Herzens von außen, um es bei Kreislaufstillstand durch Kammerflimmern wieder in den richtigen Rhythmus zu versetzen; *Durchführung:* Platzierung von zwei Elektroden auf dem Brustkorb; sogenannter Elektroschock ohne Berührung des Patienten; → **Defibrillator** und → **EKG.**

Defibrillator: elektrisches Gerät (meist mit EKG-Monitor zur EKG-Analyse), das Herzrhythmusstörungen durch gezielte Stromstöße bzw. Elektroschocks beenden kann; → **Defibrillation** und → **EKG**.

EKG → **Elektrokardiogramm**.

Elektrokardiogramm, *Abk.* **EKG:** Aufzeichnung des Verlaufs der elektrischen Herzströme; diese bilden die Erregung der Herzmuskulatur während des Herzschlages ab; Elektrokardiogramm heißt auf Deutsch Herzspannungskurve, gelegentlich wird es auch Herzschrift genannt.

Epilepsie: im Deutschen Fallsucht oder auch Krampfleiden genannt; Bezeichnung für eine Gruppe erblicher, traumatisch bedingter oder auf organischen Schädigungen beruhender Erkrankungen; charakteristische Anzeichen sind Krampfanfälle, Bewusstlosigkeit, Schaum vor dem Mund und Zungenbiss.

Epinephrin → **Adrenalin**.

Gliom: Sammelbegriff für einige zum Teil bösartige Tumore des zentralen Nervensystems; sie treten meist im Gehirn auf, sind aber auch im Bereich des Rückenmarks und der Hirnnerven zu finden.

Halluzination: Sinnestäuschung mit Sinneswahrnehmung ohne echten äußeren Sinnesreiz, bei der die Betroffenen von der Realität des Wahrgenommenen überzeugt sind; *Vorkommen:* z. B. bei Schizophrenie und Psychosen, aber auch bei Migräne, Epilepsie oder als unerwünschte Nebenwirkung von Arzneimitteln.

Herzinsuffizienz: Herz(muskel)schwäche; unzureichende Funktionsleistung des Herzens bzw. Herzmuskels als Begleiterscheinung oder Folge verschiedener Herzkrankheiten.

Herzkatheterlabor: speziell eingerichteter Behandlungsraum, in dem medizinische Untersuchungen und Therapien des Herzens u. a. mithilfe des Röntgenverfahrens durchgeführt werden können.

Herzschwäche → Herzinsuffizienz.

Hypersensibilität → Sensibilitätsstörungen.

Hypothalamus: Abschnitt des Zwischenhirns; *Funktion:* höchste Schaltzentrale des vegetativen (also unbewusst gesteuerten) Nervensystems: reguliert Körpertemperatur, Schlaf-Wach-Rhythmus, Blutdruck und Atmung.

Idiopathische Insomnie, *siehe auch* → **Insomnie:** Schlafstörung, die bis in die Kindheit zurückreicht; Ursachen sind bis heute nicht eindeutig geklärt; *Folgen:* Konzentrationsschwäche, chronische Müdigkeit sowie eingeschränkte Leistungsfähigkeit.

Insomnie, auch Schlaflosigkeit: Form der Schlafstörung mit mindestens einen Monat lang anhaltenden Einschlaf- oder Durchschlafstörungen, ungenügender Schlafdauer ohne Erholung und hohem Leidensdruck; → **Idiopathische Insomnie.**

Lasix: Arzneimittel, das Flüssigkeitsansammlungen u. a. infolge von Erkrankungen des Herzens aus den Geweben ausschwemmt, indem vermehrt Wasser über die Nieren als Harn ausgeschieden wird. *Wirkstoff:* Furosemid.

Magnetresonanztomografie, *Abk.* **MRT**: ein Bildverfahren, das bei medizinischen Untersuchungen eingesetzt wird, um Anatomie und Funktion der Organe im Körper (z. B. des Herzens) darzustellen; bei einem Kardio-MRT (einem MRT des Herzens) können Ärzte z. B. sehen, ob ein Gefäß am Herzen verändert ist und ob der Herzmuskel richtig mit Blut versorgt wird; → **Radiologie.**

MRT → Magnetresonanztomografie.

Myokarditis: Sammelbezeichnung für Herzmuskelentzündungen mit unterschiedlichen Ursachen; kann Auslöser für lebensbedrohliche Herzrhythmusstörungen sein und zum plötzlichen Herztod führen; weitere Symptome sind Unruhe, Brustenge, Blässe, zu niedriger Blutdruck, Herzstolpern und → **Herzinsuffizienz**.

Nahtoderfahrungen, *Abk.* **NTE:** Erlebnisse am Rande des Todes; vielen Nahtoderfahrungen sind Empfindungen gemeinsam wie das Verlassen des eigenen Körpers, Begegnung mit Toten oder übernatürlichen Wesen, Rückschau in das eigene Leben oder der Blick in einen »Tunnel«.

Noradrenalin: wird wie → **Adrenalin** als Hormon in den Nebennieren produziert und ins Blut abgegeben; regt das Herz-Kreislauf-System an; eine zu hohe Konzentration im Blut findet sich beim Krankheitsbild der → **Herzinsuffizienz**.

NTE → Nahtoderfahrungen.

Okzipitallappen: ein im Hinterkopf liegender Hirnlappen, der u. a. das Sehzentrum enthält.

Paranoide Schizophrenie: häufigste Form der Schizophrenie; wesentliche Merkmale sind u. a. Wahnvorstellungen und Stimmenhören; durch abreißende oder sich einschiebende Gedanken kann die Sprache des Betroffenen unverständlich werden; die Symptome lassen sich weder auf einen Intelligenzdefekt noch auf eine organische Gehirnerkrankung zurückführen.

Radiologie: Teilgebiet der Medizin, das bildgebende Verfahren für diagnostische, therapeutische und wissenschaftliche Zwecke verwendet, z. B. Röntgenstrahlung oder → **MRT**.

Reanimation: Wiederbelebung bei Atem- und Kreislaufstillstand durch Herzdruckmassage, Beatmung, ggf. → **Defibrillation** und weitere Maßnahmen zur Unterstützung des Kreislaufsystems.

Sensibilitätsstörungen, *auch* **Hypersensibilität:** ein Phänomen, bei dem Betroffene stärker als der Durchschnitt auf Sinnesreize reagieren und diese viel eingehender wahrnehmen und verarbeiten; bis heute existiert keine eindeutige und anerkannte Definition des Phänomens.

Truncus cerebri: bedeutet auf Deutsch Hirnstamm und bezeichnet einen Teil des Gehirns, der sich teilweise im Rückenmarkskanal außerhalb des Schädels befindet; Strukturen im Hirnstamm steuern lebenswichtige Funktionen wie Atmung, Herzschlag und Schlaf-Wach-Rhythmus.

LITERATURANGABEN

Motto: »Alles, was der Mensch denkt, existiert«, aus: Roger Sheramy. *Possibilities of the Human Brain.* Harvard 1992, S. 119.

Seite 12, Zeile 22: »Nach und nach … sie wurde leiser«, aus: Oliver Sacks. *Der Mann, der seine Frau mit einem Hut verwechselte.* Reinbek 1985, 2013, S. 195.

Seite 14, Zeile 22: »Es handelte sich um eine sehr seltene Störung«, aus: Boris A. Stuck u. a. *Praxis der Schlafmedizin.* Heidelberg 2013, Kindle E-Book Position 2443 von 8203.

Seite 41, Zeile 3: »Für einen Moment … mein eigenes Spiegelbild nicht erkennen«, aus: Amy Tanner. *Notizbuch Dezember 2014,* Eintrag vom 30. Dezember 2014. Bluehaven 2014.

Seite 55, Zeile 21: »… mit dem sie ebenso verwirrt wie unschuldig aussah«, aus: Bronnie Ware. *Fünf Dinge, die Sterbende am meisten bereuen.* München 2012, S. 11.

Seite 59, Zeile 23: »Wehe dem, der mich versucht … solcher Versuchung nachgeben«, aus: *Monday Club Aufnahme-Gelöbnis,* Bluehaven 1957, S. 2.

Seite 86, Zeile 1: »Du läufst durch die Straßen … deiner Seele lebt«, aus: Amy Tanner. *Notizbuch Gedichte 2014,* Eintrag vom 1. Mai 2014. Bluehaven 2014.

Seite 105, Zeile 26: »Seele ist in einem ›Fieberzustand‹ … Bewältigung des Alltags hat«, aus: Samuel Pfeifer. *Der sensible Mensch.* Mannheim 2009, Kindle E-Book Position 1114 von 4711.

Seite 115, Zeile 12: »Wovon man nicht sprechen kann … schweigen«, aus: Ludwig Wittgenstein. *Tractatus logico-philosophicus (1918)*. http://www.gleichsatz.de/b-u-t/trad/witt3.html Stand: 2.4.2015.

Seite 140, Zeile 5: »Schlafentzug … führt zu Halluzinationen«, aus: Oliver Sacks. *Drachen, Doppelgänger und Dämonen*. Reinbek 2013, S. 59.

Seite 149, Zeile 18: »Wann wird der Tod endgültig und nicht mehr umkehrbar?«, aus: Sam Parnia. *Der Tod muss nicht das Ende sein*. Berlin / München 2013, S. 12.

Seite 149, Zeile 20: »Tot ist man erst … verschwunden ist«, aus: Douwe Draaisma. *Das Buch des Vergessens*. Berlin 2012, Kindle E-Book Position 4617 von 6638.

Seite 176, Zeile 24: »Der Tod muss nicht das Ende sein«, aus: Sam Parnia. *Der Tod muss nicht das Ende sein*. Berlin / München 2013, Buchtitel.

Seite 176, Zeile 26: »Der Mensch sollte sich keine Grenzen setzen«, aus: Roger Sheramy. *Possibilities of the Human Brain*. Harvard 1992, S. 433.

Seite 176, Zeile 27: »Wir haben einfach nicht alle Antworten«, aus: Sam Parnia. *Der Tod muss nicht das Ende sein*. Berlin / München 2013, S. 331.

Seite 196, Zeile 23: »Laut kosmischer Bilanz … Überbleibsel von Sternen«, aus: Kevin Kelly. *Wir sind Sternenstaub*. In: John Brockman (Hg.). *Wie funktioniert die Welt?* Frankfurt 2013, Kindle E-Book Position 6030 von 6205.

Seite 215, Zeile 17: »Epilepsie und Migräne werden leicht verwechselt«, aus: Oliver Sacks. *Drachen, Doppelgänger und Dämonen.* Reinbek 2013, S. 163.

Seite 241, Zeile 1: »Wie konnte ein Himmel … keine Wirkung zeigen in einer Seele?«, aus: Amy Tanner. *Notizbuch August 2014,* Eintrag vom 28. August 2014. Bluehaven 2014.

Seite 243, Zeile 7: »Und wenn ich … einfach wegfliegen würde?«, aus: Amy Tanner. *Notizbuch September 2014,* Eintrag vom 2. September 2014. Bluehaven 2014.

Seite 256, Zeile 11: »Offensichtlich … Akten über ihn geführt«, aus: Douwe Draaisma. *Das Buch des Vergessens*, Berlin 2012. Kindle E-Book Position 3811 von 6638.

Seite 258, Zeile 27: »Sie ist eine unsichtbare Hülle … öffnet sie sich für einen anderen«, aus: Amy Tanner. *Notizbuch Juni 2014,* Eintrag vom 15. Juni 2014. Bluehaven 2014.

Seite 294, Zeile 18: »Sie war so lange tot gewesen, dass ihre Körpertemperatur …«, aus: Sam Parnia. *Der Tod muss nicht das Ende sein.* Berlin / München 2013, S. 331.

Seite 319, Zeile 23: »Sie äußerten einfache Befehle«, aus: Oliver Sacks. *Drachen, Doppelgänger und Dämonen.* Reinbek 2013, S. 76.

Seite 368, Zeile 5: »Liebe Faye … etwas ganz Besonderes«, aus: Amy Tanner. *Notizbuch Juli 2015*, Eintrag vom 8. Juli 2015. Bluehaven 2015.

DANKSAGUNG

Members of Monday Club Germany

In Deutschland gibt es ein hochkarätiges Team aus Ärzten, Physikern, Philosophen, Psychologen, Geheimnisträgern, das versucht, das Rätsel um Faye Mason zu entschlüsseln. Ihre Namen müssen geheim bleiben, um das Unternehmen nicht zu gefährden. Sie alle werden demnächst einen Zugangscode erhalten, mit dem Sie Anspruch auf ein kostenloses Exemplar dieses Buches sowie freien Zugang zu jeder Lesung und anderen Ereignissen bekommen.

Ich danke Ihnen allen.

Krystyna Kuhn

Je phantastischer eine Geschichte,
umso realistischer muss sie sein.

Manor House
Strandha
ROUTE 166A
Motel
Sunrise
Trailer Park
Weston
High
ROUTE 166
COV
Elmwood
United
Church
MARINE AVE.
BATTLE AVE
STATE STREET
Westmi
Medica
Center
Old
Cottage
SILVER
SANDS
Woodla